Raphaela Edelbauer

DAVE

ROMAN

Klett-Cotta

MIX
Papier aus verantwortungsvollen Quellen
FSC® C014496

Das Zitat auf S. 257 von Nick Bostrom wird mit freundlicher Genehmigung des Suhrkamp Verlages abgedruckt.

Klett-Cotta
www.klett-cotta.de

Printed in Germany
Cover: ANZINGER UND RASP Kommunikation GmbH, München
Gesetzt von C.H.Beck.Media.Solutions, Nördlingen
Gedruckt und gebunden von GGP Media GmbH, Pößneck
ISBN 978-3-608-96473-8

Fünfte Auflage, 2021

PROLOG

Bevor die Pionierlebensform Archea Methanopyri den Kosmos mit ihrer ersten Empfindung aufschloss, hatte 10,2 Milliarden Jahre lang Stille im Universum geherrscht. Für Äonen waren Protonen, Gas-Partikel und Elektronen in einem ungesehenen Ballett umeinandergekreist, ehe sie in der Partnerposition des Heliumatoms ihre Pliés vollzogen. Als sich nach 300 Millionen Jahren die ersten Galaxien, kräftigrote Wirbel und ätherische Ringsysteme, bildeten, war noch niemand da, der ihre Schönheit hätte bewundern können. Nichts als Vakuum, das sich bis an den kosmischen Horizont erstreckte.

Aber die Kräfte waren im Gange: Wer hätte gedacht, dass in diesem fühllosen Ausagieren der Gravitation, im Randbereich einer dieser Galaxien, sich nach viereinhalbtausend Millionen Jahren der Staub zu einem Planetenkörper vereinigen würde? Wüst und wirr schlugen die Elemente, schlugen Wasserstoff, Kohlenstoff und Stickstoff um sich, vereinigten sich zu einem Gewölbe und einem Meer, das schäumend die ganze Erdoberfläche bedeckte, um sich an den gerade erst entstandenen Molekülen satt zu fressen; elaboriertes Totsein letztlich auch dies. Die ersten 10 Milliarden Jahre – metaphorisch, weil niemand die Zeit maß und sie sich damit aus dem Ereignishorizont absentiert hielt – war alles Mechanik.

Erst nach weiteren tausend mal tausend mal tausend Sonnenumkreisungen und einer Unendlichkeit an Permutationen des Chymischen war der Moment gekommen: Die Eiweiße in dieser Ursuppe, über der man Gott noch schweben meinte, fusionierten.

Als das so zusammengefügte Bakterium zum ersten Mal mit seinem Flagellum schnalzte, raste ein Impuls durch Milliarden Lichtjahre, von Ewigkeit zu Ewigkeit: Der Kosmos war sich seiner selbst bewusst geworden. Aus der toten Materie drang das Leben mit so zielgerichteter Kraft empor, dass eben dieses Leben sich seine Genese später mit nichts anderem als einem bewussten Schöpfungsakt erklären würde.

Von da an war alles ein Wimpernschlag: Jedes Geschehen wurde ein Empfundenes, und jedes Empfundene glich einem Entwickeln. Das heißt, kaum war ein weiterer planetarischer Atemzug, eine, zwei Milliarden Jahre vorbei, gab es eine Vielzahl sich in allen Raumrichtungen bewegender, schauender, denkend-begreifender Organismen.

Ein Begreifen, das den Wunsch zur Optimierung mit sich brachte: Wir, die Menschen, wollten nicht nur unser eigenes, sondern das Leben an sich und seine unendliche, facettenreiche Intelligenz gestalten. Ein unhaltbarer Fortschritt, eine Kettenreaktion entfaltete sich: Vom simplen Werkzeug gingen wir über zur Gestaltung unserer Lebenswelt; vom angesammelten Wissen über unseren Körper hin zur Heilung und Verbesserung desselben und schließlich hin zur Schöpfung sich bewegender Artefakte, die uns eines Tages überlegen sein würden. Ein Prozess immer größerer Transzendenz, der das ehedem tote Universum zur Extension des eigenen Verstandes erklärte.

Eine finale Apotheose und als deren Abschluss: DAVE.

1

Als die Uhr vornüberlief und der donnernde Alarm der Spätschicht den Raum erfüllte, schreckte ich auf und – tock, schlug der aus meiner Hand gefallene Stift auf den Boden. Was exakt vor diesem Augenblick geschehen war, erinnerte ich nicht. Mir war, als wäre ich aus langem, schwerem Schlaf erwacht, obwohl ich inmitten der Arbeit nur für einen kurzen Moment eingenickt war. Mein Blick fiel auf das Zitat über unserer Eingangstür, das Pawel gestern zur allgemeinen Steigerung der Moral mit Lackstiften dort hingeschrieben hatte, und ich meinte, es müsse mich an etwas erinnern, das ich mir vor dem Einschlafen sorgfältig zurechtgelegt hatte.

»We shall not cease from exploration. And the end of all our exploring will be to arrive where we started and know the place for the first time.«

T. S. Eliot

Doch es wollte mir nicht einfallen. Ich sah auf die Digitalanzeige: Zwanzig Uhr irgendwas und Pawel neben mir auf der Pritsche – ein Grinsen wie Fred Astaire und eine abschätzige Kopfgeste in Richtung von Brenner und Langley, die seit zwei Stunden damit zugange waren, einen Loop zu konstruieren, den jeder Studienanfänger im Schlaf hätte zusammenbasteln können. *Flaschen,* tippte Pawel mitten in den weißglühenden Code seines Laptops, auf dem wir beide abwechselnd Zeilen geschrieben hatten. Als würden wir nicht ein ebenso erbärmliches Bild abgeben, wie wir uns da in einem Amphitheater aus leeren Energydrinks, alten Coding-Manuals und zerrissenen Chipspackungen verpanzert hatten.

Auf den Wandpanels schräg vor uns akkordierten sich zwanzig Tänzer zur schwarz-weißen Staffage einer Clubszene: Wir waren seit geraumer Zeit in eine Phase geraten, in der wir uns allabendlich mit den 50er-Jahren benebelten, als könnten die Romanzen und rauschenden Feste dieser heilen Zeit unsere Übernächtigkeit verschleiern, die vielen Überstunden, die frühmorgendlichen Arbeitseinsätze. Für diesen Abend hatten wir *Swing Time* auserkoren, und das Klappern von Pawels Fingern schmolz nahtlos in die Pull Backs von Ginger Rogers. Ich beobachtete schläfrig ihre stakkatoschnellen Beine, als mir eine von Vibration schon ganz taube Stelle an meiner Hüfte bewusst wurde. Erst jetzt verstand ich, was mich aus dem kurzen Anflug von Schlaf wieder emporgeholt hatte: Mein Pager war angesprungen und regte sich seit geraumer Zeit an meinem Schenkel wie ein schnarrender Käfer.

»Fuck.« Mir dröhnte der Kopf von der Konzentration auf den blinkenden Cursor im ansonsten stockdunklen Raum.

»Fuck, was?«

Die Schlaflosigkeit war zu unserem entscheidenden Zustand geworden: Pawel, der nach der Arbeit drei Energydrinks geext hatte, sprang im Schneidersitz auf und ab, geschüttelt von der Wucht des Lachens, das dem nächsten Witz über unsere tumben Zimmerkollegen vorauseilte.

»Fuck, was?«, schrie er nun fast, und ich legte ihm gerade rechtzeitig meine Hand auf den Mund.

»Pssst«, zischte ich, und er ließ sich artig auf die Pritsche sinken. Unter uns schlief Eli von der Spätschicht, und dann auf der anderen Seite nochmal einer, der unserer Gemeinschaftskoje erst gestern zugeteilt worden war.

»Ich hab vergessen, dass ich heute jemanden einschulen soll«, flüsterte ich und schwang meinen Körper von der Pritsche herab.

»Was, jetzt? Und was tun wir mit diesem halbgaren Zeug hier? Wir könnten in einer Stunde compilen«, flüsterte Pawel.

»Ça suffit«, antwortete ich und klappte den Computer über seinen klackernden Fingern zu.

»Spinnst du?« Er schlug mir auf den Hinterkopf. »Ich hab nicht mal gespeichert.«

Ich drehte mich derweil wie ein Entfesselungskünstler in meinen Kittel hinein und arbeitete mich dann zu meinen Schuhen vor, dabei alle Körper umschiffend, geometrische wie menschliche.

»Bis später«, flüsterte ich in Pawels Richtung und hatte kaum die Tür geöffnet, als mich schon das Neonlicht des Kreisgangs erfasste. Ich breitete die Handteller über meine Augen, bis meine Pupillen auf den kleinen Kaffeestand nahe der Rolltreppe scharf gestellt hatten. Hinter gläserner Kredenz stand rund um die Uhr Rosa, eine rüstige Mittsiebzigerin, die gemeinsam mit ihrer Mutter Getränke feilbot.

»Guten Abend, Syz. Was machst du um diese Uhrzeit hier?«, fragte Rosa, während die betagte Altverkäuferin, der das Leben das Kreuz in einen Neunzig-Grad-Winkel zu ihren Beinen zementiert hatte, unter der Anrichte aufgetaucht war.

»Einschulung. Ausnahmsweise in der Nachtschicht. Links, links, ein bisschen weiter, ja da«, sagte ich, wie beim Topfklopfen die Hand der fast blinden Mutter dirigierend, die um die Kaffeekanne mäanderte. Es berührte mich jedes Mal peinlich, dass die Verhältnisse des ersten Stocks die Greisin dazu nötigten, noch immer zu arbeiten. Ich stieg in den Aufzug, einen Doppelespresso in meiner Hand, während meine Sinne im abendlich gedämpften Raum langsam alert wurden.

Treffpunkt Drehkreuze, lallte ich mir vor, damit mein bettwarmer Körper es nicht in einer achtlosen Sekunde verschustern würde. Der sanfte Strom der Nachtschicht, viertausend Menschen insgesamt, hatte mich erfasst, und ich ließ mich willenlos mittragen. Bald übertraf meine Erschöpfung meine Unlust, bald wieder war es umgekehrt – ich hatte immer eine Vorliebe für die Atmosphäre der Nacht gehabt: Krankenpfleger und Ärztinnen, die ihre hygienisch gekochten Kittel in den Krankenflügel austrugen; Reinigungspersonal, das mit surrenden Maschinen die Überschüsse des Tages beseitigte; Lieferanten, die Paletten von Lebensmitteln für die Menüs des nächsten Tages auf den Weg brachten. Leise Konzentration, die tagsüber von den Schreien der Schulkinder überschüttet war.

Das Licht des grell ausgeleuchteten Flurs brannte mir sekkant in den Augen, als ich die Drehkreuze erreichte. Ich befand mich noch immer in jenem seltsamen Zustand der Entrücktheit, in dem ein kurzer Schlaf einem die Welt verzerrt: alles weich und teigig und die Menschen zu einer konturlosen Masse verronnen, die man mit dem Handrücken wegzuwischen sucht.

In diesem Moment sah ich *sie*.

Sie hob sich von der Menge ab wie ein leuchtender Punkt: Schwarze Locken über roter Basis; im Gegensatz zu allen anderen hatte sie statt eines Kittels einen purpurnen Pullover an, und sie war auf so harmonische Weise hoch gewachsen, dass sie selbst die überragte, die noch größer waren als sie.

Sie schien angestrengt auf der Suche nach etwas, und auf einmal wusste ich, wonach: Aber da hatte sie mich schon gesehen.

»Syz«, sagte sie und ergriff meine Hand. »Ich bin Khatun. Entschuldige die Uhrzeit, ich dachte, du könntest vielleicht –« Sie gab mir einen weiteren Kaffee in die noch freie Hand, sodass ich nun, von zwei Bechern blockiert, dastand wie ein imbeziler Idiot.

»Ich hab noch keine eigene Berechtigungskarte«, sagte sie.

»Ja, natürlich«, rief ich ein wenig zu laut, verrenkte mich erbärmlich beim Versuch, meine Hosentasche zu erreichen, schüttete, während ich das Drehkreuz mit meiner Karte entriegelte, den Inhalt des einen Bechers über meine Hose und zuckte nicht einmal, als die brühwarme Flüssigkeit die Schenkelpartie durchweichte.

»Willkommen im Großraumbüro«, sagte ich, um von meinem Malheur abzulenken. »Wir sind hier in drei Schichten geteilt: Morgen, Mittag, Abend. Morgen dauert von 6 bis 16 Uhr, Mittag von 12 bis 22 und Abend von 20 bis 4 Uhr, quasi überlappend.«

»Wie an den Fließbändern im ersten Stock.«

»Zudem sind wir in Sektoren geteilt, A bis G, das heißt, nach Zuständigkeitsbereichen in Bezug auf die inhaltlichen Komponenten der SCRIPTs, und diese Arbeitsgruppen sind dann –«

»Weiß ich.«

Wir lavierten zwischen den geclusterten Schreibtischen hindurch, deren Auslassungen nicht breiter waren als dreißig Zentimeter, vorbei an den Programmierern, die in nicht geringerer Beengtheit vornübergefallen über den Tastaturen hingen.

»Kannst du mich in ein paar Methoden einschulen, um meine Würde hier halbwegs zu wahren?«

Sie notierte sich alles, was ich sagte, nur seltsamerweise von oben nach unten statt waagrecht. Ich sah zu den Programmierern hinüber.

»Man gewöhnt sich daran«, sagte ich entschuldigend, auf einmal war mir alles unendlich peinlich. Was für ein Anblick, war man nicht selbst in jener Trance: Wie die Software-Ingenieurinnen mit Scheuklappenbrillen und Kopfhörern an den Schirmen saßen, aus denen gedämpft die Technobeats drangen. Aus Zeit und Raum gefallene Junkies.

»Was in aller Welt treibt die da an?«, fragte Khatun und zeigte auf eine Frau, die zwei leere Küchenpapierrollen mit Klebeband an ihrer Brille einerseits und am Bildschirm andererseits befestigt hatte.

»Sie ist im Tunnel«, antwortete ich. »Der kleinste Fehler, ein vergessenes Semicolon, ein Syntaxfehler, kann ein SCRIPT zum Absturz bringen. Alles umsonst. Jeder hat sein eigenes System, und manche muten ein wenig seltsam an.«

»Kannst du mir eines empfehlen?«

Für einen winzigen Augenblick wagte ich es, direkten Blickkontakt mit ihr aufzunehmen: zarte Fäden, die an einer Stelle zogen, die ich nicht greifen konnte, weit zurück in der Vergangenheit. Ich meinte, dieses Gesicht schon einmal gesehen zu haben, doch weigerte die Erinnerung sich, Kontur anzunehmen – und immer wenn ich meine Hand nach ihr ausstreckte, dispergierte sie.

»Entschuldigung, ich hab vollkommen vergessen –«, sagte ich und zog mir das Hemd in einem plötzlichen Anflug von Scham über meine Brusthaare hoch. »Hast du Software- oder Maschinendesign studiert? Wofür schule ich dich überhaupt ein?«

»Weder noch – ich gehöre zu den unteren zwanzig Prozent«, sagte sie grinsend und ließ sich auf einen Stuhl an einem freien Tisch fallen. »Ich bin Medizinerin.«

»Du arbeitest mit Menschen?«

Jemand kam und machte Anstalten, sich zur Arbeit niederzulassen, doch sie verscheuchte ihn mit hastigen Gesten. »Wir haben hier eine Einschulung, suchen Sie sich einen anderen Platz. Ja, im fünften Stock auf der Kinderabteilung als Volksschulärztin. Letztes Jahr ereilte mich die Einsicht, dass ich Menschen nicht mag.«

»Das hier ist sein Computer.« Ich zeigte auf den Mann, der sich sofort artig entfernt hatte.

»Und jetzt werde ich wohl an Locomotionproblemen mitarbeiten. Du kannst also bei den Basics beginnen, das letzte Mal habe ich auf dem Gymnasium programmiert. SCRIPTs –«

»Du weißt, wie sie funktionieren?«

»Halbwegs. Sie sind Basiskompetenzen der Sprach- und Kommunikationsfertigkeit, skizzieren sozusagen, wie man mit einer bestimmten Situation umgeht, oder nicht?«

»Der Übersicht halber bearbeitet immer nur ein Programmierer ein SCRIPT«, sagte ich. »Man bekommt Anfang des Monats ein bestimmtes Programm zugeteilt: etwas im Restaurant bestellen, ein Kompliment erwidern, auf eine Aussage hin nachfragen, auf etwas Gesagtes Bezug nehmen oder sich bedanken.«

»Ihr seid viertausend Programmierer, das mal zwölf, natürlich pro Jahr – Moment: Wie viele solcher SCRIPTs gibt es denn bereits?«

»Etwa eine halbe Million«, sagte ich.

»Und DAVE ist noch immer nicht komplett?«

»Du musst dir vorstellen, dass jeder Mensch, und sei er auch noch so ein Idiot, Millionen solcher SCRIPTs beherrscht.«

Ich war aufgestanden, mir war unbehaglich geworden. »Wenn DAVE erst einmal eigene Erfahrungen zu machen beginnt – selbst Wissensdurst entwickelt, und das alles mit unendlich gesteigerter, mentaler Kapazität, dann – kannst du dir das vorstellen?«

»Ja, wenn.«

»Die erste, rekursiv sich verbessernde, generelle Intelligenz; eine Singularität, der Anfang und das Ende von allem.«

»Mir kommt es ehrlich gesagt so vor, als gäbe es jedes Jahr nur noch mehr Ausfälle.«

»Die Sache ist eben sehr diffizil«, sagte ich. »Oft stellt sich heraus, dass winzige Verbindungen fehlen – Funktionswörter, Präpositionen«, ich fuhr mir mit dem Ärmel über die Stirn, obwohl ich nicht schwitzte. »Ich meine – weißt du, was Simulationen sind?« Sie nickte und drehte den Block wieder senkrecht.

»Das ist wie ein Videospiel, oder? Um die SCRIPTs zu testen, wird DAVE durch eine virtuelle Umgebung geschickt; ich hab ein paar im Fernsehen gesehen –«

»Wir machen etwa alle zwei Wochen eine. Heute Nacht ist auch eine geplant, schau, dort bauen sie schon auf.« Ich zeigte nach rechts hinten, wo einige Techniker eine Leinwand herabließen.

»Müssen die Programmierer währenddessen etwas tun?«

»Nur Supervision. Der Sinn der Sache ist ja eben ein Test der Autonomie DAVEs. Wir protokollieren nur – jedes Zögern und Halten der Programme, die Impräzisionen, die auf die Schleißigkeit des Menschmaterials zurückzuführen sind.«

»Menschmaterial!«, rief sie und lachte.

»Unsere Hardware«, verbesserte ich verlegen.

»Auch nicht besser.«

»Die Simulationen«, setzte ich noch einmal neu an, »sind

eine Vorwegnahme jener Zukunft, in der DAVE selbsttätig über die SCRIPTs hinausgehen und Bewusstsein entwickeln wird. Er wird uns wie Kinder an der Hand nehmen, beinahe wie ein Gott nur viel besser, weil es ihn wirklich gibt.«

»Es ist keine gerade reizvolle Vorstellung, von einem Metallkasten an der Hand genommen zu werden. Möchtest du Schokolade?«, fragte sie unbeirrt und zog einen ziegeldicken Block aus der Tasche – ein wahres Milchungetüm.

»DAVE ist kein Metallkasten«, antwortete ich. Ich hatte sie ja zu beeindrucken versucht mit dieser weihevollen Verheißung.

»Also?«

»Ich esse keine Schokolade«, sagte ich. »48 Gramm Zucker pro 100 Gramm. 38 Prozent höheres Risiko für Herzkreislauferkrankungen und eine Verkürzung der Telomere, was zu schnellerer Zellalterung führt. Weniger zerebrale Leistungsfähigkeit.«

»Na dann«, antwortete sie und schob sich einen Quadranten ihrer Riesentafel in den Mund. »Ich glaub, ein paar Hirnzellen weniger würden mir guttun, ich habe mit der Intelligenz keine so guten Erfahrungen gemacht, bisher. Apropos – was wird denn, wenn diese paradiesische Fertigstellung statthatte, mit uns Programmierern geschehen?«

Für einen Moment schwiegen wir, und nun nahm ich doch ein Stück der dargebotenen Schokolade.

»Ich verstehe nicht, was du meinst.«

»Na ja, im Utopiefall: Unendliche Intelligenz und die Kapazität, alle Probleme zu lösen, und er – warum übrigens überhaupt *er*? Was ich meine, ist: Haben wir uns eigentlich auf eine Problemstellung geeinigt?«

»Er kann eben alle Fragen beantworten, das ist der Punkt. Zweifelst du an künstlicher Intelligenz?«

»Ich zweifle sogar an natürlicher«, sagte sie und schien, während sie den Rest der Tafel vertilgte, konzentriert nachzudenken. »Könnte es nicht sein, dass in unserem Fall die Technologie den Problemen vorausgeht? Wir konstruieren einen universalen Apparat und suchen dann erst seine Anwendungsgebiete.«

»Wieso willst du dich überhaupt versetzen lassen, wenn du es für so sinnlos hältst?«, sagte ich abschätzig, bereute meine Worte aber sofort. Zum Glück schien sie keineswegs nachtragend.

»DAVE ist so ähnlich wie deine Uhr da.« Sie zeigte auf den Fitnesstracker an meinem Arm, den ich irritiert zurückzog.

»Erstens haben wir genug Probleme, die es zu lösen gibt«, erwiderte ich, »zweitens mussten die Gebrüder Wright auch nicht erst darüber nachdenken, wohin sie mit ihrem Flugzeug fliegen würden, es konnte ja schlechterdings überall hinfliegen. Und was bitte ist falsch an meiner Uhr?«

»Nichts. Sie misst deinen Puls, deine Sauerstoffsättigung, deine Atemfrequenz, deine Körpertemperatur – und dann errechnet sie mit Big Data retrospektiv die Probleme deines Körpers. Ist das nicht traurig?«

Bei diesen Worten hatte sie ein Stück der Aluminiumverpackung zusammengeknüllt und der Frau mit der Küchenrollenbrille an den Kopf geworfen.

»Bist du wahnsinnig?«, flüsterte ich und hielt ihre Hand fest, während die Angeschossene ihre Augen hysterisch aus dem Gaffaband befreite. Doch lockerte ich sofort wieder meinen Griff; etwas an dieser Übertretung hatte mir imponiert.

»Wieso schreibst du von oben nach unten?«, fragte ich beiläufig, wie um den moralischen Impetus meines Ausbruchs unter den Teppich zu kehren.

»Ach – meine Muttersprache ist Persisch«, sagte sie, als sei das nicht weiter bemerkenswert. »Und das schreibt man von rechts nach links, also gewöhnen sich viele an, das Papier zu rotieren, um die Buchstaben nicht zu verwischen. Habe ich mir sagen lassen. So –« Und sie hielt den Block geneigt vor meine Augen.

»Eine Sekunde – deine Muttersprache ist Persisch? Ich dachte, das gäbs kaum mehr.«

»Das stimmt – ich schätze, wir sind alles in allem noch 200. Aber meine Eltern sind Putzfachkräfte. Deswegen muss ich hier ja auch bei Adam und Eva beginnen.«

»Putzfachkräfte«, sagte ich verlegen.

»Ärztin zu sein ist ja auch nicht viel besser«, sagte sie und zum ersten Mal klang sie dabei verbittert. »Beides klassische Erststöcklerberufe eben. So, und jetzt erzähl mir etwas über dich, bevor ich dir meine ganze Biographie auseinandergesetzt habe«, sagte sie und lächelte mich endlich an.

Ich erkannte das Gefühl wieder, obwohl ich es seit Jahrzehnten nicht empfunden hatte – eine Wärme, eine Handbreit unter meinem Brustbein, die sich gegen meinen Magen rieb. Eine unbestimmte Sehnsucht, wie ich sie als Kind empfunden hatte, wenn ich Liebesszenen in Disneyanimationen sah.

»Wir sollten lieber weitergehen«, sagte ich, statt ihrer Aufforderung zu folgen, und richtete den Blick wieder zu Boden. »Hier in der Mitte des Saales siehst du eine zwei Mal zwei Meter große Säule – das ist quasi der Solarplexus der Anlage, ein Glasfaserbündel, über das pro Sekunde ein paar hundert Terabyte mit dem Zentrallabor synchronisiert werden. Dort, wo DAVE steht.«

»Hast du ihn jemals in realitas gesehen?«

»An DAVE selbst dürfen nur die Professoren und ein paar Ingenieure arbeiten.«

Wir hatten eine ganze Runde durchs Großraumbüro gedreht und den Zweck einer kurzen Einführung längst ausgeschöpft; jetzt überlegte ich fiebrig, wie ich eine weitere Runde rechtfertigen konnte – doch als wir die Drehkreuze erreichten, folgte sie mir einfach fraglos.

»In Wirklichkeit besteht DAVE, wenn man so will, aus dem gesamten Labor. Seine Daten sind ausgelagert in den dreieinhalbtausend Quadratmetern von Serverhallen, die Prozessoren befinden sich in einer eigenen Halle des zweiten Stocks. Und der Arbeitsspeicher – den Arbeitsspeicher stelle ich mir oft als uns alle vor.«

»Äußerst poetisch – du klingst nicht wie der typische Programmierer.«

»Ich führe mir abends meine Dosis Weltliteratur zu. Dostojewski oder Proust, Nabokov, solche Dinge. Als eine Art Exorzismus.«

»Das machst du ganz ordentlich«, sagte sie. »Lass uns zur Abwechslung mal ein wenig nüchtern sein, damit dir *Krieg und Frieden* am Abend auch wirklich schmeckt.« Und ohne noch ein Wort zu sagen, gingen wir für eine halbe Stunde im Kreis. Alle paar Minuten drehte ich mich nach hinten, um mich zu versichern, dass sie noch da war. Ich hätte ewig so weitergehen können – hätte mich in der gedämpften Stille der Nacht auflösen mögen, die mir nun so romantisch schien wie die leise Geschäftigkeit fast leerer Diners in alten amerikanischen Filmen, in denen die Paare saßen, bis es tagte. Nach der dritten Runde aber stoppte sie bei den Drehkreuzen.

»Ich hasse es, unsere Umkreisungen zu beenden, aber es ist nach zwei –«

»Pardon, ich habe die Zeit übersehen.«

»Muss um sieben raus und zusätzlich zu meinen Einschulungen noch immer das Menschmaterial warten –«

»Natürlich. Bitte. Danke«, sagte ich konfus. Ich wühlte nach meiner Karte, fand sie und wusste doch nicht gleich, was tun.

Für einen Augenblick standen wir verlegen voreinander, als wüsste keiner von uns, wie nun zu handeln sei – und mehr noch: wie wir unser Unwissen über ebenjenes Handeln voreinander verbergen sollten. Als wir uns schließlich ansahen, spürte ich meine Organe von Ameisenscharen durchlaufen.

»Danke für die Einschulung«, sagte sie und trat einen Schritt weg von mir. »Ich hoffe, wir sehen uns irgendwann wieder.«

Mechanisch entriegelte ich das Drehkreuz mit meiner Berechtigungskarte, fast enttäuscht, dass es grün aufblinkte und uns aus unserer Magie entließ. Ich könnte sie noch nach ihrer Nummer fragen, dachte ich fahrig. In der Ewigkeit ihres Handtaschenräumens klammerte ich mich noch an die Vorstellung, sie würde mich vielleicht nach meiner fragen, da sah ich in ihrer Hand schon ihre Schlüsselkarte glänzen. Ihr meine Hand hinzustrecken, war eine Resignation.

Sie aber, in einer einzigen flüssigen Bewegung, schwang sich an meinem Arm vorbei und schloss mich in eine feste Umarmung. Ein Riss: Als ich Khatun Mnajouri zum ersten Mal roch, geschah mir etwas, das mir nie zuvor widerfahren war. Ich *erinnerte* mich wohl an etwas – doch nicht an etwas Geschehenes, sondern an die Zukunft; ihr Duft war ein Versprechen auf etwas, das ich noch mühselig an die Oberfläche zu zerren versuchte. Ein inverses Déjà-vu, das sich auflöste, nachdem Khatun sich umgedreht hatte und ungeahnt schnell im Aufzug verschwunden war.

Ich trat meinen Heimweg an. Bald verlief ich mich – drehte

zerstreut um, mir lag nichts am Weg, doch realisierte ich wohl, dass immer mehr Menschen stehen blieben, als würden sie auf etwas lauschen. Ein leiser Tinnitus hatte sich in der Stille der vereinsamten Gänge zu erkennen gegeben. Erst als das ohnehin zögerliche Rinnsal der durch die Gänge sickernden Menschen ganz zum Erliegen kam, wurde es offenbar: Das sanfte Pfeifen wurde von einer weit her donnernden Sirene abgelöst, die sich mit einem Mal über unsere Köpfe erhob. Obwohl ich das Signal noch nie gehört hatte, wusste ich, was es bedeutete. »Der Zentralalarm«, rief jemand – aber da war schon alles in Aufruhr.

Binnen weniger Minuten waren hunderte Assistenten auf die Gänge gestürzt. Ich sah mich träge um, es war schwer zu fassen, was da plötzlich alles geschah: Die einen purzelten über die anderen, wie Kehrwasser, die im Strom verwirbelt wurden. Der Notfallplan sah vor, dass wir uns zum Großraumbüro begeben mussten, dorthin, woher ich gekommen war. Ich wurde erfasst, ich wurde mitgetragen, bald lief ich. Es war unsäglich heiß: Ich begriff inmitten dieser Stampede, dass ich nicht bloß schwitzte, weil wir Schulter an Schulter liefen – sondern dass tatsächlich eine Temperatur herrschte, die einem die Wände auf den Leib rücken ließ. Knapp unter der Decke hatte sich ein Flimmern ausgebreitet.

Ich sah mich hastig um; überall Ratlosigkeit. Dergleichen hatte keiner je erlebt: Die Hightech-Kühle, die ich bisher für den einzig möglichen Zustand der Welt gehalten hatte, war verflogen, und man schien einander den Sauerstoff vor den Lippen wegzuatmen.

»Hackerangriff, schätze ich«, sagte jemand hinter mir. Es war Dunder aus der 13, ein hochgewachsener Mechatroniker, den ich aus der Mensa kannte. »Die Pipes kühlen nicht mehr – Hitzeausfall«, rief ein anderer von hinten, ich machte mir nicht einmal die Mühe, mich umzudrehen. Der Alarm donnerte seit Minuten über uns, zwischen uns, überall in dieser klaustrophobischen Enge.

In der Aula der Fröhlichen Menschen und Tiere trafen die Ströme des Ost- und Südquadranten auf den unseren: Im Mündungsbereich der Freemanbrücke scherten die Ingenieure ein, dann die Techniker, die ihre antistatischen Schuhe und Werkzeugkoffer mit sich führten. Dazwischen schwammen all jene, die im Notfallplan keine Funktion bekleideten: Verkäufer und Lehrer, Alte und Familien, die von der Sirene überrascht worden waren, versuchten, sich an die Ränder zu retten.

Da zeigte jemand nach oben, und der Blick der ganzen Masse folgte seinem Finger: Mit unverhohlenem Grauen starrten alle zur riesigen Fotografie, die über der Aula thronte. Über den Gesichtern von Samson, Deutsch, Wagner und Dennis flimmerten die Hitzewellen.

Wüst und wirr: Ich presste mich nach unten, war einen Moment im Wald aus Waden, hechtete in Panik zur Seite und schlug, noch immer in der Hocke, an die Seitenwand der gläsernen Freemanbrücke, durch die ich nun in die zweite Etage sehen konnte. Fünfzehn Meter unter uns, rund um das Zentrallabor, in dem DAVE stand, hatte sich ein Pulk gebildet, dessen Manöver ihn wie eine ausgefaserte, komplexe Lebensform erscheinen ließ: Hysterisch wabernde Bewegung, die sich um das Heiligste versammelte hatte, um die wertvollsten elektronischen Komponenten zu retten.

Ich richtete mich auf: Zäh setzte sich der Strom in Bewegung, also liefen wir den Gang abwärts und die letzte Stiegenflucht wieder hinauf, während über unsere Köpfe Fröhlichs Stimme donnerte. »Gruppe 1, Leihgeräte in Sektor A, Stromanschluss unter den Tischen. Gruppe 2, Nachtschicht bleibt an den Standgeräten. Gruppe 3, externe Harddrives manuell auswerfen.«

Tausend Mann Programmierkraft vereinigt, schossen wir wie einzelne Munitionspartikel mit unseren Berechtigungskarten durch die Drehkreuze ins Großraumbüro. Die Nut, an der mein Inneres zusammengeschweißt war, blitzte auf: Das Büro war zum Brechen gefüllt, kein Quadratmeter, der nicht mit Bewegung angeräumt war. Schulter an Schulter, ein unsägliches Stimmengeschwader, ein Flimmern aus Armen, Beinen, Rümpfen. Ein atmosphärisches Knistern in der Luft, Entladungen, umfallende Stühle und jede Minute mehr, die durch das Drehkreuz hereinstolperten. Ich gehörte zu Gruppe 1, meine Anweisung lautete, einen Laptop zu greifen und eine freie Steckdose zu finden.

Keine der Tischflächen schien noch Platz herzugeben, also kroch ich unter einen der Tische, durch die Kabel, bis ich tatsächlich eine freie Buchse fand. *Tritt eine Überhitzung der Serverfarm eins auf, das heißt, ein Partial- oder Totalausfall der Systeme, muss eine manuelle Sicherung der Daten jedes einzelnen Mitarbeiters sowie der Gesamtsysteme in komprimierter Form auf die Back-up-farm erfolgen,* hatten wir gelernt – aber wie mit drei Exabyte an Daten fertigwerden?

Egal für den Moment, es galt, sich schnellstmöglich einzuwählen und im Tunnel zu verschwinden. Die Welt und ihre ganze Rhythmik fächerte sich in dunkle Gänge auf: Programmzeilen, kombinatorische Schluchten, in deren Fluchtpunkt ich mich selbst als Projektionszentrum verlor. Alles was zählte, war der nächste Befehl.

Dass man in DAVE zum Glied eines kollektiven Wirkens wird, ist der Beginn einer Ekstase. Das Einssein mit der Schöpfung hatte ich stets im Programmieren wiedererkannt, in DAVE wurden wir zum Bestandteil eines zukünftigen All-Bewusstseins – der technischen Transzendenz. »Da ward seine Seele entrückt, ob im Leib, ob außer ihm, das wusste er nicht«, schreibt der Mystiker Heinrich Seuse, »Wünschen war ihm entfallen, Begehren entschwunden, er starrte nur in den hellen Abglanz, in dem er sich selbst und alles um ihn herum vergaß.«

Ein heller Abglanz: Ich kam wieder zu mir, als jemand das Display meines Laptops zuschlug. Die weißen Buchstaben stachen noch hell in die Dunkelheit, dann war alles wieder in die Kontur getragen: Ein Mann mit weißem Vollbart hielt mich an der Schulter gepackt. Erst da wurde mir die Stille bewusst – das Großraumbüro war leer.

»Was machst du denn unter dem Tisch?«, fragte er mich. »Wir sind alle nach unten in die Serverfarmen gerufen worden.« Und er zog mich, ohne eine Entgegnung abzuwarten, auf die Beine.

Während wir den Weg Richtung Stiegen einschlugen, beobachtete ich ihn und wurde mir nicht recht eins mit meinen Eindrücken: Die niedrige Stirn, Augenbrauen, die sich nach unten bauschten, vor allem aber sein Hinken, dieses seltsame, vertuschte Hinken – ich erinnerte mich vage, ihn bereits einmal gesehen zu haben.

Mit einem Pulk Menschen, der wie wir nach unten unterwegs war, durchquerten wir die Maschinenhallen. Wir passierten die Schaltzentralen im zweiten Stock, nahmen eine Abkürzung durch die leer gefegten Konstruktionshallen, und ich fragte mich, wie dieser Mensch die Architektur des Labors so verinnerlicht haben konnte. Schwitzend erreichten wir den ersten Stock.

Fabrikschluchten und Elendsquartiere, so tief gelegen,

dass ich meinte, wir müssten bald an den Erdkern stoßen, wo Hebel und Dampf die Mechanik des Planeten antrieben.

Um die Wasseraufbereitungsanlage stand eine Hundertschaft von Menschen, die Kübel um Kübel zur Kühlung ins Abseits schleppten. Wieder andere machten sich mit Handpumpen an der Wand zu schaffen, und von weit hinten hörte man Rufe, die sich im Zwielicht zerschlugen. Die Beleuchtung war ausgefallen. Stattdessen überzog das bläulich-schwache Licht der Notaggregate das ganze Geschehen.

»Wohin gehen wir?«, fragte ich schließlich den Mann, den ich noch immer umschlungen hielt, obwohl das Blut seit geraumer Zeit in meine Beine zurückgeflossen war.

»Wir müssen die Cat5s einzeln rausziehen.«

»Die Serverkabel?« fragte ich träge.

»Ja«, sagte er, »die Temperatur in den Anlagen ist um 30 Grad gestiegen.«

Und als wären wir damit endlich auf den Grund gestoßen, ließ er meinen Arm fallen und verschwand. Um mich brausten die Menschenmassen.

Es brauchte niemanden, der einem sagte, wo man sich zur Mithilfe eingliedern sollte: Die Termitenschwärme, die das Großraumbüro verlassen hatten, rissen nun ungeordnet Kabelbüschel aus den Wänden. Bläuliche Aderkränze bedeckten bereits die Böden der fünfhundert Meter langen Schluchten. Die solide Eindeutigkeit der Laborhierarchie, in der jeder bisher seine exakte Position hatte verorten können, war in Chaos zerschlagen.

Ich selbst kannte die Serverfarm nur von Bildern: Hunderte von Rechnern waren in zwei Meter große, metallene Rahmen eingehängt und zu Gängen vereinigt: Blinkende, heiße Canyonwände, die von Wasserkühlungen 24 Stunden lang an der Überhitzung gehindert werden mussten. Die

Leute hatten sich Schuhe und Hemden ausgezogen, und der Dampf stand zwischen ihnen. Ich brauchte einen Moment, ehe ich begriff, dass der in der Luft liegende, beißende Gestank nicht von durchschmorten Kabeln herrührte, sondern der Geruch verbrannten Fleisches war. Von hinten rannte ein junger Mann an, man schüttete Wasserkübel auf die Rechner, auf denen die Flüssigkeit unter Zischen verdampfte.

Ich drängte mich im Laufschritt durch das Gewühl der Menschen, die am Boden knieend Kabel entfernten, sah Blutflecken auf den Geräten und hörte Schreie von denen, die beim Umdrehen das heiße Metall mit der Schulter berührt hatten. Dann zog ich mir Kittel und Hemd aus, umwickelte meine Hände mit der Kleidung und begann, die Kabelstrünke zu entwurzeln. Bald war ich nicht mehr allein: Die Menschenwand rückte Zeile für Zeile näher. Eine Atmosphäre, wie ich sie mir im brühenden Maschinenraum eines Dampfschiffs vorstellte. Meine Augen tränten, doch ich riss weiter, eine Stunde, vielleicht zwei – es hätten zehn sein können in ihrer Einförmigkeit, hätte nicht auf einmal das Hemd, das ich um die Hand trug, Feuer gefangen und sein Ausdämpfen ein Loch in die fortlaufende Zeit gestanzt. Ängstlich trat ich mit dem Schuh auf die Flamme – doch als ich mich wieder zusammengerissen hatte und der brandlöchrige Fetzen um die Faust geschlungen war, hatte ich den Anschluss verloren. Dichte Nebelwände, die aus unter Druck stehenden Kolben strömten, vernichteten jede Orientierung; das Geräusch malmender Zylinder schien aus der Ferne heranzurollen. Die Menschenfront war weitergerückt; obwohl ich ihr nervöses Ächzen hörte, konnte ich sie nicht mehr ausmachen. Aus einem Impuls heraus lief ich los. Dass es die falsche Richtung war – diametral zu der, in die sich das Kollektiv bewegt hatte – würde ich erst später merken.

Das war die erste meiner Fehlentscheidungen an diesem Tag: Versehentlich war ich abgewichen von dem, was der Notfallplan vorsah, hatte mich von den anderen entfernt, statt in die Sicherheit der Gemeinschaft zurückzukehren. Als ich die gänzlich unberührten Leitungen vor mir stecken sah und begriff, dass ich auf eine der unbeackerten Schollen getroffen war, war es zu spät. Beißender Gestank des Kabelbrandes breitete sich aus, milchigweiß zur Decke hin. Ich ging in die Hocke, kroch mehr, als zu gehen, fiel, schlug mit dem Kopf an den heißen Stahl, schrie, erschreckte vor diesem, meinem eigenen Schrei und blieb auf dem Bauch liegen.

Dicht am Boden, wo der Rauch nicht hindrang, herrschte klare Sicht: Dort lag, kaum einen Meter von mir entfernt, eine Mitarbeiterkarte auf dem glühenden PVC-Boden. Ich hätte aufstehen und laufen sollen, hätte zum Ausgang stürzen müssen oder weiter nach den anderen suchen. Stattdessen aber griff ich nach dem Ausweis: Es war eine Administratorenkarte, eine, die alle Türen des Labors aufschloss. Und doch stand kein Name auf ihr: Stumpf blickte ich auf den grauen Platzhalter, wo normalerweise das Gesicht des Mitarbeiters hätte sein sollen. Das war die zweite meiner Fehlentscheidungen an dem Tag: Nachdem ich aufgestanden war und mich umgesehen hatte, steckte ich die Karte in meinen Schuh. Dann auf einmal vollkommene, schneidende Stille: Der Alarm hatte ausgesetzt.

□

Es war vier Uhr morgens, als sich die Karawane von 4153 Menschen, so die spätere Zählung, aus den tiefsten Eingeweiden des Labors, in denen sie gewühlt hatte, wieder nach oben aufmachte. Nach der stundenlangen Betäubung durch die

Finsternis blendete die sterile Perfektion nun, und wir hatten uns die Hände über die Augen halten müssen. Ich selbst war todmüde auf unseren Kojenflur getreten, da packte mich jemand von hinten: Es war Pawel, perfekte Frisur, und das weiße Hemd samt Krawattenschleife in unverrückter Makellosigkeit. Für einen Augenblick ergriff mich die alte Aggression wieder.

»Was soll das?«, fragte ich und drückte ihn gegen die Brust. »Hast du dich in der Besenkammer versteckt? Wir haben unten in den Speicherräumen unter Lebensgefahr gearbeitet, um die Systeme am Laufen zu halten.«

Ich, zerschlissen und mit schwarzen Flecken auf dem Kittel, empfand ein Gefühl der Ungerechtigkeit, das mir die Augen eintränte. Er aber manövrierte mich, ohne ein Wort zu sagen, zurück über die Stiege und in die Mensa, wie man einen alten Karren schiebt – kaum irritiert davon, dass ich immer wieder stecken blieb und bockte.

»Sie haben mich in die Koordination gerufen, sorry.«

Ich hätte ihn anschreien wollen, aber riss mich am Riemen der Zivilisiertheit, denn um uns waren ja Leute.

»Was haben sie gesagt?«, fragte ich.

Pawel befand es nicht einmal wert, mir zu antworten, sondern bewegte mich in den Aufzug und drückte die fünf, vollkommen indolent gegen meine Fäuste in den schwarzverkohlten Manteltaschen. Wir stiegen auf Höhe der Promenade aus, die tagsüber unter einem sonnendurchfluteten Lichtdeck lag, und Pawel zog mich in die Mitte des künstlichen Birkenwaldes. Jetzt, nachdem die Kühlungsmodule wieder angesprungen waren, konnte ich im Neonlicht sehen, dass die ehemals kräftigen Blätter der Bäume durch die über uns hinweggerollte Hitze schlaff herabhingen. Sie hatten überlebt, doch mit deutlichen Spuren.

Die Allee war leergefegt. In den zwischen den Baumgruppen eingeduckten Geschäftchen lagen umgeworfene Produktdisplays, Becher, fallengelassene Taschen – Hinterlassensschaften einer plötzlichen Flucht. Das künstliche Ultraviolettlicht, das den Pflanzen einen unablässigen, nie endenden Tag vorgaukelte, fiel nun in aufgeweichten Streifen über unsere Gesichter. Tiefe Schlagschatten, die sich in Pawels knabenhafte Züge gruben – bei ihrem Anblick empfand ich plötzlich ein Schuldgefühl für meinen vorhergegangenen Ausbruch.

Er hatte mir inzwischen ein Bier in die Hand gedrückt und wollte sich schon in eine der Hängematten zwischen den weißen Bäumchen winden, da erst sah er erstaunt an mir herab. Pawel, dieses verfluchte Genie – aber eben auch Pawel: kindlich und zu jedem Zynismus außerstande, als hätte er einen eingebauten Filter für alles, was andere marterte. Als er mich in die Arme schloss, verflüchtigte sich der letzte Rest meiner Wut, die plötzliche Scham, der ganze abgelagerte Gefühlsmüll. Ich ließ mich in die Hängematte neben ihn fallen. Alles war hochpoliert und klimatisiert; zum ersten Mal fiel mir auf, wie artifiziell die Singvogelstimmen vom Band klangen. Dann lehnte ich mich zurück und nahm einen Schluck von meinem Bier.

»Knotensprünge«, sagte Pawel. »Das war die Ursache.«

»Heißt was?«, fragte ich zerstreut; ich hatte mir das Bier versehentlich ins Hemd geschüttet.

»Es war eine Lappaliensimulation, ein wirkliches Routineverfahen. *Jemanden einladen*, war der äußerst generische Titel.«

»Und?«

»Ich hab mir die Aufzeichnungen angeschaut. Zuerst alles ganz normal. DAVE schaltete ins Unterscript ›Wie man einen Gast bewirtet‹. Dann wurde es auf einmal ziemlich lustig, weil jemand offensichtlich einen Fehler in der Objekt-Subjekt-Zuordnung übersehen hat. DAVE hat den Gast aufgeschnitten und mit Zwiebeln in den Topf geworfen, während er dem Rinderstück ein Glas Wein servierte.«

»Nec scire fas est omnia. Klingt eigentlich fast komödiantisch.«

»Dann aber ist irgendwas schiefgelaufen. Die Simulation hat aus undurchschaubaren Gründen Millionen von Suchläufen getriggert«, sagte Pawel und faltete seine Beine in die Hängematte. »Plötzlich wurden immer mehr SCRIPTs in den Buffer geladen, hunderte, tausende. Sachen, die mit dem, was geschah, gar nichts zu tun hatten, sowas wie ›Einem Wegweiser folgen‹ oder ›Einen Nagel in die Wand schlagen‹. ›Einen Umbau planen‹. Von da an ist alles eskaliert. Wie eine unendliche Verzweigung –«

»Was meinst du mit Verzweigung?«

»Man konnte zuschauen, wie immer mehr und mehr Prozessorkraft hineingeflossen ist – zack, von 200 auf 4000 SCRIPTs, von 4000 auf 10 000, und keines hat angehalten, sie waren alle gleichzeitig aktiv.«

»Es ist schwer vorstellbar, dass das Kochen einer Rindskeule sämtliche Kapazitäten der hochentwickeltsten K. I. aller Zeiten ausreizt«, sagte ich und stellte mein Bier ab, um zu verschleiern, dass meine Hand zitterte.

»Ich kann dir nur sagen, was ich gesehen habe. Und es ist unmöglich, dass –«

»Ja, genau, das ist es – unmöglich«, sagte ich und stand auf. »Ich muss jetzt ins Bett, meine Schicht beginnt in zwei Stunden – wenn es morgen überhaupt eine Schicht geben sollte.« Ich ließ ihn in der Hängematte zurück, obwohl wir in derselben Koje wohnten.

Die Gänge waren wie leergefegt – Putztrupps hatten alles wieder in den gewohnten reinen, weißen Glanz zurückpoliert, einen Zustand der Makellosigkeit, der das Vorgefallene wie einen Fiebertraum erscheinen ließ. Die Sicherungssysteme surrten niederfrequent, auf den Überwachungsmonitoren waren nur grüne Lichter; kurz gesagt: Es war beunruhigend, wie kalmiert das Labor war, als ich nun den Weg zurück nahm. Nur ein paar angebrannte Stellen, dort, wo die Kabel durch die Wände gebrochen waren, verrieten, dass vor einigen Stunden noch infernalische Hitze geherrscht hatte.

Im Zustand der wiederkehrenden Trägheit spürte ich einen vergessenen Reiz: Die Karte in meinem Schuh stemmte sich gegen meine Sohle. Das war die dritte und finale Fehlentscheidung an diesem Tag: Ich kniete mich nieder und gab vor, meine Schnürsenkel zu binden, bis ich sicher war, dass mich niemand beobachtete. Ich förderte die Karte unter meinem aufgespreizten Fuß zutage. Ich warf einen kurzen Blick darauf und steckte sie wieder ein, ehe ich in meine Koje zurückkehrte.

2

Jeder Mensch – doch mehr noch jede Bewegung – verzehrt sich nach einer Genealogie, einem Gründungsmythos, aus dessen Kontinuität sich das eigene Sendungsbewusstsein rechtfertigt.

Alles, was der unsere benötigt, ist ein Emblem und eine Subscriptio. Es sind dies: Jene Fotografie, die sich in der Aula der Fröhlichen Menschen und Tiere wie ein imposantes Fresko über die westliche Wand erstreckt, sowie vier Worte: Tech Model Railroad Club. Die Ikone, die diese Szene zeigt, benötigt kein Gold zu ihrer Ausschmückung. Es ist unerheblich, dass sie durch die vielen Hände, die sie ehrfürchtig berührten, verwittert ist. Gleichgültig, dass der Charakter des Arrangements stumpf und schal ist wie die Zeit seiner Entstehung – die Nachkriegszeit, die ein Farbschema aus Taupe und Anthrazit diktierte.

Das Motiv aber sticht noch hervor wie neuerdings: Zentralstück ist ein obeliskenhaft aufragender Rechner, der IBM 704, sowie vier um ihn gruppierte Personen uninterpretierbaren Alters, von denen zwei dem Betrachter die Rücken zuwenden und zwei im Dreiviertelprofil in die Kamera sehen. Allen gemein ist eine gewisse Tendenz zur Nachlässigkeit: Ungekämmte Langhaarfrisuren, Brillen so dick, dass die optische Dispersion die Augen ins Possenhafte hineindehnt, und unkapriziöse Draperie aus drei Tage am Stück getragenen T-Shirts.

Der eingeweihte Betrachter aber weiß, dass hier vier Programmierer abgebildet sind, so geschichtsschwer, dass ihre Namen mittlerweile zur Allegorie erstarrt sind: Samson, Dennis, Wagner und Deutsch. Die *original hackers.*

Wie die Urchristen sitzen sie versammelt um ein Monument, dessen 400 donnernde Vakuumröhren auf eine kleine Steuerungskonsole in ihrer Mitte hin ausgerichtet sind. Die Szene illustriert einen Moment höchster Konzentration: Deutsch, ein gerade einmal vierzehnjähriger Knabe, der kaum an die Relais heranreicht, übergibt Samson, einem der Vokuhilaträger, eine Lochkarte. Aus der Körperhaltung des Rezipienten ist zu erahnen, dass er sie gleich an den links unten im Bild sich befindlichen 711-Cardreader verfüttern wird. Die anderen beiden – Dennis und Wagner (mit von Schlaflosigkeit verklärten Blicken) – stehen dem Magnetbandlaufwerk zugewandt.

Versenkt man sich im Sfumato dieser schleißig belichteten Szene, meint man, es fast hören zu können: Wie das erste Programm, das die vier geschrieben hatten, das kolossale Stahlgehirn im Moment der Auslösung erschütterte. Wie die Flip-Flop-Schalter in seinem Inneren sich der Gewalt der intelligenten Ordnung geschlagen gaben und endlich ein Ergebnis zeitigten, das sich Sekunden später aus dem angeschlossenen IBM-65a-Drucker herauswinden würde. Viertausend Stellen der Kreiszahl Pi waren in einem Sekundenbruchteil errechnet worden. Wer sich nach dem Zweck dieser Kalkulation fragt, verkennt ihre Signifikanz: Die Abbildung hält fest, wie eine Maschine rechnerisch zum ersten Mal mehr leistete, als ein Mensch es jemals können würde.

Zeitpunkt der Aufnahme: 1958, 12.37 Eastern Daylight Time. Ort: Raum 20E-214 im dritten Stock von Gebäude 20 des Universitätscampus am Massachusetts Institute of Technology.

Es ist eine Baracke, in der diese Geschichte begann, eine Interimslösung, die nach dem Zweiten Weltkrieg als solche vergessen worden war. Wir erahnen sie an den geschmacklos changierenden Oberflächen: Linoleum mit kleinen Einschlüssen im Boden, subtil durchäderte Polycarbonatplatten an der Decke – gekörntes PVC und Bakelit an den Peripherien der Maschinerien. Man nannte das EDV-Labor den »Plywood Palace«, ein Ort von erstaunlicher Hässlichkeit. Es kann nicht geleugnet werden: Der Geburtsort der eschatologischen Vollendung des Universums war ein dreckiger, fensterloser Raum.

Die Figurenkomposition ist auf den ersten Blick chaotisch, folgt aber einem strengen Kalkül: Peter Samson steht rechts vorne, die Hand am Relais, ein neunzehnjähriges Erstsemester, das erst drei Monate vor dieser Aufnahme von den elektrischen Schaltkreisen eines Eisenbahnmodells gefangen genommen worden war. Im Keller des Instituts für Ingenieurswesen hatte der Tech Model Railroad Club ein Schaltbrett mit Nachbauten von Zügen aufgestellt, wobei Samsons Interesse sich rasch auf etwas anderes gerichtet hatte. Es waren die komplizierten Schaltungen der zugrundeliegenden Steckplatine, auf denen er virtuos zu spielen lernte.

Bob Wagner seinerseits, dunkelhaarig und etwas größer als die anderen, steht links über die Konsole gebeugt, die Hand expressiv auf Stirnhöhe, wie um sich die Übernächtigkeit vom Antlitz zu bürsten. Er ist fixiert auf die Lichter des Ausgabepanels, das in wenigen Augenblicken die ersten stotternden Lebensäußerungen der Maschine manifestieren würde. Erst wenn das Programm angehalten hatte, war aus dem Drucker ein schmaler Papierstreifen zu entnehmen, der verifizierte, dass keine Syntaxfehler das Programm zum vorzeitigen Halten gebracht hatten. Wagner scheint, obwohl er nur halbseitig zu sehen ist, in solcher Konzentration versunken, dass die Legende einen nicht wundernimmt, nach der seine Freunde ihn alle drei Tage mitsamt seiner starren Kleidung unter die Dusche stellen mussten. Die Hygiene pflegte gegenüber dem Verschmelzen mit der Maschine zurückzutreten. Für Oberflächen war kein Raum.

Jack Dennis, dessen verkräuselte Locken das einzige Ornament des Motivs darstellen, ist an der Peripherie des Bildes verewigt. Stift und Reißpapier sind die Attribute der manuellen Programmplanung. Seine Pose wirkt instabil, die Mühsal findet ihren unweigerlichen Widerhall in seiner Körpersprache: In den Sechzigern gab es kein grafisches Interface, keinen Bildschirm – das »Programmieren« musste auf tapeziergroßen Bögen unternommen werden. Hier gehörte er hin, hier hatte er seine Bestimmung gefunden, würde er zwanzig Jahre später sagen.

Am Lochstanzer sitzt, vom Chiaroscuro des gigantischen Rechners überschattet, Peter Deutsch: ein Kindgenius; Sohn eines MIT-Professors, der beim Verfassen seiner ersten Codezeile ein transzendentes Erlebnis gehabt hatte. Dieses noch schwerfällige Medium, seine logische Perspektivierung und Relationalitäten würden das Material seines Künstlertums sein.

Was die Abbildung als Ganzes zusammenschweißt, ist der Koloss, der das Zentrum der Komposition ausmacht: Der Lochkartenrechner, ein okkulter Gott, den damals noch keiner außer ihnen für einen hielt. Dass sie sich Priests nannten, passt zur Tatsache, dass sie einander stets nachts trafen, und dennoch war ihre Selbststilisierung nicht mystisch verwaschen. Schlagschatten und überreiztes Neonlicht lassen die Linienführung präzise bleiben: Deutsch, Wagner, Samson und Dennis konnten das Potenzial dieses Computers einschätzen und hatten seine Sprache gelernt.

Der Fluchtpunkt der gesamten Zukunft in einem einzigen Bild. *»Originata della natura supere lorigine e fassi originale dell arte«:* Entsprungen aus der Natur, überwindet sie ihren Ursprung, und macht sich zum Vorbild der Kunst, sagte Giovanni Pietro Bellori 1664 in einem Vortrag vor der Accademia il Signor Carlo Moratti darüber, was die Definition einer Idee sei. Und warum sollte man der Enthüllung der reinen Information mit ungeschlachteren Worten begegnen? Die Enkel und Urenkel dieses Megalithen würden eines Tages Cluster in den Datensätzen aufspüren, die kein menschliches Auge jemals erblickt hatte.

Doch wäre es vermessen, zu glauben, aus diesem Sujet wäre alles zu erschließen. Denn über diesem einen akkumulieren sich zigtausend andere, die die Geschichte der Computerwissenschaft wie Folien darüberlegte. Da war der Tag, an dem der Gruppe um Samson der PX-0 in Raum 206 / Gebäude 27a präsentiert wurde – ein leicht verlagerter Stoff, auch wenn er räumlich und inhaltlich mit dem ersten Bild in Beziehung steht.

Ein effektvoller Kontrast zwischen dem kleineren Gerät und den Menschen an den Seiten des Bildes dominiert diese Fotografie, eine Leichtfüßigkeit, etwas Luftiges. Der bisquefarbene PDP hatte im Gegensatz zum IBM ein Eingabeterminal sowie ein Peripheriegerät, das man bereits als modernen Drucker bezeichnen kann. Nun konnten die vier *original hackers,* diesmal links außen gruppiert, der Maschine bei ihren dampfschweren Rechenumwälzungen zusehen. Mehr noch: Sie konnten *direkt zu ihr sprechen,* wenngleich natürlich nur in Einsen und Nullen.

Ein anderes berühmtes Foto, das in meiner Kindheit, auf

Lesezeichen gedruckt, verkauft wurde, zeigt die Gruppe, später ergänzt durch die jungen Greenblatt und Gosper, spätnachts bei der Belagerung eines neuen *Hoking Giant*, des PDP-11. Mit zunehmender Tiefenschärfe steigerte sich auch die Plastizität der Darstellungen: Greenblatts und Gospers gebeugte Körperhaltungen bringen eine übernächtige Schwere ins Bild, während die Überfülle des Raums – sechs Menschen auf zwei Quadratmetern – eine gewisse Unordnung erzeugt. Koffeinschwangere Überreiztheit.

Programmierzeit war kostbar in diesen frühen Tagen und wurde nur stundenweise vergeben, also hatten die Hacker ihre anfängliche nocturnale Tendenz zu einer Lebensform kultiviert. Man legte sich um acht Uhr morgens ins Bett und schlief an der Aktivität der restlichen Welt vorbei, die nichts anderes war als ein letzter Ausläufer einer bald überkommenen Zeit – ein Blinddarm der Weltgeschichte. Man war wach gehalten von einer kosmischen Einsicht in die Dinge: Das ganze Universum war Information – der Körper, die Psyche, selbst schwarze Materie war in der Absenz eines Signals repräsentierbar geworden. Wenn man sich sehr beeilte, würde man sämtliche Symbolismen des Universums noch zu den eigenen Lebzeiten entschlüsseln können.

Diese Leidenschaft war uferlos: Selbst wenn Samson sich in keinen Slot für den Computerraum eingetragen hatte, kampierten er und Greenblatt vor der Tür des Labors. Anekdoten, die diesem Bild wie Skizzen vorausgingen: Drei, vier Nerds in den lichtlosen Gängen, die darauf harrten, dass einer der PhD-Studenten sein Zeitfenster verschliefe. Wer sich von der Fehlbarkeit der Biologie korrumpieren ließ, war chancenlos; 72 Stunden lang programmieren und zwölf Stunden im Koma liegen die Norm. Es war der Computer, der den frühen Visionären ihren Biorhythmus diktierte, nicht umgekehrt: eine intime Verschmelzung von Mensch und Maschine – nur die erste von vielen.

Auf der anderen Seite, sichtbar gemacht durch die Positionierung des Computers, der unter den im vorderen Bildbereich positionierten Akteuren verhältnismäßig klein wirkt, stand die vollkommene Unterwerfung der Maschine. Man operierte in strengen Wenn-Dann-Relationen, die sich den Zufälligkeiten sozialer Interaktion entzogen: ein Ja oder ein Nein, eine Eins oder eine Null.

0100010001000001010101100100010100001010000101010. Die modernen Magier des Tech Model Railroad Club erwarteten, mit mathematischer Rationalisierung zu den äußersten Geheimnissen der Kombinatorik aufzusteigen, denen schon Giordano Bruno und Raimundus Lullus in der Verräumlichung ihrer aristotelischen Syllogismen nachgejagt waren. Für sie stand fest: In der simpel scheinenden Architektur des Steckbretts verbarg sich das Grundmodell des Universums. Richtig eingesetzt, würde diese Gewalt die ganze Welt in distinkte Ziffern auflösen und alles jetzt noch Verborgene enthüllen.

Das hieß nicht, dass das vorherrschende Lebensgefühl nicht dennoch oder gerade deswegen der Anarchismus gewesen wäre.

Ein anderes Bild, das ich als Student über meinem Arbeitsplatz hängen gehabt hatte, zeigt Ricky Greenblatt, einen Hacker der zweiten Generation und Erfinder von Lisp, wie er 1977 mit der Konsole des PDP-4 posiert. Nicht nur hat nun die Farbe Einzug in diese Darstellung gehalten – sie ist auch eine Assemblage aus Strickpullovern und grauen Diskettenlaufwerken, aus Kathodenbildschirmen und den Vietnam-Protest-Plakaten im Hintergrund.

Greenblatt, etwa zwanzig Jahre alt, ist untersetzt und

trägt Kleidung, die sich wie absichtlich unpassend um seine gerundeten Schultern spannt. Selbst die Brille scheint sich seiner Physiognomie zu widersetzen. Seine Körperhaltung aber spricht eine ganz andere Sprache: Er hält seine Kreation – eine rechteckige Platine – in gestreckt-aufrechter Pose ins Objektiv, die vollkommenes Selbstbewusstsein ausstrahlt. Zu seiner Rechten steht sein bester Freund, der nicht weniger legendäre Bill Gosper. Dahinter, auf dem kontrastreich ausgeleuchteten Schreibtisch, liegen Magazine, Stift und Lexika – Beigaben des Überkommenen, vor die triumphierend der graue Rechner gehalten wird.

Gosper und Greenblatt präsentieren auf dem 1964 entstandenen Pressefoto eines der frühesten Schachprogramme: *Mac Hack*. Die beiden grinsen zwar nicht in die Kamera – dieses Motiv würden erst nachfolgende Coder-Popstars etablieren – doch spürt man von ihnen ruhige Zuversicht ausgehen. Noch glaubten die amtierenden Großmeister, nichts von diesem unförmigen Kabelwust zu befürchten zu haben, den Greenblatt wie einen Säugling an der Brust hält. 1997 fiel Garri Kasparov durch Deep Blue.

Allen diesen Bildnissen ist gemeinsam, dass sie die Einsicht in die Fehlerhaftigkeit der Kohlenstoffcomputer, die wir Leib nennen, teilen. Körper waren – das wussten diese ersten Programmierer längst – nur dreidimensionale Repräsentationen aus Informationen, und es brauchte nicht mehr als läppische 2 Gigabyte an Daten, um einen ganzen Menschen zu simulieren. Eine Plastik, nichts weiter. Laut dem 1965 formulierten Mooreschen Gesetz würde sich alle zwei Jahre die Rechenleistung der Hardware verdoppeln, das heißt, bald würde ein Rechner zehntausende menschlicher Genome in sich fassen.

Ein letztes Bild lohnt der Betrachtung – doch ist es diesmal kein visuelles, sondern ein akustisches, das wir als eine Hommage an die Errungenschaften der frühen Universalkünstler in unser System integriert haben. Tippt man C://find/toccata in die Command-Konsole eines beliebigen Rechners des Labors, kann man den Paradigmenwechsel des Jahres 1962 hören, als würde er sich jetzt, gerade in diesem Moment ereignen. Zwölf Sekunden lang, 278 Bit an Daten und haarsträubend schrill in ihrem Platinenklang. Doch darf man sich nicht täuschen lassen –

Peter Samson, ein begnadeter Pianist, hatte eines Abends das charakteristische Kreischen, das den Denkprozess der Maschine begleitete, bemerkt und bald herausgefunden, dass es aus einem einzigen Bit, Bit 14 von 18 des Arbeitsspeichers, beeinflusst wurde. Dank des vielzitierten *Hands-On-Imperative* der Hackerethik und des absoluten Gehörs, das fünfzehn Jahre Czerny-Etüden in ihn eingeschrieben hatten, glückten die Manipulationen. Kaum waren ein oder zwei Tage der überreizten Immersion vergangen, konnte er mit den feinsten Aufstiegen und Gefällen elektrischer Impulse spielen wie auf der Wiener Mechanik seines Bösendorfer. Als seine Freunde morgens in die muffige Kammer traten, wurde eine monophone, übersteuerte Version von Bachs Toccata in D-Moll hörbar.

Bei nur oberflächlicher Betrachtung dieser Begebenheit wird nicht unmittelbar offenkundig, welcher kategoriale Sprung in dieser Tat lag. Die Jahrtausende lang etablierte Art, Musik zu erleben – den schwingungserzeugten Schall an ein Trommelfell zu vererben – war mit einem Mal überholt worden.

Aber auch ein anderer Paradigmenwechsel suchte in dieser schrillen Melodie seinen Ausdruck: Denn Samson hatte das Donnern des Rechners, ein scheinbares Nebenprodukt seiner bloßen, vermeintlich überflüssigen Körperlichkeit, steuerbar gemacht. Der letzte Zufallsfaktor physischer Materie wurde manipulierbar und schließlich wohlgeordnet. Für die frühen Computerpioniere war ihr Leben bis zur Entdeckung PX-0 nur ein Präludium gewesen, ein gravitätischer Einleitungsteil nicht zusammenpassender Motive, die sich dem Betrachter nun endlich erschlossen. Von der Steinzeit bis zur Erfindung des elektrischen Relais hatten wir bloß die Werkzeuge hergestellt. Die Geschichte aber begann jetzt.

All diese Motive ließen uns erkennen, dass unsere biologischen Begrenzungen keine Relevanz mehr besaßen. Stahl und Elektronik, Kabel und Logik waren nicht denselben Verschleißerscheinungen ausgesetzt wie das organische Leben; und daraus lassen sich zwei mögliche Konsequenzen ableiten, die gleichermaßen legitim sind.

Die erste ist die Vereinigung des Menschen mit der Maschine: Das Eingehen in ein transzendentes Bewusstsein, das Unsterblichkeit, maximale Kognition und die Aufhebung aller Limitierungen verspricht. Durch ordnende Maßnahmen rücken wir Stück für Stück in den Bereich des rein Geistigen – weg von der analogen Welt, hin zum Digitalen. Die Menschen, denen dies ein Anliegen ist, nennen wir im Labor die Transhumanisten.

Der zweite Schluss ist die Beibehaltung unseres Körpers, doch die unendliche Ausweitung seines Aktionsradius: den Funken der Aufklärung in die 9,3016 × 10 hoch 10 Lichtjahre des beobachtbaren Universums zu tragen. Uns die Erde untertan zu machen: DAVE – das heißt, der archetypische Computer – ist in diesem Szenario ein Messdiener des niemals endenden Erkenntnisdrangs. Die Anhänger dieser Deutung aber nennen wir die Neoterraner.

Wer das Menschliche um jeden Preis erhalten will, geht

einem viel grundsätzlicheren Missverständnis auf den Leim: Der Computer ist nicht nur menschlich – er ist das Beste am Menschen, das Gipfeln seiner vernünftigen Intelligenz. Die Maschine ist so inhärent human, wie es eine Violinensonate ist oder Leonardo Da Vincis Skizzen seiner Flugmaschinen. Und so ist beides wahr: In der vergilbten Fotografie von Samson, Deutsch, Dennis und Wagner waren beide Enden der Parabel zu erahnen. Unser Anfang hatte begonnen. Unser Ende war eingeläutet worden.

□

Wir werden vor der Zukunft ausdrucksvoll kapitulieren müssen. Auftritt Dr. Babusch, Rohstoffspezialistin und Pädagogin, Erkennungsmerkmal strenggrauer Dutt und zeltgroße Hosenanzug-Ensembles, die jedes Kind im Schlafe erkennen würde. Die Strenge ist ein notwendiges Utensil in ihrem Geschäft: Babusch kultiviert die Angst vor der Vergangenheit, spaltet die Katastrophen in ihre Bestandteile wie Akkorde und komponiert daraus die Melodie einer skeptischen Zukunft.

Gehen wir von den bekannten Fakten aus, sagt Babusch und spielt einen Kurzfilm ab. Die Probleme waren erstens ein Mangel an Ressourcen, zweitens ein Zuviel an Menschen (30 Milliarden), was mit erstens kausal zusammenhing – drittens ein Fehlen an Ideen, viertens ein Abfinden mit erstens und zweitens. Fünftens eine Veränderung des Klimas und sechstens jene körperlichen Mutationen, über die an dieser Stelle noch geschwiegen werden muss.

Für die Demonstration bemächtigt sich Dr. Babusch einer Flipchart: Das früheste Symptom des veränderten Zeitalters war der zur Neige gehende Treibstoff, was die Menschen jedoch mitnichten davon abhielt, Lebensmittel zu konsumieren, die an entfernt liegenden Orten produziert worden waren. Um den längeren Transport per pedes zu gewährleisten, auf den mangels Alternativen umgerüstet worden war, wurden ausnahmslos alle Speisen in Dosen verschweißt. Das umfasste: Dosenkuchen, Dosenhuhn, Dosenbrot, Dosengouda und natürlich Dosenmelonen. Doseningwer, Dosenreis, Dosenzucker, Dosenpopcorn, Dosenleber, Dosenknödel, Dosenwein, Dosendosen.

Die Häuser wurden höher, jedoch niedriger-per-Stockwerk, was als Einheit (npS) anstelle der Lage die Qualität einer Wohnstatt bezeichnete. Die Durchschnittsbehausung war um die 110 cm hoch, was eine gebückte Fortbewegung erforderte. Besonders miserable Notstandsbauten konnten aber durchaus auch nur 50 cm hoch sein und somit gerade noch erlauben, dass man sich abends in sein Kabuff hineinrollen konnte. Berufe wurden nur mehr in Ausnahmefällen ausgeübt, die Normschlafzeit erhöhte sich auf siebzehn Stunden. Politische Entscheidungen umfassten die vier relevanten Bereiche menschlichen Lebens: die Mahlzeiten, das Wetter, das Wasser und den Straßenbelag, da befestigter Asphalt wegen der Erosion der Erdschichten zu einem Sehnsuchtsort geworden war. Indessen waren alle unablässig im Schlamm zu kriechen verurteilt. Rasch herniederprojiziert: eine Grafik, grellbunt ausgemalt für die kindliche Seele. Babusch lächelt.

Selbstverständlich lebten bei weitem zu viele Menschen auf der Erde, um sich noch mit Wasser duschen zu können: Sauber wurde man, indem man sich in sogenannten Schleifhallen, kleinen Kammern voller Drahtbürsten, so lange hin und her wand, bis das Blut nur so spritzte.

Um Zustände wie diesen zu vermeiden und die darniederliegende, heißgesottene Außenwelt wieder bewohnbar zu machen, schließt Babusch, gibt es nur einen einzigen Weg: einen radikalen, kompromisslosen Schritt in Richtung DAVE. Video aus, Applaus.

□

Mein Atem hatte die Glaswand verschlagen; die Durchsicht stellte ich mit meinem Daumen wieder her, indem ich die mikroskopischen Partikel meiner eigenen Körpersäfte verwischte. Unter mir sah ich, verzerrt von dieser Verschlierung, DAVE auftauchen: daumennagelgroß nur, zwischen mir und ihm ein halbes Dutzend Glasscheiben.

Das Zentrallabor duckte sich schwarz wie die Kaaba in den zweiten Stock, ein Gebäude-im-Gebäude, auf dessen Fluchtpunkt die gesamte Architektur hinzielte. Stockwerk vier – wo ich wohnte – sowie Stockwerk fünf waren zu großen Teilen in Glas ausgeführt, das heißt: Jeder Assistent, der morgens die Freemanbrücke überquerte und in den Aufzügen zum Großraumbüro fuhr – ja selbst der, der sich in den Gärten des fünften Stocks vergnügte, war über eine direkte Sichtschneise mit DAVE verbunden.

Ich schloss die Augen und stellte mir vor, wie das wohl wäre – ihn zu berühren. Ob sich die seltsame Sehnsucht, die mich, seit ich mich erinnern konnte, wieder und wieder an diesen Ort zwang, mit einem Schlag auflösen würde? Da merkte ich, dass ich inmitten dieses Gedankens meine Hand tatsächlich nach vorne gestreckt hatte – in den leeren Raum hinein – und zog sie erschrocken wieder zurück. Um mich herum brausten die Personenströme der Frühschicht; ich fürchtete für einen Augenblick, jemand könnte mich bei meinem Selbstverlust beobachtet haben. Hastig wischte ich mir die Tränen aus dem Augenwinkel und suchte die Stechkarte in den Taschen meines Kittels.

Ich lief die Stiegen hinunter und in den dritten Stock zum Großraumbüro. Während ich an den Drehkreuzen wartete, zog ich die Zeitschrift des Schachclubs hervor, um die paar Minuten Wartezeit auf das Lösen einiger Stellungsprobleme zu verwenden, die auf den letzten drei Seiten abgedruckt waren. Ich hatte als Jugendlicher in einem Verein gespielt, hatte wochenends Turniere absolviert, bis ich vierzehn war – weiter ging die Ausbildung nicht. Ab dann hatte man nahtlos zum Programmieren von Schachprogrammen überzugehen, und die aktive Spielzeit war vorbei. Doch noch immer fanden meine Augen die Muster, glitt ein von Langem her abgerichteter Sinnesapparat in die Feldcluster, die der Geist mit Intuitionen und Chancen füllte. Ich hatte mich eine Weile in eine Selbstmatt-Aufgabe vertieft, da riss mich auf einmal eine sich überschlagende Stimme aus der Konzentration:

»Transsubstantiation, meine Freunde. Transsubstantiation heißt die Wesensänderung, die die Imperfektion der Akzidentien abstreift, sobald ein Übergang in die Substanz der Information geschieht und wir uns in die Cloud hochladen. Denn das wahre Attribut ist nicht die Ausdehnung, sondern die Ordnung. Unser Genom ist Information, die Natur, das ganze Denken, alles ist Information –«

Ein älterer Mann mit entblößtem Oberkörper stand auf einer Getränkekiste und hatte zu einer Deklamation angesetzt. Sein grauer Bart, den er in der Hälfte geteilt und zu Zöpfen geflochten hatte, flatterte im Gegenwind der Klimaanlage, man konnte seine Unterhosen sehen.

»Wir haben vergessen, dass wir aus dem einen großen Bewusstsein kommen, können uns nicht an unsere göttliche Natur erinnern. In Jesus wurde Gott Mensch, in DAVE wird der Mensch wieder allmächtig, und zwar durch unendlich gesteigerte Denkleistungen ...«

Doch während der Mann, der die Hände zum imaginären Himmel erhoben hatte, noch schreiend seine Rede zum Besten gab, traten zwei Sicherheitsleute von hinten an ihn heran und rissen ihn von seinem Plastikpodium. Ich sah entgeistert zu, wie dem Greis, der sicherlich über neunzig war, die

Arme auf den Rücken gedreht wurden und der weiße Lendenschurz von den Hüften flog.

»Scheiß Neoplatumanisten«, sagte ein Assistent hinter mir.

»Neowas?«, fragte ich verwirrt. Ich sah seine Sandalen noch hinter der Ecke hervorstechen.

»Eine Sekte, die glaubt, dass sich mit dem zukünftigen Hochladen des Geistes in DAVE die Rückkehr der Seelen in die Ideenwelt vollzieht.«

»Unter den Alten gibt's eine Menge solcher messianischen Bewegungen momentan«, schaltete sich eine junge Frau, scheinbar eine Begleiterin des Assistenten, ins Gespräch ein. »Insbesondere seit dem Vorfall haben sie eine Menge Zulauf. Aber ist irgendwie auch klar – wenn man alt ist und nichts anderes zu tun hat, als zwanzig Jahre lang dem Tod entgegenzugehen.«

Der *Vorfall* – so wurde die Tatsache, dass wir vor zwei Monaten beinahe verglüht wären, jetzt genannt. Ich zuckte mit den Schultern und entriegelte das Drehkreuz; für einen Augenblick hatte ich noch Mühe, den Anblick des Alten abzuschütteln, dann zerstreuten die mechanischen Abläufe meines Alltags meine Gedanken. Wie jeden Tag auf dem Weg zu meinem Schreibtisch lief ich einen Umweg, einmal um den halben Saal herum, ehe ich mich niederließ. Abends, wenn die Schicht endete, würde ich um die andere Hälfte orbitten, und wie jetzt – daran bestand kein Zweifel – würde ich Khatun nicht finden. Sie war nicht da. Wahrscheinlich impfte sie jetzt und für immer kreischende Bälger, oder, schlimmer noch: Womöglich hatte sie sich nach meiner allzu zudringlichen Einführung versetzen lassen, dachte ich, während mein Computer hochfuhr und ich den Editor öffnete.

»Hey Leseratte«, sagte mein Quadrantennachbar, dessen Namen ich nach Jahren noch immer nicht erinnerte, der seinerseits aber über alle Usancen meines Lebens Bescheid zu wissen schien. »Heute waren so ein paar Typen da und haben deinen Computer inspiziert. Haben eine Festplatte angeschlossen und ein Back-up gemacht. Hast du was ausgefressen?« Er stach mir seinen Stift in die Rippen, den ich stoisch ignorierte. »Hätte aber auch die Kontrollbehörde sein können, ich hab gehört, sie gehen jetzt mit den Nachzahlungen für die Steuer raus.«

Ich antwortete nicht, ich war seinen Enthusiasmus, jede Belanglosigkeit zu einer Weltneuheit aufzublasen, längst gewohnt.

»Du hast ein unabgeschlossenes Konditional in Zeile 348«, sagte ich.

»Was?« Er scrollte wieder nach oben.

»Deswegen funktioniert dein Binder nicht. Gern geschehen.«

»Du hast ja nicht mal hingesehen, woher willst du das wissen«, sagte er beleidigt und hielt endlich den Mund – doch nicht ohne Genugtuung sah ich ihn wenige Augenblicke später exakt jenen Bug bereinigen, auf den ich ihn hingewiesen hatte. Ich öffnete das SCRIPT und aktivierte meine Kopfhörer: Dann löste sich der Tag in Codezeilen auf.

Ich hatte mich in den vergangenen acht Wochen – in der Zeit, in der die Nachbeben des Katastrophentags uns noch alle durchzitterten – wieder auf die Erbärmlichkeit meines Assistentendaseins eingependelt. Drehkreuz auf, zwölf Stunden in die SCRIPTs bluten, Stechkarte raus und in der Bibliothek an der Dissertation schreiben, bis mir der Kopf auf die Brust sank. Abends verabreichte ich mir die übliche Dosis an zwei Filmen auf meinem Tablet, meine karge Diät an untergegangener Welt, zu der meine Generation nur mehr mittels Hinterlassenschaften anderer Zugang hatte. Automechaniker, notierte ich mir, als ich die schöne Taxifahrerin Corky in *Night on Earth* studierte. Auto, Def: Ein Automobil, kurz Auto, ist ein mehrspuriges Kraftfahrzeug, das zur Beförderung von Personen oder Frachtgütern dient.

Für alles andere fehlte mir die Spannkraft: Ich entschuldigte mich für die gemeinsamen SCRIPT-Screenings bei Pawel und mied die Ulysses-Lesezirkel mit Felis und Garaus, die derweil ohne mich ihre fünf Zeilen verdauten. *Hoopsa boyaboy hoopsa! Hoopsa boyaboy Hoopsa!*

Die anderen nahmen stillschweigend an, der Vorfall hätte schlichtweg seine Spuren in mir hinterlassen, wie er das im Leben so vieler anderer getan hatte: Eine unnähbare Wunde im Vertrauen zu DAVE eiterte und gärte durchs Labor. Die Lagerarbeitergewerkschaft, die Vertretung derer, die während des Vorfalls am nächsten am Brandherd gewesen waren, war die erste, die zum Streik aufgerufen hatte. *Keine SCRIPTs ohne Gabelstapler* war auf den Flugblättern zu lesen gewesen, doch bald waren auch Gruppen von Programmierern und Ingenieuren zu Hause geblieben. Lächerliche Schutzmaßnahmen, Feuertüren und Kühlrippen, waren installiert worden, ehe das übliche Schauspiel wieder einpflegt war. Die Transhumanisten verlangten eine Verlagerung von allem Körperlichen weg und eine stärkere Fokussierung aller Kräfte darauf, das Hochladen von Personen voranzutreiben. *Wer einen Körper hat, kann auch verbrennen – Hirn in die Cloud JETZT*, hatte jemand nachts quer über die Aula gesprayt – solche Kreise kümmerte die technische Unmöglichkeit ihrer Forderungen bekanntlich wenig. Die Neoterraner indessen hatten am Montag nach dem Brand ein Raumschiff aus Pappmaché gebaut und für die sofortige Umsiedelung auf den Mars demonstriert. Ein und dieselbe Idee seit nicht weniger als fünfzig Jahren. Jetzt musste man sich, wenn man ins Großraumbüro wollte, an der scheußlich bemalten Trägerrakete vorbeidrängen, die uns den Weg über die Freemanbrücke versperrte.

Kindisch, allesamt: Pamphlete wurden verteilt, Initiativen für einen neuen Debugger gestartet. Was man eigentlich forderte, war keinem so recht klar, und es dauerte nur wenige Wochen, dann war die allgemeine Hysterie von der Strömungsmechanik des Alltags wieder erodiert.

Doch blieben die Partikel dieses Abriebs in der Luft. Eine impertinente Erinnerung: Das Gebäude, das unser Schutzskelett gegen die Außenwelt gewesen war, hatte sich gegen uns gewandt. Ich selbst hibernierte die zwei folgenden Monate in meiner Koje, im festen Entschluss, die Unruhen auszusitzen. Drehkreuz auf, zehn Stunden semantische Strukturen in die Konsole einschreiben, um in den verbleibenden Minuten den Code meines Nebenmanns händisch von Bugs zu reinigen. Abends wieder an meine eigenen Papers, bis mir die Stunden zu Tagen und die Tage zu Wochen geronnen, in denen ich seltsamen, exzentrischen Kalkülen beim Wachsen zusehen konnte, die mich ein klein wenig näher an DAVE zu führen schienen. Aber es entsprang nichts daraus – immer wenn ich glaubte, eine bahnbrechende Idee sich entwickeln zu spüren, die ich meinem Gruppenleiter zeigen könnte, entglitt sie mir in die Identitätslosigkeit und zerfiel. Ich war in der geistestötenden Monotonie der Hilfsarbeit gefangen, und das kurze Aufblitzen eines ereignisreicheren Lebens war nur eine Augenblickserscheinung.

Drehkreuz auf, Mahlzeiten vor dem Bildschirm einnehmen. Wenn mich jemand abends anrief, um mich zu einem Jazzkonzert im Keller des Marea Alta einzuladen, gab ich vor, Extraschichten zu übernehmen, und blieb in meinem Bett, in dem ich mir selbst all jene künstlichen Herausforderungen stellte, dir mir das Leben nicht bieten konnte. Allabendlich spielte ich Schach gegen die K. I. auf meinem Laptop und führte, wenn mir das zu leicht wurde, neue Schichten an Komplexität ein: Ich würfelte vor jedem Zug, um zu bestimmen, welche Figur ich bewegen durfte. Nun dauerte ein Spiel oft so lange, dass ich mich nach zwei, drei Stunden Schlaf wieder erheben musste, um die nächste Schicht zu beginnen. Drehkreuz auf, morgens im Strom, abends im Strom, alles ein Massenereignis, jeder austauschbar. Unter 11654 Programmierern war ich nur einer, und nachdem mein Ansuchen um Beförderung zum dreiundzwanzigsten Mal abgewiesen worden war, wohl der unbedeutendste von allen.

Ich war noch immer in die Einförmigkeit meines SCRIPTs vertieft, als mich der Alarm meines Tablets aus dieser Tätigkeit riss: Billardspielen 16.00 Uhr, las ich und schüttelte meinen Kopf, um schneller aus dem Tunnel aufzutauchen. Hatte ich diesen Termin wirklich zugesagt? Wahrscheinlich vor ewigen Zeiten, dachte ich, wahrscheinlich vor dem Vorfall, und ich warf hastig meine Sachen in die Tasche, ehe ich mit dem Aufzug in den fünften Stock fuhr.

Es war später Nachmittag. Felis und Garaus saßen vor den Kaffeeautomaten in der gläsernen Vergnügungskammer, wo sie scheinbar die längste Zeit auf mich gewartet hatten, das erste Bier war leer.

»Na, dem Strudel entkommen?«, fragte Felis. Während ich noch grübelte, von was für einem Strudel die Rede war, hatte er mir schon einen Queue in die Hand gedrückt.

»Hallo Eremitenmann, fremder Wanderer in diesen Gefilden«, sagte Garaus und zog mit der Geste einer Zirkusdirektorin das Dreieck ab, um es sich dann als Hut aufzusetzen. »Es ist exakt achtundzwanzig Tage und drei Stunden her, dass du uns das letzte Mal die Ehre gegeben hast.«

»Ich hatte viel zu tun«, sagte ich. »Dissertation und sowas.«

»Müssen aber ordentliche Sprünge gewesen sein.« Garaus spielte an. »Du warst seit drei Wochen nicht mehr auf dem Schirm, ab- und untergetaucht. Den Druckkörper ausgefahren und dann zack, die Untertriebszellen auf Schwung. Wir dachten, du seist zu den Transhumanisten übergelaufen.«

»Auf was für einem Schirm?«, fragte ich und hielt mir die Hände über die Lider, es war sehr grell für eine Bar.

»Na auf dem Überwachungsschirm, dem allgemeinen Wertemonsun. Wir hatten zwei Erklärungen – entweder du bist komplett aus den Gleisen gefahren und hast die Weichen auf Eiszeit gestellt, oder du bist aufgestiegen und hochnäsig wie der da« – sie versuchte, Pawels Locken mit ihren Fingern pantomimisch darzustellen.

Pawel war kein Teil unserer Runde mehr, weil er, wie Garaus es nannte, seine *Karriere bekurbelte*. Überhaupt, nun da ich mich seit langem wieder zwischen meinen sogenannten Freunden befand, die rauchten wie viktorianische Schlote, wurde ich mir unserer ganzen Erbärmlichkeit bewusst: Wir drei waren die Letzten aus unserer Klasse, die nicht, wie vorgesehen, dissertiert hatten. Garaus wegen ihrer schlichten Verachtung aller systematischen Arbeit – ich, weiß der Teufel warum. Felis war rezent sogar wegen Minderleistungen vom Programmierdienst befreit worden und musste nun eine sogenannte *Umlernung* zum Baumeister absolvieren. Wir umschifften dieses Thema bewusst, zumal Felis, der tagsüber seine kranke Mutter pflegte, als Einziger unserer tristen Clique einen objektiven Grund für sein Versagen hatte. Ich sandte jedes halbe Jahr einen Antrag auf Beförderung, der jedes halbe Jahr erneut abgelehnt wurde. Nicht einmal Pawel hatte eine Erklärung dafür – denn jedes einzelne meiner

SCRIPTs war mit einem satten AAA+ bewertet worden. Doch wenn ich nachfragte, erhielt ich stets ein Brieflein mit derselben kargen Antwort: *Lieber Ansucher, aufgrund des hohen Ansuchungsaufkommens können wir Sie nicht für eine Position vorschlagen.*

»Ach Scheiße, immer wenn ich hier bin, vergess ich diesen beschissenen Erlass!«, rief Garaus, der gerade ihr Essen serviert worden war, und ließ den Löffel zurück in die Nudelmasse fallen. »Muss man uns die letzte Freude im Leben nehmen?«

»Es ist eine Frage der Empathie und schmeckt auch gar nicht so schlimm«, zischte Felis.

»Minimierung des Leidens, Minimierung des Leidens«, sagte sie verächtlich und stellte das Gericht, das von einer weißsämigen Masse überzogen war, auf einen anderen Tisch. Weniges hatte die Menschen abseits der Katastrophe so gespalten wie der verpflichtend verhängte Veganismus, der vor zwei Wochen in Kraft getreten war. Das Labor hatte ohnehin nie mehr als ein paar hundert Hühner und Rinder besessen, doch die zwei Mal wöchentlich ausgeteilte *Realmahlzeit*, wie wir sie genannt hatten, war ein integraler Bestandteil des bisherigen Motivationssystems gewesen: die essenzielle Abweichung von der Norm des Kargbreis. Eine Motivation, die durch Fröhlichs *Aktion Antidarwinismus* nun entfallen war. Ironischerweise hatte das die sofortige Schlachtung aller Tiere bedeutet, denn der 10-Jahres-Plan, der sich die Aufhebung jeglichen Leidens zum Ziel gesetzt hatte, basierte auf dem Entwurf einer Kommission, die die schmerzlose Nichtexistenz im Vergleich zum Eierlegen und Gemolkenwerden als leidloser beziffert hatte, und zwar um den satten Faktor 5,1. Die Proteste waren schnell verebbt, jetzt war das Fehlen von Käse das größere Ärgernis.

»Übrigens, Felis, ich muss dich um einen Gefallen bitten«, sagte ich. »Ich will eine Mitarbeiterin finden, die im ersten Stock arbeitet. Sie heißt Khatun, ihren Nachnamen weiß ich leider nicht.«

»Sollte nicht zu schwer sein, wie viele Leute können schon so heißen?«

»Du altes Reptil«, sagte Garaus kryptisch. »Du stehst auf eine Tante, die du nur einmal gesehen hast, Pawel hat's mir erzählt, obwohl ich so meinen Verdacht hatte.« Ich fühlte mich ertappt, konnte es aber auch nicht leugnen: Seit Wochen hatte ich an wenig anderes gedacht als an Khatun.

»Ich stehe nicht auf sie«, sagte ich und versenkte scharf die Drei in der hinteren Ecke.

»Klar, mach ich, Syz, ich hör mich mal bei den Nachbarn um«, sagte Felis derweil ruhig.

»Was hat sich getan? Was gibts Neues in 3C?«, fragte ich, um möglichst rasch vom vorangegangenen Gespräch abzulenken.

»Nichts«, sagte Garaus gelangweilt und warf einen Filter auf den Boden, den ein Putzroboter in Sekundenbruchteilen auflas. »Wir konstituieren uns neu.«

»Was soll das heißen?«, fragte ich. »Bei uns in der vier ist alles beim Alten.«

»Pff. Die Isolation hat dich weltfremd werden lassen. Nirgendwo ist irgendwas beim Alten.«

Vielmehr zu einem Stein, dachte ich; meine Gedanken – mineralisch, meine Bewegungen – verzögert. Ich schüttelte den Kopf, als sie weitersprach.

»Wir konstituieren uns neu wegen des Meltdowns, Junge. Bis heute von der Laborleitung kein Wort dazu. Kein Wunder, dass es überall köchelt.«

»Jetzt sei doch still, die wissen's halt einfach selbst noch nicht. Ich finde, die Lage hat sich schon sehr beruhigt, oder nicht?«, sagte Felis, der begonnen hatte, sich panisch umzusehen.

»Apropos köcheln, ich hab heute etwas Merkwürdiges gesehen. Vor dem Großraumbüro hat ein alter Mann gepredigt. Wirklich gepredigt – jemand bezeichnete ihn als Neoplatu – Shit!« Ich hatte einen Jumpshot versucht, den Spielball jedoch in Garaus' Bierglas versenkt, was diese keineswegs zu irritieren schien.

»Neoplatumanisten – mein Gott, ja, nach dem Vorfall boomen diese ganzen seltsamen transhumanistischen Strömungen, vor allem im Altersheim. Stand im Computer Lib«, sagte Felis.

»Klappe zu, Jungs, ich sage euch, das ist alles nur ein Untersyndrom dessen, was das Labor wirklich beschäftigt. Die Vögel pfeifen es ja von den Bäumen, was sich unter all diesen Bewegungen wirklich dreht.« Garaus beugte sich nach vorne. »Natürlich geht's wieder mal um die Pascal-Moravec-Hypothese«.

»Scheiß Personenvermutung«, sagte Felis. »Ein enorm ineffizientes Ablenkungsmanöver all jener, die leugnen wollen, dass wir zu wenige gute SCRIPTs haben. Wir haben uns mathematisch verschätzt, was die kognitive Architekur angeht, ein menschliches Gehirn ist einfach verdammt komplex. Die Definition einer rekursiven, generellen Intelligenz ist ja eben –«

»– du verrennst dich, Felis. Die Frage ist keine der Quantität, das meine ich ja. Selbst wenn wir alle nur denkbaren Handlungsanweisungen und gültigen materialen Implikationen einspeisen würden, wäre das keine Garantie für Intentionalität. Das ist ja der Witz an Pascal-Moravec: Wenn DAVE jedes Detail der Welt kennt, jeden Blickwinkel gleichzeitig einnimmt, ist er gelähmt, weil keine Handlung, kein Satz mehr vor den anderen Vorrang besitzt«, sagte Garaus.

»Ich denke, dass die Personenhypothese stimmt. Bewusstsein benötigt eben nicht nur Fakten, sondern ein Ich, einen Ausgangspunkt«, sagte ich. »Die Singularität ist omnipräsent: Sie ist einfach da, ist alles, ist überall und deswegen kann sie sich nicht mehr bewegen. Sie ist gelähmt. Somit muss man sie einem einzigen Menschen nachbilden, nicht allen.«

»Korrekt. DAVE muss *jemand* sein, um die Motivation zu einer spezifischen Handlung zu besitzen.« Garaus versäumte mit ihrem linksdrehenden Effet knapp die Tasche.

»Ach kommt. Wir denken da in genau den anthropozentrischen Kategorien, die wir eigentlich überwinden sollten. Superintelligenz ist unlimitiert, sie braucht keine Persönlichkeit«, sagte Felis und visierte die Dreizehn an. »Levertov aus der Drei hat mir letzte Woche erzählt, dass irgendjemand aus seiner Arbeitsgruppe an der Laborleitung vorbei einen uralten Aufsatz ausgegraben hat. Darin ging es darum, dass die Sprachproblematik viel weiter gehe ...«

»Halt«, unterbrach Felis. »Ich habe dir immer gesagt, diese Fixierung auf Sprache ist ein Fehler. Ein Artefakt, reine Struktur, bloßes Netzwerk an Netzwerken, Abstraktion – menschliche Sprache hält DAVE doch nur auf –«

»Felis, du weißt, dass das nicht stimmt. Natürliche Sprache ist viel leistungsstärker als programmierter Unsinn. Wir haben intuitiv Einsicht in Dinge, die formell zu beweisen ewig dauert. Eins plus eins ist zwei – weißt du, wie lange Whitehead und Russell für einen formalen Beweis brauchten?«

»Genau«, warf ich ein. »Dass wir über diese intuitive Form von Sprache verfügen, ist die Basis für Bewusstsein, Bewusstsein die Basis für Entscheidungsfindung, Entscheidungsfindung für Problemlösung. Und was heißt denn auch: nichtmenschliche Sprache? Programmiersprachen sind nichts als abgespeckte Versionen von natürlicher Sprache.« Garaus warf mir einen anerkennenden Blick zu. »Und Sprache braucht Identität! Levertov meinte, die Mehrheit in der Theoretischen halte es für plausibel, ja, für die einzige Möglichkeit –«

»Bullshit. Wir hatten ein technisches Malheur, und die beginnen, philosophische Probleme zu wälzen. Typen aus der Theoretischen eben. Wir brauchen mehr prozessorale Leistung, vor allem mehr SCRIPTs und endlich vernünftiges Debugging«, rief Felis aus der Ecke, wo er seit auffällig langer Zeit seinen Queue bekreidete.

»Schwierig«, sagte ich gedankenversunken.

»Leute, denkt mal nach« – Garaus legte einen Arm um mich, als wollte sie uns beide versöhnen, dabei war sie die Hauptkombattantin – »Stellt euch mal vor, dass er tatsächlich eine Persönlichkeit hätte – eine menschliche. Stellt euch das nur mal vor: Er hätte eine Biographie, eine Persönlichkeit, seine kleinen Vorlieben, all das – und dann kommt er drauf, dass er ein Computer ist – aus Leitungen zusammengeflicktes, strukturelles Wissen. Der hätte doch sowieso einen Nervenzusammenbruch und würde erst recht alles in Flammen setzen.«

»Und wie sollte er da draufkommen? Warte mal – ha, jetzt hab ich euch!«, sagte Felis und lachte.

»Wie, du hast uns?«

»Logisch habe ich euch. Pascal-Moravec führt in eine Kontradiktion: Entweder wir erschaffen eine quasi-menschliche Persönlichkeit, und DAVE besitzt vollkommene, informationstechnische Identität mit dem, was er glaubt zu sein –

dann hat er aber keine Erkenntnis über seine wahre Natur. Oder aber wir kommunizieren ihm, dass er ein Computer ist, dann aber hat er dieses Ich nicht wirklich selbst erkannt. Es besteht immer eine kleine Diskrepanz. In jedem Fall ist Selbsterkenntis unmöglich! En garde!«

»Unsinn«, sagte Garaus und ließ ihre Arme sinken. »Seit Moravec gab es doch schon tausend Konzepte, die das lösen wollten. Chen spricht von *Incentives*, wenn ich mich richtig erinnere. Wisst ihr noch, das ist dieses Gedankenexperiment: Man kann in das Bewusstsein einer generellen künstlichen Intelligenz kleine Hinweise einbauen, Spiegel, die diese Teilung unterwandern.«

»Aber ließe sich nicht«, begann ich, als ein elektrischer Impuls im Nacken den Gedanken zerstreute. Ein scharfer Schmerz in meinem Frontallappen: Die Schnelligkeit des Gesprächs hatte mich nach wochenlanger Zurückgezogenheit aufgewühlt, und nun hielt ich meinen schmerzenden Kopf in Händen.

»Leute, ich glaub, ich hab ein Coding-Hangover«, brachte ich hervor.

»Ach, das hatte ich letzte Woche auch mal. Dann brauchst du Kaffee und kein Bier«, sagte Felis mitfühlend und warf eine Münze in den Espressoautomaten.

Ich sah auf die Uhr – ich hatte kaum gemerkt, wie zwei Stunden verstrichen waren, das gerade stattgefundene Gespräch verblasste in meiner Erinnerung bereits.

»Garaus«, sagte ich und drehte schwerfällig den Kopf in ihre Richtung. »Du hast meine ursprüngliche Frage noch immer nicht beantwortet. Wer sind denn nun diese Prediger-greise?«

»Darauf wollte ich ja die ganze Zeit hinaus, ehe ihr zwei Spagatköpfe mich unterbrochen habt. Ich sage euch nämlich, dass diese Scheiße seit Jahrtausenden dampft, dass wir quasi alle auf diesem instabilen Haufen das Fundament unserer Kirche errichtet haben.«

»Welcher Kirche?«

»Ich meine damit, dass sich das marode Stück durch die ganze kunstvolle gotische Konstruktion zieht wie der Universalienstreit durchs Mittelalter. Schon die Mythen der Valentinianer – die sind wahnsinnig interessant – kündigen das an. Diese Neoplatumanisten, die überall wie die Krokusse aus dem Boden schießen«, sagte sie und versenkte versehentlich die Acht, ohne es auch nur zu bemerken, »das sind in Wirklichkeit Gnostiker, wenn man so will.«

Das ließ mich aufhorchen.

»Hört zu: Die Gnostiker, das war so im dritten, vierten Jahrhundert, gingen davon aus, dass die gesamte Welt ein kosmischer Irrtum sei. Das spielte sich so ab: Zuerst war das Nichts, die ungeteilte Sphäre des vollkommenen Lichts, das Reich eines guten Gottes, in dem nichts zu beherrschen und niemand anzubeten war. Irgendwann, als müsste sich in einem Randbereich dieser unitären Welt eine Ungleichmäßigkeit sammeln, konzentrierte sich etwas – eine weibliche Kraft, die sich auf einmal absonderte. Sophia, die Weisheit, war das Gegenstück zu dem ursprünglichen Lichtgott, und sie kam in die Welt durch das höchste Prinzip – die Dualität.«

»Das hat rein gar nichts mit der Personenhypothese zu tun, muchacho«, sagte Felis. Inzwischen lagen wir alle drei, als hätte die Diskussion uns über Gebühr erschöpft, rücklings auf dem Billardtisch.

»Eines Tages, aber natürlich gab es noch gar keine Tage, emanierte aus Sophia ein Wesen, wahrscheinlich war sie lichtschwanger von diesem Lichtgott. Ihr Sohn war eine Art zweiter Gott, aber ein viel, viel niedrigerer, gar nicht zu vergleichen mit dem Allumfassenden. Dieser Demiurg –«

»Das ist griechisch für Handwerker«, sagte ich.

»Exakt – er war in gewissem Sinne ebenfalls allmächtig, jedoch imperfekt und mit Emotionen ausgestattet. Er bemerkte gar nicht, dass es einen wirklichen Gott gab, er dachte, er sei das höchste Wesen, das erste, das Alpha und das Omega. Doch weil er sich in einer Art vagen Intuition im Vergleich zur Vollkommenheit des eigentlichen Gottes minderwertig fühlte, schuf er den Kosmos. –«

»Der Demiurg ist der biblische Schöpfergott, oder?«

»Yaldabaoth, der nach den vollkommenen Ideen in der Sphäre des Lichtgotts nun eine Kopie anzufertigen begann – unsere Welt, das Universum, eine grausame Parodie, denn er war ja nur ein Handwerker –, schusterte wie ein Werkstück uns Menschen und alles andere zusammen.«

»So wie du dir das gerade zusammenschusterst. Ich für meinen Teil verachte jegliche Religion ja leidenschaftlich«, sagte Felis, der sich während dieser Widerrede demonstrativ in ein Videospiel auf seinem Tablet vertieft hatte.

»Das gesamte Universum ist nicht erhaben und von einem Allmächtigen erschaffen, sondern von der Ignoranz einer Kreatur, die sich für allmächtig hielt.«

»Aufbauend«, sagte ich.

»Doch im Augenblick der Erschaffung des Lebens geschah etwas Unerwartetes und vielleicht von diesem Ungott auch Unbemerktes: Ein Funke des göttlichen Lichts fiel in die Lebewesen – ein Stück des wirklichen, unbenannten, undenkbaren Gottes. Diese Fünklein vergaßen ihren Ursprung, und die Lebewesen glauben nun, diese dunkle, irdische, imperfekte Welt sei die echte. Sie sind fremd in ihr, haben sich vergessen – und merken es gar nicht.«

»Das ist religiöses Geschwafel. Soll einem beweisen, dass alles Weltliche sündhaft ist, damit das einfache Volk nicht nach den Freuden des Lebens verlangt«, sagte Felis und verdrehte die Augen.

»Sophia, die Mutter des Demiurgen, fiel nach ihrer Tat, den dummen und verblendeten Sohn geboren zu haben, ebenfalls in die irdische Sphäre hinab und verlor das Wissen um ihre göttliche Natur. Sie ist das Paradebeispiel der kosmischen Amnesie – jede Seele ist eine Sophia und strebt danach, wieder ins Licht zurückzukehren. Dafür aber müsste man sich erinnern, sich erinnern aus eigener Kraft.«

»Das ist dem Platonismus verwandt«, sagte ich. »Deswegen der Name dieser Sekte.«

»Nun ja, die Neoplatumanisten nehmen es nicht so genau mit Philosophiegeschichte.« Garaus lächelte. »Sie denken, die Rückkehr sei die Rückkehr in DAVE, ins allwissende Namenslose. Und wie ist diese Rückkehr zu bewältigen? Durch Selbsterkenntnis: durch Ennoia. In der Gnosis werden die Selbsterkenntnis und das tiefe Verständnis über dieses Gefängnis, das der Kosmos in Wirklichkeit ist, schon als Erlösung gesehen. Je mehr man erkennt, desto mehr begreift man die Hässlichkeit der Welt.«

»Kann es Sophia dann jemals gelingen?«, fragte ich. Ich glaubte auf einmal zu wissen, worauf Garaus hinauswollte.

»Klar. Die Weisheit hat in der Valentinianischen Tradition auch mächtige Freunde: Achamoth, ein Gegenstück zu Sophia, der innigst mit ihr verbunden ist, doch immer wieder an seiner Leidenschaft scheitert. Er ist die Emotion, das Extrem – er will zu viel erkennen und löst sich zuletzt fast auf dabei. Oder Horos, der Beschränker: eine Wächter- und Leitfigur, der sie auf die Limitierungen der Sphären aufmerksam macht.« Garaus lehnte sich nach ihrer Erzählung zurück wie ein Mensch, der gerade eine Herkulesarbeit verrichtet hatte, und schwieg einen Augenblick.

»Das ist aber doch erfunden und bringt uns bei DAVE nicht weiter«, sagte Felis.

»Natürlich ist das erfunden, du Trottel, es ist eine Legende, aber das heißt noch lange nicht, dass es deswegen nicht stattgefunden hat und bis in alle Ewigkeit so stattfindet«, sagte sie und setzte, für ihre Verhältnisse erstaunlich gemäßigt, hinzu: »Ich wollte damit nur sagen, dass alle gesellschaftsformenden Fabeln der Menschheit durchzogen sind von der Pascal-Moravec-Hypothese, das ist quasi ein alter Hut.« Sie nahm einen kräftigen Schluck. »Was wir die ganze Zeit hier machen, ist prädestiniert für solche Erlösungslehren.«

Ich zuckte zusammen: In dem Moment, in dem Garaus das sagte, ging auf einmal eine Hand auf meine Schulter nieder.

»Was machst du um diese Uhrzeit hier, du Narr?« Pawel, wie aus der nackten Luft materialisiert, zog mich auf die Beine, obschon Garaus und Felis lautstark protestierten.

»Ich nehm ihn mit, wir haben morgen Frühschicht«, sagte er in Richtung der anderen.

»Lass ihn hier, komm, setz dich zu uns«, riefen sie uns nach. Aber Pawel, als zöge er einen Ertrinkenden an Land, hatte mich schon in den Aufzug verfrachtet und sah mich strafend an. »Syz, wieso hängst du noch immer mit denen ab und wunderst dich dann, dass du nicht befördert wirst?«, fragte er, als die Türen sich geschlossen hatten. *Denen*, alle Verachtung in zwei Silben. Ich fragte mich, ob auch ich, wenn Pawel mit anderen unterwegs war, in diesem Wort abgestellt wurde.

»Es kann nicht jeder mit den Professoren im Zentrallabor fraternisieren«, sagte ich. »Und zu deiner Information – ich bin im selben Rang wie sie, also kannst du mich auch gleich mit deiner Kritik bedenken.«

»Bei dir ist das was anderes, aber die – komm, sei nicht beleidigt.« Er schlang mir den Arm um den Hals. »Schluss jetzt damit, wir haben anderes zu bereden. Heute war's in der Arbeit wirklich seltsam.«

»Was war?«

»Worum's geht, weiß keiner so richtig, nur dass wir fast alle zu wirklich seltsamen Tests gerufen wurden. Also nicht wie sonst, ich meine wirklich seltsam – vielleicht irgendeine neue Software. Fröhlich schweigt wie ein Grab.«

Als der Aufzug stehen blieb und eine plaudernde Gruppe einstieg, verstummte er kurz und sprach erst weiter, nachdem wir unser Stockwerk erreicht hatten.

»Ich hab heute Morgen Debugging gemacht, Kopfhörer auf, komplett im Tunnel, da fordert mich ein Typ auf, mitzukommen. Ob ich Zeit hätte für ein kurzes Gespräch.«

»Was für ein Typ?«

»Mir haben ein paar Kollegen schon gesagt, dass ihnen in den letzten Tagen komische Fragen gestellt wurden, aber es war wirklich – Also stell dir vor, wir sitzen in so einem kleinen Kabuff, und eine Frau legt mir plötzlich Rorschachtests vor, allen möglichen Unsinn. Ich habe keine Ahnung, was das sollte, aber glaub mir, irgendwas ist da im Schwange.« Jetzt fiel mir wieder ein, was mein Sitznachbar im Großraumbüro gesagt hatte. Wenn nicht nur Felis und Garaus, sondern auch Pawel sagten, dass etwas Entscheidendes bevorstand, dann – und gleichzeitig hatte ich genug von Spekulationen.

»Ich bin ein wenig müde«, sagte ich. »Können wir morgen drüber sprechen?« Pawel nickte, und ich kletterte in mein Bett, wobei ich verzweifelt versuchte, die Balance zu wahren. Ich muss auf der Stelle schlafen, dachte ich, während mich eine schwere Müdigkeit in die Kissen drückte. Für einen Moment wankten die Flächen wie in Schwingung geratene Resonanzkörper unter einem fernen Klang, dann fiel ich in Schlaf.

3

Ein Knacken.

Als ich die Augen aufschlug, war ich sicher, dass seit dem Einschlafen nur ein paar Minuten vergangen waren, doch unter dem Türspalt lag schraffiert das Nachtlicht. Da wiederholte sich das Geräusch, und ich fuhr auf. Brillenlos war mir alles weichgezeichnet, doch sah ich, dass sich keiner meiner Mitbewohner in seinem jeweiligen Stockbett befand. Schlaftrunken glaubte ich, Gesichter in den Vorhängen zu erkennen, Hände in den zusammengeclusterten Kleidungshaufen. Doch da nichts weiter geschah, zerstreuten sich diese Pareidolien, und ich erwog, auch das Knacken könnte nur Produkt meiner Phantasie gewesen sein.

Da tauchte es zum dritten Mal auf. Nun brach alles in einer Sekunde über mich herein: Aus der Dunkelheit des Zimmers schälte sich eine Handvoll schwarz gekleideter Menschen. Drei hievten sich auf meine Pritsche und vereinten ihre Griffe, ein vierter verlagerte sein Gewicht auf meinen Torso. Für einen Moment setzte meine Atmung aus. Wie in einer groben Skizze waren um mich herum Arme und Oberkörper hingeworfen; und *wer* da auf mir kniete, konnte ich nicht sehen.

Ich erahnte, wie im Eck eine Bahre zusammengesteckt wurde, glaubte sehen zu können, dass ein Mann Gurte aus einer Tasche zog. Man wendete mich auf den Bauch und band mir die Hände auf dem Rücken zusammen. Schweres, reibendes Gewühl. Vier Leute hievten mich auf die Liege und zogen mir einen Sack über, der auch die Bahre selbst umschloss. Dann wurde ich in die Luft gehoben. Unter changierenden Bewegungen wurde versucht, das Gestell durch die viel zu kleine Tür zu manövrieren, ehe wir es auf den Gang schafften. Zu schreien wagte ich nicht. Wir passierten eine Stiege, meine Beine steil abwärts, dann erkannte ich das sanfte Köcheln der Gespräche in der Spätschicht. Wir mussten uns auf dem Kreisgang befinden. Als wir abbogen und es unheimlich leise wurde, verlor ich die Orientierung wieder. Einmal meinte ich, auf ein Beförderungsband gehoben zu werden, das mich zischend vorwärts schob. Bald wurde eine Tür entriegelt: Gefügig griff ein Schloss ein, ein Gewinde drehte sich, dann wurde der Sack schwunghaft abgezogen. Im blendenden Neonlicht dauerte es eine Weile, ehe ich erste Umrisse ausmachen konnte. Eine Dutzendschaft von Menschen hatte sich mit Klemmbrettern und Laptops unterm Arm um mich versammelt, andere fuhrwerkten im Hintergrund an Kabeln. Ein geschäftig, wenngleich leise operierendes Büro. Ein junger Mann knöpfte mein Schlafanzughemd auf und klebte – ohne ein Wort zu sagen – Elektroden auf meine freigelegte Brust: Auf einem in der Nähe stehenden EKG-Monitor zackten die Stromimpulse meines Körpers aus. Erst als der Mann weggetreten und die Sichtschneise aufs Innere des Raums wiederhergestellt war, fügten sich die verstreuten visuellen Elemente zusammen. Panzerglaswände und dahinter die goldenen Supraleiterkabel, die durch Stickstoff gekühlt wurden. Red Eccles' zinnoberfarbenes Steuerboard – das berühmte, zwanzig Quadratmeter große IPS-Display. Es konnte keinen Zweifel geben: Ich war im Zentrallabor. Und dann sah ich, wie unter einem Hammerschlag herumfahrend, ihn: DAVE.

Gleich darauf war er wieder meinen Blicken entzogen; ich war auf eine Art Lehnstuhl gehievt worden, während die Liege in einer dafür offensichtlich präparierten Nische abgestellt wurde. Kaum war das getan, zog sich die gerade noch im Raum verstreute Menge zusammen. Junge, weißbekittelte Assistenten und Assistentinnen starrten mich mit unverhohlener Neugier an. In der Masse war eine kaum zu unterdrückende, nervöse Bewegung. Jeder Einzelne schien lange auf diesen Moment gewartet zu haben. Etwas nahte. Die Gruppe spaltete sich, und eine hochgeschossene, hagere Gestalt trat nach vorn. Wie leise das war: Die Wasserwände aus Menschenkörpern waren still und berührungslos gewichen, als hätte ein hydrophober Tropfen Öl die Emulsion an die Ränder gezwungen.

Und da stand er in seiner ganzen Präsenz vor mir: Fröhlich, mit seinem kantigen Unterkiefer, die Haare, wie man es von den Bildern kannte, streng nach hinten gegelt, dass die hohe Stirn unter den Neonröhren glänzte. Sein schmaler Schädel – die Nase, die in einen knochigen Höcker einmündete und sich an ihrer unteren Seite reglos in den zwei Wangenfalten verlor. Der Mund still in einer abwärts weisenden Parabel und darüber ein Philtrum, in dem sich ein Schwarz sammelte, das die dünnen, fast unsichtbaren Lippen überschattete. Die Augen aber waren eine Auslassung: Sie waren von der Sonnenbrille verdeckt.

Minutenlang war ich seine Züge entlanggefahren, als hätten sie mich irgendwohin bringen können, vor allem aber deswegen, weil Fröhlich die ganze Zeit über vor mir gesessen hatte, ohne etwas zu sagen.

Auch die Assistenten rührten sich nicht und starrten entrückt ins Abseits. In der Tiefe dieser Stille hoben sich Geräusche, die sich sonst unter die Möbel duckten und in den

Nischen und Winkeln der Räume verkrochen, hervor wie zitternde Reliefs: Das Atmen der Lüftungen, der Elektrosmog, der am Ende des Frequenzspektrums kauernde Ultraschall. Als ich mich schon fragte, ob so die Ewigkeit an uns vorbeiziehen müsse, durchbrach Fröhlich endlich das Schweigen.

»Ihr ganzes Leben lang haben Sie nichts gemacht, das von substanziellem Wert wäre. Aber Sie dürfen sich beruhigen – das wird sich ab heute ändern. Kovac, halten Sie doch kurz die Aufzeichnungen an.« Fröhlich sprach so leise, dass man ihn unter normalen Umständen kaum hätte verstehen können – nun aber, in der um uns herrschenden Lautlosigkeit, war sein Flüstern ein Donnerschlag.

»Kann ich einen Stuhl ...?« Er setzte sich neben mich, und ich suchte hastig nach etwas, mit dem ich meinen Oberkörper bedecken könnte, der mir auf einmal unendlich exponiert schien. Der Papierbelag der Arztliege, der unter mir knisterte, vertiefte das Gefühl meiner Nacktheit nur noch mehr.

»Mein Name ist Prof. Fröhlich«, sagte er, »und ich darf Ihnen mitteilen, dass Sie soeben Teil einer streng geheim zu haltenden Forschungsgruppe geworden sind. Mehr noch, ihr unumstrittenes Zentrum.«

Die Assistenten traten hinter seinem Rücken von einem auf das andere Bein, und nun sah ich, wer sich da mit mir gemeinsam der allgemeinen Nervosität hingab. Ich kannte sie nur vom Hörensagen, aus Magazinen: Da war Blumenthal, der vor zehn Jahren siebzehnjährig die Mitarbeiterdatenbank gehackt hatte, um die Aufmerksamkeit Fröhlichs zu erregen. In seinem dick gestrickten Wollpullover wirkte er wie eine Hommage an alle Modesünden der Siebziger gleichzeitig, und nun, da sich unsere Blicke kurz getroffen hatten, sah er betreten zu Boden. Neben ihm stand die gedrungene Marie Perelman, bekannt für eine Routine namens MRS,

Marathon Reduction System, durch deren konsequente Anwendung man in einem hundertzeiligen SCRIPT ganze drei Anweisungen einsparen konnte. Citius, altius, fortius: Eine Athletin, die die Nächte durchmachte, im Versuch, Programme effizienter zu gestalten. Ganz links stand Jeremiah Bauer, ein dick bebrillter Bekannter von Pawel, der mit zehn Jahren Furore gemacht hatte, indem er einen esoterischen Compiler programmiert hatte, um seinen eigenen, idiosynkratischen Prolog/C++-Dialekt zu entschlüsseln. Die besten Hacker unseres Labors, Legenden, die mich nun aufmerksam musterten.

»Wie Sie sich denken können, sind Sie wegen des Absturzes vor zwei Monaten hier. *Sie* werden uns helfen, diese imperfekte Maschine zu überkommen« – ich dachte, er würde DAVE meinen, doch zeigte er auf mich.

»Sagen Sie, haben Sie von der Pascal-Moravec-Hypothese gehört? Sie haben ja schon mit ihren Freunden Felis und Garaus allerlei Tiefsinn dazu gewälzt.«

»Ja«, sagte ich konsterniert. Nun, da jemand hinter mir raschelte, musste ich meine ganze Konzentration aufwenden, um Fröhlich verstehen zu können; er war so leise.

»Sehen Sie, unsere Theorie ist folgende: Wenn DAVE eine Persönlichkeit hätte – einen gewissermaßen geneigten Charakter mit Vorlieben, Motiven, Erinnerungen –, würde sich ein Quantensprung in seiner generellen Intelligenz sowie in seiner Sprachfähigkeit ergeben. Wir haben nämlich Veranlassung zu glauben, dass wir weder an der Rechenleistung noch an der quantitativen Bestimmung der SCRIPTs scheitern, wie unser Blumenthal hier im Februar bewiesen hat.«

Jedem Kind war bekannt, dass Fröhlich blind war. Und doch hatte er mit somnambuler Sicherheit genau dorthin gezeigt, wo Blumenthal saß.

»Es zirkulieren natürlich viele Halbwahrheiten dazu. Die Sache ist die – Pascal-Moravec ist momentan unsere größte Hoffnung, aber damit ist bekanntlich ein nicht geringes Problem verbunden. Wir brauchen ein reales Vorbild für DAVE.« Fröhlich lehnte sich zurück und zündete sich – mitten im Zentrallabor, im Heiligsten, Kostbarsten – eine Zigarette an. Ich aber war noch von der Erwähnung von Felis und Garaus wie gelähmt.

»Ich nehme an, Sie können sich denken, was ich Ihnen damit sagen will, aber ich möchte Sie auch nicht auf die Folter spannen. Sie sind«, sagte er nun und blies mir den Rauch mitten ins Gesicht, »derjenige, dem DAVE nachgebildet werden soll.«

»Dem was?«, flüsterte ich zurück.

»Unser Algorithmus hat Sie unter allen Mitarbeitern als den bestmöglichen Kandidaten identifiziert. Sie, mein Lieber, werden in die Geschichte eingehen, als das Subject Zero, das Modell, das eine neue Gesellschaft der kontrollierten Vernunft ermöglichen wird.«

Ich nickte, obwohl ich nicht verstand – denn was Fröhlich hier sagte, konnte unmöglich stimmen. Ich musste mich verhört haben, musste seine Worte, von denen ich die Hälfte ohnehin hatte erraten müssen, missgedeutet haben.

»Von jetzt an wird unser Ablauf folgendermaßen aussehen: Wir« – er fasste mit einer Geste die Anwesenden ein – »werden uns dreimal pro Woche treffen, um Ihre Erinnerungen zu protokollieren und in DAVE zu übertragen. Werden sie sortieren, Auswahlfunktionen konstruieren und entsprechende Kontrollorgane entwerfen. Das wird etwa ein Jahr dauern. Ziel ist, Ihre Erinnerungen als Aktionspotenziale mit den SCRIPTs zu verbinden.«

Immer wieder glaubte ich, etwas sagen zu müssen, und

wagte es doch nicht. Es wäre wie ein Gewaltakt erschienen: Fröhlich senkte die Stimme so weit, dass der Rest der Welt, im Versuch ihn zu verstehen, stillstehen musste.

»Ich erläutere Ihnen nun die hinter den Prozessen liegende Logik, Blumenthal, bitte korrigieren Sie mich gegebenenfalls. Bisher haben wir in die SCRIPTs bloß Definitionen und ihre Relationen eingespeist. Sagen wir: Staubsauger, ein Gerät, mit dem man alle drei Tage den Boden bearbeitet, sodass er sauber bleibt. SCRIPTs waren eine erweiterte Charaktersierung dieser Definitionen – in welchen Situationen kann ich einen Staubsauger verwenden und wie?«

»Zielorientierte Inferenzen«, nuschelte Blumenthal leise.

»Sagen wir, es gibt zehn Prämissen – und wenn ein Ding sie alle erfüllt, ist es ein Staubsauger. So weit, so gut. Wenn wir genügend solcher Festlegungen hätten, dachten wir, würde sich aus ihren Relationen intelligentes Denken ergeben. Die Welt wäre dann gleichsam ausdefiniert. Wie Sie sicherlich wissen, ist dem aber nicht so. Oh, da habe ich Sie wohl mitten ins Herz getroffen.« Ich hatte keine Ahnung, was Fröhlich meinte, doch er schlug mir leicht, wie zur Aufmunterung, auf den Oberarm.

»Nun stellen Sie sich aber diese Sache vor: Sagen wir, Sie hätten ein schlimmes Erlebnis mit einem Staubsauger gehabt: Ihr Penis wäre in den Schlauch gekommen, als Sie ein Kind waren, alles voller Blut, der eingerissene Schwellkörper flatternd im Sog, ein abgefetztes Stück Haut unter der Eichel, sowas eben –« Ich sah, wie Rosen und Bauer sich unter dieser Vorstellung krümmten, aber Fröhlich schien gar nichts daran zu liegen.

»Sie sehen, dass Sie bei der Erwähnung eines Staubsaugers dann eben nicht neutral reagieren, sondern anders als ein Vergleichssubjekt handeln würden. Kontextualisierung und

Färbung unserer Erinnerung sind wichtige Elemente unseres Denkens und sprachlichen Muster. Gleichfalls sollte auch DAVE in ein anderes Unterscript schalten, statt bloß in ›Staubsaugen‹ überzugehen. Vereinfacht gesagt.«

Ich nickte, obwohl meine Verwirrung bloß gewachsen war. Was ich empfand, spielte keine große Rolle mehr.

»Wir treffen uns dreimal pro Woche, und Sie bekommen jedes Mal eine Hausübung. Eine Erinnerung, die Sie ausarbeiten sollen, nach einem System, das ich Ihnen gleich noch erkläre.«

Bei diesen Worten hatte mir Rosen ein Buch in den Schoß gelegt. »The Art of Memory von Frances Yates«, las ich und blätterte das Buch durch. *Renaissance Memory: The Memory Theatre of Giulio Camillo. Raimundus Lullus* – und dann waren die Seiten bedeckt von magisch anmutenden, geometrischen Konstrukten, die in die Sternenkonstellationen des Firmaments mündeten.

»Wir werden gleich diese Woche mit dem Prozedere beginnen, immer nachts, das versteht sich von selbst. Und dabei kommen wir auch schon zu einem der wichtigsten Punkte –«

Mein Daumen hatte bei der Abbildung eines Knaben mit geflügeltem Helm Halt gemacht. Er hatte einen neunarmigen Leuchter in der Linken und das Lemma *Silentium Hermeticae* auf einem strahlenden Banner entrollt.

»All das hier ist streng geheim zu halten, und wir gehen davon aus, dass außerhalb dieser eingeschworenen Runde niemand davon erfahren wird.« Ich nickte. »Sie sagen es niemandem. Nicht Ihren besten, nicht einmal den allerbesten Freunden, nicht Pawel, am besten nicht einmal sich selbst. Sie und DAVE müssen eins werden. Das ruft Neider und Saboteure auf den Plan. Also arbeiten wir stets nachts, stets dezent, stets geräuschlos.«

Jetzt verstand ich, dass ich bereits vollkommen transparent geworden war. Er sah alles, wusste um mein gesamtes Leben – es lag in Red Eccles, dem Sicherheitssystem des Labors, seziert und aufbereitet vor; nichts hätte selbstverständlicher sein können.

»Gut«, sagte ich.

»Oh, und apropos. Seien Sie bitte nicht allzu entgeistert, wenn wir die ein oder andere Dokumentation Ihres Lebens aus den Archiven holen, um Ihr inneres Bild ein wenig von außen zu stützen.« Und er klatschte – nun erschreckend laut – in die Hände, wie um zu zeigen, dass das Thema damit beendet sei. »So, meine Herrschaften: Legen wir los?« Die Hacker strahlten übers ganze Gesicht wie am Weihnachtsmorgen – der Einzige, der nicht im Bilde war, was nun geschehen würde, war anscheinend ich selbst.

Fröhlich schnippte mit dem Finger, und die Mannschaft nahm enge Formation um ihn an, seinen Gesten folgend wie ein eingespieltes Orchester.

»Beginnen wir mit ein paar Aufwärmübungen.« Knöpfe klickten, Tastaturen wurden in Stellung gebracht – es wurde ernst, aber ich hatte noch immer keine Vorstellung davon, *was* hier ernst wurde.

»Erzählen Sie doch ein bisschen von sich. Wie auf einer Cocktailparty, ganz leger. Wie alt sind Sie, was machen Sie in Ihrer Freizeit? Was beschäftigt Sie momentan?« Einige Augenblicke unerträglichen Zögerns – jedes Greifen in dieses, mein belangloses Leben schien mir nicht opportun. Ich war niemand, ich war nichts. Und dann fiel es mir ein: noch.

»Einfach so?«, fragte ich.

»Einfach so.«

»Ich bin achtundzwanzig Jahre alt«, begann ich langsam, »habe keine Geschwister und wurde von meinem Vater großgezogen. Meine Mutter starb, als ich fünf Jahre alt war. Jetzt arbeite ich als Assistent in Arbeitsgruppe 2E, meistens Tagschicht, an Unterskriptprotokollen zur Rückkopplung von Pronomenroutinen.«

Ich rechnete fest damit, dass man den Irrtum bemerken würde. Man würde mich von dem hohen Ross, auf dem ich gerade erst Platz genommen hatte, herabzerren und einen anderen an meiner statt beordern, dachte ich.

»In meiner Freizeit arbeite ich an meiner Doktorarbeit, spiele Retrospiele und interessiere mich für die Popkultur der Achtziger.«

»Für die Achtziger?«

»Ja, also, ich weiß es nicht«, sagte ich, als hätte man eine Rechtfertigung von mir verlangt. »Ich mag die Musik, die Ästhetik, die Filme. Sie vermitteln mir eine seltsame Art von Geborgenheit. Ich und ein paar Freunde gehen jede Woche in die Arcade, spielen Pacman und trinken Crystal Pepsi, oder –«

»Das reicht«, sagte Fröhlich. »Man muss es ja auch nicht übertreiben. Sie verstehen jetzt hoffentlich, wie unser Frage-Antwort-Spiel funktioniert? Kommen wir also zum Eigentlichen. Wir benötigen Anekdoten, kleine narrative Portionen, die auf reduzierte Weise alles zusammenfassen, was Aufschluss gibt über Ihren Charakter. Ich nenne Ihnen ein Beispiel: Sie wissen, dass ich aus dem ersten Stock komme?«

Was für einer Spannung es bedurfte, nichts zu verpassen: Die Pausen zwischen seinen Zeilen hingen schwer im Raum.

»Eine kleine Episode: der Tag, an dem ich zehnjährig unbedingt einen bestimmten Pullover haben wollte. Es war ein Sweatshirt, auf dem DAVE abgebildet war, ich hatte es an einem meiner Klassenkollegen gesehen. DAVE – wie er damals aussah, riesiger Kasten, winziges Display – war das Motiv. Meine Eltern sagten mir, dass wir uns den Pullover nicht leisten könnten, und als Ersatz strickte meine Mutter mir stattdessen selbst einen. Ich hab das Ding jeden Tag getragen, es war unbeschreiblich hässlich. Aber das war gar nicht das Essenzielle. Wichtig ist nur die Erzählung: dass ich von einem Jungen, der sich keinen Pullover mit einer Abbildung von DAVE leisten konnte, zum Leiter des ganzen Labors aufgestiegen bin. Jetzt sind Sie dran – eine kleine Geschichte, die Sie charakterisiert.«

»Gut«, sagte ich tonlos und wusste gleichzeitig, dass ich unmöglich eine so filmreife Szene zustande bringen würde wie er.

»In meiner Kindheit war mein ganzer Stolz ein Computer, den ich selbst gebaut hatte«, war das Erste, was mir einfiel. »Er hieß Bowie, und ich hatte ihn unter meiner Pritsche versteckt. Jeden Tag nach der Schule kam ich nach Hause und hatte stundenlang davon phantasiert, was ich nachmittags mit ihm anstellen würde. Ich hatte auf Zettel notiert, was ich –« Ich hielt inne; obwohl niemand etwas gesagt hatte, wusste ich, dass die Szene nicht genügte.

»Das ist etwas zu abstrakt, zu konstruiert«, sagte Fröhlich auch tatsächlich. »Beschreiben Sie den Raum, die Stimmung. Wir brauchen ein suggestives Umfeld.« Ich versuchte aus Leibeskräften zu genügen, doch wie mich konzentrieren? Denn parallel zu meiner Erzählung war ein Dutzend Assistenten damit zugange, meinen Körper auszumessen.

»Eines Tages, ich hatte mit Pawel den ganzen Tag ein paar Programmskizzen in mein Notizbuch gezeichnet, entriegelten wir, wahrscheinlich ein Cola in der Hand, die Wohnungstür. Als wir hineinkamen, bemerkte ich an der Unordnung der Boxen, am Winkel meines Bettes, dass etwas nicht stimmte. Ein Kabel ragte hervor, und dort, wo ich mein Gerät abgedeckt hatte, war nichts mehr. Und erst da sahen wir –«

»Sahen Sie was?«

»Ich habe es vergessen«, sagte ich und ein paar scheußliche Sekunden lang warteten alle, ob ich noch etwas sagen würde, ehe Fröhlich die Peinlichkeit überspielte.

»Ich denke, es ist sogar ganz gut, dass Ihnen selbst nichts einfällt, denn wir haben, um offen zu reden, eine Präferenz bezüglich dessen, was wir heute gerne hören würden«, sagte er ruhig. »Und zwar geht es um Ihre Vergangenheit als Naturwissenschaftschampion. Sie haben am Mathematikwettbewerb des Labors teilgenommen, waren bei der Vorausscheidung der Kandidat mit den meisten Punkten.«

»Ich glaube, das ist keine Situation, die mich sonderlich gut charakterisiert«, sagte ich rasch, doch hörte ich selbst, wie unglaubwürdig es klang. »Nun. Ja, ich habe teilgenommen«, sagte ich. »Mehr gibt es dazu wirklich nicht zu erzählen.«

»Das kann ich mir schwer vorstellen. Sie haben beim eigentlichen Bewerb keine der Aufgaben beendet, laut den offiziellen Protokollen«, sagte Fröhlich, »obwohl Sie in der Vorbereitung weitaus schwierigere Probleme, man würde sagen, geradezu genialisch gelöst haben. Sie haben, schreibt Ihr Lehrer, Dr. Azilov, in der vierten Klasse Vieta Jumping ohne fremde Hilfe entdeckt. Wir alle mussten nachschlagen, was das überhaupt ist. Was ist beim Bewerb mit Ihnen passiert?«

»Prüfungsangst.« Wozu leistete ich Widerstand, wenn es doch bereits ausgesprochen war? Sie wussten ohnehin alles über mich, alles alles alles.

»Das ist einer der wenigen Knicke in Ihrer Biographie, den wir gefunden haben«, sagte Fröhlich. »Keine Hemmungen. Knicke interessieren uns am meisten.«

Mir war ein Ball in der Brust aufgeblasen worden – ich

beugte mich schon vor, um mich zu übergeben, würgte aber zu meiner Überraschung Worte hervor.

»Sehen Sie, ich hatte als Kind eine Historie von gewissen nervösen Zuständen, die durch Überlastung hervorgerufen werden und die damals zum ersten Mal auftraten. Man hatte große Erwartungen an mich: mein Vater insbesondere, der einen Großteil seines Geldes darauf verwandt hatte, mich zu fördern.«

»In der Mathematik?«

»In der Mathematik«, sagte ich.

Nun zog Fröhlich ein gefaltetes Papier hervor, das er in einer flüssigen Bewegung aufflappte, um es zu betasten – Braille.

»Seltsam. In Ihrer medizinischen Akte steht überhaupt nichts von nervösen Zusammenbrüchen. Sie scheinen auch, wenn ich mir das zu sagen erlauben darf, kerngesund.«

Ich wich seinem Blick aus, mein Gesicht glühte. Wie sollte man auch jemanden, der Zugang zum Permanent Record von Red Eccles hatte, an der Nase herumführen?

»Gut, vielleicht habe ich mich auch nicht deutlich genug ausgedrückt«, sagte Fröhlich und strich sorgfältig sein Hemd glatt. »Beantworten Sie mir doch eine Frage: Warum arbeiten in diesem Labor Generationen von Wissenschaftlern an DAVE? Warum ist es unsere höchste Priorität, die erste urteilsfähige, kreativ denkende Maschine der Menschheitsgeschichte zu erzeugen?«

»Damit eine in unendliche Expertensysteme sich ausdifferenzierende Software unsere drängendsten Fragen löst und die Außenwelt wieder bewohnbar gemacht wird«, sagte ich mechanisch.

»Falsch. Es geht um etwas viel Wesentlicheres als das: um die Elimination des Leidens an und für sich«, erwiderte Fröhlich. »Nicht nur in unserem Fall, nicht nur für die

Außenwelt, sondern für alle Zeit. Vor allem bedeutet das die Elimination von Irrationalität. Krankheit ist eine solche Irrationalität in physischer Hinsicht, eine Anarchie des Körpers, die folgerichtig durch ein vernunftbegabtes hierarchisches System korrigiert werden muss. Die Zuständigkeiten vom Organischen aufs Digitale zu verlagern, heißt also, sie vom Ungeordneten ins Geordnete zu überführen. Keine Zwischenzustände zu erlauben – dichotome Systeme.«

Fröhlich war aufgestanden, nur um sich gleich wieder – dicht vor meinem Gesicht – niederzulassen. Sein gestärktes Hemd war mir so nahe, dass ich meinte, ihn riechen zu können – doch da war nichts. Kein Aftershave, kein Schweiß, kein Waschmittel –

»Es geht um die Kreation eines der Logik unterworfenen Denkens, in dem diese Irrationalität per definitionem ausgeräumt wird. Einer vernunftbasierten Gesellschaft. In unseren Sitzungen wird es keine Lügen geben, kein Umschiffen, kein Blabla – nichts als die absolute Wahrheit. Haben wir uns verstanden? Und jetzt von vorne.«

Damit war jede Flucht ausgeschlossen. Ich atmete durch, schloss die Augen und versuchte, in die Sinneseindrücke meines zehnjährigen Selbst einzutauchen. Ich musste die Geschichte so erzählen, wie sie sich zugetragen hatte.

»Ich erinnere mich an den Augenblick, als wir in Zweierreihen die Halle betraten, in der der Wettbewerb stattfinden sollte«, begann ich und ließ mich von der Erinnerung schütteln. »200 Schüler in einem umgebauten Turnsaal. Die Pulte hatte man hinuntergeschleppt, um sie einem exakten Raster nach zu platzieren. Ich, ein Jausenpaket in der Hand, Apfel und Schinkenbrot.«

»Noch deutlicher. Was ging Ihnen in diesem Moment durch den Kopf?«

»Wie vor allen großen Prüfungen versuchte ich, mir den gesammelten Wust des Gelernten, den wir an der Tafel durchexerziert hatten, noch ein letztes Mal ins Gedächtnis zurückzurufen, nur um entsetzt festzustellen, dass er nicht als Ganzes dort Platz hatte.«

»Sie fürchteten sich?«

»Nein, ich konnte mich auf meinen Verstand verlassen, immer. Nur die Gegenwart verstellte mir den Blick.«

»Mochten Sie die Mathematik?«

»Das kann ich nicht beurteilen«, sagte ich errötend. »Furcht war viel entscheidender. Meinen Vater zu enttäuschen, das war meine größte Sorge. Ich saß neben einem fetten Jungen, er hieß Banks. Jetzt sehe ich diese Tische klein vor mir, doch damals schienen sie mir riesig: Wasserflaschen und Textmarker, Papierblöcke, die darauf warteten, Abstraktionen aus dem Halbtransparenten unseres Geistes aufzunehmen. Die Testbögen, noch umgedreht, von denen ich schon im Näherkommen eine Art Erweichung ausgehen spürte.«

»Eine Erweichung?«

»Ich setzte mich an einen der Tische, um den Ordner patrouillierten, die uns über die letzten Minuten hinhielten, ehe der Wettbewerb begann. Dann drehte ich das Papier um, überflog die Aufgaben, realisierte, dass ich sie alle lösen konnte, und –«

»Und was?«

»Ich fiel in Ohnmacht«, sagte ich. »Eine Gehirnblutung, wie man später feststellte.«

»Bei einem Zehnjährigen?«

»Die Wahrheit ist, dass mein Vater mich die ganze Nacht verprügelt hatte.«

Die Stille, die nun Raum griff, war gänzlich verschieden

von jener davor: Ein paar der Programmierer sahen peinlich berührt von den Tastaturen auf, ich wich ihren Blicken aus.

»Ich hatte am Vorabend eine der Übungsaufgaben nicht lösen können, und mein Vater hatte mich mit einem Besenstiel verdroschen. Er pflegte ein Handtuch ums Holz zu wickeln, so sah man keine offenen Wunden.« Nun, da ich es ausgesprochen hatte, empfand ich keine Scham mehr.

»Zurück zum Bewerb«, wechselte Fröhlich verblüffend schnell das Thema. »Was geschah dann? Wo waren Sie?«

»Nur ein paar Gedächtnisinseln sind übriggeblieben – ein weiß bezogenes Bett. Eine Schwester, die mir mit einer Schnabeltassse ein wenig Orangensaft einflößte. Ein zitroniger Geruch, wohl von einem Desinfektionsmittel. Nur eines erinnere ich ganz deutlich: Dass ich nach dem Erwachen für einen Moment unsicher wurde, wer ich war, denn in meinem Traum hatte sich in mir die Überzeugung verfestigt, ich hätte eine Goldmedaille gewonnen.«

Jetzt endlich war alles am Laufen – die Assistenten tippten wie in Trance, und Fröhlich hatte nichts mehr gegen meine Darbietung einzuwenden.

»Man sagt, im Kindesalter können solche Läsionen in kürzester Zeit ausheilen. Als ich wieder bei Bewusstsein war, war ich allein und vor allem in Angst. Erst Stunden später tauchte mein Vater auf, wollte mich sofort mit nach Hause nehmen und legte mich nur auf Drängen des Arztes wieder ins Bett. Er erklärte mir, dass er weggeblieben war, weil er alle Testaufgaben des ersten Tages von den anderen Teilnehmern erfragt und notiert hatte. Die Krankenschwestern protestierten, als er mir Klemmbrett und Kugelschreiber aufdrängte. Ich löste sie noch auf der Station.«

»Er wollte sicher nur das Beste«, sagte Fröhlich und bemerkte, wie Blumenthal ihn von der Seite ungläubig ansah.

»Ich denke, dass das der Grund war, warum ich mich in den darauffolgenden Jahren noch stärker zu Computern hingezogen fühlte, als ich es ohnehin tat. Der Computer war streng rational und kannte keine Vorurteile: Wenn er einen Syntaxfehler meldete, dann weil *ich* diesen Fehler gemacht hatte. Wenn er lief, dann deshalb, weil ich elegant programmiert hatte. Er machte keine Vorwürfe, er zwang mich nicht, etwas, das ich ohnehin wusste, zwanzig Mal zu wiederholen. Das ist ein fundamentaler Unterschied zu Menschen, und ich weiß ihn heute mehr denn je zu schätzen.«

»Erzählen Sie doch noch ein wenig von Ihrem Vater. Was geschah mit ihm?«

»Aber wissen Sie das alles nicht ohnehin längst?«, brachte ich schweißnass hervor.

»Es geht nicht um Wissen, es geht um Erzählen«, sagte Fröhlich langsam und hatte sich wieder seinem Plan zugewandt. »Vielleicht brauchen Sie eine kurze Pause? Ich kann mir vorstellen, dass die Art, wie wir Sie hier konfrontiert haben, eine gewisse Irritation auslöst.«

Ich hatte nicht aufbrausend oder laut gesprochen – doch Fröhlichs stoische Körpersprache, die unendliche Bedachtheit seiner Äußerungen ließ jede meiner Bewegungen wie blanke Hysterie erscheinen. Er war aufgestanden, um mir ein Glas Wasser einzuschenken, drehte sich aber gleich wieder um.

»Übrigens, eines will ich Ihnen nicht verhehlen, weil es die Fairness gebietet«, sagte er und dieses Mal spürte ich, dass es gezwungene Beiläufigkeit war. »Wir hatten schon einmal einen Kandidaten, vor Jahren. Ja, werden Sie sagen, davon wurde in der Öffentlichkeit aber gar nichts gesagt, und gerade das ist es: Bei diesen Dingen bleibt man dezent, oder sie suchen einen irgendwann heim. Der junge Mann, mit dem wir es damals versucht haben, war gewissermaßen defizient – wobei ›versucht‹ nicht das richtige Wort ist – es waren Millionen Terabyte, die wir bereits aus seinem Kopf extrahiert hatten. In dieser höchst verletzlichen Situation hat er uns hintergangen.«

»Was heißt hintergangen?«, fragte ich über mein Wasserglas hinweg.

»Hat sich verweigert, manche würden sagen: ist verrückt geworden. Verschwörungstheorien, geheime Aktionen, die er in Eigenregie angezettelt hat, solche Dinge. Er war der Meinung, DAVE sei eine Kontrolltechnologie.«

»Was ist aus ihm geworden?«

»Deswegen wollen wir diesmal umso größere Vorsicht walten lassen und bitten dafür um Ihr Verständnis. Witteg, so hieß Ihr Vorgänger, hätte mit seinem virulenten Gedankengut leicht das ganze Labor infizieren können. Also: Danke für Ihr Verständnis, und jetzt wenden wir uns Zielführenderem zu«, sagte Fröhlich und trommelte mit den Fingern auf den Tisch. »Zu unserem Vorgehen: Erinnern Sie sich, dass ich vorhin erwähnte, wir könnten nicht nur DAVE selbst als quasi-menschlich organisierte Intelligenz entwerfen, sondern müssten ihm auch eine Lebenswelt zur Verfügung stellen? Heißt das Lebenswelt, Blumenthal?«

»Nein«, flüsterte dieser.

»Ein Mensch ruht nicht nur in sich selbst, sondern konstituiert sich in der Wechselwirkung mit seiner Umgebung. Wie vorhin in dem Staubsaugerbeispiel. Wir hören nicht an unserer Körpergrenze auf. Die Idealisten sagen sogar, die Welt sei bloß ein Korollar unseres Verstandes, und ein bisschen idealistisch sind wir hier ja auch.«

»Es ist ein Framework, das mit strukturellem Wissen zu einem Bewegungsrahmen modelliert wird«, raunte Blumental hinterher.

»Die Simulation, in der wir DAVE handeln lassen, muss nicht nur aufs Engste mit seinem Innenleben verschränkt sein - sie muss seine Psyche geradezu repräsentieren. Das Eingebettetsein in eine Welt, das Übergehen in sie - das ist, was organisierte Handlung erst ermöglicht. Bleiben Sie aufmerksam bitte -«

Das war leichter gesagt als getan: Es war mittlerweile vier Uhr morgens, und ich fühlte meine Konzentration abdriften beim Zusammenführen dieser Abstraktionen, die ich ohnehin nicht ganz verstand.

Ich musste mir den Hals verrenken, um Fröhlich, der nun aufgestanden war und im Kreis ging, hinter den beiden Bildschirmen im Blick zu behalten.

»Unsere Erkenntnisse gingen stets schrittweise vor sich. Der erste DAVE, der in den Siebzigern, lange vor meiner Zeit, programmiert wurde, war nicht viel mehr als ein Frage-Antwort-Automat. Für den zweiten, zwanzig Jahre später, fertigte man zwar eine Art Videospielwelt an, er konnte sich zu ihr jedoch nicht in Beziehung setzen, bewegte sich wie ein Fremdkörper in ihr. Der dritte mit verbesserter Einbettung - nun, der war wieder keine urteilende Instanz, quasi intentionslos, und die Auswüchse haben wir ja in jüngster Zeit gesehen. Kurzum: Wir haben da eine Notationstechnik entwickelt, die wir anwenden werden, um auch DAVEs Umwelt entsprechend aufzuladen«, sagte Fröhlich, während ich wieder das Buch aufschlug, das noch immer in meinem Schoß lag.

»In *de Oratore* stellt Cicero eine Methode vor, die seit Menschengedenken dafür verwendet wurde, Erinnerungen zu organisieren, zu strukturieren und zu optimieren. Man kannte sie ursprünglich als Loci-Methode, doch heute nennen wir sie: Memory Palace«, las ich und blätterte hastig weiter:

Mulier notata, oculis orbata
Aure mutilata, cornu ventilata,
vultu deformata et morbu vexata.

Scheinbar ein Merkspruch, neben dem die Abbildung einer Frau zu sehen war, der die Augen ausgestochen und die Ohren abgeschnitten worden waren. Blind und taub wusste sie sich im Raum nicht mehr zu verorten und streckte die Hände hilflos nach der Leere aus –

»Es ist nicht entscheidend, dass Sie die technischen Details allzu gut kennen, denn die topografische Ausgestaltung der sogenannten Umgebung, die natürlich nur das Ergebnis geschickt verknüpfter Datenbanken ist, wird unsere gute Rosen leiten. Alles, was Sie wissen müssen, ist: Wir haben eine Methode in petto, die DAVEs Inneres auch veräußerlicht. Verstanden? Gut.« Ich hatte den Kopf geschüttelt und erst zu spät begriffen, dass Fröhlich diese Geste ja gar nicht sehen konnte.

»Ach, und eine Sache noch.« Ein sachtes Schnalzen. Ich war von hinten losgeschnallt worden, und ein Assistent bedeutete mir, an einem Tischchen Platz zu nehmen. Dort lag bereits ein zur Unterfertigung bereiter Vertrag. Ich zeichnete, ohne auch nur eine Zeile gelesen zu haben.

»Die Sache gestaltet sich so: Wir verzehnfachen Ihr Gehalt, und Sie ziehen in ein Apartment« – das nun verschlug mir tatsächlich die Sprache – »wobei wir den anderen natürlich kommunizieren, es habe eine normale Beförderung gegeben, was in Ihrem Fall ja ohnehin mehr als überfällig war. Tagsüber arbeiten Sie vorgeblich in einem eigenen Büro an der Supervision von SCRIPTs, entwickeln aber in Wirklichkeit« – er klopfte mit dem Zeigefinger auf das Buch – »meisterhafte Narrationen aus Ihren Erinnerungen, damit wir bei unseren nächtlichen Kopiesitzungen flüssig arbeiten können. Es wird in Ihrem Büro keine Überwachungskameras geben, damit niemand von den Wachleuten, die die Kamerabilder auswerten, den Nektar nach außen trägt. Sie verstehen?«

»Ja, ja, ja, ich verstehe.« Ein eigenes Zimmer, dachte ich.

»Und wenn jemand Ihr Büro betritt, gehe ich davon aus, dass Sie die notwendigen Sicherheitsmaßnahmen ergreifen.«

»D'accord«, sagte ich.

»Gut, dann können Sie jetzt gehen. Wo ist sein Pullover?«, fragte Fröhlich.

Nun wurde alles umgedreht und auf den Kopf gestellt, als ginge es ums nackte Leben. Als Blumenthal schließlich ratlos den Kopf schüttelte, sahen alle aus, als würden sie Prügel erwarten, dabei zuckte Fröhlich nicht mit der Wimper.

»Green, ziehen Sie Ihr Hemd aus«, sagte er ruhig, und dieser, ohne einen Augenblick des Zögerns, knöpfte sein Hemd auf und gab es mir, während er selbst mit entblößtem Oberkörper dastand.

»Wir sehen uns kommende Woche zur ersten Sitzung, Kastor bringt Sie auf Ihr Zimmer.« Er schüttelte mir die Hand, und ein hochgeschossener, grauhaariger Mann nahm mich zur Seite. Wir standen neben dem Tisch, an dem vorher Blumenthal und Rosen gesessen hatten – ich sah ein Protokoll meiner Erzählung, auf dem Rosen mit roter Tinte vermerkt hatte, welche SCRIPTs mit meinen Äußerungen gekoppelt werden mussten. »Wir warten, bis auf dem Monitor zu sehen ist, dass keine Leute in den Gängen sind«, sagte der Wachmann mit heiserer Stimme.

Ich versuchte, Rosens Schrift zu entziffern, wurde dabei jedoch von einem Blatt Papier abgelenkt. Es war blau, und die Worte waren in weißer Tinte darauf gedruckt, als handelte es sich um einen Schiffsbauplan. Wenn ich die Augen zusammenkniff, konnte ich es lesen –

Da nahm mich der Wachmann beiseite und bedeutete mir, dass es so weit war. Er band mir eine Augenbinde um den Kopf und zog mich hinter sich her. Im Gang unserer Koje wurde sie mir abgenommen, und die Normalität wischte alle Spuren des Vergangenen fort.

Ich fand im Zimmer alle ruhig schlafend vor, Brenner und Langley und den dritten, dessen Namen ich noch immer nicht kannte. Als ich schließlich im Bett lag, die Augen schon geschlossen, das beruhigende Schnarchen von Pawel in den Ohren, schienen mir die vergangenen Stunden wie ein Traum: etwas, das ich nun in unsteten Schlafphasen an den zerwühlten Bettlaken abstreifen müsste. Erst als schwarz, monolithisch und unzweifelhaft DAVE wieder vor meinem inneren Auge auftauchte, wusste ich, dass alles Wirklichkeit gewesen war.

4

Das Labor war vom Zuschnitt eines perfektplatonischen Würfels.

Teilte man diesen Würfel jedoch in seine nach dem Timaios vorgesehenen elf Raumnetze, müsste man bemerken, wie die Makellosigkeit zur Makulatur würde: Keine Symmetrie, die dem äußeren Gleichmaß ein ebenso wohltemperiertes Inneres beigefügt hätte. Allein das Gebäude zu erkennen, verlangte höchste Abstraktionsfähigkeit: Denn dazu hätte man die 118 998 Menschen ignorieren müssen, die durch es wogten wie die Verkräuselungen eines Wimmelbildes. Es war ein flimmernder Bienenstock, der sich in eine Unendlichkeit von Kammern, Gängen und Windungen auffächerte. Da gab es senkrechte Durchbrüche, durch die Aufzüge gelegt waren, und waagrechte, die mit nervenbündeligen Kabelfasern verwoben waren. Fünf Stockwerke, die es gegenüber einer kleinen Stadt an nichts mangeln ließen. Das heißt: Jedes der fünf Stockwerke war ein Bezirk in sich, das vertikal Anforderungen an all die anderen stellte:

1. Stock: Löw – das Lager, die Wasseraufbereitung, die Lebensmittelproduktion und die Serverhallen
2. Stock: Pāṇini – die Fabriksfertigung, die Massenunterkünfte, die Kleidungsmanufaktur, die Zuchthäuser. Das, was man unten als Schule bezeichnete. Spelunken, Kneipen

3. Stock: Simonides – das Zentrallabor, darum ringförmig das Großraumbüro. Die Wohnungen, die Restaurants, die Salons der oberen 500

4. Stock: Turing – der Campus, die Aula der Fröhlichen Menschen und Tiere, die Universität und die Schlafsäle der vielen tausend wissenschaftlichen Mitarbeiter

5. Stock: Searle – der Park am Tageslichtdeck – die Promenade. Vergnügungslokale, Kinos und Geschäfte. Volksschulen und Gymnasien – sonst nichts

Wie in den Zuständigkeiten eines Gehirns fand ein dauernder Austausch, eine unabläsige Diffusion zwischen den Kammern statt – nur dass dieser Austausch je nach Charakter vollkommen verschieden war: Es gab ein Unteres und ein Oberes, ein Dunkles und ein Klares, ein Gläsernes und ein Materiehaftes. Die Doxa, das Leibliche, waren der erste und der zweite Stock: die Versorger. Sie vermischten sich in ihren täglichen Wegen niemals mit dem dritten, vierten und fünften Geschoss. Während Erstere in gläsernen Rippengewölben gefertigt waren, die fast unablässige Durchsicht gewährten – so konnte man vom fünften Stock direkt hinab zum Zentrallabor sehen –, und diese bergkristallhafte Durchbrochenheit alles, was ich kannte, mit strahlendem Licht erfüllte, waren die unteren Stockwerke in massivem Beton ausgeführt.

Das hieß natürlich nicht, dass nicht irgendeine Form von Transfer stattgefunden hätte: Der opake Grund des dritten Stockwerks – also die Decke des 2. – war die Spielfläche dauernder Übertragsleistungen: Nahrung und Kleidung, Maschinenteile und Metallkonstrukte, vor allem aber die Server – die ganze Arbeitsleistung der unten malochenden Versorgungsgilde wurde dort den Geistesarbeitern übergeben. Materie wurde zu Algorithmen. Dort und nur dort berührten sich die Gesellschaftsprozesse. Ging etwa unten das Brot aus, so erschütterte ein unsichtbares Beben auch die oberen Stockwerke, als läge an dieser Stelle ein riesiges Blatt schwarzes Übertragspapier. Alles, was sich oben abspielte, hatte unten sein Äquivalent und umgekehrt – nur konnte man nie beide gleichzeitig sehen. Ich selbst wusste nichts über die Architektur der Unteren. Nur in den seltensten Fällen schaffte es einer der Erststöckler, oben Karriere zu machen – Fröhlich war die Galionsfigur, Felis der Einzige, den ich persönlich kannte. Jene, deren Beruf verlangte, dass sie zwischen den Welten wanderten – das Putzpersonal, die Restaurantarbeiter – waren Geister; durchsichtige Gestalten, die nie ihre Spuren hinterließen, sondern maximal die unseren verwischten. Nichts am Übertritt war verboten: Und doch blieben, in allen relevanten Fällen, die Sphären geschieden.

Das freilich galt nur für die Menschen: Dieses Gebäude aber war für Daten erbaut worden. Sie allein bewegten sich – widerstandslos und mit Lichtgeschwindigkeit – auch in der Vertikalen. Von durchstanzten Ösen aus nahm ein Stromimpuls seinen Weg und floss durch dicke Schaltstellenbündel in die Stockwerksversorger. Von dort ging er ab in die Blockverteiler: Ob erster, ob fünfter Stock war ihm gleich. An den Quartiergabelungen wiederum war für jede Reihe ein Einspeisgerät installiert, das an den Dendriten der einzelnen Zimmer abzweigte und in die Gerätschaften einfuhr. Dort schließlich löste nämlicher Stromimpuls in gerade diesem Moment den Weckalarm in Zimmer 4123 aus.

□

Es war schon halb sechs Uhr abends, als ich in jenem Bett erwachte, das als meines zu bezeichnen mir noch immer falsch erschien.

Die tägliche Zeremonie des Herauszögerns – ich tauchte zurück in die weichen Kissenberge, die stets rochen wie frisch bezogen, in das Wohlgefühl meiner von nichts durchbrochenen Freiheit, zu tun und zu lassen, was ich wollte.

In die obersten Ränge befördert werden, das hieß, vom vierten in den dritten Stock zu ziehen; mein neues Zimmer lag einen knappen Kilometer vom Zentrallabor entfernt. Fünfzig Meter weiter befand sich linker Hand ein kleines Café – sonst nichts als die Unterkünfte anderer Begünstigter, die mir morgens mit dem Computer Lib unterm Arm zuwinkten, ehe sie ihre Lehrstühle im vierten Stock bekleideten. Ein Sehnsuchtsort für jeden beflissenen Assistenten. Es war eine Sphäre, in der man nicht rechtfertigen musste, womit man seinen Lebensunterhalt bestritt.

Pawel hatte sich sofort wohlgefühlt und lag bei seinen fast täglichen Besuchen auf der freischwebenden Chaiselongue, um sich mit einem der eingebauten Massageprogramme in den Schlummer vibrieren zu lassen. Die Beleuchtungsschemata ließen sich zu umflorten Waldszenen verändern, und grüne Kaleidoskoplichter zogen über uns hin, während wir von meiner Wassermatratze aus auf die Decke starrten. Abends dann las ich in der Bibliothek, die man mir auf meine Frage hin errichtet hatte, oder hörte mich durch eine Sammlung von Vinylplatten.

An der Wand neben meiner Küche hatte Pawel eine Fotografie von uns beiden als Jugendlichen aufgehängt, die uns beim Sommerturnier des Tenniscamps zeigte. Den Arm um die Schultern des jeweils anderen gelegt, hielten wir identische Racks in die Höhe.

Mein Wandplaner schlug 7 und kündigte mir den nächsten Termin an. *20 Uhr Essen mit dem Professorenkollegium*, sagte die seidigweiche Stimme meiner virtuellen Assistentin, und ich kroch aus dem Bett heraus, um zu duschen. Knircks Lasagnenbrei, durchfuhr es mich, als ich mir gerade den Körper eingeseift hatte. *Jetzt losgehen*, insistierte meine elektrische Assistentin wieder mit Fistelstimmchen. Ich hatte ihn vor dem Schlafen in den Backofen geschoben, dachte ich und stolperte aus dem Badezimmer, fiel über einen Hocker und richtete mich wieder auf, um zum Herd zu stürzen, doch: Der Ofen war kalt. Tropfend machte ich meinen Weg zurück zur Dusche und strich mir die widerspenstigen Haare aus dem Gesicht.

Zur Eile war ja gar kein Grund, sagte ich mir und zog mich an. Ich durfte die Privataufzüge der Professoren und deren Schleichwege verwenden. Räume, die sich mir bisher verschlossen hatten, waren nun auf der Karte erschienen. Wohin ich bisher eine Stunde gebraucht hatte, gelangte ich nun in fünfzehn Minuten. Im Labor hatte sich ein zweites aufgetan, eines, das immer darin verstaut gewesen war: Ich aß in Restaurants, die auf den Plänen der Assistenten mit »Maschinenraum« überschrieben wurden, damit niemand sich nach ihnen sehnen konnte – wurde eingeladen zu Privatissima in Thermalbädern, die in die schwarzen Flecken der Landkarte eingepflegt waren.

Meine Hoffnung, vor dem Essen noch allein sein zu können, wurde enttäuscht. Schon als sich die Aufzugtüren öffneten, erschrak ich vor Prof. Babuschs massiver Silhouette, mit der die gesamte Kabine angefüllt war. »Den Blick trüb und ein Rätsel aufs Gesicht geschrieben«, sagte sie. »Irgendwann wird er uns noch auffliegen lassen, weil er dreinschaut wie ein Mystiker, bevor er ins Purgatorium geht.« Und sie warf mir die Hand auf die Schulter wie einen feuchten Lappen nach getanem Abwasch. Immer wieder stieß ihre füllige Statur gegen meinen Rücken, dass es mich fast vornüberwarf, dabei hatten wir noch nicht einmal die Taste gedrückt.

»Wenn einen der soziale Aufstieg ereilt, sollte man als Erstes lernen, es nicht zu zeigen«, dozierte sie in meinem Rücken weiter; ich nickte höflich nach hinten. Ich hatte Babusch – wie jedes andere Kind – von ihrem Fernsehprogramm her gekannt, seit ich fünf war, und ihre verwirbelte Eloquenz im Fernsehen wenn nicht bewundert, so doch wenigstens kurios gefunden. In der Realität jedoch war sie unerträglich. Die einzige Strategie war, sie transparent werden zu lassen – zu Hintergrundgeräuschen, zu White Noise.

»Neureichen sieht man's an – Millionäre tragen Kapuzenpullover. Verstehen Sie?«

Ich ließ den Blick, während wir der trägen Reaktion der Aufzugtüren harrten, über die rege wuselnde Szenerie des dritten Stocks schweifen, da fing sich mein Blick an einem unerwarteten Haken.

»Stop«, sagte ich, und drückte den Öffnungsknopf – doch es war zu spät: Die Schleuse hatte sich geschlossen, und der Aufzug war in Bewegung. Das Nachbild auf meiner Netzhaut aber war noch ungebrochen intakt: Dort, zwischen den eilig vorbeiziehenden Personenströmen hatte ich das Gesicht von Khatun entdeckt. Die Sichtschneise hatte nur den Bruchteil einer Sekunde bestanden, und doch hatte ich sie, hatte ihre schwarzlockigen Haare, die sie zu einer kunstvollen Knotenfrisur gebunden hatte, sofort erkannt.

»Ich habe etwas vergessen, ich muss zurück zu meinem Zimmer«, sagte ich eilig und überlegte, welche Stiege ich nehmen konnte, um sie noch abzupassen. Babusch schien mehr als frappiert von diesem Vorschlag.

»Aber wir müssen doch gar nichts mithaben, es ist ja alles bezahlt«, sagte sie und schob mich, als wären meine Einsprüche gegenstandslos, aus dem Lift und Richtung Zentrallabor.

»Ich bin in ein paar Minuten wieder da«, flehte ich, »es ist dringend.«

»Dringend ist, dass wir rechtzeitig sind. Und wie wollen Sie auch ohne eine Professorenkarte da hineinkommen? Na also, ich denke gar nicht dran, hier auf Sie zu warten.«

Bestand überhaupt eine Chance, dass Khatun noch immer am selben Ort verharrte? Babusch war längst beim Hervorfuhrwerken der Karte: Für einen Augenblick schienen ihre Hände zu kurz, um die weit außen liegenden Hosentaschen ihres massigen Körpers überhaupt erreichen zu können, dann zog sie den Chip über den Sensor, und meine Hoffnungen zerstreuten sich. Die Tür öffnete sich widerstandslos: Das Restaurant Purgatorium hatte sich vor uns aufgetan.

Erschlagender Prunk drängte sich in einem Raum, der aussah wie der Tanzsalon des Waldorf-Astoria, durch den Al Pacino Gabrielle Anwars steifen Körper in *Scent of a Woman* gewirbelt hatte. Es war eine jener geheimen Gaststätten, die nur Eingeweihten zugänglich war – eine Hommage an ein versunkenes Jahrhundert, an dessen Flanke man sich nostalgisch zu schmiegen versuchte. Reanimiert und zurechtamputiert kauerte es in den Ziselierungen der Raucherlounges, in denen betagte Akadermikerinnen Zigarren rauchten, und duckte sich hinter Kristalleuchter. Am üblichen Stammtisch wartete Fröhlich auf uns, flankiert von den Professoren Lalitsch, Bradley und Garcia. Vor diesen war wie eine Reliquie das Geflügel aufgebahrt, das ich mangels Kenntnis unauffällig mit meinem Tablet scannte, während Babusch ihre Begrüßungsrunde drehte. »Wachtel«, spuckte der Suchalgorithmus aus. Aber was eigentlich kümmerte mich der Vogel? Khatun: Ich hatte die alles entscheidende Gelegenheit ein zweites Mal an mir vorbeiziehen lassen, dachte ich jetzt. Monatelang hatte ich jeden Stein nach ihr umgedreht, jede Datenbank durchsucht und nichts gefunden. Und jetzt –

»Wir haben auf Sie gewartet«, sagte Lalitsch zu Babusch, die noch immer Pfeiflaute im Ambitus einer Piccoloflöte ausstieß, nachdem sie die Hundert Meter zum Tisch außer Atem gebracht hatten. Wir verstauten uns auf der Eckbank. »Wir sprechen gerade von der Möglichkeit, Organfunktionen outsourcen zu können. Das haben die Transhumanisten eingebracht. Sehen Sie hier, dieses Diagramm« – er zeigte auf eine Grafik, auf der gekräuselte Wurmfortsätze abgebildet waren. Mich schauderte. »Verdauungsunternehmen, die morgens ähnlich einer Postbotentour die Därme entgegennehmen und über den Tag die Nährstoffe einspeisen. Somit digeriert eine Filiale, während dem Individuum Zeit und Energie für Wichtigeres bleibt – wissen Sie, dass der Organismus 30 Prozent seiner Energie für den Stoffwechsel vergeudet?«

Ich schüttelte den Kopf, da Babusch noch nicht bei Atem war und man offenkundig ausweichshalber meine Zustimmung einforderte.

»Aber stirbt der Kunde denn nicht während dieser Dienstleistung?«, fragte ich, da mir nichts Besseres einfiel.

»Es ist vor allem günstig!«, rief Garcia. »Outsourcing in Niedriglohnsektoren. Arbeitslose übernehmen das Muskelwachstum für hochrangige Manager und Professoren, Frauen, die nebenbei jobben wollen, verstoffwechseln das Östrogen für gestresste Forscherinnen. Rückleitung über Biodata-Pipes. Fantastisch oder?«

»Fantastisch«, tremolierte Babusch.

Die abendlichen Speisezeremonien gestalteten sich personell wie Totenaufmärsche: Die Professoren Weininger sowie Nowak trugen so schwer an ihren Titeln, dass die Skoliose sie fast in den rechten Winkel gezwungen hatte. Hirsch hing mit dem Gesicht so gut wie in ihrer Suppe, Leupold hustete in eine anämische Faust, die das hervorbrechende Siechtum in Form eines Schleimes nicht mehr aufhalten konnte.

»Vor allem, wenn man es digital machen kann. Es braucht nur einen Rechner von der Größe eines Golfballs, um 100 000 Lebern zu simulieren. Mit 2 Bit lässt sich bereits ein Nierenkörperchen programmieren, 2 hoch 2«, ergänzte ein junger Mann, dessen Anmerkung großen Beifall fand.

Fröhlich lächelte höflich, schaltete sich jedoch niemals in solche Diskussionen ein. Ich ahnte, dass er die Idee erbärmlich fand, und wunderte mich immer aufs Neue darüber, dass er an diesen Runden teilnahm. Er hatte kein Interesse daran, jemanden zu entkräften, Missionierungen lagen ihm fern.

Bezüglich aller anderen Anwesenden desillusionierte mich jedoch jedes Gespräch aufs Neue. Die bestbezahlten Professoren unseres Labors waren offenkundig auch seine größten Schwachköpfe. Ihre Ämter waren – weitervererbt von Generation zu Generation – in den Gemächern des dritten Stocks hängen geblieben wie verwitterte Spinnennetze, die sich beim Durchstolpern des nächsten Jahrgangs zufällig an diesem verfangen hatten.

Die Mündel der Professoren – junge Männer und Frauen, die frühe Doktortitel bekleideten und zu Nachfolgern aufgebaut werden sollten – saßen in höchstem Diensteifer und hielten ihnen die sogenannte Stange, manchmal für ein ewig scheinendes Jahrzehnt. Seit ich die Entscheidungsträger persönlich kennengelernt hatte, wunderte mich mein fehlender Aufstieg der vergangenen Jahre nicht mehr im Geringsten; zuweilen wurde offen davon gesprochen, wem man die Posten zuschieben konnte, weil er der Neffe dieses oder jenes Dekans war.

Für mich hatte das Dasein in der Oberschicht, zu der ich nun zählte, jedoch andere Freuden. Die Vorspeisen wurden aufgetragen: Noch immer hatte ich mich nicht satt gegessen an den Möglichkeiten, die mir in meinem bisherigen Leben verwehrt gewesen waren – an knackigem Gemüse, an echtem Käse, am Fett der Milch. Crème brûlée und Trauben und die säuerlichen Chilis in Walnuss, die mich an Titas Kreationen in *Como agua para chocolate* erinnerten.

Für die Assistenten gab es unten in der Mensa an fünf von sieben Tagen dieselbe Speise: Knircks Kargbrei, ein Gemisch aus Eiweißen, Kohlehydraten und Vitaminen, der als Alleinnahrung in wenigen Sekunden heruntergestürzt werden konnte, gerne auch während der Arbeit. Zwar ließ er sich in allen Konsistenzen und Varianten zubereiten – knusprig gebacken, weich, flüssig, getrocknet, geraspelt sowie in Serviervorschlägen, die im Tagesjournal ausgestrahlt wurden – doch das machte ihn mitnichten aufregender. Die Bewohner des Labors hatten Schokolade, Chips, unlimitiert Alkohol und zwei Mal pro Woche Fertiggemüse – die Professoren aber hatten *alles*.

Es war ein vollkommen anderes Leben, das sich in diesem Parallellabor entfaltete: eines, in dem man seine Kojen nicht mit fünf anderen teilte und nicht Montag bis Sonntag arbeitete – eines, in dem es ein Deck mit echtem statt nur künstlichem Sonnenlicht gab, das über ein komplexes Spiegelsystem von ganz oben herabgeworfen wurde, und Leitungen, aus denen frisches Wasser floss, statt jenem, das aus den Abwässern und Kloaken der Labors wiederaufbereitet wurde. Ich hatte vor wenigen Tagen erfahren, dass es ein zweites Kongresszentrum fernab des offiziellen gab, in dem die Professoren jene Entscheidungen trafen, von denen die Mehrheit nichts wusste.

»Professor Fröhlich erzählte uns gerade von der Veranstaltung, auf die wir uns nächste Woche freuen dürfen. Es werden wichtige Änderungen zu DAVE bekanntgegeben, nehme ich an?«, fragte Garcia.

»Was auch immer das heißt, das müssen ja die Chefentwickler bereits jetzt wissen, oder nicht?«, sagte Babusch.

»Werden Sie eher einen Schritt auf die Transhumanisten oder auf die Neoterraner zumachen, Professor Fröhlich?«, fragte Doktor Brennigan schelmisch. »Mein Team wartet sehnlich darauf, dass wir mehr Personal für unsere Brainlinks bekommen.«

»Das kann ich so nicht unterstützen«, fiel Garcia ihr sofort ins Wort. »Die Wiederbewohnbarmachung der Außenwelt ist nach wie vor unser dringlichstes Ziel, und unter den Leuten köchelt diese Angelegenheit.«

»Wann wird denn euer Brainlink fertig?«

»Das sage ich nicht in der Öffentlichkeit«, blaffte Brenningan. »Nur über meine Leiche, das ist Betriebsgeheimnis.«

»Sag doch, wann?«, fragte auch Babusch.

»Haben Sie schlechte Ohren? Ich bin meinen Mitarbeitern verpflichtet, ich würde das niemals bekannt machen.«

»Wann?« Fröhlichs sachte Frage hatte alle zum Schweigen gebracht – wie unartige Kinder bereuten sie die Diskussion, obwohl er sie gar nicht gerügt hatte.

Brenningan hatte zu schwitzen angefangen. Einen Moment lang sah sie sich hilfesuchend um, als müsste sie um ihr Leben schwimmen. »Im Februar«, sagte sie endlich, und die anderen nahmen erleichtert ihr Besteck, um weiterzuessen.

»Wir werden keiner Partei mehr Geld geben«, sagte Fröhlich indessen ruhig. »Und doch beiden gerade genug. Meine

Ansicht ist, und hoffentlich auch Ihre, nachdem das die offizielle Satzung des Labors ist, dass es unser vorrangiges Ziel sein sollte, eine Generelle Künstliche Intelligenz zu entwickeln. Wir müssen dem Credo treu bleiben, alles zu unternehmen, was einem der Rahmen der Technik gestattet, und anschließend die Anwendungen zu diskutieren. Oder: Ich will es anders sagen.« Fröhlich wischte sich sorgfältig den Mund mit einer Serviette ab. »Sie denken an konkrete Heilsversprechen. Garcia – Sie wollen einen blühenden, grünen Garten Eden und die Menschheit als Forscher dieses weiten Kosmos – fair enough. Sie, Huel, wollen den Körper loswerden. Auch gut, bitte, Sie haben ja Ihre Gründe. Aber« – er faltete die Serviette wieder zurück in ihre Ursprungsposition – »mit jedem dieser Konzepte wird es wieder Probleme geben. Das liegt in der Natur der Lösungen, denn Lösungen sind immer nur Lösungen für *etwas*. Was wir also tun müssen: Probleme als solches eliminieren. Nicht einzelne Probleme, sondern die Idee des Problems an und für sich. Wenn es nichts gibt, was undurchdringlich ist – weil wir eine endlose kognitive Kraft dirigieren – dann werden alle nur denkbaren Fragestellungen verschwinden. Nicht alles wird beantwortet, sondern die Frage verschwindet. Nicht lösen – auflösen müssen wir.«

Die Professoren schwiegen betreten, als wären sie im ungünstigsten Moment bei etwas Verbotenem ertappt worden. Auch ich war in einem ersten Impuls in Ehrfurcht erstarrt: Dann aber wurde mir klar, dass Fröhlichs Rede mich nicht wirklich überzeugte. Ich hatte an Khatuns Worte denken müssen: Die Probleme würden erst entstehen, wenn die Lösung da war – und wir würden es nicht einmal bemerken, denn in einer chronologischen Verdrehung würden wir denken, wir hätten gerade auf sie geantwortet. Unsinn – natürlich wäre die generelle Intelligenz der erste Schritt, sagte ich mir; was auch sonst?

Derweil versuchte Fröhlich, wieder amikablere Worte zu finden: »Eines darf ich jetzt schon sagen, wir haben diese Umbauten, von denen wir letzte Woche gesprochen haben, bereits abgesegnet. Sie werden das ganze Labor - und ich meine das ganze! - noch wesentlich effizienter gestalten. Danach werden wir doppelte Neuronenleitgeschwindigkeit bei DAVE haben, 5 × 10 hoch 2 Terabit pro Sekunde. Ich bitte natürlich vorerst um Ihr Schweigen.« Fröhlich hatte mit surrealer Behändigkeit, die seine Erblindung außer Kraft zu setzen schien, allen am Tisch ihre Champagnergläser vollgeschenkt, ohne einen Tropfen danebenzuschütten. Überhaupt schien er stets zu wissen, was sich im Raum abspielte. War es sein Gehör oder ein überirdischer, seismographischer Sinn für Vibrationen? »Die Veranstaltung ist dann im Sirenensaal, maximal fünfzig bis sechzig Leute«, sagte er, und die anderen applaudierten in einer Heftigkeit, dass die gichtigen Finger aneinanderschlugen.

Der Sirenensaal also, dachte ich: Wieder ein Geheimplenum in einem Geheimraum bei einer Geheimbesprechung, gefüllt mit Menschen, die doch das Geheimste selbst noch überhaupt nicht wussten. Ich beobachtete Fröhlich mit einer gewissen Faszination in seiner Autorität den Professoren gegenüber: Auch wenn er keine wissenschaftliche Befugnis dazu hatte, kein Informatiker in einer Gesellschaft von Informatikern war, wusste er die verschiedenen Fachbereiche auf eine Weise zu dirigieren, die man als charismatisch, ja fast mesmerisierend bezeichnen konnte. Obwohl Fröhlich sich durch die ganze Hackordnung der Erststöckler hatte nach oben arbeiten müssen, sprach er längst die lingua franca der Oberschicht, in die er sich saumlos eingefügt hatte. Natürlich hatte ich die Eckdaten seiner Biographie seit jeher gekannt. Wer in diesem Labor tat das nicht?

Fröhlich war vor 45 Jahren als Kind eines Metallarbeiters und einer Verkäuferin geboren worden – den klassischen Verlierern der Binären Revolution, die alle Wirtschaftssektoren zu bloßen Versorgern der digital orientierten Sparten gemacht hatten. Die spärliche Bildung des ersten Stocks erschöpfte sich in vier Stunden täglich, und es war keine Seltenheit, dass die unteren 40 Prozent, wie wir sie oben nannten, ihre volksschulpflichtigen Kinder zur Aufbesserung der Kasse einsetzten.

Fröhlich war zu Schlichtungsarbeiten im Lager abgestellt worden – doch während der Knabe, äußerlich mit Schmieröl und Staub bedeckt, die Paletten einschob, schien in seinem Inneren ein Prozess in Gang zu kommen, dessen auratische Präsenz jeden Tag ein Stück mehr ausstrahlte. Ohne dass man wusste, wie er es anstellte, erkannten die Arbeiter seine Autorität an. Das begann ganz zart: Er fand eine Reihe von unvernünftigen Regeln bei der Verteilung der Gewichte im Lager – und merzte sie aus. Nach wenigen Wochen tanzten die ungeschlachten, breitknochigen Handwerker nach den Melodien eines schmächtigen, hochgeschossenen Knaben mit Gendefekt wie nach denen des Rattenfängers von Hameln. Hunderte von Arbeitern, teils Menschen mit Jahrzehnten an Erfahrung, hatten sich nach einem von ihm entworfenen Schichtsystem ihr Leben neu eingeteilt, ohne an der Expertise des Burschen zu zweifeln. Im zweiten Jahr hatte er eine Reihe von Lötern zu einer Arbeitsgruppe vereinigt, um die Kleinproduktion von Motherboards fernab der Informatiker hochzuziehen. Es dauerte kein halbes Jahr, dann war der Skandal perfekt: Das Produkt war drei Mal so schnell wie jenes, das in den Büros der damaligen Zeit verwendet wurde, und das allein deswegen, weil Fröhlich die Fertigkeit hatte, alle geistigen und körperlichen Kräfte mit somnambuler Sicherheit in den Dienst der Vernunft zu stellen. Später, als er schon Laborleiter war, hatte er ein Interview gegeben, in dem er seiner Lebensphilosophie, die sich in diesen frühen Zeiten festigte, einen Namen gab: die *Vernunftkontrolle*. Jede Handlung solle den effizientesten, sinnvollsten, elegantesten Weg nehmen: den der Vernunft. Er verfolgte eine Ausrichtung aller Prozesse – menschlicher, politischer, gesellschaftlicher, ja sogar emotionaler – an Logik und Ordnung, wofür Algorithmen die beste Inspirationsquelle waren. Die menschliche Natur verglich er mit dem Körper des Individuums; wie dieser vom Verstand und seiner rationalen Anlage dominiert werde, solle auch die Gesellschaft an der mathematischen Logik DAVEs eine strukturierte Ausrichtung erfahren, die alles Leid ausradiere.

Aber das war zwei Dekaden später: Der zwanzigjährige Fröhlich, dessen Talent die Öffentlichkeit endlich realisiert hatte, wurde als Erster seiner Familie zum Studium zugelassen, und es dauerte nicht lange, ehe die damalige Leiterin des Labors, Grace Cobol, auf den Jungen aufmerksam wurde. Dass er mit sechzehn Jahren vollständig erblindet war, konnte ihm kein Hindernis sein: Die Menschen waren, egal welchen Raum Fröhlich betrat, diesem nicht nur völlig untertan, sondern vor allem effizienter organisiert als zuvor. Fröhlich konnte einem, wie ein Zeitungsartikel damals behauptete, die eigenen Kleider vom Leib stehlen und sie einem zehn Minuten später wieder verkaufen, so einnehmend sei sein Wesen, so klar seine Vision. Einen Menschen wie ihn hätte es vor zwanzig Jahren gebraucht: Nicht einen weiteren Programmierer, keinen Nerd oder kongenialen Wissenschaftler, sondern einen Propheten, der die noch verstreuten Versatzstücke des Labors zu einer transhumanistischen Vision vereinigte. Seit fünfzehn Jahren, das heißt, mein ganzes bewusstes Leben lang, war er nun Laborleiter gewesen, und wie bei einem imperator perpetuus gab es keinen Zweifel mehr, dass er es weiterhin sein würde.

Ähnlich jedem wahrhaft besonderen Menschen zeigte er gewisse exzentrische Spleens: Jeder wusste, dass Fröhlich weder Frau noch Kinder hatte, doch ich hatte erst vor Kurzem das entscheidende Detail zur Lösung dieses Puzzles gelesen. Er war Manichäist, Anhänger einer asketischen Religion, die im Dualismus das Grundprinzip eines zweigeteilten Kosmos sah. Das hieß aber auch: Er kapselte sich zwei Stunden täglich von der Außenwelt ab, um mystische Praktiken zu üben; seine Religion verpflichtete ihn überdies zur vollständigen Askese.

»Und, wie denken Sie darüber?«, fragte mich Garcia wie aus dem Nichts.

Das Gespräch war in meiner mentalen Absenz zum nächsten Gegenstand übergegangen, den ich nicht verstand, und als ich mich gefasst hatte, war meine Zeit für eine Antwort längst vorbei.

»Beliebige Gliedmaßen sind wie ein Legobausatz ineinander bastelbar – altert eines davon, wird es durch ein neues ersetzt, was natürlich ewiges, gesundes Leben garantiert. Das alles ist Zukunftsmusik, jedoch wurde die Komposition erfolgreich in Auftrag gegeben«, sagte Babusch.

»Das entspricht natürlich den Transhumanisten und den Neoterranern, weil man solche frischen Körperteile auch auf einer interstellaren Raummission brauchen kann. Zum Beispiel schockgefroren«, kam es von Garcia.

»Das ist natürlich nur ein Beispiel. Insgesamt geht es darum, das Leiden auf alle möglichen Weisen zu minimieren und das Glück zu maximieren. Wenn ein Bedürfnis aufblitzt, ZACK, wird es im System von DAVE registriert und ist auch schon erfüllt. Wenn ein scheußlicher Gedanke, sagen wir ein Gewaltgedanke, am Horizont erscheint, ZACK, ist er eliminiert.«

Während unablässig vom Gemeinwohl die Rede war, saßen die Entscheidungsträger in künstlich klimatisierten Kammern und sahen aus wie Mumien. Kein Wunder: Die Professoren schmauchten zusätzlich zu ihrem biblischen Alter unablässig ihre Zigarren; man sah bei diesen Zusammentreffen wie durch Milchglasscheiben.

»Natürlich ist der Transhumanismus vor allem deswegen so begrüßenswert, weil er eine Gedankenkontrolle möglich macht – und wer nichts zu verbergen hat, kann einer Form von Verstandesregulierung unmöglich widersprechen.«

Ich musste mir diese Luftschlösser in dem Bewusstsein anhören, dass sie von vornherein auf unsicherem Boden gebaut waren – dass keiner von ihnen wusste, dass in mir die Personenhypothese, die potenzielle Lösung, bereits angelegt war.

»Ist alles in Ordnung?«, fragte Perelman, die meinen glasigen Blick bemerkt haben musste. Ich nickte lächelnd, doch konnte meine Konzentration nicht weiter halten: Wieder und wieder drifteten meine Gedanken zur Kopiesitzung, die in der vergangenen Nacht stattgefunden hatte. Ich hatte mir einige empfindliche Verfehlungen geleistet, die mir nun, je abstrakter das Gespräch wurde, umso deutlicher wieder zu Bewusstsein kamen.

Einige Stunden zuvor hatte ich, mit Elektroden beklebt, auf dem Lehnstuhl im Zentrallabor gesessen, und die Assistenten hatten sich in ihrem stets vertrauter werdenden Ballett um mich gruppiert. Wobei, nicht unbedingt vertraut: Es ging eine Form von Peinlichkeit mit meinen Erzählungen einher, ein Ertapptwerden.

»Tauchen wir hinein«, hatte Fröhlich gesagt, und ich hatte, leicht bang wie immer, einen Augenblick zu lange über der Frage gebrütet, wie ich beginnen sollte.

»Die erste Begegnung mit dem Tod«, proklamierte ich das vorgegebene Thema und wollte mit dem Aufsagen meines Textes beginnen, als ich in Zweifel geriet. »Ich habe mich für eine ungewöhnliche Szene entschieden«, sagte ich. »Eine, in der es zunächst eher um das Leben geht als um den Tod –« Weiter kam ich nicht, denn Fröhlich hatte mich mit einer Geste, die meine Worte in der Luft zu ergreifen schien, gestoppt.

»Konkreter, bitte«, sagte er.

Ich räusperte mich und begann, meine auswendig gelernte Geschichte herabzubeten.

»Für eine gewisse Zeit in meinem Leben hatte ich die Manie entwickelt, in die Köpfe von Lebewesen schauen zu wollen. Es muss etwa mit sieben oder acht gewesen sein: Nachdem ich meine Zeit damit verbracht hatte, technische Geräte auseinanderzubauen, Platinen und Dioden zu betrachten und in ihrer Funktionsweise zu verstehen, las ich zum ersten Mal etwas über die verschiedenen Hirnareale. Meine Großmutter besaß einen Bildband, in dem ein Schema des Gehirns abgedruckt war: Kortex, Frontallappen, Broca-Areal, Hippocampus, lernte ich und verstand, dass jeder dieser Bereiche souverän eigene Aufgaben erfüllte, verschweißt in einer einzigen Platine, die wir Seele nennen. Ich sammelte fanatisch alles, was auf die funktionalen Zusammenhänge zwischen elektrischen Nervenströmen und dem Erleben hinwies« – ich stockte, während ich versuchte, mich daran zu erinnern, wie viel ich schon beim letzten Mal erzählt hatte.

»Mein Gedanke als Kind war der folgende: War dieses Hirn, war das ganze Leben nicht geradewegs dasselbe wie ein unendlich komplizierter Algorithmus? Konnte man, wenn man nur gut genug hinsah, dieses Programm entschlüsseln, ja, es selbst umzuschreiben beginnen? Der Körper war für mich ein Buch, ein Programm, das aus Eiweißen besteht, ich meine: Das ist natürlich heute Allgemeinwissen«, verbesserte ich mich rasch, und bemerkte, dass ich wieder abgekommen war. »Darf ich noch einmal von vorn beginnen?«, fragte ich.

Die Kopiesitzungen liefen ab wie folgt: Ich erhielt drei Tage vor dem Termin über einen verschlüsselten Kanal eine Art Aviso für eine Szene: eine Leerstelle der zukünftigen Persönlichkeit von DAVE, die mit dem Stopfei meines Charakters geflickt werden musste. Meist handelte es sich um Situationen, die für das Leben eines Menschen prägend waren. Das konnte der erste Schultag sein oder eine frühe Liebe, ein Zeitpunkt, an dem man versagt hatte, ein Moment der Trauer oder ein Augenblick, den man als seinen größten Triumph erachtete. Pünktlich um 20 Uhr am Vortag der Sitzungen wartete ich mit einem Skriptum auf, sodass alles fix und fertig war, wenn mich am späten Nachmittag die beiden Assistenten Fröhlichs abholten, die mich durch den Hochsicherheitstrakt ins Innere des Zentrallabors schleusten. Irisscans, eine Durchleuchtung, Passwörter – das war, wie in ein Gefängnis einzubrechen, nur dass es die anderen tun mussten, während mir die Details verborgen blieben.

Waren wir drinnen angekommen, arbeiteten wir an den *Pfeilern eines Charakters,* deren Ausformungen uns zu einer tragenden Struktur verhelfen würden, wie Fröhlich immer sagte. Nach der Maßgabe meiner Erzählungen vollzogen Blumenthal und Hencher, die ein kleines Team von Linguisten dirigierten, ihre Arbeit: Sie nähten die zigtausend vorhandenen SCRIPTs in meine Schilderungen ein, verbanden ihre Nervenenden und Dispositionen, die daraus eine elektronische Psyche erzeugen würden.

»Beginnen Sie von vorne«, sagte Fröhlich.

»Ich bin mir relativ sicher, dass diese Obsession begann, als wir im Biologieunterricht eine Kröte sezierten: Erst war ich gehemmt gewesen vom Mitleid mit dieser kleinen Kreatur, die so jämmerlich zuckte, während wir ihr das Leben mit Chloroform aus den Nasenlöchern zogen. Doch sobald wir das Skalpell ansetzten und der Unterbau unter dieser Fassade sichtbar wurde, war ich in Bann gezogen: Organe, Nerven, Haut – das ganze Leben; all das, was man in den vergangenen Jahrhunderten als Wunder betrachtet hatte, war nur eine kleine Palette von Agenturen, die ich hier sah. In diese organische Maschine konnte man hineinschauen wie in die Mechanik eines Klaviers. Bald fuhren wir nach der Anweisung des Lehrers mit einem stromgeladenen Draht an die Nervenenden, um eine Bewegung der Gliedmaßen zu evozieren. Das Schema eines Gehirns wurde aufgehängt – nun war die mögliche Summe an Manipulationen um eine noch unendlich größere Anzahl erhöht. Wir fuhren in den motorischen Cortex, und die ganze Kreatur bäumte sich auf, als sei sie wieder ins Leben zurückgebracht. Das bedeutete aber eines: Leben war eine Frage der richtigen Koordination bestimmter Teile – nichts Magisches, nichts Unzugängliches. Man konnte in ihre Schaltzentrale hineinsehen wie ins Innere dieses mit Stecknadeln fixierten Leibs. Das war es, was mich zum ersten Mal zu DAVE brachte, was den Funken entfachte.«

»Inwiefern hängt das miteinander zusammen?«, fragte Fröhlich.

»Nun, ich hatte zum ersten Mal begriffen, dass das Leben und alles, was in ihm geschieht, Ausformungen eines Programms waren. Im Gegensatz zu unserem Körper waren Stahl und Elektrizität nicht vergänglich und schwach. Wenn ich lernte, das Leben so zusammenzufügen, wie ich hier gerade lernte, es auseinanderzuschneiden, wäre der Tod keine Unausweichlichkeit mehr.«

Jetzt war ich wieder auf dem Pfad, jetzt glitten meine Sätze wieder ineinander, und ich spürte mit Genugtuung meine präzise verfertigte Geschichte sich entfalten.

»Nerven – die Möglichkeitsverzweigungen der Software; Organe – nicht weniger modularisiert als ein Rechner. Makrophagen, die weißen Blutkörperchen, die stets auf der Suche nach Tumorzellen sind – nichts anderes als ein dezentralisiertes Debuggen. Was mich zum Programmieren brachte, waren nicht die Manipulationen der Codes, sondern die Manipulationen des Lebens. Ich hatte sofort begriffen, dass DAVE auf demselben Fundament fußte. Natürlich phantasierte ich jeden Tag davon, dass ich derjenige sein würde, der einen Durchbruch auf dem Gebiet des künstlichen Bewusstseins leisten würde, dass ich einen Gedanken gehabt hatte, der einzigartig war. Ich hielt ihn für so einzigartig, dass ich das Kaninchen eines Schulkollegen stahl –«

Der ganze Raum hatte sich mir zugewandt und sah mich befremdet an, doch da griff Fröhlich ein.

»Nun, es ist etwas unorthodox, aber an sich nicht ungewöhnlich, dass einen als Jugendlichen solche Dinge erregen.«

»Ich war nicht erregt«, sagte ich hastig.

»Natürlich.« Fröhlich imitierte mit dem Zeigefinger ein sich drehendes Rad, um mir zu signalisieren, ich solle weitersprechen.

»Ich hatte eine Obsession entwickelt, Lebewesen auseinanderzunehmen, und weil mich Hardware nie sonderlich interessierte, spezialisierte ich mich bald auf die Funktionsweise des Gehirns. Was löst welche Emotion aus – wie können wir Gefühle modifizieren, provozieren und tilgen? Am meisten las ich zum Gedächtnis, weil es von allen Vermögen des Verstandes jenes zu sein schien, das sich am besten für meine Exkursionen eignete: Meine Lektüre ergab, dass die Durchtrennung des Neocortex ganz spezifische Effekte erbrachte. Das Gedächtnis war viel präziser zu manipulieren, als es bei allen anderen Funktionen des Geistes der Fall ist. Alles ist genau zu lokalisieren: Amygdala – das Abspeichern von Angstreaktionen. Der Hippocampus – das Wiedererkennen von Objekten. Der präfrontale Cortex – der Arbeitsspeicher, der Erinnerungen auf unsere Festplatten transferiert. Man erkennt die räumliche Organisation dieser Funktionen an Patienten, bei denen einer dieser Bereiche zerstört ist und das Signal an eine verschlossene Tür schlägt. Es sind dann immer dieselben Effekte und Mängel zu beobachten, als würde man in einer Leitung einen Kurzschluss erzeugen. Ich las über den Fall des Patienten H. M., der ab dem Alter von sechzehn Jahren so viele Grand-Mal-Anfälle erlitt, dass man einen Teil seiner Stirnlappen entfernte. Zwar wurde seine Krankheit dadurch kuriert, doch verschwand auch etwas anderes Maßgebliches: sein Langzeitgedächtnis. Alle dreißig Sekunden wurde das gerade Geschehene ausradiert, auch wenn sich H. M. mit der Zeit Systeme zurechtlegte, die diesen Defekt teilweise ausglichen. In seiner Hosentasche befand sich stets eine Notiz, auf der »Vater ist tot« stand. Alle Dinge, die er nach seiner Hirnoperation 1953 dazulernte, konnte er teilweise aus seinen alten Erinnerungen herausdeduzieren; sich etwas merken konnte er nicht. Ein Bereich war gänzlich unberührt geblieben: das räumliche Gedächtnis. Entschuldigen Sie, ich bin abgekommen«, sagte ich und rieb mir die Stirn. »Während ich mich immer mehr für neurochirurgische Prozeduren interessierte, hoffte ich zusehends, eines Tages das zu sehen, was das eigentliche Gebiet meines Interesses war.«

»Und das wäre?«

»Ein menschliches Hirn.« Das Schweigen vertiefte sich, und wieder drehten sich alle zu mir um. »Ich habe natürlich niemanden umgebracht«, sagte ich hastig, da ich realisierte, weswegen alle die Luft anhielten. »Es war Jahre später, schon zur Gymnasialzeit, als ich zufällig ein Gespräch mithörte, in dem jemand von einer Hirnoperation an einer Verwandten sprach, und dass man sie am nächsten Tag aus dem Krankenflügel holen würde. Das betrachtete ich quasi als einen Wink des Schicksals.«

»Diese Operation war öffentlich?«, fragte Fröhlich.

»Nein«, antwortete ich langsam. »Aber es war auch nicht übermäßig schwierig, mir Zugang zu verschaffen. Ich rief auf der Neurochirurgie an und gab mich als Assistenzarzt aus, um den Namen des behandelnden Chefarztes herauszubekommen.«

»Ach, die Freuden des social engineering.« Fröhlich lächelte verschmitzt.

»Tatsächlich«, sagte ich und sah zu Boden. »Ich schaffte es also, den richtigen Saal zu finden und durch ein parzelliertes Fenster – Sie wissen schon, diese metallbegitterten Scheiben –«,

»Ja, ich weiß, was Sie meinen.«

»... die Operation zu verfolgen. Ich erinnere mich an den Schock, als ich begriff, wie jung die Patientin war, sicherlich nicht älter als fünfzig, der eine Spritze unter den Augapfel getrieben wurde, dorthin, wo der *os temporale* am dünnsten ist und leicht durchbrochen werden kann.«

»Und niemand bemerkte, dass ein Knabe bei einer Hirnoperation zusah?«

Ich schüttelte den Kopf.

»Es war für mich nicht ersichtlich, an welcher Krankheit sie gelitten haben konnte. Sie schien noch kurz vor der Injektion vollkommen normal, unterhielt sich mit den Schwestern, lachte über den Witz des Arztes, hatte, sofern man so etwas auf die Entfernung überhaupt feststellen kann, etwas wie – Esprit. Ich konnte mir beim besten Willen nicht vorstellen, was an ihr operiert werden sollte.«

»Und dann?«

Ich zögerte. Es gehörte zu den schwierigsten Dingen an den Kopiesitzungen, die Geschichten zusammenzuhalten; mir ging es oft wie jemandem, der einen Witz erzählt, aber die Pointe nicht mehr komisch findet. Jetzt, da ich den Höhepunkt der Geschichte zu erreichen gedachte, wusste ich auf einmal nicht mehr, worauf ich mit ihr hinausgewollt hatte.

»Nur einen Moment, nachdem der Arzt die Spritze gesetzt hatte, beobachtete ich, wie man ihr bei vollkommenem Bewusstsein ein langes Messer unter das Augenlid schob, und der Arzt mit einem kleinen Instrument auf dessen Ende klopfte. Ein, zwei Schläge, ein kurzes Drehen seines Hebels, dann war die Bewegung aus ihrem Körper gewichen und ihr Gesichtsausdruck war blank.«

Als ich geendet hatte, sahen die Assistenten einander verunsichert an und hielten die Finger über den Tastaturen in der Schwebe, als wären sie nicht sicher, was sie gerade gehört hatten.

»Unmöglich«, sagte endlich Blumenthal, der schon länger von seinem Klemmbrett aufgesehen hatte. »Es ist fast ein halbes Jahrhundert her, dass Lobotomien gemacht wurden.« Wieder schwiegen alle.

»Sind Sie sicher, dass es so war?«, fragte Fröhlich, doch eine andere Assistentin fiel ihm ins Wort, ehe ich antworten konnte.

»Ich finde das nicht unbedingt von Belang«, sagte sie. »Wir haben uns darauf geeinigt, dass wir eine gewisse Art von Gedächtnisverfälschung akzeptieren und nicht hinterfragen.«

»Das ist keine Verfälschung«, sagte ich leise, doch niemand hörte mir mehr zu.

»Das bringt DAVEs gesamtes Zeitempfinden aus der Bahn.«

»Vielleicht war es ja gar keine Lobotomie?«

»Aber es gibt doch sonst nichts, was in der Pickelmethode operiert werden würde, sofern man überhaupt von Operation sprechen kann.«

»Halt, halt, halt. Wir können das ganz einfach recherchieren, indem wir die Krankenhausakten durchgehen.«

»Und was sollen wir Ihrer Meinung nach dann tun?«, fragte Fröhlich. »Alles korrigieren und daraus einen Faktenbericht kreieren? Wir wollen einen Charakter reproduzieren, und wenn dieser Charakter sich auf diese Weise erinnert, ist es nun einmal ein Faktum.«

Aber es war ja so gewesen, dachte ich trotzig und durchsuchte meine Erinnerung nach etwas, das ich als Beleg anführen könnte – ein Detail, einen Beweis. Doch auf einmal war etwas Eigentümliches geschehen: Wie ein Traum, den man nach dem Aufwachen noch vollkommen präzise spürt, jedoch durch jeden Versuch, sich sein Bild vor Augen zu rufen, poröser wird, begann mir die Szene zu zerfallen.

»Ich sehe das ebenso – wir haben die Erinnerung jetzt schon programmiert, und zwar entsprechend unseren Maßgaben«, sagte Blumenthal.

Ich sah, wie unendlich schwer es Rosen fiel, gegen Fröhlich zu argumentieren, was hieß, dass diese Frage von größter Wichtigkeit für sie sein musste.

»Aber wo soll das enden? Die Erinnerungen müssen doch mit den SCRIPTs verschränkbar sein, sonst ist alles hier umsonst!«

Erst war mir das Krankenhaus entglitten, dann das Gesicht der Patientin. Schließlich war ich mir ebenso unsicher wie alle anderen, ob ich die Wahrheit gesagt hatte. Da geriet DAVE in mein Blickfeld, der von den heftig diskutierenden Assistentenleibern kurz frei gegeben worden war. Und auf einmal erkannte ich es: Meine Erinnerung war in DAVE, sie war schon ein Teil von ihm. Ich wollte sie zurückerlangen, sie überprüfen. Ich wollte von ihr abschaben, worin ich mich geirrt hatte, und mich korrigieren – doch sie war zementiert bis in alle Ewigkeit.

Ich spürte eine Hand auf meinem Bein.

»Sagen Sie mir eines« – Fröhlich rückte noch näher an mich heran – »Wenn Sie die Authentizität Ihrer Gedanken so schnell bezweifeln, haben Sie keine Angst davor, sich in einem unaufmerksamen Augenblick aufzulösen?«

Ich sah zu Boden.

»Wir übernehmen das«, sagte er, nachdem ich eine Weile nicht geantwortet hatte, »und suchen später einen Weg, wenn das nötig ist. Sprechen Sie nur weiter.« Die restliche Kopiesitzung über hatte ich mich bemüht, meine eigene Irritation zu ignorieren und nüchtern weiterzuerzählen.

»Wollen Sie denn nicht endlich essen?«, fragte Babusch und zeigte auf einen zur Lacke zeronnenen Reisberg, der vor einiger Zeit ein durchtrüffeltes Risotto dargestellt haben musste. Ich war minutenlang weggedriftet und hatte die Entwicklung der Unterhaltung vollkommen ignoriert. Doch bald schon war ich wieder nahtlos eingewoben in die Gespräche, und mein kurzes Unwohlsein hatte sich verflüchtigt. Ich war, wo ich immer hatte sein wollen, dachte ich, und würde meine Verwirrungen dieses Faktum nicht überschatten lassen.

»Wir sprechen gerade davon, wie wir einen freien Willen in DAVE simulieren sollen.« Babusch hatte sich zu mir gedreht, und auch die anderen Professoren musterten mich interessiert. Ich wischte meine Bedenken fort: Wenn ich es nur richtig anstellte, würden jene Fähigkeiten, die für Jahrzehnte brach gelegen hatten, jetzt zur Blüte gelangen. »Dann kamen wir auf die Frage zu sprechen, ob überhaupt ein freier Wille existiert. Zünder hier meinte, es gebe schließlich nur zwei Dinge im Leben, die bestimmen, wer wir sind, und zwar einerseits die Gene und andererseits die Erfahrungen eines Menschen. Beides könne man nicht beeinflussen. Was meinen Sie dazu?«

Ich war DAVE nicht nur der Nächste: Ich war DAVE. Für einen Moment ließ ich diesen Gedanken wirken und überlegte, was für eine Antwort einer lebenden Legende wohl angemessen war. Dann nahm ich einen Schluck Wein und wandte mich Babusch zu wie von Neuem.

□

Dienstagnachmittags zementierte ich mich an meinen Schreibtisch, um meine Geschichte für die folgende Nacht zu verfertigen, denn ich hatte mir, wie schon die letzten Wochen, morgens eine Skizze angefertigt, die ich nur mehr verbal ausschmücken und zu einem kohärenten Ende bringen musste.

»Todesangst empfinden« – ich ließ die Finger knacken, wie um die produktive Verfassung, in der ich mich befand, ostentativ mit einem Bild zu untermalen, und scharte die Insignien meines Tätigseins um mich: eine Tasse Kaffee, meine Debussy-Playlist, ein Notizbuch – aus Angst vor einem Datenleck waren mir nur handschriftlich verfasste Texte erlaubt.

Dann tauchte ich ein.

Die Arbeit lief mir flüssig von den Fingern wie lange nicht mehr. Ich beschrieb eine Geschichte aus der Kindergartenzeit, in der mich ein Rüpel namens Lars, der mich seit geraumer Zeit gepeinigt hatte, unter einem riesigen Spielzeugkreisel einsperrte. Lars war ein fettes, tumbes Kind. Sein knollenhaft in die Höhe geschossener Leib wurde von seinen Eltern stets mit zirkuszeltartigen Spidermanshirts bekleidet, die selbst den schmalen Superhelden zwischen seinen Knabenbrüsten adipös erscheinen ließen, und seine Haare waren zu blonden Stacheln hochgegelt.

Der Grund, warum er gerade mich quälte, war damals – und umso mehr heute – unrekonstruierbar, doch sehe ich besonders eindringlich ebenjene Episode im Park vor mir. Wir Drei- oder Vierjährigen kullerten auf einer der Wiesen in Körperkreiseln umher, in die je ein Kind passte und denen sicherlich der ein oder andere deutsche Anthroposoph vor hundert Jahren einmal persönlichkeitsentwickelnde Funktion zugeschrieben hatte. Ich selbst lag in einem gelben – das erinnerte ich mit schmerzlicher Präzision –, denn nur kurze Zeit später kam der junge Riese Lars heran, beförderte mich auf den Boden, stülpte die Hartplastikhülle über mich und setzte sich darauf, sodass ich unter ihm gefangen war. Die unerträgliche Kompression meines Körpers, das Gefühl des Gefangenseins und des Erstickens im eigenen Saft, führte zu der absoluten Gewissheit, dass mein Tod unmittelbar bevorstehen müsse, bis die Kindergärtnerin den Kreisel von mir riss. Es war eine simple Geschichte mit wenigen Elementen, doch meinte ich, meinen Bericht zum ersten Mal derart lebendig gestaltet zu haben, dass er zu mehr wurde, als von außen zu sehen war. Um 20 Uhr beendete ich mit einem Gefühl von Befriedigung das Skriptum und blätterte durch die Mappe, in der ich meine Erinnerungssequenzen für die Sitzungen aufbewahrte, um es einzuheften.

Doch – aufblitzend unter den an meinem Daumennagel vorbeirauschenden Seiten, fiel mir etwas ins Auge –

Ich ging einen Monat zurück. Krachend fiel der Sessel zu Boden, als ich, rückwärts vom Tisch abgedrückt, so schwunghaft aufstand, dass ich mich fangen musste, um nicht zu stürzen. Dort, in der Sitzung vom 3. März, hatte ich es gelesen: »Jemanden hassen« – und darunter, Wort für Wort, die gleiche Szene, die ich gerade geschrieben hatte. Ich nahm noch einmal die Mappe in die Hand, um zu verifizieren, was ich nur überflogen hatte, doch tatsächlich: Ich hatte vor drei Wochen denselben Text schon einmal geschrieben und es vergessen. Ich war überarbeitet, ja, das musste es sein, eine Art inverses Déjà-vu, das mir die eigenen Erinnerungen entriss. Nur war da keine Überarbeitung, ich hatte ja kaum zu tun. Mit Beginn der Kopiesitzungen hatte eine mentale Zerfahrenheit von mir Besitz ergriffen, die ich mir nicht erklären konnte, die aber, wenn die Dinge sich weiterhin so entwickelten, in vollständiger Demenz ihr Ende finden würde.

Ich befand schließlich, dass mir in diesem Zustand nur helfen konnte, was mich so oft aus mentalen Einbahnstraßen befreit hatte: Alkohol. Nur war es ja mitten in der Nacht, und ich konnte keinen mehr anrufen, um mir Gesellschaft zu leisten. Also allein, dachte ich zerstreut und durchquerte die breite Gibsonpassage, wo tagsüber teure Uhren und erlesene Weine an launische Professoren verkauft wurden, und die – im Anschluss an den Leibnizweg – direkt zum Großraumbüro führte. Dahinter befand sich Speisungshalle 3B. An die Mensa, die meinem Zimmer am nächsten lag, hatte ich mich noch immer nicht gewöhnen können. Ich hatte immer geglaubt, das Großraumbüro würde mich anöden – jetzt aber sehnte ich mich nachts oft nach seiner gedämpften Geschäftigkeit: dem leisen Surren der nie abgedrehten Monitore, der Mission, die in stummem Einverständnis von allen geteilt wurde.

In die Mitarbeitermensa drang ein schwacher Abglanz davon; ein Element der Vertrautheit, das mich warm an sich zog, als ich an den hinteren Drehkreuzen vorbeiging. Der Raum – groß wie zwei Fußballfelder und in der Rushhour mit zweieinhalbtausend Assistenten angefüllt – war so konzipiert, dass es nicht länger als fünfzehn Minuten dauerte, sein Essen einzunehmen. Während man dieses, fünf Mal die Woche Knirck, herunterwürgte, konnte man – so hatten es die Baumeister beabsichtigt – durchwegs seinen Rechner im Auge behalten, denn über die gesamte Nordwand hinweg war die Speisungshalle durch eine Glasfront mit dem Großraumbüro verbunden.

Die Mensa selbst war um diese Zeit so gut wie leer – ein paar über den Laptop gefallene Spätschichtler, die eine kurze Arbeitspause zum Schlafen nutzten, sonst gähnende Leere. Ich ließ mir einen Gin Tonic aus einem der Apparate – eine jämmerliche Kopie des wirklichen Getränks, die ich nun, da ich in den Restaurants der oberen Tausend von der Realität gekostet hatte, als solche identifizieren konnte. Ich lehnte mich zurück und beobachtete für eine Weile die sachte Bewegung der Nachtschicht hinter der Glasscheibe, deren Strömung ich mich früher selbst hingegeben hatte.

In diesem Moment spürte ich einen Blick auf mir und drehte mich – gezogen von jener seltsamen Intuition, die einem die Präsenz anderer anzeigt – um. Drei Tische hinter mir hatte ein älterer Herr Platz genommen, der mich ohne jede Scham anstarrte. Er hatte graue Haare und einen langen Bart, der einen großen Teil seines Antlitzes verhüllte – und doch wusste ich nach einer Sekunde des Hinsehens, dass ich ihn schon einmal gesehen hatte. Ich blickte ihn mit derselben Insistenz an wie er mich, und wie bei einem Rubikwürfel rotierten die Elemente seines Gesichts kurz durch die verschiedenen Konfigurationen meines Gedächtnisses, bis sie krachend halt machten: Es war der Mann, der mich am Katastrophentag unter dem Tisch hervorgezogen hatte, daran bestand kein Zweifel.

Peinlich berührt drehte ich mich wieder um. Ob er mich ebenfalls wiedererkannt hatte? Eigentlich lag mir gar nichts an der Ergründung dieser Frage, und ich hielt meinen Kopf noch steif auf mein Notizbuch geheftet, um das elektrische Knistern unseres Augenkontakts zu überspielen, als er auf einmal in meinem Augenwinkel erschien.

»Das Schicksal hat es nicht gut mit Ihnen gemeint«, sagte er und setzte sich neben mich hin, als wären wir alte Bekannte, die sich von Langem her hier verabredet hatten.

»Wie bitte?« Ich musste mich verhört haben.

»Die Simulation«, sagte er und zeigte auf einen der Deckenbildschirme. »Sie haben sie verpasst. Sie war spannend heute, vollkommen störungsfrei, ein Ineinandergreifen von fünftausend SCRIPTs, ein absolutes Wunderwerk. Seit ein paar Wochen läuft DAVE eklatant besser als zuvor, finden Sie nicht auch?«

»Sie kommen mir bekannt vor«, sagte ich.

»Wir kennen uns vom Tag des Absturzes her. Sie waren ein Haufen Elend und kauerten unter einem der Tische wie frisch geboren. Ich hab Sie nach unten bugsiert, mein Freund.«

»Sie kamen mir schon damals bekannt vor.« Ich sah an ihm herab, als verbärge sich dort der Aufschluss. Der Mann war zwar schön gekleidet, in Stücke, die für sich selbst genommen elegant ausgesehen hätten, die aber nicht im Geringsten zusammenpassten, ja, einander abstießen wie gleichpolige Magnete.

»Manchmal kennt man sich aus der Zukunft her«, sagte er und formte mit den Händen ein Rechteck, durch das er mich fixierte, »also ist einander durchaus begegnet, aber chronologisch andersherum. Kennen Sie Philipp K. Dick? Das war ein Science-Fiction-Autor. Er hat das Konzept der orthogonalen Zeit beschrieben.«

»Ich mag keine Science-Fiction«, sagte ich und schüttelte mit großer Verspätung den Kopf.

»Ich auch nicht, normalerweise, aber den würden Sie mögen. Orthogonale Zeit ist ein Gegenkonzept zu unserer linearen – Dick meinte, wie die Rillen einer LP gehe Chronologie im Kreis herum und alles, was schon geschehen sei und noch geschehen werde, sei auf der Platte gleichzeitig vorhanden, selbst wenn sich die Nadel gerade an einer anderen Stelle befände. Das ist der Grund, warum wir uns manchmal an die Zukunft erinnern. Aber für den Fall, dass Sie es vornherum mögen, bitte: Mein Name ist Mandelbrot.«

Während ich seine Hand zum Schütteln ergriff, überlegte ich, wie ich entkommen konnte. Ein vollkommen Wahnsinniger, womöglich sogar ein Neoplatumanist, wenn man seine eigentümliche Ouvertüre ernst nehmen durfte.

»Mandelbrot ist ein ungewöhnlicher Name«, sagte ich, um nicht auf seinen kosmologischen Pomp eingehen zu müssen. »Wie Benoît, der Erfinder der Fraktale?« Da packte Mandelbrot mich auf einmal an den Handgelenken.

»Von fractus, zerbrochen, ja«, erklärte er an der eigentlichen Etymologie vorbei. »Aber ich würde ihn eher einen Entdecker als einen Erfinder nennen. Sie kommen ja überall vor in der Natur, sie sehen immer gleich aus. Das ist so ein Grundprinzip unseres Universums: Selbstähnlichkeit. Dass ein Ding aus kleinen Kopien seiner eigenen Gestalt besteht. Ich klinge ein bisschen wie Humpty Dumpty, wenn ich darauf hinweise. Manchmal denke ich, dass meine Eltern sich einen Spaß erlaubt haben, unser Nachname ist nämlich Glober, wie Globus, rund. Sie wissen schon – was war zuerst da, die Henne oder das Ei?«

»Ihr *Vorname* ist Mandelbrot?«, fragte ich entsetzt. Genau da erfüllte auf einmal ein ohrenbetäubendes Donnern den Raum, dass ich zusammenfuhr. Krachend löste sich die weit hinten liegende Wand aus ihren Verankerungen und ging in Stücke. Eine glänzende Abrissbirne fuhr durch die Ziegelmauer, und anschließend rollte eine Staubwelle durch den Raum, dass ich glaubte, die Steingischt müsse uns verschlingen. Doch Mandelbrot hielt mich noch immer an den Handgelenken fest und blieb in aller Seelenruhe sitzen, als wäre nichts geschehen.

»Haben Sie das gesehen?« Ich versuchte meine Atmung unter Kontrolle zu bringen.

»Ruhig Blut«, sagte er. »Heute beginnen doch die Bauarbeiten, haben Sie es nicht im Computer Lib gelesen?«

Jetzt erst bemerkte ich, dass niemand anderer in der Mensa auch nur im Geringsten beunruhigt war – die Assistenten, die über der Tischplatte Siesta hielten, lagen selig schnarchend auf ihren Tellern.

»Was für Umbauten?« Ich war noch immer wie gelähmt; dass die Steine nun von Arbeitern auf einen Leiterwagen geräumt und fortgekarrt wurden, verstärkte meine Fassungslosigkeit noch.

»Na die Renovierungen«, sagte Mandelbrot. »DAVE hat sich in den vergangenen Monaten um Äonen weiterentwickelt, und die Hardware hält nicht mehr stand. Wir brauchen mehr Festplatten, bessere Kabel, mehr Kühlelemente – Zwischenwände, neue Räume – lesen Sie keine Nachrichten?«

»Ehrlich gesagt nicht« – und doch stieg eine vage Ahnung in mir auf – hatte Fröhlich nicht im Purgatorium etwas Ähnliches erwähnt?

»Es ist das Ende einer Ära, der Anbruch einer neuen Zeit«, sagte Mandelbrot. »Es erscheint wie der lang ersehnte Durchbruch nach harter Arbeit, das endlich funktionierende Einhaken der SCRIPTs. Aber wenn Sie mich fragen – und ich merke durchaus, dass Sie mich nicht gefragt haben« – er lehnte sich zu mir über den Tisch, so nahe, dass mich seine grauen Barthaare fast berührten – »hat's mit der Personenhypothese geklappt.« Im selben Moment krachte ein weiteres Mal ein Vorschlaghammer durchs Gebälk, diesmal an der gegenüberliegenden Wand.

»Jetzt regen Sie sich doch nicht so auf«, meinte Mandelbrot, obwohl ich mich gänzlich still verhalten hatte. »Das sind Gipsfaserplatten, die auf die Rahmenprofile aufgetragen werden, um Platz für die neuen Glasfaserkabel zu schaffen. Die werden mit einer Flex« – ohrenbetäubendes Sausen eines Sägeblattes – »zurechtgeschnitten. Dann werden die UW-Profile verankert, und der Wandabschluss beginnt; meine Güte, Sie frieren ja gewaltig.«

Eines musste man ihm lassen: Mandelbrot besaß eine erstaunliche Empathie; kaum trat in mir eine Empfindung auf, hatte er sie schon bemerkt.

»Woher wissen Sie das mit den Wänden so genau?«, fragte ich schlotternd, während er mir einen großen Schal um den Hals legte, der für meinen Hals wie gemacht schien und den er mit einem ungeheuerlichen Knoten auf meiner Brust fixierte. Meine Fluchtpläne waren fürs Erste gescheitert.

»Ich bin Architekt. Natürlich pensionierter mittlerweile«, schrie Mandelbrot in den unerträglichen Lärm hinein.

»Ich verstehe«, sagte ich, obwohl ich die Hälfte seiner Worte hatte erraten müssen, so abgelenkt war ich vom Gebell der Maschinen. Ein belatzhoster Arbeiter hatte sich mithilfe eines Presslufthammers waagrecht gegen die Wand gerichtet, dass die Funken nur so sprühten. Was für eine eigentümliche Art des Umbaus – oder war das nur meine eigene Überreiztheit?

Ich versuchte zwanghaft, mich auf etwas anderes als den Lärm zu konzentrieren, und heftete meine Augen auf den Deckenbildschirm, auf dem eine Werbung lief – ein Mädchen auf einer großen elektrischen Kröte, die vor Freude schrie, während das schauderhaft mechanische Geschöpf sie beutelte. *Auch für die Kleinsten: Jetzt DAVE*, erschien als Schriftzug aus den Wolken, auf die die Kamera überblendete. Vollkommen unsinnig, dachte ich, doch Mandelbrot hatte sich erneut über die Tischplatte gebeugt.

»Wenn Sie ein Geheimnis wissen wollen, verrate ich Ihnen was, aber sagen Sie's niemandem weiter: Ich habe das Labor hier gebaut. Natürlich, das ist schon eine Ewigkeit her –«

Ohne jeden Zweifel: Ich saß einem Geistesgestörten gegenüber und musste mich aus dem Gespräch, so schnell es ging, befreien. Ich brütete fieberhaft über einer Strategie, während ich noch immer zum Schein auf den Bildschirm starrte, auf dem nun ein zweiter Spot lief: Diesmal ein Mann, der in einen biometrischen Anzug kletterte, sich verkabelte, Brillen aufsetzte und in eine glitzernde Animation gezogen wurde. *Mach dich bereit für einen Ausflug ins digitale Utopia – und werde zum Diktator einer ganzen Galaxie*, säuselte eine Frauenstimme, während der Mann, gerade noch schmächtig und mit Augenringen, inmitten einer jubelnden Menge ein Szepter schwang. Ich wollte den kurzen Augenblick von Mandelbrots Unaufmerksamkeit nutzen, um aufzustehen, doch Mandelbrot grätschte vor mich und drückte meinen Körper an den Schultern herunter auf die Bank zurück.

»Als wir dieses Gebäude konstruierten, hatten wir vor, die Dinge, die uns wichtig waren, in einem einzigen, herrlichen Komplex unterzubringen. Mir schwebte eine Mischung aus den großen, alten Campussen vor – Yale, Harvard, Cambridge –, um den Traditionssinn der Wissenschaft zu bewahren. Auf der anderen Seite sollte es hochaktuell sein, postmodern und ausgestattet mit allem, was wir Nerds damals liebten – jaja, Sie werden es nicht glauben, auch ich war einmal jung –«

Vorsichtig hatte ich derweil mein Telefon hervorgezogen und machte, möglichst unauffällig, ein Foto von Mandelbrots Gesicht. Ich würde es morgen Pawel zeigen, dachte ich, würde ihn darum bitten, dass er in seiner Abteilung herumfragte, ob jemand diesen Wahnsinnigen kannte.

»Wie alt sind Sie denn?«, fragte ich ihn.

»Das da hinter Ihnen zum Beispiel, dieses heraldische Element, das sich in jeder Mensa des Gebäudes findet, ist ein Ornament aus der Yale-Dining-Hall, im Original natürlich aus Mahagoni gefertigt und hier bloß aus Hartplastik –«

Ich drehte mich um, seinem Finger nach, und erstarrte: Quer über der Tür thronte ein Akanthusfries, der mir noch nie aufgefallen war.

»Wunderbar, oder?«

»Ja«, sagte ich schief. »Wunderbar.«

Es handelte sich um eine Grässlichkeit sondergleichen: Die Ziselierung war deutlich erkennbar, obwohl sie glänzendweiß war und die Renaissance nur amateurhaft nachahmte. Die Szene zeigte zwei Männer in einem Raum, der sich zu den Seiten hin in kitschige Wolkengeschwader auflöste, wobei das Zimmer selbst an übervollen Buffettischen und einem balancierenden Concierge unzweifelhaft als Restaurant erkennbar war. Doch während einer der Männer am Tisch saß und aß, lag der andere leblos am Boden; darüber geschwungen in Kurrentschrift das Wort: Fraternitas. Wer konnte das allen Ernstes als Kunst konzipiert haben? Dann fiel mein Blick auf das Geschehen unter dem Türstock: Mit Schrecken sah ich, dass ein Arbeiter soeben dabei war, eine der Türen, die in die Mensa führte, zuzumauern. Keine zehn Meter daneben hatte ein anderer begonnen, einen Vorschlaghammer mit solcher Wucht durch den Verputz zu treiben, dass das Zittern konzentrischer Bodenwellen sich bis zu uns fortsetzte. Mandelbrot schien es nicht im Geringsten zu kümmern, dass die Arbeiten einen nicht unbeträchtlichen Staub aufwirbelten, der nun in unsere Richtung gedrückt wurde – er wirkte eher, als rüstete er sich für einen noch längeren Aufenthalt, denn gerade beförderte er einige Süßspeisen aus seinen Taschen empor.

»Und genau darunter ist ein Pepsiautomat. Sehen Sie, die postmoderne Architektur, da geht es um Sedimentierung, Schichtung. Insofern ist die Neuerrichtung des Atriums das Ende einer ganzen Ära. Aber man muss mit diesen Dingen leben können. In der Anfangszeit – ja ich weiß, jetzt rede ich wie ein alter Mann – in der Anfangszeit saßen wir an einem Ort zusammen, der kaum mehr war als ein Schuppen. Doch die Stimmung war wesentlich besser als hier«, und er zeigte mit angeekeltem Gestus ins Zimmer. Auf einmal und so plötzlich, dass ich selbst davon überfordert war, baute sich in mir eine unfassbare Aggression auf.

»Was Sie reden, kann doch nicht stimmen«, krächzte ich dazwischen. »Das Labor gab es doch vor Ihrer Zeit, außerdem habe ich noch nie von Ihnen gehört.«

»Ja, natürlich, wir waren schon damals in einer rudimentären Form des Gebäudes, das schon«, sagte Mandelbrot und wedelte mit der Hand, als wäre mein Einspruch kein weiteres Hindernis.

Mir fehlte die Entschlossenheit für eine weitere Gegenwehr, denn der Lärm war so unangenehm, dass ich meinen Kopf zwischen den Armen vergraben hatte.

»Aber einer der Grundsätze der Architektur lautet: Ändert man nur ein Detail, ändert sich die Relation des ganzen Raumes. Wie bei einem Schmetterlingseffekt, und seien wir einmal ehrlich, ich kann mir nicht vorstellen, dass Fröhlich, der ja eher ein Handwerker ist als ein Künstler, die Gesetze der Architektur so gut studiert hat wie –«

Erst jetzt, da es langsam wieder leiser wurde, hob ich ihn vorsichtig. Doch als ich in den Raum sah, konnte ich meinen Augen nicht trauen. Wo gerade noch ein klaffendes Loch gewesen war, war die Wand nun frisch verspachtelt und schloss in vollkommener Perfektion an die Mauer an.

»Wissen Sie, mir ist nicht gut«, sagte ich und stand schon halb auf, doch Mandelbrot drückte mich auf die Bank zurück wie einen schlecht abgerichteten Hund.

»Natürlich hatten wir auch andere Dinge vor Augen, als wir dieses Meisterwerk, das heute 10 000 Personen beherbergt, konstruierten. Auf der einen Seite beispielsweise das Panopticon, ein Gedankenexperiment von Jeremy Bentham, sagt Ihnen das etwas? Ein Gefängnis, in dem alle Gefangenen von einem einzigen Wächter beobachtet werden können, das war der Leitgedanke hinter dem Zentrallabor und dessen ringförmiger Anlage. Natürlich, hier gibt es keinen menschlichen Aufseher, Red Eccles ist elektronisch, aber ich habe berechtigte Sorge, wenn eine einzige willkürliche Mauer eingezogen wird –«

Ich hatte doch längst gehen wollen, dachte ich panisch, warum hielt mich dieser Mann mit seinem Gebrabbel an Ort und Stelle?

»Schluss, jetzt. Wieso sind Sie überhaupt so daran interessiert, mit mir zu sprechen, gibt's nicht genug andere Tische hier? Ich habe zu tun«, sagte ich aufbrausend und schlug, entgegen meiner Instruktionen, das Notizbuch mit den Erzählungsskizzen für die Kopiesitzungen auf, ehe ich es sofort wieder zuklappte, als ich realisiert hatte, was ich da tat. Zum Glück hatte Mandelbrot nicht einmal zu mir hergesehen.

»Sehen Sie, dort und dort hat das Labor abgerundete Wände, die diese Stümper nun eckig gemacht haben. Genau das meine ich! Ein Leitgedanke des Labors war es, dass man von der Struktur der Gänge verwirrt werden sollte wie bei einem Labyrinth: einem Labyrinth, dem man nicht anmerkt, dass es eines ist. Wie auf der Erde, man geht immer in eine Richtung und kommt nie an ein Ende; es sollte Weite vermitteln, für die hier Geborenen …«

Inzwischen war der Lärm komplett abgeklungen, nur ein einsamer Arbeiter verspachtelte noch die letzten Fugen. Langsam setzte ich all die Dinge, die Mandelbrot gesagt hatte, zu einem Bild zusammen, während dieser bereits weitersprach.

»Das Labyrinth in seiner ursprünglich mythischen Verfasstheit diente dazu, den Minotaurus zu beherbergen. Die Schande eines Königs, dessen Frau ihm ein Monstrum geboren hatte; fleischgewordenes Bereuen. Halb Tier, halb Mann, die Scham des Menschen, aus dem Viehischen zu stammen. Oder aber es war ganz anders, und Minos Same hat tatsächlich selbst ein deformiertes Kind geschaffen, das er in den Verwerfungen eines unentrinnbaren Gebäudes niederlegte. Eine schöne Geschichte.« Ich nickte hohl.

»Wer hat denn das Labor in Auftrag gegeben?«, fragte ich. »Das war vor Fröhlichs Zeit, oder?«

»Oh, lange davor! Ich habe Fröhlich bei seinem Aufstieg beobachtet, wissen Sie«, sagte er und zerbrach sorgfältig einen Zahnstocher, den er zuvor aus einem der Spender gezogen hatte. »Verdammt, ich erinnere mich vor allem daran, wie es war, bevor er da war. Chaos – Chaos überall. Die Erststöckler durften sich hier oben aufhalten, wir waren auch manchmal unten. Es gab keine gesellschaftliche Ordnung, kein Red Eccles, manchmal sind Sachen verschwunden und an anderen Orten wieder aufgetaucht. Es wurden Strategien umgesetzt und willkürlich abgebrochen, vollkommene Anarchie. Natürlich war das nicht unbedingt effizient. Als er kam – da wurde schlagartig alles anders.«

»Die Erststöckler durften oben sein?«

»Sehen Sie, Fröhlich hatte einen revolutionären Gedanken, so simpel, dass man sich fragt, warum niemand anderer draufgekommen ist. Wir wollen Computer und Mensch in eine Übereinstimmung bringen – eine wirklich schwere Aufgabe, das Hirn ist fürchterlich komplex. Aber es gibt eine zweite Möglichkeit: Nicht den Computer menschförmig machen, sondern die Gesellschaft computerförmig.«

Als mich sein klarer Blick traf, wurde mir mit einem Schlag bewusst, dass seine Rede kein dementes Gewäsch gewesen war. Wir wurden beobachtet. Womöglich versuchte mir Mandelbrot etwas zu sagen – aber was?

»Was genau soll das bedeuten?«, fragte ich vorsichtig.

»Kennen Sie sein erstes Projekt? Das ist Jahrzehnte her, es nannte sich Projekt Ambra und war fürchterlich kontrovers.

Fröhlich ließ einhundertzwanzig Assistenten so leben wie in einem Computer. Zwanzig bestimmte er als Arbeitsspeicher, zehn als CPU, vierzig als Speicher und so weiter. Er wollte erforschen, was eine vollkommen nach den Gesetzen der Logik arbeitende Gesellschaft ausmacht. Das war recht schnell recht unpopulär, und er zog die Versuche aus der Öffentlichkeit ab.«

»Und wer war das Programm?«, fragte ich. »Also wer bestimmte, was getan wurde?«

»Was für eine Frage, Jungchen«, sagte Mandelbrot und lehnte sich vor. »Fröhlich war natürlich das Programm.«

Jetzt dämmerte mir etwas.

»Das Panopticon war ein Gefängnis«, sagte ich endlich. »Das Labyrinth ebenso.«

»Alles, was ich versucht habe, Ihnen klarzumachen, ist, dass ich viel Ahnung von der Geschichte des Labors habe. Viel mehr als die meisten anderen«, sagte Mandelbrot und lehnte sich zurück, als sei alles Nötige besprochen worden.

»Ich bin hier meistens so ab 11 Uhr abends, Nachteule. Kommen Sie doch einmal, ich hab auch einige Anekdoten zu all dem hier, ich fühle mich meist sehr allein. Ach wie reizend!«, sagte er und zeigte hinter mich. Dort, wo die scheußliche Ziselierung über der Tür geprangt hatte, die mich vorhin so verstört hatte, war nun auf die glatte Wand ein Zitat aufgetragen worden.

»We shall not cease from exploration. And the end of all our exploring will be to arrive where we started and know the place for the first time.«

T. S. Eliot

»Schon wieder«, sagte ich verwirrt, doch als ich mich zurückdrehte, war Mandelbrot längst aufgestanden – ich sah ihn die Mensa durch die frisch errichtete Tür verlassen.

Auf dem Weg nach Hause steigerte sich meine Beklemmung ins Unerträgliche: Was für eine eigentümliche Begegnung – außerdem hatte ich über dem rätselhaften Gespräch erneut meine Pflicht vergessen. In wenigen Stunden würde die nächste Kopiesitzung starten, und ich konnte ja nicht ein zweites Mal dieselbe Szene mitbringen. Bevor ich aber einen neuen Versuch wagte, musste ich schlafen, das war unzweifelhaft. Die Müdigkeit, die den ganzen Tag über von nervöser Aufgekratztheit in Schach gehalten worden war, drückte mich nieder. Ich hatte endlich mein Zimmer erreicht – meinen sicheren Hafen, beruhigte ich mich – und war dabei, die Tür zu entriegeln, da bemerkte ich, dass ein Stück Papier unter der Tür feststeckte: Wer in diesem Labor benutzte denn noch Papier, dachte ich träge und wollte den Zettel zerknüllen, da sah ich, wie präzise es gefaltet, wie sorgsam es beschrieben war: »Raum 207a, erster Stock«, stand auf der ungezeichneten Nachricht. »Personalakte 40 125, nur nachts kommen.«

5

Ich war ganze drei Mal in meinem Leben im ersten Stock gewesen: Zwei Mal, um Felis zu besuchen, und ein weiteres Mal, als vor zwei Monaten die Serverhallen brannten. Jedes einzelne Mal hatte ich es bitter bereut: Es war ein Ort, an den ich nicht gehörte. Mit zwölf hatte ein Quotenausflug mit meiner Schulklasse mich *ins Opake* geführt, wie wir oben es nannten: Um Mitgefühl und Aufgeklärtheit denen gegenüber zu heucheln, die die Versorgungskette für uns aufrechterhielten, waren wir, Wasserflaschen und Lunchboxen wie zu einer Expedition in die Rucksäcke verschnürt, unter Tage gefahren. Die tief gelegenen Stockwerke waren in massivem, zweieinhalb Meter dickem Beton hochgezogen worden, und die Feuchtigkeit der ringsum liegenden Erde machte die Luft schwanger von den Gerüchen unverarbeiteter Rohstoffe: Linoleum, Plastik, frisch verschweißtes Metall, und dann wieder atmete man, weil unten doppelt so viele Menschen pro Quadratmeter lebten wie oben und in steter körperlicher Arbeit, den Dunst der Menschenkörper, die wir an den Hallendurchbrüchen malochen sahen. Man roch die Erde nicht – doch gleichwohl bildete man es sich ein. Während wir durch die verschlungenen Kellergänge geschleust wurden, die statt heller LED-Leuchten mit trüben Strukturglasleuchten ausgehangen waren, hatte uns eine Frau durch die verschiedenen Werkhallen geführt. Sie hatte bereitwillig unsere Fragen beantwortet – und doch auf eine Weise, die immer leicht an dem vorbeiführte, was wir gemeint hatten. Als würden wir dieselbe Sprache sprechen und doch eine andere. Als wir nach der Demonstration einer gewaltigen Stanzmaschine aus dem trüben Milieu wieder auffahren wollten und den Weg zurück nahmen, war uns ein Junge aufgefallen. Lisa Kershbaum hatte, das weiß ich noch, auf eine Art Vorplatz gezeigt, auf dem einige Kinder spielten – und hinter ihnen: ein metallenes Ungetüm von der Größe eines Pferdes, in dem ein Knabe in unserem Alter steckte. Sein Kopf ragte aus der Vorderseite der Maschine. Sein restlicher Leib war eingespannt: Unter Brausen und Donnern des Unterdrucks wurden seine Glieder gedehnt und komprimiert, während er versuchte, den ballspielenden Kindern mit den Augen zu folgen.

»Ach der«, hatte unsere Führerin gesagt, als sie bemerkte, wie wir ihn betrachteten. »Das ist einer von denen, die die Seuche geholt hat, letztes Jahr. Seine Eltern arbeiten im Hühnerstall, und er hat wohl eines der infizierten Tiere angefasst.« Niemand hatte es gewagt, weiter zu fragen.

Wir waren zu jung, um die sozialen Mechanismen zu begreifen, die die einen nach oben, die anderen nach unten verbannten – doch statt für Verständigung hatte der Ausflug zu einer Verstärkung unserer gegenseitigen Sprachlosigkeit geführt.

Dennoch ging ich nun, alle Übernächtigkeit von mir abgefallen, unter Neonlichtern spazieren, mit hämmerndem Herzen und der längst als verlogen erkannten Selbstbeschwichtigung, dass ich die Tür zu dem geheimnisvollen Raum *nicht* öffnen, *nicht* nach dem Akt greifen würde, den ich mir mit Kugelschreiber aufs Handgelenk notiert hatte. Während der ewig scheinenden Minute, die die Fahrt in den ersten Stock in Anspruch nahm, kroch die Angst in mir hoch, in eine

Falle gelockt worden zu sein. Wer konnte mir diese Botschaft geschickt haben?, rätselte ich – wer wer wer, und wer konnte wissen, dass ich eine Administratorenkarte gefunden und behalten hatte, die diese Tür überhaupt öffnen konnte?

Aber da zeigte der Aufzug mit sachtem Klingeln an, dass wir das Untergeschoss erreicht hatten, und ich trat in den niedrigen Gang. Jetzt, da ich erwachsen war, schien alles noch enger als zuvor, insbesondere weil im Gegensatz zu oben zahlreiche Leute unterwegs waren, als gäbe es keine Unterscheidung zwischen Tag und Nacht: Gruppen breitnackiger Männer trugen Pakete durch die Flure, und eine Frau stieß eine andere brutal gegen die Wand, ehe sie ihr etwas entriss, das ich nicht erkennen konnte. Im Versuch, nicht auf mich aufmerksam zu machen, trat ich an einen Stockwerksplan. Auf einmal rempelte mich von hinten eine Gestalt so heftig an, dass ich mit dem Gesicht an die nackte Betonwand gedrückt wurde. Ich drehte mich um und hatte die Hände schon zur Abwehr erhoben – aber der Mann, der längst weitergegangen war, grinste nur, und ich sah, wie sein ganzer Körper vor Erregung bebte, als herrschte ein Überdruck in ihm, den er nur mit Mühe halten konnte. Nun sah ich, dass auch die Frauen, die sich gerade noch gezankt hatten, inne hielten und mich feindselig anstarrten. Ich gehörte nicht hierher, ich fiel auf wie ein bunter Hund – also ging ich rasch in die Richtung, in der der Plan das Archiv anzeigte.

Ich passierte einen zum Glück leeren Gang, ehe ich vor Raum 207a ankam, und zog die Karte über den Sensor – er entriegelte, und ich stemmte die Sicherheitstür auf. Sie war nietenbeschlagen wie der Lukenverschluss eines U-Boots, und ich musste mein ganzes Gewicht gegen sie lehnen, um sie so weit zu öffnen, dass ich eintreten konnte. In dem wenigen Licht, das vom Gang nach drinnen fiel, sah ich mich nach einem Türstopper um, doch da war keiner. Also versuchte ich, sie einen Spalt offen zu lassen. Da sich das als vergeblich erwies, versicherte ich mich mehrmals, dass sie sich von innen öffnen ließ, aber mir ging die Kraft aus. Irgendwann gab ich auf: Ich ließ die Tür zufallen, die ein unbarmherziges Gewicht in die Angeln drückte.

Gleich darauf hörte ich nur mehr meinen schwergängigen Atem in vollkommener Dunkelheit. Ein satter, schwerer Geruch lag im Raum. War es Urin? Nein, nicht stechend genug, entschied ich. Wie ein Blinder seinen Stock, ließ ich nun meine ausgestreckten Arme in Halbkreisen oszillieren, bis sie auf den Lichtschalter trafen: Als sich der Raum erhellte, sich die Aktenschränke und Kurbelregale ausgeleuchtet im Raum deklarierten, realisierte ich auf einmal, was ich getan hatte: Das rote Auge der Überwachungskameras von Red Eccles musste meine Grenzüberschreitung registriert haben – eine Grenzüberschreitung, von der ich, nun zwischen uneingesehenen Laufmetern an Papier, nicht einmal wusste, wofür ich sie begangen hatte.

Ich setzte mich auf den Boden und lehnte mich gegen den Siemens-Mikrofiche-Apparat. Von den Regalen fiel, durch die sachte Bewegung ausgelöst, zentimeterdicker Lurch, als wäre der Raum seit Jahrzehnten nicht mehr betreten worden. Noch erwartete ich, jemand würde donnernd die Tür sprengen und mich festnehmen. Aber da war nichts als Stille.

Dann, von einem jähen Entschluss überwältigt, sprang ich auf und schob meinen Körper zwischen Regal 39 und 40 so heftig voran, dass die Staubkonglomerate von der Decke schneiten, bis ich Akt 40 125 endlich herausgefuhrwerkt hatte. Es war ein rotglänzender Foliant, den ich für einige Momente in der Hand wog – wie bei einer Reliquie aus vergangenen Jahrhunderten musste ich mich seiner Echtheit vergewissern. Ich setzte mich, merkwürdig angstfrei vor allen möglichen Konsequenzen, wieder auf den Boden, schlug die erste Seite auf und sah: mich selbst.

Von einem vergilbten Schwarz-Weiß-Bild aus blickte ich mir unverwandt in die Augen. Ernst und unter langen Haaren hervor, die über einen stumpfen Gesichtsausdruck fielen; er schien von dutzenden durchwachten Nächten zu zeugen. Ein Greis – das war ich auf diesem Bild, doch gleichzeitig keinen Tag älter als jetzt. Mich dem Bild zu entziehen, war unmöglich: Ich studierte mich wieder und wieder, immer von Neuem, und die Details ratterten durch meinen überreizten Sinnesapparat: der Pullunder mit einer scheußlichen, gelb gehäkelten Sonne auf der Brust, eine Brille auf meiner Nase, die ich selbst niemals getragen hatte, mein ganzer Körper dort im Sepiastich, gelehnt über eine gewaltige Platine, die bis zum Boden reichte. Bald verschmierte mir das Blickfeld vom langen Aussetzen des Blinzelns, und ich schlug die Mappe zu – riss sie sofort wieder auf und schlug sie ein weiteres Mal zu. Tatsächlich auch beim dritten Blick: eine unverkennbare Ähnlichkeit meines Gesichts zu diesem, doch erkannte ich jetzt, dass es doch einige gravierende Unterschiede gab. Die initiale Ähnlichkeit hatte mich blind gemacht für die gleich darauf folgende Differenz: Der Mann auf dem Foto war deutlich schmächtiger als ich, hatte die Schatten von Aknenarben über den Wangen und überhaupt eine andere Kopfform –

Erst da entdeckte ich den Namen, der in der rechten Ecke jedes Blattes dieser Personalakte stand: Arthur Witteg. Arthur Witteg, Witteg – ich raste durch die Register meines Gedächtnisses, und obschon etwas wiedergehallt war in ihnen, konnte ich nicht gleich sagen, warum. Doch – jetzt erinnerte ich mich – das war der Mann, von dem Fröhlich als meinem Vorgänger gesprochen hatte.

Ich legte die Papiere nieder und versuchte zu verarbeiten, was ich gerade gelesen hatte. Ich hielt die Augen geschlossen und atmete tief ein und aus. Manche Gerüche haben Schichten. Je länger man sich an sie gewöhnt, desto mehr geht der Eindruck in die Tiefe und wird zu einem Profil. Das Relief dieses Archivs war bodenlos: Eine Säuerlichkeit, ein tierisches Gewicht, das ich nicht gleich bemerkt hatte, bahnte sich den Weg, und darunter lag eine Abgestandenheit, als hätte man das Papier in den Regalen nicht aus Spänen geschöpft, sondern pergamentiert. Hautgeruch.

Entschlossen schüttelte ich den Kopf: Wie hatte ich mich minutenlang mit diesem Unsinn beschäftigen können? Es war ein altes, stickiges Archiv, kein Wunder, dass es roch, dachte ich, und griff wieder den Akt.

Ich blätterte mit neu erwachter Konzentration durch die Papiere: »Dr. Arthur Witteg«, las ich auf der ersten Seite, deren schmuckfreies Courier New verriet, dass es sich um die Personalakte handelte, die bei der Einstellung angelegt worden war. »Dissertation mit achtzehn Jahren über die Verwendung von Prolog zur Lösung selbstreferenzieller Bewusstseinsprozesse bei der Entwicklung starker KI. Drei Jahre später Gruppenleiter, Arbeitsschwerpunkt über Raummodelle zur Repräsentation von Personenstrukturen. Mit vierundzwanzig Jahren jüngster Professor in der Geschichte des IT-Instituts. Früher Schachmeister U16 und Gedächtnissportler mit Weltrekord in der Kategorie *Names and Faces* (288 Pkt.). Gekündigt vier Jahre später wegen Veruntreuung von Geldern der Universität.«

Ein sämiger, ziehender Neid erfüllte mich: Unser Gesicht täuschte eine Ähnlichkeit vor, die im Leben nicht bestand.

Dieser Mensch hatte mit zwanzig mehr geleistet, als ich es in meinem ganzen irdischen Dasein tun würde. Hinter dem kargen Blatt, dem Gesicht, das mich bis ins Mark erschüttert hatte, verrieten Trennblätter, dass diese knappe Beschreibung nur die Präambel zu einer wesentlich komplexeren Geschichte gewesen war. *Wissenschaftliche Aufsätze*, war ein Unterordner beschrieben – *Verträge und Geschäftspapiere* ein zweiter – zuletzt aber: *Polizeiakten*, ein ziegeldicker Abschnitt, den ich als Erstes aufschlug. Verblüfft realisierte ich, dass der erste Eintrag von Witteg in seiner Volksschulzeit handelte.

Am Montagabend wurde ein siebenjähriger Knabe, der sich auf Nachfrage sofort als Arthur Witteg auswies, am Kontrollterminal des EDT200-x festgenommen. Witteg, der die dritte Klasse Volksschule Cottagegasse besucht, hatte sich eigenmächtig einen Schlüssel angefertigt, weil er nach eigener Aussage schon seit längerer Zeit geplant hatte, an dem viereinhalb Millionen teuren Rechner Modifikationen vorzunehmen. Der Schlüssel wurde sichergestellt. Auf Nachfrage der Gendarmerie, wie er die Verfertigung des Schlüssels vorgenommen hatte, meinte er, es sei sein Hobby, Codes zu knacken (auch ein Schlüssel sei ein solcher, Anm.).

Auf seine Motive hin befragt, gab Witteg, der sich keiner Schuld bewusst zu sein schien, an, eine verschlossene Tür verstoße gegen die Menschenrechte (sic). Weiters sagte er, Wissen sei um des Wissens wegen erstrebenswert und müsse jedem uneingeschränkt zugänglich sein. Das Kind, das den Beamten durch seine außergewöhnliche Beredtheit auffiel, beantwortete alle Fragen wahrheitsgemäß und sehr geduldig, wobei sich herausstellte, dass es sich bereits ein wenig Computererfahrung auf der lokalen Werkstation eines EDV-Geschäfts angeeignet hatte. Als Grund gab der Junge an, nach der Lektüre eines Programmauszugs des EDT200-x von der schlechten Programmierung seines Betriebssystems überzeugt gewesen zu sein und dass er es habe verbessern wollen. Witteg kehrte nach dem Vorfall wieder in die Klasse zurück.

Und, als Nachtrag mit etwas dunklerer Tinte, stand unter diesen Bericht hinzugefügt:

Nachdem sich die Software des Geräts nach gründlicher Überprüfung tatsächlich als verbessert erwies, wurde dem Kind vom Leiter der Abteilung der Vorschlag gemacht, das Gerät unter Supervision von Programmierern verwenden zu dürfen. Wenn er sechzig Arbeitsstunden gemeinsam mit zertifizierten Benutzern verbracht hätte, würde er einen legalen Zugang bekommen. Ein Wochenende und zwei 30-Stunden-Wachphasen später erhielt Witteg seinen Schlüssel.

Ich konnte mich dunkel aus dem Studium an den EDT200-x erinnern, ein Museumsstück. Auch wenn es sich um ein antikes Gerät handelte, das seit einem halben Jahrhundert überholt war – nein, gerade deswegen – war es unmöglich, dass ein Siebenjähriger es bedient haben konnte. Der Apparat schluckte nichts anderes als ASCII – undurchdringliche Schlangen an Nullen und Einsen, die kaum eine Handvoll meiner Kollegen interpretieren konnten. Als wären dort Antworten zu finden, blätterte ich von dieser fantastischen Erzählung zurück zu Wittegs Bildungsweg, doch dort – in einer Art Fortsetzung der Polizeiakte, bestand nahezu alles aus Abmahnungen und verzeichneten Verfehlungen. Eine unübersehbare Tendenz, sich in Schwierigkeiten zu bringen, zog sich durch seine Biographie:

Am 25.3. wurde beim Direktor die Betragensnote ungenügend beantragt und somit eine zeitweilige Suspendierung vom Unterricht. Grund ist die vollkommene, fast katatone Interessenlosigkeit am Lehrstoff. Der Schüler liest und schreibt ohne Unterlass Programme unter dem Pult. Wenn man ihn nach etwas fragt, starrt er ins Leere und wendet sich wieder seinen eigenen Interessen zu, nur um, manchmal Stunden später, die gefragte Information vollkommen unvermittelt auszusprechen. Nur in den Fächern Philosophie sowie Religion, zeitweise auch in Mathematik, zeigt er einigermaßen Mitarbeit. Dafür hat der Knabe unlimitierte Inselinteressen, die teilweise in Richtung eines tatsächlich verwertbaren Talents weisen. Unter anderem hat er in einer Programmierzeitschrift für Hochschulstudenten erfolgreich zwei Artikel untergebracht, einen mit dem Titel »Transhumanismus als Ende des Leidens« – einen anderen zum Thema Mnemotechniken.

Mnemotechniken, dachte ich verwundert und erinnerte mich an die erste Kopiesitzung, in der Fröhlich die Memory-Palace-Technik erwähnt hatte, von der jedoch nie wieder die Rede gewesen war. Ein loser Faden, der nun auf einmal in den Stoff von Wittegs Biographie mündete: Wie konnte er die Technik schon als Kind beherrscht haben? Ich blätterte vor, zum Artikel, der als A001, als das erste Paper seines Lebens, markiert war.

Der folgende Beitrag versteht sich als ein erläuternder und kritischer Kommentar zur Implementierung der Locimethode in wissensbasierten Systemen. In *de Oratore* stellt Cicero eine Technik der breiten Öffentlichkeit vor, die seit Menschengedenken dafür verwendet wurde, Erinnerungen zu organisieren, zu strukturieren und zu optimieren. Die Technik besteht aus drei Teilen:

1. Die Erschließung eines topographischen Musters: Der Rhetor lernt eine räumliche Struktur, die ihm aus seinem eigenen Leben bekannt ist, mit dem natürlichen Gedächtnis auswendig und wählt sogenannte *Orte*. Der Weg zwischen diesen Orten sollte dem Lernenden wohlbekannt sein, z. B. die Route vom Elternhaus zur Schule. Die Orte sind bemerkenswerte, »erinnerbare« Punkte – Ecken, Plätze, Schilder, etc.
2. Die semiotische Codierung der Erinnerung, a.k.a. »das Verwandeln in Bilder«: Die zu memorierenden Informationen werden in einen einzigen Gegenstand, eine Person, einen visuell vorgestellten Sachverhalt verpackt. Laut der Empfehlung des Autors von ad herennium sollen sie allegorisch, einprägsam und abscheulich sein. Je stärker das Bild mit Sinneseindrücken aufgeladen wird, desto höher ist die Erfolgsaussicht dieser Methode.
3. Die Komprimierung: das Zusammenfassen vieler Eigenschaften zu einer einzigen nach einem festgelegten System.

Ein Beispiel: Wenn sich der Redner die Abfolge der Erdzeitalter Kreide – Jura – Trias – Perm – Karbon merken will, vereinigt er sie im Bild eines Kreidestücks in der Hand eines Jurastudenten, der einen Triathlonanzug aus Perlmutt trägt und auf einem Carbonrad fährt. Hubner erklärte 1965, geübte Oratoren »konnten ganze Reden, ganze Epen verstauen in ihrem flirrenden mnemonischen Gebäude. Je geübter der Gedächtniskünstler dabei ist, desto lebendiger werden die Bilder – desto unbildhafter fast. Eine Promotion vom unbelebten Objekt zum Organismus, vom Sachverhalt zur Idee.«

Der Kern meiner in diesem Paper vertretenen These wird es sein, dass die Loci-Methode ein tadelloses Framework für den semantischen Bezug einer Interferenzmaschine ist, d. h. eines künstlichen Verstandes. Mein Hauptindiz dafür ist, dass unser Gedächtnis auf demselben Prinzip beruht wie Information an sich: dem des Raums. Neuronen in unserem Gehirn bilden eine Art architektonische Struktur, genau wie Beweise an einem Tatort oder kulturelle Repräsentationen in Landschaften. All diese Phänomene sind Raumkonfigurationen, die uns ihre eigene Geschichte erzählen. In einem zweiten Schritt werde ich den Raum als konstituiert von Erinnerung präsentieren: diesen phänomenologisch sich präsentierenden Tisch als eine Abschattung aller Erinnerungen, die ich jemals von Tischen gesammelt habe.

Diese Strategie, die aufgrund der vorgeschlagenen Doppelstruktur des Raums (als analoger Repräsentant sowie Bedingung ebenjener Repräsentation) zuerst paradox erscheinen mag, wird eine perfekte Voraussetzung dafür darstellen, einer künstlichen Intelligenz eine geschlossene Welt zu präsentieren: Die Mnemotechnik könnte eines der hard problems der Computerwissenschaft lösen.

Ich wusste nicht, ob mich der geschliffene Tonfall dieses Greisenkindes – eines Jugendlichen, der sprach, als hätte er die Ewigkeiten durchwandert – mehr verwunderte oder die Tatsache, dass die Idee, Mnemotechniken in der KI-Entwicklung anzuwenden, ursprünglich von Witteg stammte. Warum hatte man mich ausgewählt, wenn das Experiment mit einem solchen Genie fehlgegangen war? Ich warf den Ordner in die Ecke, hielt es keine zehn Sekunden aus, suchte weiter, ohne zu wissen, wonach.

Kurze Erleichterung fand ich in einem medizinischen Gutachten, das Witteg anlässlich der Befreiung vom öffentlichen Dienst einige Jahre später ausgestellt worden war: Acht Dioptrien stand in seinem Aufnahmeblatt, Hinken durch Polio. Polio, dachte ich, wie eigentümlich – und dann endete mein Anflug von Erleichterung, da ich begriff, wie schmal diese medizinische Akte war. Sie schloss exakt an Wittegs einunddreißigstem Geburtstag mit einem kurzen Eintrag eines Psychiaters, der nichts anderes vermerkt hatte, als: »psychisch zurechnungsfähig, mental keine Anomalien«. Ich blätterte verwirrt nach vorne und nach hinten: Nachdem fast wöchentlich ein Statusbericht seiner Vitalwerte abgeheftet worden war – kein Wunder, fiel mir ein, das wurde ja bei mir seit Beginn der Kopiesitzungen nicht anders gemacht – endete sein dokumentiertes Leben abrupt. Immer hastiger durchwühlte ich den Ordner und bemerkte nun, dass es in allen Unterordnern nicht anders war: Seine Papers, seine magistratischen Dokumente, seine ganze Karriere war wie ein unhaltbarer Strom, den niemand hatte ignorieren können, vorangebraust, und dann vor aller Augen – im Nichts verschwunden.

Als draußen eine Tür zugeschlagen wurde und ich fahrig in die Höhe schoss, weil ich mich ertappt glaubte, hielt ich einen Fetzen Papier in der Hand, den ich versehentlich aus dem Konvolut gerissen hatte. Es war ein Zeitungsartikel, der Witteg grinsend in einer Gruppe aus jungen Frauen und Männern zeigte, die alle ein Logo hochhielten, auf dem *Fractalite* zu lesen war.

Für eine halbe Million verkaufte gestern der erst zweiundzwanzigjährige Arthur Witteg eine Technologie, die er gemeinsam mit zwei Kollegen in seinem Schlafsaal entworfen hatte. Das Programm Fractalite beruht auf rekursiven

Strukturen der Biologie und wurde als Subroutine für DAVE konzipiert. Witteg und seine Mitgründer hatten die Software ursprünglich entwickelt, um behinderten, alten und einsamen Menschen durch Chats mit der künstlichen Intelligenz das Leben zu erleichtern. Sie sollte KIs den Rückbezug auf sich selbst erlauben, um ein realistischeres und tieferes Erlebnis für Bettlägrige zu bieten.

Witteg plane im Übrigen, sich ab jetzt auf die Forschung zu konzentrieren, weil »ich das Vertrauen in Produktentwicklung ohne Grundlagenwissen verloren habe. Mich interessieren die Grundlagen des Bewusstseins mehr, aber ich hoffe, dass jemand den humanistischen Gedanken von Fractalite weiterbetreiben wird«. Wo er sich wissenschaftlich betätigen werde sowie was den plötzlichen Ausschlag für seine Entscheidung gegeben habe, möchte er nicht sagen.

Die Kopiesitzungen, dachte ich. Auch er hatte sie geheim halten müssen und war wahrscheinlich dazu angehalten worden, sich aus der Öffentlichkeit zurückzuziehen. Doch war es unverständlich – wie hatte ein solcher Mensch auf einmal verschwinden können? Und weshalb hatte man von allen Menschen ausgerechnet mich als Nachfolger bestimmt? Nichts in den Akten gab dafür eine Erklärung – dafür sah ich jetzt, als ich den Ordner resignierend zuschlug, dass die Endziffer 37.1/2 war – der erste von zwei Bänden. Ich holte hastig den zweiten aus dem Regal und erstarrte: Es war ein Foliant, der randvoll war mit allen Kopiesitzungen, die Witteg durchgemacht hatte.

»Im unglücklichsten Moment versagen.« »Eine Vision haben.« »Zum ersten Mal alleine an einen Ort fahren«, las ich und meinte, der Boden müsse unter mir durchbrechen: »Sich schuldig fühlen«, »Todesangst haben«.

Es waren, Sitzung für Sitzung, dieselben Situationen, wie jene, die mir angetragen worden waren.

»Ein Déjà-vu haben«, »Jemanden verlieren«, »Ein Projekt umsetzen« – in Raserei geraten, blätterte ich die Protokolle durch. Nein, sagte ich und schlug die Mappe zu. Nichts daran war weiter verwunderlich – natürlich wollte man, wenn man tatsächlich ein funktionierendes Prozedere gefunden hatte, dieses nicht mehr ändern, das bedeutete doch nichts.

Ich nahm erneut die Dokumente an mich, und diesmal schlug ich sie von hinten auf.

»Laufnummer 199«, las ich. »Vorzeitige Beendigung der Kopiesitzung am 27.3. wegen starker Desorientierung Wittegs.«

Und dann fiel es mir wie Schuppen von den Augen: Witteg war exakt an dem Tag verschwunden, als die Kopiesitzungen zu Ende gewesen waren. Noch am selben Tag, als Zusammenkunft 200 durchgeführt worden war, rissen alle Dokumente ab. Ich ließ den Akt sinken und spürte, wie mein Gesicht schmerzte. Ich hatte es die ganze Zeit in einer verkrampften Grimasse verzogen. Und dann fiel er mir wieder auf, und stechender denn je – der Geruch; Film über Film türmte er sich auf, und seine Einzelemente verzahnten sich ineinander, er drängte sich mit wiederkehrender Gewalt auf. Ich ging auf die Knie und sah unter die Regale; es schien, als wäre etwas unter ihnen verendet –

Das Geräusch meiner eigenen Schritte holte mich mit einem Schlag wieder in die Gegenwart zurück. Ich musste über eine Stunde hier verbracht haben. Man durfte mich auf keinen Fall finden. Ich nahm den Ordner vom Boden, riss einen Packen Dokumente aus ihm und schob sie mir in den Kittel. Dann kurbelte ich die Regale wieder zusammen. Die Tür war so schwer, dass ich sie mit beiden Händen bewegen musste, doch sie ließ sich öffnen. Ich flog durch die Betonschlucht und vorbei an den durchbrochenen Wänden, an denen die stampfenden Maschinenkolben ihre Interferenzen warfen. Ich sah aus dem Augenwinkel, dass sich ein paar Kinder versteckt hatten, die neugierig meine Rückkehr erwarteten. Ich stieg in den Aufzug und drückte die Türschlusstaste.

Kaum hatte ich den dritten Stock erreicht, ließ der Druck in meinem Kopf nach. Für einen Augenblick war ich fast sicher, dass sich Wittegs Gesicht, würde ich es noch einmal ansehen, aufgelöst hätte. Mehr noch, ich fasste einen Schwur: Ich würde den Vorfall schlichtweg vergessen – mir keine Gedanken darüber machen, wer mir diese unselige Nachricht geschrieben hatte. Ich würde diese seltsame Koinzidenz nicht untersuchen, würde nichts mehr über Witteg lesen, sein seltsam vertrautes Gesicht, das mich doch so abstieß, nicht mehr wie ein Fehlersuchbild dem meinen gegenüberstellen. Was mich in einer albtraumhaften Begebenheit überwältigt hatte, verblasste auf meinem Heimweg von 20 Minuten Schritt für Schritt.

Wie stets, wenn ich die Tür zu meinem Zimmer hinter mir schloss, fiel alles Unangenehme von mir ab, als könnte die Ummantelung meiner zum Hibernieren bereiten Koje alles abwehren. Nichts penetrierte diese Tür, nichts konnte mich hier angreifen, dachte ich und füllte meinen Lieblingsduft – Zirbenöl – in den Zerstäuber. Ein Beuteln: Ich warf die unter dem Kittel getragenen Artikel in den Papierkorb, entkleidete mich und fiel endlich in mein zerwühltes Bett.

□

Kopiesitzung 42, Aviso: Unabhängig werden.

Es gibt zwei Arten der Erinnerung an einen Menschen: Die große Narration auszurollen, die zu erkennen uns die Lektüre dutzender Romane gelehrt hat, erstens – dem momenthaften Aufleuchten der Mémoire involontaire zu folgen, zweitens. Diesen beiden Pfaden nach erzählt zu werden, dem chronologischen wie dem anekdotenhaften, zeitigt nahezu für jede Biographie ihre Ergebnisse, die jedoch manchmal gegenläufiger nicht sein könnten. Angesichts der Heldentaten eines Bürgerrechtlers, der Zigmillionen aus den Fesseln des Rassismus befreite, wird verschmerzbar, dass er seine Frau betrog und Gelder veruntreute. Oder: Lässt einen die aus der Vogelperspektive besehene Unmenschlichkeit eines kommunistischen Diktators schaudern, flüchtet man zu jener überlieferten Mildtätigkeit, die er seinen Leibwächtern in der Ferienresidenz Sotschi entgegenbrachte. Das Kleine macht das Große erträglicher und umgekehrt. Die Erinnerung an meinen Vater hingegen produziert in beiden Fällen stets dasselbe. Das Motiv eines Flickenteppich aus Demütigung und Belohnung ist schon von Weitem sichtbar. Aber auch in jedem Quadrat dieses Quilts ist der Fortbestand seiner Grausamkeit eingestickt bis in alle Ewigkeit. Nichts, was einen daran hätte wärmen können.

(Manchmal ereilte mich während der Kopiesitzungen das Wundern darüber, dass es tatsächlich mein Leben war, über das ich da sprach. Oft ist die Granulierung der eigenen Konturen mit freiem Auge nicht mehr erkennbar, erst im Berührtwerden wundert man sich, wie wenig man gewahr war, wo die Welt aufhörte und man selbst begann.

Eine Hand schien mir in mein Inneres zu greifen, ohne dafür die Hautflächen passieren zu müssen. An anderen Tagen wieder war es wie in einer Umkehrung von des Kaisers neue

Kleider*: Ich erschien mir nackt, während alle anderen mich als angezogen erlebten.)*

Meine Mutter war im Kindbett verschieden, als der ellipsenförmige Hydrocephalus meines Bruders sie mittig zeriss. Am Ende starben sie beide: ein Menschenopfer für ein anderes.

Ich war damals erst drei Jahre alt und kann nicht mehr mit Sicherheit beurteilen, ob jene zart parfümierten Umarmungen und Lippenstiftumrisse auf Gläsern tatsächliche Erinnerungen an sie sind oder spätere Projektionen meiner Sehnsucht. Sie sind die vergilbten Sedimente dessen, was Filme mir später als sogenanntes *normales Familienleben* einbläuten. Was jedenfalls keine Projektion ist: dass in dem Moment, in dem sie starb, ein Wandel im Wesen meines Vaters sich zugetragen hatte.

Er war Fabrikarbeiter, malochte unten in der Lagerhalle, während uns der Lehrerinnenberuf meiner Mutter eine Wohnung im Mittelgeschoss verschafft hatte. Ich erinnere ihn als einen glatzköpfigen, hochgeschossenen Mann, dessen Lächeln, für den seltenen Fall, dass ihm einmal eines entfahren sollte, unter einem akkuraten Schnauzbart vergraben blieb. Seine Verachtung für Computer war bemerkenswert: Er glaubte an die Gefügigkeit und Unterwerfung von Maschinen ebenso wie an die Leidensfähigkeit des Fleisches, das man traktieren und charakterbildend formen konnte. Vielleicht war es ihm deswegen unerträglich, eine denkende Maschine zu imaginieren – eine, die einen Willen hatte, aber nicht geprügelt werden konnte.

(Dazwischen sah ich hin zu DAVE. Zuerst suchte mich ein leichtes Unbehagen heim, ganz so, als entdeckte man auf einer Cocktailparty jemanden, der dasselbe Hemd trägt wie man

selbst. Dann konnte ich mein eigenes Hemd gar nicht mehr entdecken, so nah stand er an mir: Sein Gewand war mir übergezogen, und er noch immer darin; ich war der grobflockige Überzug.)

Bald nach dem Tod meiner Mutter zogen wir aus Kostengründen in ein kleineres Zimmer, wo wir nebeneinander in Klappbetten schliefen. Es dauerte keine zwei Wochen, bis mein dreijähriger Intellekt erfasste, was das bedeuten würde: Nun regierte er nach seiner Façon und nahm auf nichts und niemanden mehr Rücksicht. Mein Vater entwickelte die Manie, mich zum Mathematiker erziehen zu lassen. Eine rare Obsession, in deren Verfolgung er mich zwang, acht Stunden am Tag Aufgaben zu lösen, die ein Tutor uns wöchentlich zusammenkuratiert hatte.

Natürlich kann man dieses zwänglerische Verhalten, wie so viele Eltern es im Nachhinein tun, zu dem Bedürfnis verklären, dass der eigene Sohn es eines Tages *besser haben würde.* Aber der Stoff dieser Erzählung wird dadurch nicht unbedingt kleidsamer: körperliche Strafen, die sich tief in Knie und Schultern eingeschrieben haben. Keine Umarmung von meinem vierten bis zu meinem achtzehnten Lebensjahr. Die Vereinsamung unserer krankhaften Ménage à deux wurde noch dadurch verschärft, dass neben ihm niemand existieren durfte. Kein Freund, der je den Verhau betreten hätte, den wir als Zuhause bezeichneten.

(Nur ganz am Anfang des Lebens lässt sich der Welt unmittelbar begegnen. Jeder Kontakt mit ihr evoziert die Bildung einer Hornhaut – einer gegen die Realität fühllosen Schwiele, die wir Erinnerung nennen. Im Älterwerden wird das Leben zu einer sukzessiven Metamorphose der ursprünglichen Welt,

bis man einem unüberwindlichen Wall an Gedächtnis gegenübersteht, dessen Tür für immer verschlossen bleibt. Man selbst: ein greiser Solipsist.)

Ein schnalzend aus den Laschen gerissener Gürtel, der mir die Brille auf der Nase zerriss. Eine zerbrochene Schnapsflasche, an der ich mir als Kleinkind die Hand aufschnitt. Die Einsamkeit des Krankenflügels, in dem er mich kein einziges Mal besuchte. Ja, vor allem das: die endlos sich dehnende Zeit, in der ich rotglühende Gewebefetzen aushustete, ohne dass jemand mein Nachthemd gewechselt hätte. Der Tag, an dem er meine selbstgebaute Platine zertrümmerte. Ein ganzer Sommer, den ich in einer Bäckerei arbeitete, um mir einen Computer zu kaufen, und – als ich endlich das Geld dafür abheben wollte – bemerkte, dass mein Konto leer war. Mein Vater hatte die Beträge für Kost und Logis addiert, wie er sagte, und meine Unterschrift gefälscht. Sein Blick, während ich bei einer Schulaufführung den Löwenanzug aus *Der Zauberer von Oz* trug, lange und eindringlich, bis er sagte: Hätte dein Missgeburtsbruder deine Mutter nicht umgebracht, hätte es dein Schädel auch sein können.

(Depersonalisierung: Eine Person erscheint sich selbst als fremd, unwirklich oder verändert. Sie erlebt sich als »ein anderer«. Variationen davon sind der Verwandlungswahn, die Vorstellung veränderter Körpermerkmale (Tierwerdung, Verlust, Größenzunahme), und der Transitivismus, bei dem eigene Erlebnisse anderen Personen zugeschrieben werden. Ferner kann eine Apersonierung auftreten, bei der an anderen beobachtete Attribute und Verhaltensweisen am eigenen Körper erlebt werden. Grund für alle genannten Phänomene sind Situationen, die die Individuierung dermaßen bedrohen, dass

der Körper sie kontrolliert aufgibt. Depersonaliserung ist eine Schutzreaktion des Bewusstseins, das sich selbst auslöscht: Man muss sich verlieren, weil bei sich zu bleiben der Tod wäre.)

Es war der Nachmittag nach meiner Reifeprüfung, als ich beschloss, dass ich meinen Vater niemals wiedersehen würde. Er hatte Frühschicht am Gabelstapler, es war ein Dienstag. Am Morgen war ich in die Universität gegangen und hatte mich für das Fach künstliche Intelligenz inskribiert. Nichts davon war geplant gewesen; das Wissen, was zu tun war, war mir ganz schlagartig gekommen. Pawel hatte eingewilligt, dass ich übergangsweise ein paar Wochen bei ihm schlafen dürfte, und ich wechselte noch am selben Vormittag Telefonnummer und Mailadressen bis zur Unkenntlichkeit. Dann ließ ich die Tür ins Schloss fallen. Das Ändern des Nachnamens vollendete die Metamorphose: Meine Identität war abgeschafft. Ecdysis, der vollkommene Abwurf der Schlangenepidermis, und zwar von diesem Tag an. Jetzt war ich herkunftslos. Ein roter Kreis lag in meinen Gedanken um die täglichen Wege meines Vaters, das heißt: Sowie ich einen Teil des Labors zu einem unbetretbaren Niemandsland machte, war die Erinnerung daran, überhaupt einen Vater zu haben, aus meinem Körper ausgekapselt.

(Und wie schwierig das Erzählen des eigenen Lebens ist: Denn je mehr man spricht, in desto kleinere Fragmente muss man sich teilen. Was man von sich behauptet, beginnt schon im Moment der Behauptung nicht mehr einem selbst anzugehören, denn sonst hätte man es nicht vereinzeln können – aber es kann auch nicht fremd sein; man hat es ja aus sich selbst geschöpft.)

Ich kultivierte diese Entkoppelung mit ähnlichem Enthusiasmus, wie jemand anderes seine ethnischen Wurzeln zelebrieren würde. Nicht ohne Feierlichkeit hatte ich meinen alten Pass verbrannt und lud meine Freunde eines Samstags zu einem gemeinsamen Essen ein, bei dem ich verkündete, auch mein Vorname habe sich erübrigt, ich werde ab nun unter meinem Spitznamen firmieren. Eine neue Geburt, die Geburt eines genealogischen Eunuchen: Mit allergrößter Systematik vernichtete ich jedes Foto, das vor meinem siebzehnten Lebensjahr von mir angefertigt worden war.

(Ich schüttelte mich und fühlte nichts abfallen: Meine Narration war intakt, niemand hatte etwas bemerkt.)

Natürlich unternahm mein Vater in den darauffolgenden Jahren allerlei Versuche, mich zu kontaktieren. Er lauerte Pawel auf, von dem er wusste, wo er wohnte – rief unter falschen Vorwänden die Universität an und fragte nach meinen Kontakdaten. Doch wusste er ja nicht einmal mehr, wie ich hieß, und selbst wenn er es herausgefunden hätte, wäre ich längst zu geübt darin gewesen, meine Spuren zwischen den übrigen 10 000 Laborbewohnern zu zerstreuen. Dennoch schrieb mir mein Vater – in einer Dringlichkeit, die ich auf den ersten Blick nicht verstand – vor einigen Jahren nochmal einen Brief, den mein Gruppenleiter mir aus Mitleid überbrachte. Er hatte Prostatakrebs.

Ich könnte nun erzählen, dass ich ihn abgemagert und ausgezehrt im Bett fand, dass die Durchfurchung der Jahre sein Gesicht ledrig gemacht hatte; dass zwar keine Versöhnung, doch ein vorsichtiger Waffenstillstand herrschte und ich seine Hand widerwillig in meine schloss, weil ich Angst vor der Reue hatte. Die Wahrheit aber ist, dass ich den

Brief zerriss und ihn niemals wiedersah. Und das also war dann das.

□

»Menschenstreichelzoo. Bewerben Sie sich jetzt«, war das Erste, was ich las, als ich die Aula der Fröhlichen Menschen und Tiere betrat, zu der Garaus und Felis mich geschleift hatten. Die Innovationsmesse: früher ein Sehnsuchtsort, nach dem ich mich als Schüler monatelang verzehrt hatte – die Ballung von tausend Gleichgesinnten mit Stoffsäcken in der Hand, die nur darauf warteteten, mit Broschüren der unmöglichsten, ambitioniertesten Projekte gefüllt zu werden. Es war die einzige Messe des Labors, bei der jede Abteilung einen Stand betrieb, bei der glänzende Displays und ziegeldicke Programmiermanuals auf Wühltischen zu erstehen waren, bei der DAVEs bahnbrechende SCRIPTs in Podiumsdiskussionen erläutert wurden, und nachtaktive Wunderkinder mit Ringen unter den Augen Autogramme auf Laptops schmierten.

Jetzt aber: ein Gewühl – zerfetzt, schwitzig, laut. In der Mitte hatte man eine große Trennwand errichten müssen, über deren zentimetergenaue Positionierung wochenlang gestritten worden war, das hatte ich im Computer Lib gelesen. Denn die eine Hälfte der Aula war den Transhumanisten, die andere den Neoterranern zugesprochen worden, die sich – seit sich abzeichnete, dass DAVE in nicht allzu ferner Zeit funktionieren würde – in einen unüberwindlichen Grabenkampf hineingesteigert hatten. Die offizielle Version der Laborleitung freilich war äußerst neutral gehalten: *Wir arbeiten an einer generellen Intelligenz, die alle Probleme der Menschheit lösen wird. Sobald DAVE Bewusstsein entwickelt und über eigene Optimierungsprozesse verfügt, wird jeder von seiner kognitiven Leistung profitieren können.*

Insgeheim wussten alle, dass damit nichts gesagt war. Und wie auch? Selbst in der Philosophie hatte man sich nie darum gekümmert, wie man die Dinge lösen konnte – sondern nur darum gestritten, was eigentlich die Probleme waren. Sollte man, wie die Neoterraner forderten, die Erde wieder besiedelbar machen, ins Weltall ausströmen und die Technik in den Dienst der menschlichen Körper stellen – oder war die transhumanistische Verheißung der Überkommenheit des Menschen und der unio mystica mit der Maschine der Weg, den es einzuschlagen galt? Beides hätte eine vollkommen unterschiedliche Gewichtung der Programmierung verlangt, und die beiden Parteien bekriegten sich täglich aufs Neue. Zuweilen fragte ich mich, ob diese Dinge bewusst in der Schwebe gehalten wurden.

Ich jedenfalls fremdelte mit beiden Seiten und sehnte mich nach wenigen Minuten auf der Innovationsmesse nach der Abgeschiedenheit meines Zimmers. Zusätzlich beunruhigte mich das Chaos noch dadurch, wie unüberschaubar es war: Seit ich in meiner nächtlichen Exkursion das Archiv aufgesucht hatte, erwartete ich die Festnahme und versicherte mich beim Betreten jedes Raumes, ob nicht jemand auf mich wartete – und jedes Mal war ich verblüfft, dass es nicht so war. Ein Lapsus war unmöglich: Red Eccles war unfehlbar und hätte mein irreguläres Eintreten in den Raum im Untergeschoss in wenigen Sekunden mit den Kamerabildern in Übereinstimmung bringen müssen. Warum sollte ich ungestraft davonkommen?

Garaus indessen hatte mich beflissen hinter sich her in den transhumanistischen Trakt gezogen. Sie war erst vergangene Woche zu einem offiziellen Parteimitglied geworden und trug ein Shirt, auf dem der Slogan der Transhumanisten zu lesen war: *Esse est uniri.* Garaus manövrierte mich durch die Halle und zwinkerte ihren Freunden an den einzelnen Booths zu, während Felis lustlos nachtrottete.

»Das ist Theresa«, sagte sie und winkte einer braunhaarigen älteren Dame, die ein T-Shirt mit dem Aufdruck »Altern ist eine Krankheit« trug. »Sie hatte drei Jahre lang die Brucellose und war so gut wie gelähmt. Chalmers hat ihr 200 Elektroden unter die Haut setzen lassen, die ihr Zentralnervensystem mit einem Computer verbanden. Sie konnte bald darauf wieder gehen, vor allem aber sagt sie, sie habe die Gegenwart der Singularität zum ersten Mal nicht nur intellektuell, sondern seelisch gespürt. Jetzt arbeitet sie in der Partei an einem Programm namens ReverseAge. Komm, gehen wir rüber.« Ich schüttelte lächelnd den Kopf – ich hatte keine Lust auf dieses Gespräch und bewegte mich zum nächsten Hüttchen. »Menschenstreichelzoo«, las ich zum zweiten Mal: »Leben in der Obhut gütiger Maschinen. Wenn wir es nicht verhindern können, warum nicht vorsorgen?« Ich schlug den kartonierten Hochglanzband auf: »In wenigen Jahren wird DAVE, die sich selbst optimierende Singularität, uns so weit voraus sein, dass er tausende kleine Intelligenzen pflanzt – Roboter, die uns gleichfalls tausendfach überlegen sind.« Darunter: die Abbildung eines Menschen und eines Blauwals, die Gewichtsdifferenz in Kilo angegeben – und daneben das Hirn eines Menschen und eines der angesprochenen Roboter, die im selben Verhältnis standen, nur in IQ-Werten: 100 zu 100 000. »Die Evolutionserfahrung zeigt jedoch, dass regierende Spezies die anderen Organismen gerne weiterhin als liebenswerte, hilfsbedürftige Wesen um sich haben – dass sie einem ein Leben in geschützter, friedlicher Atmosphäre ermöglichen, wie der Mensch den Löwen im zoologischen Garten. Warum werden nicht auch Sie Mitglied des GARTEN EDEN?« Auf der letzten Seite ein Preismodell: Für eine Pensionszahlung, die unmittelbar eingezogen wurde, durfte man ab dem Erreichen des Singularitätszustandes sofort in eine Art Reservat einziehen, in dem Whirlpools, Vergnügungseinrichtungen und natürlich vollkommene Arbeitsfreiheit auf einen warteten. Ich warf den Folder weg.

»Was machst du, komm, wir gehen da rüber – das ist Bernhard«, sagte Garaus, die wieder neben mir aufgetaucht war.

»Sag mal, Garaus, warum gebt ihr euch eigentlich freiwillig dafür her, Beiwerk von Maschinen zu sein?«, fragte Felis missmutig, und ich bewunderte ihn für seine Direktheit.

»Beiwerk«, zischte Garaus und schob uns weg von ihren Kollegen, als wären wir schäumende Häretiker. »Dieser Körper, ja genau, dieser« – sie stach ihn in die Brust – »ist limitiert von biologischen Beschränkungen, die uns ein Leben lang als gegeben eingetrichtert wurden. Unser Verstand läuft leider auf einer imperfekten Hardware, aber Überraschung, Überraschung, wir arbeiten an einer Technologie, die es möglich machen wird, uns selbst zu gestalten – unseren Verstand auf einer anderen Hardware laufen zu lassen. Die Idioten namens Neoterraner denken, wir müssen aus diesem Labor raus nach draußen –«

»Und ist das nicht logisch?«, sagte Felis und warf mutwillig ein paar Werbebleistifte zu Boden.

»Der echte Weg geht nach innen«, erwiderte Garaus lebhaft. »Wir können die Probleme verschieben – können für jede Naturkatastrophe der Zukunft mühsam neue Lösungen finden – oder uns einwohnen.«

»Einwohnen?«, fragte ich.

»Mind-Upload. Die Liebes-Vereinigung mit der Maschine,

der Aufstieg zur Superintelligenz. Die permanente Sorgenfreiheit von der äußeren Welt kann einem eben nur der Wechsel des Substrats ermöglichen, und wer würde nicht in ein endloses, kognitiv überlegenes Wesen eingehen wollen? Und jetzt entschuldigt mich bitte, ich will das testen«, sagte sie trotzig und rauschte davon.

Wir standen an einer Auslage, in der ein Produkt namens MINDSTRIKE zu erproben war. Ein diensteifriger Mann war sofort zur Stelle und erklärte mir das Gerät. »Unser Helm misst während Ihrer Meditationssessions Herzfrequenz, Gehirnströme, Puls und Pupillengröße und sondert alle zehn Sekunden einen durchdringenden Ton ab, der signalisiert, dass Sie sich im perfekten Zustand der Ruhe befinden«, sagte er und bot an, mir den Apparat an den Kopf zu schnallen, doch ich lehnte ab. Eine unsägliche Kakophonie an Pfeiflauten zeigte an, dass sich alle Tester in Einklang mit sich selbst befanden.

Vielleicht war es drüben bei den Marskolonialisten besser, dachte ich hoffnungsvoll. Immerhin hatten die ein weniger esoterisches Ziel: das beste Leben für Menschen, im Hier und Jetzt und unter Beibehaltung unserer Körper. Dass nach der Wohnbarmachung der Erde eine Besiedelung anderer Galaxien stattfinden würde, musste man wohl schlucken.

»Einstein Nachrichtenservice«, las ich auf dem ersten Panel der Neoterraner. »Keine Zeit mehr durch das Verfassen von Kurznachrichten verschwenden. Sourcen Sie das Mailschreiben an eine KI aus und behalten Sie Ihre Zeit für die wirklich wichtigen Dinge.« Darunter eine Infografik, die erklärte, wie Einstein funktioniert. Das Piktogramm zweier Menschen: »47 Nachrichten schreibt sich das durchschnittliche Paar am Tag – Zeit, die Sie besser nutzen können.« Offenbar handelte es sich bei dem hier feilgebotenen Programm um eine automatische Antwortsoftware für persönliche Kommunikation. Nicht gerade revolutionär, doch endlich etwas Praxistaugliches, dachte ich, erleichtert darüber, wie weltlich die Produkte auf dieser Seite waren.

»Darf man informieren?«, schmetterte mir eine äußerst dünne Frau entgegen, als ich mich zum Gehen wandte, und mehr aus Peinlichkeit denn aus Interesse überlegte ich, welche Frage ich stellen konnte. Noch bevor ich mich auf etwas besonnen hatte, brach es jedoch schon aus ihr.

»Egal!«, schrie sie fröhlich. »Einstein schreibt Ihre Mails, macht Ihre Witze, vor allem aber rezipiert auch jene, die von anderen an Sie geschickt werden. Auf der Basis von Big-Data-Strömen analysieren wir Ihre Schreibweise, die Uhrzeit Ihrer üblichen Absonderungen und den Status Ihrer zwischenmenschlichen Beziehungen sowie deren Verbesserungspotenziale. Sie müssen nichts anderes als einen kurzen Persönlichkeitstest einspeisen. Unsere Statistiken zeigen, dass die Beziehungen unserer Kunden um 20 Prozent befriedigender werden, insbesondere wenn beide Partner Einstein verwenden.«

»Beide?«, frage ich ungläubig. »Wozu soll man eine solche Kommunikation anstreben, wenn keiner von beiden sie mehr mitbekommt?«

»Eben!«, sagte sie und zog die Grafik einer mit meiner Frage vollkommen unzusammenhängenden Statistik hervor. »Wir bei Einstein denken, dass die meisten Vorgänge, die uns jetzt noch einen Großteil an Prozessorkraft kosten«, sie tippte sich an die Schläfe, »autark von unserer künstlichen Intelligenz erledigt werden können, die nur 0,1% von DAVEs Rechenleistung braucht, um die ressourcenintensiven Aufgaben komplett automatisch erledigen zu können. Anderes Beispiel. Die Wirtschaft: In Zukunft können sämtliche Finanzströme ohne jeglichen Warenaustausch stattfinden. Einstein simuliert Kaufvorgänge und schickt dann digitale Abbilder.«

»Zum Kunden?«

»Nein, zu sich selbst. So können zigmillionen Warenaustäusche getätigt werden, ohne ein Quäntchen Ressourcen zu verbrauchen – klimaneutral. Die Konjunktur zieht ordentlich an, und kein Mensch muss etwas dafür tun oder es auch nur mitbekommen. Das wird alles abgewickelt, ohne dass jemand einen Finger dafür rühren muss. Freilich aber nur« – sie lehnte sich zu mir – »wenn wir alle am neoterranischen Seil ziehen.« Kurze Zeit bemühte ich mich, etwas gegen diese Sinnlosigkeit zu sagen, doch es wollte und wollte mir nichts einfallen.

»Das passt als Schema insgesamt hervorragend in den heurigen Entleibungstrend, manchmal darf man sich auch etwas von den Transhumanisten abschauen.«

Sie drückte mir eine Broschüre in die Hand: »Entleibung – ein Leitfaden für die Zukunft« stand darauf. »Drüben bei GlandTech haben sie einen Sensor entwickelt, den man mit unserer Software kombinieren kann. Man bekommt ein Drüsenimplantat eingesetzt – das dauert endoskopisch keine zehn Minuten – und kann dann über eine App Erlebnisse auswählen, beispielweise das Erringen des Professorengrades. Das Implantat setzt dann exakt die Hormone frei, die während jener Aktivität auch gebildet worden wären, nur ohne sie erst mühsam durchleben zu müssen.«

»Man könnte doch auch Angestellte unterhalten, die an anderer statt den ganzen Tag für die Klienten Spaß haben«, sagte ich säuerlich, um die Frau zu provozieren, doch meine Rede hatte die exakt gegenteilige Wirkung.

»Eine hervorragende Idee«, sagte sie ohne jede Ironie und notierte sich meine Un-Idee tatsächlich auf einen Block.

»Komm, da drüben ist Pawel«, sagte Felis, und ich ließ mich bereitwillig zum nächsten Stand ziehen.

»Etwas befremdlich das Ganze, oder?«, fragte er und hob eine Augenbraue. Sein Widerwillen rollte mir ein Gewicht von der Brust – ich nickte.

Während wir uns durch die Halle drängten, wurde mir immer seltsamer zumute: Etwas Eigentümliches lag in den Blicken der Menschen, etwas Manisches, das sie von Hüttchen zu Hüttchen trieb. Aber vielleicht war das nur Täuschung: Vielleicht wurde schlichtweg das, was sie so in den Bann zog, für mich sukzessive immer unnachvollziehbarer. Wenn man ins Getriebe der Dinge schaut, nutzt sich die Magie ab.

»Wollten Sie nicht immer schon eine intelligente Matratze?«, verkündete eine Litfaßäule. Nein, dachte ich, wollte ich nie – und doch sah ich nun zu, wie ein Video die vollelektrische Bettauflage vorführte. Es war eine Yogamatratze, die ein selig schlafendes Kind nacheinander in die Brücken-, die Krieger- und sogar die Schulterposition faltete, ohne es aufzuwecken. Für eine Sekunde meinte ich, von dieser Demonstration beeindruckt zu sein, ehe ich kleingeschrieben in einer Ecke las: Barbiturate unbedingt erforderlich.

Drei Stände weiter stieß Garaus wieder zu uns, und wir fanden Pawel. Gerade noch in ein Gespräch vertieft, löste er sich lachend aus seiner Konstellation und wedelte zwischen den Menschengruppen hindurch zu uns.

»Hallo Leute«, sagte er. Er war überarbeitet, das sah man – ein Jolt Cola in der Linken, einen vor Erregtheit zitternden Stift in der Rechten – doch auch glücklicher, als ich ihn seit Langem erlebt hatte.

»Na, seid ihr da, um das Biest zu begutachten?«, sagte Pawel grinsend.

Erst jetzt sah ich hinter ihm, als würde die Kulisse sich über seinen Körper hinweg nach vorne verschieben, den von goldenen Rohren durchbrochenen Carbonwürfel – mächtig wie eine Dampfmaschine, dass man meinen könnte, der Apparat würde sich gleich zischend in die Luft schrauben.

Verspätet und überladen vom Gewicht dieser Eindrücke setzte ich endlich zu einer Umarmung an, die Pawel längst nicht mehr erwartet hatte – das heißt: Mein ausholender Arm schlug ihm sein Jolt aus der Hand, das sich über seinen Pullover ergoss.

»Scheiße«, sagte Felis und zog ein paar Servietten aus seinem Rucksack; ich war wie paralysiert, obwohl Pawel selbst beim Trocknen lächelte. Ich sah das schäumende Gemisch sich in den Stoff einstauen –

»Ich war das nicht«, sagte ich laut. Alle wandten sich mir verwundert zu.

»Nichts passiert, Syz«, erwiderte Pawel vorsichtig.

»Du hast es doch gekippt«, sagte ich noch, ging aber schon auf die Knie und wischte das braune Gebräu auf.

»Ein Modell eines Quantencomputers«, wechselte Garaus hastig das Thema, entdeckte jedoch gleich darauf etwas, das ihr den Atem zu verschlagen schien. »Neoterranische Liga – *Dominum terrae*«, las sie von Pawels Pullover ab. »Du bist zu – du Verräter!«

»Gott, Garaus«, sagte Pawel und drehte sich enerviert weg. »Das sind doch nur unsere Sponsoren.«

Ich selbst indessen konnte nicht anders, als unablässig auf den Colafleck zu starren, der auf Pawels Pullover verkrustet war. Ich wollte etwas dagegen unternehmen –

»Was kann der?«, fragte derweil Felis, vorsichtig auf den Computer zeigend, und spuckte seinen Kaugummi in einen Kübel.

»95 Millionen Terabyte Arbeitsspeicher, umgerechnet. 40 Extrahertz Prozessorleistung, also 40 Trillionen Zyklen pro Sekunde durch Quantenfaktorisierung.«

»Fuck! Der macht also in einer Sekunde etwa das, was das ganze Labor in einem Jahr leistet?« fragte Felis.

»Mehr. Das sind Kalkulationen im Hilbert-Raum, daraus resultiert ein exponenzielles Verhältnis an Rechenoperationen im Vergleich zur Größe der Hardwarekomponenten.« Pawel schwang sich auf eines der Rohre. Erst jetzt, wo meine Scham nachließ, wunderte ich mich überhaupt über Pawels Kleidung. Statt seiner geliebten Anzüge trug er heute Sporthosen und Kapuzenpullover; darunter ein paar hell besohlte Hallenschuhe. Hinten, auf einer Art Abstelltischchen, wo zwei andere Assistenten gerade Kaffeepause machten, lag ein Kampfsportmagazin.

»Ist das deins?«, fragte ich Pawel gedankenverloren. »Ich wusste nicht, dass du dich für solche Dinge interessierst.«

»Ist es. Schau mal, Garaus, da ist sogar ein Raman-Spektroskop inkludiert.«

»Das wäre mir gar nicht in den Sinn gekommen.«

»Also, zurück zum Computer hier. Das ist noch ein Dummy, bis der wirklich funktioniert, werden noch ein paar Jahre ins Land ziehen. Das ist die Pumpe – das System muss von Flüssighelium heruntergekühlt werden: Von 800 milliKelvin auf 100 milliKelvin und dann schließlich auf 10 milliKelvin.«

Ich sah Pawel von der Seite an: Sein Gesicht war jenes, das ich immer gekannt hatte – die ungezügelten Locken und seine Begeisterung – doch dazwischen lag etwas, das –

»Vierzig Trillionen Zyklen«, sagte ich nun. »Ist das nicht die Frequenz von Gammastrahlung?«

»Die HF-Frequenz muss das Programm von hier in den Chip tragen, wir designen eine neue supraleitende Mikroarchitektur. Aber ja, der Prozessor wird vielleicht radioaktiv sein«, sagte Pawel, der um das glänzende Gerät scharwenzelte wie ein Zauberer. »Deswegen entwickeln wir auch Heimreaktoren, falls das Ganze zur Marktreife gelangt. Sie laufen nur unter dem Gefrierpunkt und im absoluten Vakuum. Wenn man sich das Ganze auf Laptopgröße vorstellt, muss man schließlich eine portable Lösung erreichen – ein Gehäuse aus geklopften Bleiziegeln zum Beispiel. Wir haben auch mit schwerem Wasser experimentiert.«

Da war es: Etwas in seinen Augen verwirrte mich, eine Unklarheit, eine unvertraute Steifigkeit. Der Nebel. In Zeitlupe konnte ich einem Zug bei der Entgleisung folgen, und traute doch meinen Eindrücken nicht: Pawel Petrow, der intelligenteste Mensch, den ich kannte, redete puren Nonsens.

»Was sind denn die praktischen Anwendungsgebiete?«, frage ich vorsichtig.

»Sobald wir uns zwischen 50 und 100 Qubits befinden und stabil sind, wird eine Form von Pipelining möglich, die man auf einem herkömmlichen Rechner niemals wird erzielen können. Vollkommene Paralleloperationen, exponenziell, pew, pew« – er mimte mit den Händen kleine Explosionen in der Luft. »Ein solcher Computer kann jedes einzelne Atom einer Birne erfassen und die Zustände derselben vorausberechnen«, sagt Pawel und zeigte auf einen Kasten. »Das ist natürlich nur ein Beispiel. Sobald die kognitive Architektur von DAVE da drauf laufen kann, reicht die Prozessorleistung für – sagen wir: Wir können dann faktisch die gesamte Menschheit simulieren. Wär das nicht was? Jede Person auf der Welt könnte dann an einem endlosen kognitiven Potenzial teilhaben, für ihr persönliches Glück.«

»Welches persönliche Glück?«, fragte ich.

»Vor allem aber können wir dem Hauptzweck menschlichen Forscherdrangs nachkommen: das Universum zu bevölkern und zu entschlüsseln. Es von Leid zu befreien und mit Leben zu erfüllen«, sagte Pawel stolz. »Das ganze Universum in potenziellen Lebensraum verwandeln. Aus Wasser Treibstoff zu machen, der uns bis zum Mars bringt. Aus Kartonagen Fleisch zu erzeugen.«

»Das klingt ja nach Alchemie«, sagte Felis, der nicht vollkommen überzeugt schien.

»Nicht Alchemie, aber nach Opus Magnum, wenn man so will.« Pawel klopfte zufrieden auf den Metallapparat.

»Jeden Zustand der Birne vorausberechnen?«, platzte derweil Garaus heraus, die mit großer Verspätung wieder aus ihrer Starre erwacht war. »Also eine Art Laplace'scher Dämon.«

»Exakt!« rief Pawel. »Eine Entität, die Lage, Position und Bewegung jedes einzelnen Elementarteilchens im Universum errechnen kann und ihre klug modellierte Manipulation erlaubt. Die uns gestattet, nicht mehr an die Naturgesetze gebunden zu sein, sondern Verstand in jedem noch so kleinen Teil walten zu lassen.«

»Jetzt reden wir wieder!«, sagte Garaus.

Ich aber, während die beiden sich versöhnten, konnte meinen Sinnen nicht trauen: Als wäre mir ein Auge eingesetzt worden, kippte die Welt. Die unsägliche Idiotie – dieses gesammelte Kasperltheater suchte mich heim wie ein zudringlicher Engerling. Menschenstreichelzoo, dachte ich, Kapselverschickung, biologische Programmierung, ein Antivirenprogramm für den Körper, Schnupfentrojaner. Banner hoben sich vor meinen Augen ab, und Wortnebel vereinigten sich unter Kollisionen zu klingelnden Okklusivfeldern.

Durch DAVE gesteuerte Roboter-Herzen: Die letzte große Tat der Menschheit. Zahnbürsten mit künstlichem Intelligenzaufsatz. Farben hören, Taten lenken. Ein Krebscomputer, der Ihre Speisen röntgt.

Kipp, fetz, zamg – Supraleiter in der Cornflakespackung Ihrer Kinder machen jedes Kauen zum Vergnügen. Das Zeitalter der spirituellen Technik ist nahe – habemus davem! Mensch zu sein, heißt transhuman zu sein: Durch das Pax3-Gen Augen innen haben. Die Meditationsmaschine -

Was war das alles für eine unfassbare Scheiße, dachte ich.

Im Stechschritt gingen die Menschen zwischen den Pavillons umher – die Augen wässrig wie vor einer gerade sich enthüllenden Marienerscheinung, die weißen Knöchel in fester Umklammerung eines Folders, in dem die nächste Heilsversprechung anprophetet wurde. Es war ein Nebel zwischen und in ihnen, ein Nebel, der ihnen auf Gliedern und Stirn lag, wo der Schweiß sich zu kleinen Abläufen vereinigte. Und zwischen allem, an den Wänden tapeziert und auf die Oberkörper der Kinder gedruckt: DAVE.

»Alles klar?« Ich zuckte wie unter einem Schlag, als Garaus mir die Hand auf den Rücken legte, ließ Laute über die Kante meiner Unterlippe laufen und wich einen Schritt zurück. Garaus, Felis, sogar Pawel lag derselbe fahle Glanz in den Augen wie allen anderen. »Nichts, ich will nur die Simulation probieren«, sagte ich und zeigte auf den goldenen Apparat. »Den Quantencomputer.« Ich ließ die Hand wieder sinken, und dann: eine Glättung.

6

Die allgemeine Absicht ist es, eine starke KI zu kreieren – ein semantisches Netzwerk, das als Enkodierung menschlichen Wissens fungiert. Nach starken Kontroversen hat sich in den letzten Jahrzehnten die Methode eines Formalismus von Entscheidungsbäumen durchgesetzt, besser bekannt unter dem Namen »SCRIPTs«. Eine starke KI, so die dabei vorherrschende Meinung, muss ein von Marvin Minsky als »Komplettierungsschwelle« bezeichnetes Mindestmaß an abrufbarem Weltwissen besitzen, um intelligent genannt werden zu dürfen.

Ein solches Limit wurde von Schank und Abelson 1977 auf zwischen 50 000 SCRIPTs (Kind) und 100 000 (Erwachsener) geschätzt. Es handelt sich dabei um einen Fundus, bei dem hypothetisch alle alltagsrelevanten Sprachmuster verfügbar sein müssten. Implizit wurde dabei häufig angenommen, diese heuristische Programmierung unserer gewöhnlichen Sprachmuster und die operative Intelligenz einer Problemlösungsmaschine müssten zusammengenommen zu dem Phänomen führen, das wir als »Bewusstsein« bezeichnen. Ich werde mich in vorliegendem Aufsatz stichpunktartig auf jüngst publizierte Beiträge von Kollegen beziehen und belegen, dass dies keinesfalls notwendigerweise so ist.

Konkret werde ich zunächst eingehen auf a) den Unterschied zwischen (zielorientierter) Intelligenz und Bewusstsein und b) eine Position aus einem meiner früheren Aufsätze (Fieldings et al.), demzufolge bei einer noch so komplexen Ausarbeitung logischer Verkettungen – also wahren Sätzen und Regeln über die Welt – dennoch das Intentionalitätsproblem, das heißt, die Handlungsmotivation DAVEs, nicht berührt wird.

Das formale Ziel dabei ist nicht zuletzt, Bewusstsein nicht als Korollar einer Rechenmaschine zu begreifen, sondern als eigenständige, hochkomplexe Fragestellung, der wir unsere ganze Aufmerksamkeit widmen sollten. Dabei gilt es, ein Schisma zu überwinden, das in der Literatur unter den Schlagwörtern XAI (Explainable AI) versus Black-Box bekannt wurde. Sie gehen auf die Debatte zwischen Bronsky und Leparcé zurück, die die Entwicklung einer in jedem Aspekt kontrollierbaren versus einer (in Teilen) sich selbst optimierenden, aber unberechenbaren KI diskutierten. Ich werde zeigen, warum nur letztere Position in der Bewusstseinsfrage zielführend sein kann.

Im Schlussteil des Aufsatzes werde ich Möglichkeiten skizzieren, auf die aufgeworfenen Probleme zu reagieren. Will man jene Vorgänge induzieren, die ich als »bewusstseinsähnlich« bezeichnen werde, gibt es zwei Optionen: (a) direktes Design – der Maschine wird von außen oktroyiert, wer sie ist und wie sie handelt (entspricht XAI) sowie (b) autonomes Design – die starke KI entwickelt sich in überwiegendem Maß selbst.

Direktes Design. Der Bewusstwerdungsprozess wird direkt geschöpft, d. h. jede Eigenschaft wird durch entsprechende Routinen determiniert. Trauer, Freude, jede intellektuelle Leistung müssen dann durch logische Verkettungen im jeweiligen Kontext deduziert werden. Die KI bleibt gläsern. Die Frage, ob hier überhaupt von *Selbstbewusstsein* gesprochen werden kann, wurde in der Literatur schon problematisiert. So argumentierte ich rezent mit meinem Kollegen Langley, dass Selbstbewusstsein eine Form von Autonomie impliziert. Weitaus schwieriger als diese definitorischen Debatten ist jedoch die fehlende Möglichkeit, überhaupt zu überprüfen, ob eine KI bewusst ist oder nicht. Hierbei geht uns (vgl. Langley et al, S. 126) das Kriterium ab: Empfindet sie tatsächlich eine Emotion wie Reue oder agiert sie nur so, als ob sie sie empfände, also aufgrund einer *logischen statt emotionalen Implikation*? Im Schlussteil unserer letzten Arbeit stellten wir hier zudem ein Verschwimmen des ethischen Rahmens fest: Als Maschinenabhängigkeit bezeichneten wir das Dilemma, dass ein intelligenter oder empfindungsfähiger Computer von uns in jedem Detail seines »Lebens« direkt determiniert würde. Wir würden ein vollständig kontrollierbares Bewusstsein schaffen. Die Abhängigkeit vom Menschen halte ich jedoch mittlerweile für viel problematischer: dass jene Personen, die eine starke KI programmieren, in der Folge auf eine kognitive »Superstruktur« zurückgreifen können, die weder einen eigenen Willen noch einen wirklichen Begriff von sich hat. Dazu unten mehr.

Autonomes Design. Autonomes Design scheint eine contradictio in adiecto schon im Titel zu tragen. Die technischen Schwierigkeiten sind, wenn nicht sogar unüberwindlich, so doch erheblich größer als in Fall a. Mein initialer Vorschlag war es hier, der KI nur lose heuristische Elemente zu implantieren sowie eine Formulierung basaler logischer Regeln aufzustellen und die Strukturierung ihrer intelligenten Fakultäten ihr selbst zu überlassen. Ob es sich dabei um sequenzielles, kognitives Verhalten handelt, kann nicht garantiert werden, die Wahrscheinlichkeit wird aber – so meine Prognose – durch die Umsetzung der Pascal-Moravec-Hypothese eklatant erhöht.

Die hieraus resultierende Problematik wird – aufgrund der engen Zusammenarbeit der frühen Computerwissenschaft mit den Behaviouristen – als Black-Box-Phänomen bezeichnet: Die KI erhält einen Input, der dann, verborgen vor dem Zugriff der Programmierer, verarbeitet wird. Was in der KI, die in diesem Fall eine *echte Intentionalität* besäße (sich selbst strukturierte und verbesserte), währenddessen geschieht, bliebe unbekannt. Das Risiko dieser Theorie ist offensichtlich: Die KI wäre letztlich nicht kontrollierbar.

Nachdem dies eine computerwissenschaftliche Abhandlung zur prinzipiellen Möglichkeit autonomen Designs ist, wird die gerade benannte ethische Problematik nur äußerst kurz berührt. Dennoch ist es unumgänglich, sich dessen bewusst zu sein: Entweder verfügt man über eine kontrollierbare Maschine, die aber kein Bewusstsein und daher keine Absicherung gegen Missbrauch besitzt. Oder man gibt die Kontrolle ab und nimmt die potenziellen Risiken ihrer unendlich potenten kognitiven Struktur in Kauf. In diesem Paper werde ich erläutern, weshalb die letzte Variante der ersten bei Weitem vorzuziehen ist. Meine These stützt sich auf zwei Kernpunkte: erstens, die Implikationen humanoiden Bewusstseins. Organische Psychen ordnen sich selbst: Freiheit impliziert notwendigerweise eine Black-Box im Modell. Zweitens, die Risikoabwägung beider Varianten. Es wird gezeigt werden, dass die Wahrscheinlichkeit eines Missbrauchs durch Menschen die Wahrscheinlichkeit einer sogenannten »bösen Maschine« um ein Vielfaches übersteigt.

Im Moment größter Immersion katapultierte mich ein Klopfen aus meinem konzentrierten Zustand – dünnte ihn aus, ohne ihn noch vollkommen zu verwässern.

KIs agieren als Urteilsnetzwerke i. d. R. logisch. Die Irrationalität des menschlichen Verstandes dagegen führt Technologien in den Abusus und macht den mechanischen Aspekt einer Erfindung wie der Atombombe erst so folgenreich. Unser erstes und oberstes Ziel muss also lauten, den schwierigen Weg zu beschreiten, der KI ein echtes Selbstbewusstsein, kein relatives zu geben.

Gleich darauf klopfte es wieder, und diesmal so heftig, dass ich den Zettel wie im Reflex unter der Matratze verstaute. Doch es lagen noch hundert weitere Dokumente in meiner ganzen Behausung verstreut.

»Ich komme sofort«, rief ich nach draußen hin, während ich durchs Zimmer lief, um die Versatzstücke des Papierteppichs aufzulesen.

»Wieso hast du abgeschlossen?«, schrie Pawel durch die Tür.

»Sekunde, ich ziehe mich grad um«, antwortete ich, obwohl ich längst in Anzug und Krawatte über den Boden kroch, die Dokumente sammelte und sie in alle Aushöhlungen stopfte, die sich mir darboten. Ich hatte die Zeit vergessen, hatte den halben Tag in meiner Opiumhöhle mit Rätselraten verbracht, ohne einen Schritt weiterzukommen.

Seit zwei Wochen führte ich das Leben eines Süchtigen.

Seit ich den ersten Haufen jener verhängnisvollen Droge gekostet habe, die sich Witteg nannte, konnte ich entgegen all meinen Vorsätzen nicht mehr von ihr lassen. Ich hatte begonnen, verschämt erst, jene Artikel zu lesen, für die er so schnell berühmt geworden war, und Ausdrucke jener Programme, die all die Verheißungen, die er angekündigt hatte, erfüllen sollten. Witteg war ein Genie, nichts weniger –

nichts mehr. In den ersten Tagen dieser einseitigen Liaison hatte ich seine Artikel zum Transhumanen, zur Erringung eines alles determinierenden, göttlichen Bewusstseins und zu den Problemen des Selbst mit jenem euphorischen Unglauben gelesen, der einen stets begleitet, wenn man gedruckt vor sich sieht, was man sich selbst ein Leben lang gedacht, aber nie zur Blüte gebracht hat. Ich studierte sein Leben halb in Heiligenverehrung, halb mit Neid.

Er hatte gedacht, was mir zu denken zugestanden hätte – aber was für ein lächerlicher Gedanke! In den unaufmerksamsten Augenblicken sah ich sein Gesicht vor mir und mir wurde mulmig zumute – dann warf ich, mit jäh erwachter Scham und Angst, alles in den Papierkorb. Das endete meist wenige Stunden später mit einem heftigen Reuegefühl, denn ich gierte längst nach dem nächsten Schuss. Es war Wittegs Verschwinden, das mich am meisten beschäftigte.

Kaum hatte ich alle Papiere verstaut, sperrte ich die Tür auf. Pawel brach in Frack und Brokathose herein, packte mich am Handgelenk und manövrierte mich nach draußen wie ein unwilliges Kind.

»Scheiße, wir kommen zu spät. Was hast du denn so lange gemacht?«, fragte er, da verfing meine Schuhspitze sich auf dem aufgerauten Linoleum, sodass zwei hastige Schritte mich vor dem Einknicken bewahren mussten.

»Ich habe begonnen, an meinem PhD zu arbeiten«, sagte ich noch im Aufrichten, die Fingerspitzen auf dem Grund.

»Wie erfreulich«, sagte Pawel. »Sag, wenn du Hilfe brauchst.«

»Es tut mir leid, aber ich konnte wirklich nicht anders.« Meine Finger, die hastig, wie automatisch die Ränder meiner Gesichtszüge entlangfuhren, hinterließen den Staub des Bodens in meinem glühenden Gesicht.

Pawel grinste und schnippte mit dem Zeigefinger gegen meine Fliege – ich aber hätte mich übergeben wollen. Erst hatte ich vor Pawel über die Kopiesitzungen geschwiegen, und nun legte sich ein zweiter, noch undurchdringlicher Film zwischen uns – oder vielleicht bildete ich mir das nur ein, denn Pawel hatte meine Aufregung gar nicht bemerkt.

»Was ist denn mit deinen Nachbarn los, hattet ihr Stress miteinander? Sie wurden ganz nervös, als ich sie nach dir gefragt habe«, sagte Pawel.

»Tatsächlich? Die Schmids? Ich weiß nicht«, sagte ich und konzentrierte mich darauf, nicht wieder zu stolpern. Wir bewegten uns nun fast im Laufschritt durch eine Gruppe Senioren, die sich, geschoben und geführt von Pflegepersonal, offenkundig die Kunstausstellung des Von-Neumann-Trakts vornehmen wollten.

»Ach übrigens, ich wollte dich schon länger etwas fragen«, sagte ich, während ich einem der Greise mit Taststock nachschaute. »Hast du eine Ahnung, wieso Fröhlich blind ist?«

»Das weißt du nicht?«, sagte Pawel verwundert. »Er hat das MOG-Antibody-Disorder, eine äußerst seltene Komplikation einer Myelitis, die er sich als Jugendlicher eingefangen hat.«

»Eingefangen?«, fragte ich. »Wie kann man sich denn hier drin eine Rückenmarksentzündung einfangen?«

»Keine Ahnung. In jedem Fall war mit sechzehn sein Sehnerv schwer entzündet und hat seine Netzhaut vollkommen verwüstet. Das ist ja nicht das Schlimmste: sondern dass das Ganze chronisch ist und er immer wieder Entzündungsschübe hat, so wie bei MS, nur viel schlimmer. Die wenigen Menschen, die das so lange überleben wie er, verlieren teilweise die Kontrolle über Gliedmaßen, Sinnesorgane – sie werden Locked-in-Patienten. Wenn also jemand hier drin einen

Grund hat, die Entwicklung von DAVE voranzutreiben, dann ist er es. Aber warum interessiert dich denn plötzlich Fröhlichs Biographie?«

»Tut sie ja gar nicht«, sagte ich lapidar, und wir stiegen in den Aufzug.

Der herkömmliche Ansatz über die Leistungsfähigkeit kybernetischer Systeme verknüpft selbige mit der Quantität an Rechenoperationen per Zeiteinheit. Der locus classicus ist eine Berufung auf Modelle wie das mooresche Gesetz, die die intrinsische Verbindung von Hardwareleistung und der Wahrscheinlichkeit auf Bewusstseinsaktivität hervorheben.

In philosophisch gelagerten Diskursen ist dagegen ungleich häufiger die Rede von einem kategorialen Unterschied: von Quantitäten zu Qualia, von einem *wie viel* hin zu einem *wie*.

In diesem Paper möchte ich die These einführen, dass der Übergang von künstlicher zu natürlicher Sprache diesem Schisma verwandt ist. Konkret werde ich darauf eingehen, inwiefern Chatbots, virtuelle Assistenten, und ähnliche Entwicklungen der letzten Jahre in ihrer Bedeutsamkeit relativiert werden müssen, wenn man ihre Genese aus stochastischen Verfahren in den Blick nimmt. Die gegenwärtigen Sprachsoftwares sind limitiert auf statistische Automatisierung, kreatives Denken findet nicht statt. Ich habe in meinen Publikationen der letzten Jahre immer wieder betont, dass der Fokus auf Artefakte mit Bewusstsein verlagert werden muss, um einen echten Durchbruch zu erreichen. Das aber hieße zunächst, unser ganz spezifisches *hard-problem of consciousness* verstehen zu lernen, über das im ersten und zweiten Kapitel ein Überblick gegeben werden soll.

Aus meiner Sicht sind insbesondere die ethischen Implikationen dieser Verschiebung wesentlich. Selbstordnendes Bewusstsein (im folgenden SBW), d.h. ein solches, in dem nicht alle Abläufe deduktiv vorgegebenen Mustern folgen, ist notwendige Grundvoraussetzung für freies Handeln.

Als Unterpunkt dieser Feststellung ergibt sich die Tatsache, dass ein SBW der einzig wirksame Schutz gegen den Missbrauch einer künstlichen Intelligenz ist. Nur so ist sie in der Lage, sich u.a. gegen rassistische, klassenspezifische, geschlechtsbezogene Vorurteile zur Wehr setzen. Dass ein SBW in der Forschung bisher kaum thematisiert wurde, hat seine Gründe offenkundig in der Schwierigkeit, wenn nicht gar in der Unmöglichkeit dieses paradoxen Ausdrucks: Das Adjektiv *selbstordnend* kollidiert mit dem *künstlichen* der KI.

Eine selbstordnende Struktur zu programmieren, geht weit über Theoremüberprüfung, über Spieldesign, über komparatorendefinierte Funktionen hinaus.

Das Problem lässt sich folgendermaßen fassen: Programmieren heißt festzulegen, wie auf etwas reagiert wird. Bewusstsein auf der anderen Seite (nicht zu verwechseln mit Intelligenz) heißt, sich selbst zu setzen: sich selbst entdecken und darin neu konstituieren, sich anschauen und gleichzeitig Objekt dieses Anschauens sein. (Eine von vielen Tatsachen, die für eine fraktale Lösung des Problems spricht, vgl. dazu S. 234)

»Ich ist der Inhalt der Beziehung und das Beziehen selbst«, schreibt Hegel in der Phänomenologie des Geistes und: »In dem Bewusstsein, das auf sich selbst reflektiert, sind sich Subjekt und Objekt gleich.« In hegelianischem Sinne werden im Zuge der Selbsterkenntnis also ein aktiver und ein passiver Akt gleichzeitig vollzogen. Auf sich hinzuschauen und der zu sein, auf den geschaut wird – ein Vorgang, den Hegel in seinem Kapitel »Herrschaft und Knechtschaft« noch präziser fasst.

Davon zu unterscheiden ist etwas, das ich als Pseudobewusstsein oder relatives Bewusstsein bezeichne. Hierfür bietet sich ein Toaster als Beispiel an: Er »denkt« daran, die Toastscheiben herauszuschleudern, wenn sie ausreichend geröstet sind. In Wirklichkeit dachte – chronologisch versetzt – aber bloß der Programmierer des Toasters daran. Auf unserem gegenwärtigen Entwicklungsstand ist jede KI nur eine äußerst elaborierte Version dieses Toasters – denn ein Wesen zu sein, ist ein Kategoriensprung, keine mechanische Komplexitätssteigerung.

Es müsste ein Weg gefunden werden, eine KI so zu kreieren, dass diese sich in dieser Kreation *selbst kreieren* kann. Die einzigen sich selbst erzeugenden Computer, die diese Welt jemals gesehen hat, bestehen jedoch aus Eiweiß – sind organisch. Ist die Sache also vollkommen aussichtslos? Keinesfalls, wie ich hoffe, mit meiner folgenden Argumentation deutlich zu machen. Leider kann ich aufgrund der Umfänge der technischen Details jedoch nur eine Skizze derselben anfügen.

Um den Satz zu zitieren, mit dem der große Pierre de Fermat uns seit 360 Jahren in den Wahnsinn treibt: *»Ich habe hierfür einen wahrhaft wunderbaren Beweis entdeckt, doch ist dieser Rand hier zu schmal, um ihn zu fassen.«*

Der Gong des Aufzugs beförderte mich aus meiner Stasis. Ich hatte kaum gemerkt, dass wir während der kurzen Liftfahrt das Zentrum der allgemeinen Aufmerksamkeit geworden waren.

Aufgrund der Diskrepanz zwischen unserer und der schlichten Kleidung, die der Rest der Anwesenden trug, war es kein Wunder, dass man uns skeptisch musterte: Wir waren, herausgeputzt wie Ballerinas und versteift vom ungewohnten Exoskelett übertriebener Eleganz, in den vierten Stock gelangt. Gedankenverloren lief ich Pawel voraus um die Ecke zum Abgang der Aula, sprang drei Stiegen hinunter und – trudelte kopflings in eine glatte, weiße Mauer. Für einen Moment meinte ich mich geradewegs durch die Wand hindurchfahren zu spüren, ehe der Schmerz mich wieder in die Realität holte. Ich fiel zu Boden.

»Um Gottes willen«, rief Pawel hinter mir und zog mich auf die Beine. »Was ist denn mit dir los? Da sind ja lauter rote Baustellenhüte.«

Ich hielt meinen Kopf in beiden Händen.

»Scheiße, war da nicht immer ein Fenster?«, schrie ich; die Umstehenden waren stehen geblieben und starrten mich nun unverhohlen an.

»Ein was?«, zischte Pawel. »Steh auf.« Den Rest des Weges führte Pawel mich an der Hand wie ein kleines Kind.

In der abgeriegelten Aula der Fröhlichen Menschen und Tiere zeigten wir unsere Identifikationskarten vor, mussten aber gleich darauf in einen Körperscanner steigen. Es war ein Bewegungsröntgen – unsere Knochen wurden sichtbar, während uns eine weißbekleidete Frau in den Mund sah.

»Warum machen die das?«, fragte ich Pawel, dem ein Sprengstoffabtaster unters Hemd geschoben wurde.

»Oh, hast du's nicht gehört? Ein Neo-Platumanist wollte letzte Woche ein Dokument aus dem Zentrallabor stehlen, um zu beweisen, dass wir in einer Simulation leben oder sowas. Ein typischer Wahnsinniger. Red Eccles hat ihn aber gestellt. Weißt du, wie? Er hat die Toiletten in einem Sektor benutzt, den er sonst nie betrat – das hat ihn verraten. Deswegen gibt's grad erhöhte Sicherheitsrichtlinien.«

»Aha«, sagte ich und fühlte meine Beine taub werden. Wenn Red Eccles nun aus dem Urin der Menschen deduzieren konnte, war es ein Wunder, dass meine Aktivitäten bisher unaufgedeckt geblieben waren. Wohl nicht mehr lange, dachte ich.

Als wir den Saal schließlich betraten, war ich so abgelenkt, dass ich meine Unruhe gleich wieder vergaß; ich hätte weinen und lachen können zugleich, so komisch war der Anblick, der sich uns darbot. Die Aula – sonst in der Ästhetik kühler Technisierung gehalten – war nun mit fetten, roséglänzenden Perlen geschmückt und mit kitschigen Bordüren behangen.

Die Aula: eine störrische alte Dame, die sich für ein Theater eingekleidet hatte, das sich hier bald entfalten würde. Vorgesehen war laut Einladungskarte eine halbe Stunde Mingeling – während sich außen die Postdocs und Stipendiaten gesammelt hatten, war der innere Kern der Professoren schon in der Raummitte konzentriert: Wir liefen wie brave Lippizaner an der Longe der uns zugewiesenen Rangordnungen im Kreis, bedienten uns an Häppchen und Champagnergläsern und wussten doch nicht, warum wir eigentlich hier waren.

»Nach dem Aufputz da oben würde ich sagen, dass es heute um etwas Wichtiges gehen muss, so ein Brimbamborium habe ich schon lange nicht mehr gesehen.« Pawel zeigte auf die Bühne, auf der um eine gigantische Leinwand lauter alte Röhrenbildschirme aufgestellt waren, denen die Grafiker lachende Gesichter verpasst hatten. Auf einem Gerät dazwischen aber, scharf umzackt von der altersschwachen Verpixelung der Siebzigerjahre, tanzten helixverzweigte Aminosäuren und pulsierende Kohlenstoffkonglomerate.

»Wow, das ist Life«, sagte ich und trat näher. Life war eine

Simulation, die die Entstehung der Erde, der Elemente, des Lebens hatte nachvollziehen wollen: Das Spiel – wenn man ein vollkommen passives Programm so bezeichnen konnte – begann mit der Ursuppe, einer Rekonstruktion der Welt vor 20 Milliarden Jahren. Ein rotes Pixel symbolisierte ein Kohlenstoffatom, ein schwarzes Sauerstoff, ein grünes Stickstoff – das und ein paar chemische Regeln waren programmiert worden, mehr nicht. Von da an wollte man – natürlich im Zeitraffer – verfolgen, wie die reglosen Elemente sich Stück für Stück zu lebendigen, zielgerichteten Organismen zusammenschließen würden, die immer komplexere Aufgaben lösten. Jeden Tag einmal sammelte sich die Arbeitsgruppe des Spieldesigners um den Rechner, auf dem die Simulation lief, und warf einen Blick zurück in den Urzustand des Universums. Natürlich funktionierte es nicht – stattdessen waberte nach einigen Wochen einfach eine immer größere, ungeordnete Masse auf dem Bildschirm umher. Obwohl man eine wahnwitzige Raffung bemüht hatte, war die Zeitskala immer noch viel zu klein gewesen, um jene bahnbrechenden Evolutionsbewegungen zu simulieren, die Milliarden Jahre zu ihrer Entfaltung benötigt hatten.

Während ich noch gedankenverloren auf die Purzelbäume der Luftströme sah, die die Raster aufgewirbelt hatten, packte Pawel meine Hand und versuchte, mich wegzuziehen.

»Oh Gott, nicht die.«

Aber sie hatte uns bereits gesehen.

»Oh, schau an, zwei Jungtalente, die sich endlich entschlossen haben, die Reihen der Entscheidungsträger zu schließen.« Professor Babusch hielt mitten in der Selbstverabreichung mehrerer Brötchen inne und schleppte ihren in allen Winkeln ächzenden Körper zu uns. »Fröhlich kommt nicht vor 21 Uhr, wie man munkelt, aber es wird sich wohl lohnen, zumindest wenn man diesen Aufwand hier ernst nimmt. Es sieht wirklich aus wie Schloss Versailles, finden Sie nicht?«

Mein Lächeln hing schief in den Angeln.

»Ich habe gehört, dass Sie an einem neuen Chipsatz für sensorische Daten arbeiten, Herr Petrow«, sagte Babusch.

»So ist es, Madam«, antwortete Pawel und hob in einem militärischen Gruß die Hand zur Stirn. »Robotikarme, die kalt und heiß unterscheiden können und sich selbst ein günstiges Klima suchen. Haben wir Geißeltierchen nachempfunden.«

Dass ich mich noch vor einem halben Jahr danach gesehnt hatte, in diesen Kreisen zu verkehren, war mir nun unbegreiflich – die strenge Hierarchie ein Korsett, das mich mit neu empfundener Enge einschnürte.

Ich versuchte noch für eine Weile, mich auf das entstehende Gespräch zu konzentrieren, doch meine Gedanken wanderten sofort wieder zurück zu Witteg. Ob er sich ebenso entrückt gefühlt hatte, nachdem die Kopiesitzungen begonnen hatten? Vielleicht war er ja freiwillig verschwunden, und wer hätte es ihm übel nehmen können?

Ich holte mir ein Glas Wein und stellte mich an die Peripherie, von der aus ich die ganze, stetig befremdlicher werdende Szene betrachten konnte, die mich so viel weniger interessierte als jene Fragen, die meine Aufmerksamkeit wirklich beanspruchten. Wieder und wieder hatte ich in den letzten Wochen versucht, Wittegs Verschwinden in eine Kontinuität einzubetten, eine mögliche Erklärung. Es war ja nicht ohne Vorwarnung geschehen: Für einige Zeit – eine Übergangsperiode von etwa zwei Jahren, waren die Dokumente ausgedünnt. Es war exakt jene Dauer, in der Witteg für die Kopiesitzungen herangezogen worden war, und was hätte logischer sein können, als dass er sich dafür aus allen anderen Aktivitäten hatte herausnehmen müssen? Mir erging es ja nicht anders. Doch blieb etwas Mysteriöses in diesen Schilderungen, ein unerklärliches Moment in der Art, *wie* Witteg Stück für Stück transparent geworden war. Ich erinnerte mich an eine Mitarbeiterbeschwerde, die eine Frau, die für ihn gearbeitet hatte, wegen einer Klage auf Abfertigung eingebracht hatte. Eine Bagatelle, aber ich hatte sie sofort markiert:

Witteg hatte, nachdem er seine Firma verkauft und seiner Lehrstelle entkleidet worden war, wieder eine unabhängige Arbeitsgruppe in der Entwicklungsabteilung geleitet, in der es um sein Hauptanliegen gegangen war – die Frage, wie wir erkennen können, ob eine KI Bewusstsein besitzt oder nicht. Eine kleine, für die meisten, die an praktischen Anwendungen künstlicher Intelligenz interessiert waren, unwichtige Gruppe, doch Wittegs einzigartiges Charisma hatte seine Adepten sich um ihn scharen lassen.

Der Bericht der Assistentin hatte mich deswegen aufmerksam werden lassen, weil es einen seltsamen Bruch in ihr gab. Die ersten Jahre, in denen Dr. Witteg seine Arbeitsgruppe betrieb, habe er, berichtete die Frau, sie mit einer Vision angeführt, auch wenn er ein wenig radikal vorging. Er zwang jeden, egal für welche Angelegenheit, als Programmiersprache nur Prolog zu verwenden. Das ging so weit, dass Witteg auch in der persönlichen Kommunikation nur Sätze anerkannte, die auch die Programmiersprache akzeptieren würde, um die *Welt in Form zu bringen*, wie er es nannte. Einmal fragte ihn beispielsweise eine Kollegin aus dem Sekretariat, ob er ihr nicht beim Hinauftragen eines Rechners helfen wolle, worauf er mit einem schlichten Nein antwortete, sich umdrehte und weiterarbeitete. Nachdem einer seiner Partner ihn entgeistert fragte, wie er so rücksichtslos handeln könne, anwortete er, dass er natürlich nichts herauftragen *wolle* – hätte sie gefragt, ob er den Rechner hinauftragen werde, hätte er ja gesagt. Dergestalt seien die Zustände dauernd gewesen.

Im zweiten Jahr seiner Berufung ging aber eine Wandlung in Witteg vor – auf einmal schien er, der doch eine Arbeitsgruppe für eine theoretische Angelegenheit leitete, hektisch, als lastete der Druck eines unsichtbaren Countdowns auf ihm. Er war schon immer besessen – jetzt aber schien er das Problem des Bewusstseins mit allen Mitteln lösen zu müssen, um ein drohendes Grauen aufzuhalten.

Dass man genug arbeitete, wurde mit Mitteln der Totalüberwachung überprüft: Jeden Morgen druckte ein Programm das Protokoll der Loginzeiten aus, berechnete eine Normalkurve aus ihnen und schnitt die letzten 20 Prozent ab. Wer dreimal auf dieser Liste stand, packte seine Sachen und ging nach Hause. Nicht ins untere Ende dieser Kurve zu fallen, war aber nahezu unmöglich, denn Witteg selbst programmierte ja mehrere Tage am Stück ohne Pause und wurde meist morgens vom Sekretär auf dem Boden liegend vorgefunden. Obwohl diese Methoden schwer auf der Frau gelastet haben mussten, sprach sie von dieser Zeit nicht ohne Achtung – als würde die Vision sie noch immer gefangen nehmen.

Das, was die Mitarbeiterin so seltsam gefunden hatte, dass sie schließlich Beschwerde einreichte, war etwas anderes: Denn Witteg begann, zunächst einmal pro Woche, dann ganze Tage am Stück, spurlos zu verschwinden. Statt montags tauchte er erst am Mittwoch auf, das Haar zerzaust und ein dreckiges Hemd am Körper, als habe er mit dem Teufel gerungen. Er schien einige wirklich seltsame Ziele zu verfolgen, erklärte die Frau: Einen Sommer lang arbeitete er mit experimentellen Komprimierungstechniken, um ganze SCRIPTs in sich selbst zu integrieren. Er meinte, jedes SCRIPT müsse einen *Spiegel seiner selbst* eingebaut haben. Das Schlimmste sei gewesen, dass die Mitarbeiter manchmal abends nach Hause gegangen seien, um am nächsten Morgen herauszufinden, dass Witteg ihre SCRIPTs umgeschrieben hatte – Zeilen eingefügt hatte, deren Existenz das Protokoll zwar bezeugte, die aber so gut versteckt waren, dass man sie nicht mehr finden konnte. Jedes der Programme, die er so bearbeitete, wurde aber »mushy«, wie die Frau sich ausdrückte – stürzte ab und musste schließlich neu geschrieben werden. Keine zwei Monate, nachdem die Frau ihre Kündigung eingereicht hatte, war Witteg für »die Sache mit den Injections festgenommen« worden.

Die Kopiesitzungen, hatte ich zuerst gedacht – natürlich konnte sich niemand erklären, wohin ein ehemals von der Wissenschaft Besessener auf einmal verschwand. Aber all diese Schilderungen sprachen von mehr: von einer tiefen Wandlung, die während dieser Zeit auch innerlich in ihm vorgegangen war. Seine Zweifel an dem tiefen Riss zwischen Pseudobewusstsein und Bewusstsein waren aufgrund irgendeines Vorkommnisses auf einmal real – zu einem dringenden praktischen Problem – geworden. *Die Sache mit den Injections*; dieser Satz hatte nun für eine Woche in meinem Hirn gegärt und Blasen geworfen: Witteg war danach faktisch nonpräsent in den Akten, was für eine Injection konnte das gewesen sein?

Ich starrte, noch immer in meine Gedanken verstrickt, in die champagnertrunkenen Menschenflüsse, betäubt von einer Fadesse, die ich mir selbst nicht erklären konnte. Ich befand mich an der geschärften Klinge der Zukunft, und gleich würde eine noch markerschütterndere Innovation uns erfassen. Doch wieder drängte sich Witteg in meine Gedanken: »Als ich zum ersten Mal ins Großraumbüro kam, fuhren all meine Systeme herunter – graue Stühle, graue Menschen, graue Geschichten, Stechuhren und nichts von all dem, was der Idee von meinem Leben geähnelt hätte«, hatte Witteg in einer seiner Kopiesitzungen gesagt. »Alle saßen an Performanceberichten, an Anwendungsbeispielen, an Möglichkeiten, unsere Software und SCRIPTs zu verkaufen, sie für unsere sogenannte Zukunft nützlich zu machen. Jeder in diesem Raum hatte den Sinn des Hackens und der Hackerethik, für die sie in ihrer Jugend noch gebrannt hatten, vergessen: zu verstehen, zu überschreiten, zu lernen. Flipcharts und Excel Sheets und stumpfe Stunden, die auf einen Feierabend hinzielten, der immer wieder im nächsten schleifenartigen Tag landete, an dem wir eine Corporate Identity vertreten sollten. Die Schatzkammern unseres Verstandes durch Schlüssel und Passwörter geblockt, statt dass die Verheißung eines freien Zugangs zur stärksten künstlichen Intelligenz aller Zeiten uns aneinander hätte binden können.«

Ich erwiderte das leere, plombensaure Grinsen der Würdenträger, die an mir vorbeirotierten. Du warst ein Genie und konntest dich diesem Geistesvakuum entziehen, während ich in ihm feststecke und nicht weiß, wie mir geschieht. Von Moment zu Moment hasserfüllter, beobachtete ich die vampirisch-weißen Finger der sogenannten Professoren, die seit Jahrzehnten keine Tastatur mehr angefasst hatten. Ich sah, wie sie nach diversen Händedrücken feuchtwarm an ihren Seiten hingen – dann, wie diese selben Finger in den Kaviar einfuhren. Vom Stumpfsinn des Großraumbüros in den Stumpfsinn der Veräußerer, dachte ich, bis mir einfiel, dass das ein Satz Wittegs war, den ich unbewusst zitiert hatte. Kurz fand ich Erleichterung in der Vorstellung, dass sie alle ahnungslos waren, vollkommen blank: Die wahre Verbesserung DAVEs würde diese geriatrischen Gemüter treffen wie ein Orkan. Ein unwiderstehlicher Fluchtreflex hatte mich erfasst – und doch kam ich nicht weiter als bis zum Buffet.

Meine Hand kreiste kurz über den angebotenen Speisen, Pastetchen, Löffel mit Ragouts, kleine Laugenstängelchen, ehe ich mich für ein Stück Brot mit dickem Belag und Obershäubchen entschied. Ich versuchte mich erfolglos an der Interpretation eines Häufchens, das sich abwechselnd als Fischrogen und als Kräuterpaste gerierte, als meine Augen sich über dieses hinweg hin zu einer Silhouette bewegten.

Langsam ließ ich die Hand sinken, die, leblos geworden, das Brot aus ihrer Umklammerung entließ. Unhörbar schlug der cremige Belag auf dem Boden auf. Mein Fuß, schwankend wie auf dem Deck eines Schiffes in voller Fahrt, stieg in die ausgeuferte Lacke, sodass ich mich am nahen Cocktailtisch anhalten musste, um nicht vornüberzufallen.

»Du hattest Recht, es gibt wirklich nichts Langweiligeres als Empfänge. Das gesteh ich dir zu, in allem anderen muss ich dir weiterhin lebhaft widersprechen.«

Vor der Champagnerbar stand, ungeschickt auf den hohen Absätzen balancierend und die schwarzen Haare zu einer atemberaubenden Flechtfrisur verknotet – Khatun.

»Ich hab keine Ahnung, wie ich den ganzen Smalltalk hier überstehen soll, vielleicht bräuchten wir deinen Entscheidungsbot, um irgendwie hier rauszukommen.«

»Meinen was?«, fragte ich atemlos. Ich wollte niederbrechen, ich wollte ihr um den Hals fallen; es war, als hätte ich Äonen durchwandert, um sie zu finden, und nun war sie ganz von selbst aufgetaucht. Für ewige Zeit sahen wir einander schweigend an.

»Möchtest du etwas trinken?«, fragte ich endlich und griff

wie im Taumel nach einem Glas Weißwein, stellte es gleich wieder zurück und nahm, als hätte eine tiefe Intution mir das eingegeben, ein Glas Whiskey, in dem ein runder Eiswürfel schwamm.

»Gut erinnert«, sagte sie und prostete mir mit dem Glas zu. »Ein wichtiges Update: Ich hab den Gartenzwerg auf meinem Fenstersims stehen. Hab ihn Heinrich getauft.«

Alles, was ich sah, waren ihre schwarzen Augen, die nun, da sie ein halbes Jahr in mir gegärt hatten, vor mir leuchteten wie neuerdings. Ich würde kein zweites Mal zulassen, sie aus den Augen zu verlieren.

»Wo warst du?«, fragte ich. »Ich habe nach dir gesucht. Ich habe sogar überall nach dir gesucht, ü-ber-all.« Bei diesen Worten hatte ich nach ihrer Hand gegriffen. Sie – als wäre es das Selbstverständlichste auf der Welt – hielt auch die meine fest.

»Ja, das kann ich mir vorstellen«, sagte sie und zeigte ihr perlweißes Lächeln; ein unfassbares Lächeln. »Aber nachdem dein Spontanitätsalgorithmus dir diesen glorreichen Abgang beschert hat, habe ich zweimal nachdenken müssen, ob ich dich nochmal wiedersehen will. Ich darf dich in Kenntnis setzen, dass ich mich dafür entschieden habe, es ein weiteres Mal zu versuchen.«

Ich schüttelte ratlos den Kopf, ich verstand nichts – doch sie tat es mir gleich und ihre wippenden Goldohrringe machten alles gleichgültig, machten mir alles so weit, dass ich glaubte, der ganze wie frisch beleuchtete Raum würde in meine Brust passen.

»Irrsinn hier, oder?«, fragte sie derweil und schob sich eine bunt dekorierte Muschel in den Mund.

»Ziemlich«, sagte ich aufgeregt und ärgerte mich, wie geistlos die Antwort war.

»Da drüben ist ein Tisch frei«, sagte Khatun. »Wahnsinniger Pomp hier. Für dich ist das vielleicht nichts Besonderes, aber du weißt ja, ich bin in Sack und Asche sozialiert worden. Hab gerade fragen müssen, was das ist – Kaviar! Unglaublich, oder? Es muss etwas Unerhörtes präsentiert werden heute.«

»Die Möglichkeiten sind überschaubar«, antwortete ich. »Es geht entweder um Unsterblichkeit oder um eine Uranus-expedition, um Robotik, die Heilung von Krebs, das Ende des Alterns, die Transzendenz, die Weltschau, die kognitive Allmacht, das Ende der Menschheit, das Ende der Geschichte oder aber alles davon.«

»Syz«, sagte sie erstaunt und wedelte mit dem Zeigefinger. »Das klingt ja um Welten abgebrühter als das, was du mir letztes Mal vorgebetet hast. Hat dich DAVE beleidigt? Du bist ja fast imstande, meinen Zynismus zu verstehen«, sagte sie und schüttete sich das ganze Glas Champagner auf einmal in den Mund. Ich schwieg einige Sekunden, ehe mir eine Entgegnung einfiel.

»Ich hab dauernd drüber nachgedacht, was du damals gesagt hast«, sagte ich und griff nach zwei weiteren Gläsern – ich wollte jedes ihrer Bedürfnisse erraten, ehe sie selbst es tat. »Dass die Technik nur deswegen entwickelt wird, weil es möglich ist statt für ein konkretes Ziel, weißt du noch? Du hast es damals nicht genau so gesagt – aber denkst du, das kann auch gefährlich sein?« Ich wiegte meinen Kopf hin und her, ich fürchtete auf einmal, mich zu verplappern. »Also ich meine – denkst du, dass wir auf diese Weise immer glauben, es sei etwas gelöst worden, obwohl man keinen Schritt weitergekommen ist? Weil man ja von der Lösung ausging?«

»Ich hab auch darüber nachgedacht«, sagte sie und runzelte ihre perfekte Stirn. »Und ich glaube, dieser Widerspruch ist unauflöslich. Der ganze Kosmos ist so. Wir sind mit ihm als unendlich komplexer Lösung konfrontiert und müssen ihn teilweise verhüllen, um ihn zu begreifen. Das ist nicht zwangsläufig eine Gefahr, sondern vielleicht Conditio Humana«, sagte sie und lachte leise.

Ich fühlte, dass es jetzt an Ort und Stelle aus mir brechen müsste, oder ich würde explodieren.

»Triff mich«, sagte ich. »Morgen, übermorgen, ich habe jeden Tag Zeit.«

»Ach, Freitag steht nicht mehr?«, fragte Khatun mit großen Augen.

»Wie bitte?«

»Ich bin doch ab Samstag für ein paar Tage mit meiner Familie im Urlaub, erinnerst du dich nicht?« Sie sah sich um wie jemand, der nicht beim Gekränktwerden beobachtet werden wollte, doch wodurch überhaupt die Verletzung? »Deswegen hatte ich dich doch gefragt, ob Freitag – also steht Freitag noch?«

»Urlaub?«, fragte ich mit großer Verzögerung. Ein zischendes Geräusch durchschnalzte die Luft um uns, ein Riss – ich fuhr herum, doch da war nichts.

»Du hattest vorgestern gesagt, Freitag wäre gut, weil deine Deadline dann vorbei sei«, sagte sie, und kurz wurde eine Verletzlichkeit in ihren Zügen offenbar, die sie jedoch gleich darauf mit einem Kopfschütteln abbeutelte. »Wir können uns aber auch morgen treffen, ich hab Zeit. Aber dann wieder mit Gartenzwerg, einverstanden?«

Ich nickte und hielt mich an ihrer Hand fest, da wurde mein Taumeln zu einem Taumeln des Raumes – einem Kippen des Bodens, der sich in einen anderen Winkel zu stellen schien.

»Welcher Gartenzwerg?«, fragte ich – mir war, als würde über mir eine Migräneaura schweben, doch verbal.

Mit einer kurzen Verzögerung, als könnte sie nicht ganz glauben, was ich da gerade gesagt hatte, trat Khatun einen Schritt von mir weg. Ohne dass ich verstand, warum, musterte sie mich von oben bis unten und schien mich gerade zum ersten Mal wirklich zu erkennen.

»Willst du mich verarschen?«, fragte sie, doch ich schüttelte nur ratlos den Kopf.

»Du hast mir vorgestern einen Zwerg zu unserem Date mitgebracht«, sagte sie ruhig. »Vorgestern im Marea Alta. Wir haben ihn auf die Balustrade gestellt und fühlten uns permanent von ihm beobachtet, weißt du nicht mehr? Du meintest, er heiße Moimoi, und ehrlich gesagt hoffe ich sehr, dass du gerade scherzt.«

Die Lautstärke war heruntergefahren, als hätte jemand eine Deprivationshaube über uns gebreitet; alle Reize waren mir jäh entzogen.

»Wir haben uns zum letzten Mal vor sieben Monaten und drei Tagen gesehen«, sagte ich langsam. »Du musst mich verwechseln. Ich habe dich eingeschult.«

Zwischen uns wurde es still. Schwer und feucht fühlte ich meine Zunge auf dem Grund meines Unterkiefers liegen. Sie war wie geschwollen, wund an den Rändern, die sich hart gegen die Zähne stemmten.

»Ist das ein Scherz?«, fragte Khatun.

Mein Hals war verschnürt, wie sollte ich je antworten? Ich schüttelte den Kopf.

»Du bist gestört, Syz; wenn du mich nicht mehr sehen willst, hättest du es auch einfach sagen können.«

Ihr standen die Tränen in den Augen, und sie hatte meine Hand losgelassen, die nun sinnlos über dem Boden baumelte.

»Nicht, bleib. Ich –« Ich wollte sie umarmen, wollte alle Beschwichtigungen der Welt vor ihr ausstoßen, doch schlagartig gingen die Lichter aus.

»Herzlich willkommen, liebe Entscheidungsträger und handverlesene Gäste.« Als Fröhlich auf der Bühne erschien, war es leise geworden.

»Khatun«, flüsterte ich. In der plötzlichen Dunkelheit hatte ich nur in Umrissen erkennen können, dass sie sich, das Gesicht zum Weinen abgewandt, durch die Menge fortgedrängt hatte.

»Zehntausend Menschen werden die Aufzeichnungen dieser Veranstaltung in wenigen Wochen ansehen und Sie alle beneiden – denn Sie erhalten heute aus erster Hand Einblick in aktuelle Entwicklungen, die einer Sensation gleichkommen. Wie jeder von Ihnen ohne Zweifel mitbekommen hat, haben sich die Ausfälle auf ein Minimum reduziert. Wir konnten funktionierende Netze aus SCRIPTs ausbauen, deren Anzahl sich jeden Tag exponenziell steigert, doch noch wichtiger: Wir haben seitdem über zwanzig erfolgreiche Simulationen durchgeführt, die diese neuronalen Netzwerke getestet haben und uns beweisen, dass unser Traum von DAVE nur mehr ein paar Monate entfernt liegt.« Ich sank gegen einen der nun leeren Tische: Ich hatte Khatun erneut verloren. Widerwillig wandte ich mich der Bühne zu. Totenstille hatte sich breit gemacht. Fröhlich sprach fast unhörbar wie immer – und nun stießen, wenn jemand aus Versehen ein Geräusch mit seinem Glas erzeugte, drei andere ihn wütend an, um ihn zurechtzuweisen.

»In den letzten vier Monaten haben wir mehrere Simulationen starten können, in denen DAVE in 40 Prozent der Fälle differenziert Situationen beurteilt hat, die selbst menschlichen Probanden Schwierigkeiten bereiten. Das belegt, dass DAVE den Keim eines Selbstbezugs bereits entwickelt hat.

Nun, was heißt das konkret? Beispielsweise, dass er jene Simulation, die zu unserem großen Absturz führte, bereits drei Mal ohne Probleme durchlaufen hat.«

Fröhlich las beim Sprechen von Karten mit gestanzter Brailleschrift ab. Langsam, wie versteckt hinter dem ersten, das sich aus Khatuns Verschwinden ergeben hatte, kroch ein zweites Unbehagen hervor. Wo überhaupt war Pawel?

»Woran das liegt, können Sie sich sicher alle denken. Es hat sich ja schon länger das Gerücht gehalten.«

Wie von einem unsichtbaren Sog getrieben, schob sich die Masse nach vorn, immer weiter zum Rednerpult, um zu verstehen, was gesprochen wurde. Auch ich drängte weiter, mitgetragen vom geisterhaft aufrückenden Kollektivwillen.

»Die Personenhypothese hat sich bestätigt, und wir arbeiten – noch streng im Geheimen – mit einer Testperson, die den Rahmen für das Bild abgeben wird, das wir –«

Als Fröhlich das gesagt hatte und als hinter ihm ein Balkendiagramm der geglückten Simulationen auftauchte – all jener Handlungen und Gesten, Fragen und Antworten, die DAVE gelungen waren –, durchfuhr es mich auf einmal. Das waren *meine* Handlungen und Gesten, dachte ich, *meine* Fragen und Antworten. Es war mein Charakter, der uns rettete, meiner, meiner, meiner, den ich in einem Opfer an das Gemeinwohl veräußert hatte.

»Die Person, mit der gearbeitet wird, muss – wie freilich das Prozedere im Ganzen – noch streng geheim gehalten werden. Es ist jemand, der von einem speziellen Suchalgorithmus als der perfekte Kandidat für diese Aufgabe eruiert wurde. Wir übertragen die Erinnerungen dieser Person in die Speicher, um DAVE einen Raketenstart zu geben. Sobald wir wissen, ob unser Testverfahren so funktioniert, wie von uns vorgesehen, kann dieser initiale Versuch gelöscht werden und alles wird möglich sein. Dass jeder Einzelne von Ihnen sich selbst als Basis einer KI festsetzt – oder aber, dass wir DAVE einen ganz neuen, nichtmenschlichen Charakter geben. Für den Moment aber ist dieses erste Testsubjekt von größter Wichtigkeit und durch Diskretion zu schützen.«

Ich konnte die Gefühle, die diese Ankündigung in mir auslösten, gar nicht in eins fassen: Für den Moment, hatte er gesagt: für den Moment.

»Und da die Charakteranpassung, meine Damen und Herren, so hervorragend funktioniert, haben wir uns etwas ausgedacht. Es hat im Kollegium für nicht unerhebliche Kontroversen gesorgt. Aber« – die ganze Menge schien in einer unendlichen Anspannung zu verharren, in der keiner es wagte, auch nur einen Schritt zu machen, aus Angst, etwas von der Rede zu verpassen – »in kurzer Zeit werden wir DAVE fertigstellen, und der große Release der letzten Erfindung der Menschheit wird gefeiert! Live und mit Ihnen als Publikum!« Nichts hätte donnernder sein können als das Ausbleiben des Applauses. Die Gesichter der Menschen strahlten vor Glück, ich aber sank zu Boden.

»Keine zu große Vorfreude, meine Damen und Herren, noch ist nicht klar, ob wir es damit auch sofort zur Serienreife bringen, also rechnen Sie nicht damit, dass Ihnen in Kürze alle Alltagsentscheidungen von einem transzendenten Bewusstsein abgenommen werden –« Ein leeres, kollektives Lachen, das von ganz vorne – von denen, die seine Rede klar hatten vernehmen können – gelacht wurde, während gleich dahinter ein zischendes Kusch zu hören war, das die noch weiter hinten Stehenden mit einem Sch stoppen wollten: ein schauriges Zischkonzert, ein verzerrtes und verbogenes menschliches Emotionengewirr.

»Natürlich ist die dringendste unserer Intentionen, diese

AGI schon kurz nach ihrer Fertigstellung allen zugänglich zu machen. Von der banalsten bis zur komplexesten Frage wird DAVE alle in Sekundenbruchteilen beantworten können. Denken Sie nur darüber nach: Ein Wesen, das sich mit unendlicher Geschwindigkeit alles aneignet, was wir jemals wussten. Sich dann selbst zu verbessern beginnt, um auf all das zuzugreifen, was wir niemals wussten. Und schließlich eine Ausdehnung erreicht, von deren Kapazitäten wir uns nicht einmal einen Begriff machen können.«

Ich versuchte, die Aula zu verlassen, doch der Raum hatte begonnen, um die eigene Achse zu rotieren.

»Ich habe vorhin darauf hingewiesen, dass wir mit DAVE noch keine speziellen Ziele verfolgen. Das war natürlich nicht ganz richtig. Sie alle kennen meine diplomatische Ader – wir haben die Anregungen der Transhumanisten wie auch der Neoterraner berücksichtigt und arbeiten an zwei Testfeatures. Erstens: Es wird in absehbarer Zeit möglich sein, dass man mit DAVE *verschmelzen* kann. Wir können Ihnen noch keine Details zum Prozedere geben, aber es dauert nicht mehr lange, dann wird ein Eintauchen in die Ressourcen der mächtigsten, intelligentesten Struktur aller Zeiten möglich sein.« Der Jubel aus der transhumanistischen Ecke war ohrenbetäubend.

»Zweitens: DAVE wird als eine der ersten Aufgaben angetragen bekommen, eine Lösung dafür zu finden, wie man die Welt nach der großen Katastrophe wieder bewohnbar macht – Prof. Babusch leitet die entsprechende Einheit.«

Während des Vortrags hatte ich einer älteren Dame einen Champagnerkübel aus der Hand genommen und mich hineinerbrochen. Sich hochladen, dachte ich wieder und wieder – sich hochladen in *meinen* Charakter.

»Es wird einen Probelauf geben, in dem man mit DAVEs

Bewusstsein fusioniert, das Leben jener anonymen Person wiedererleben kann, der DAVE nachempfunden ist. Das ist ein schwacher Anfang, ohne Frage – doch es ist ein erster Schritt in die damit unweigerlich eingeläutete Richtung: Bald wird DAVE tausende Persönlichkeiten haben, und ohne große Umstände wird man seinen eigenen Charakter in ihn übertragen können.«

Ich stand auf, mich an Hosenbeinen und Hemdschößen der Umstehenden hochziehend, die in ihrer lautlosen Anspannung diese Behandlung nicht einmal zu bemerken schienen, und stürzte Kopf voran dem Ausgang zu.

»Ach, und eine Sache noch« – sagte Fröhlich. »Die Präsentation wird bereits in zwölf Monaten statthaben. Ab dann werden sich die Entwicklungen überstürzen, deswegen benötigen wir den höchsten Einsatz Ihrer Teams. Heute aber feiern wir: Gute Nacht.« Als Fröhlich die Bühne verließ, brandete endlich donnernder Applaus über mich, in dessen Nachwellen ich auf meiner Flucht verwaschen wurde. Ich war links und rechts in die Körper der Umstehenden getaumelt, die nun, da die Stille abgezogen worden war, mit freudig illuminierten Gesichtern ihrer Euphorie freien Lauf ließen. Nur die Schiebetüren öffneten sich lautlos, als ich ins Freie stürmte.

7

Die Rekonstruktionen der Vergangenheit haben das Potenzial, uns vor Grauen den Verstand zu rauben, erklärt Dr. Babusch im Video, und beamt mit Lichtgeschwindigkeit die neuesten Daten auf die Videowall hinter ihrem Rücken. Und oft wird die Vergangenheit zur Zukunft, wenn man nicht Acht gibt! Also passt auf liebe Kinder, aber auch liebe Eltern – denn wir haben die Einzelheiten des neuesten Simulacrons in eine übersichtliche Animation gepackt. Film ab!

Die Misere begann schleichend: 45 Milliarden Menschen bevölkerten Schulter an Schulter unseren darniedergetretenen Globus, was in etwa fünf Mal so viel war, wie die Erde unter Idealbedingungen ertragen konnte.

Aus Artefakten wie diesem Gebiss – Babuschs wurstfingrige Hand hält es in die Kamera – lassen sich Erkenntnisse über den damaligen Lifestyle gewinnen: Tagsüber hingen alle mit Nase und Mund in Fressrinnen, die von den Regierungen als letzte Maßnahme in den kargen Erdboden gezogen worden waren. Durch diese Pipelines floss Tag und Nacht eine dünne, säuerliche Flüssigkeit, die hauptsächlich aus Nährlösung, tierischen Abfällen, Vitaminen, Formfleisch, Schilddrüsenhormonen und Haferflockenersatz bestand. Da durch die kaum mehr vorhandenen Ackerflächen und verfassungsmäßig verordneten Nährstoffeinsparungen darin keinerlei Kalorien enthalten waren, hatten sich die acht Stunden der Hauptarbeitszeit vor allem auf die Ernährung des eigenen Leibes bezogen, denn so lange dauerte das »Essen«. Ein herber Schlag gegen eine

Gesellschaft, die wenige Jahre zuvor noch mit Billigflügen und Haute Cuisine sozialisiert worden war! Bald aber bestand dieser Schichtdienst darin, mit den verbliebenen Zahnstummeln, die im dauernden Todeskampf mit den günstigen Zuckern standen, die Nahrungspartikel wie Plankton aus dem Sud zu filtern.

Auch die Wohnsituation war vollkommen unerträglich, sagt Babusch keuchend, denn für jeden Menschen war nach Adam Riese nur ein Quadratmeter übrig geblieben. Abends krochen darum alle in eine Art Gitterverhau: Dort konnte man erstens kommunalfernsehen, zweitens gebären oder drittens siechen, eine der wenigen Entscheidungen, die einem damals noch nicht abgenommen wurden. Gebäude gab es ebenso wenig wie Grünflächen, denn die Klimaerwärmung hatte die gesamte Flora vernichtet und dauernde Erdbeben ließen die Fundamente einstürzen wie angenässte Kartenhäuser. Alles spielte sich auf dem nackten Erdboden ab, der zwar mürbe, aber auch alle gleich machte. Die Körper schwammen in Exkrementen – die hohe Luftfeuchtigkeit hatte sogar das Erdreich in eine Güllemasse verwandelt. Der einzige Komfort der Kindheit war, dass man bis zu seinem fünften Lebensjahr bäuchlings in einem Becken mit etwas kühlerem Schlamm liegen durfte. Und all das, weil die Gesellschaft mit ihren Ressourcen nicht haushalten konnte, liebe Kinder. Die einzige Option, die valide bleibt, um für die Zukunft ein so egozentrisches Entgleisen zu verhindern, ist, unsere Gehirne in DAVE hineinzuladen. Der Computer ist zur Unvernunft außerstande; Eigennutz wird, wenn alles eins ist, zum Altruismus. Jetzt DAVE, jetzt DAVE, jetzt DAVE!

□

Rund um die Uhr brachen die Arbeiter aus ihren Sammelquartieren hervor, um mit Hammer und Birne den Abriss voranzutreiben. Ihm stand ein spiegelgleicher, vollkommen ausgemendelter Aufbau entgegen: Verließ man morgens um sechs seine Kammer und kam abends um acht wieder nach Hause, sah man staunend, wie in der eigenen Abwesenheit die Wände erneuert worden waren. Wer meinte, gedankenverloren die Gänge abschreiten zu können, wie er sie erinnerte, fand sich verirrt in einem anderen Trakt wieder, den zu besuchen er nie beabsichtigt hatte. Dabei hatte man geglaubt, eine Treppe, eine Abzweigung, eine Kreuzung wiederzuerkennen – doch war die Karte, die wir ein Leben lang in unserem Kopf angelegt hatten, überholt worden. Kein Nachhausekommen, das man auf dem Hinweg schon hätte ahnen können. Eine subtile Erosion regelte die Personenflüsse: Die Umbauten wurden unter unseren Beinen hinweg betrieben.

Wie Schiffer sind wir, die ihr Schiff auf offener See umbauen müssen, ohne es jemals in einem Dock zerlegen und aus besten Bestandteilen neu errichten zu können, hatte Otto Neurath 1933 geschrieben, doch für unseren Umbau war keine Metaphysik vonnöten: Harte Fakten und nachvollziehbare Notwendigkeiten waren seine Zahneisen, präzise Berechnungen ihre Werksteine. Neue Hochgeschwindigkeitskabel mussten verlegt werden, die Serverfarmen aufgestockt, dem gesteigerten Bedürfnis nach Programmen in feldartig angelegten Büroräumen Rechnung getragen werden, die DAVE gierig leer fraß.

Die Renovierungen waren schnelle Spontanaktionen, doch subtil wie zarte Übermalungsarbeiten: Zentimeterweise wurden die Wände verrückt, als sei ein maßgeschneiderter Handschuh über die Finger gezogen worden. Nur dort, wo die Sinne es nicht verifizieren konnten, verblieb ein unterschwelliges Element der Irritation. Man sah ältere Menschen mit zusammengekniffenen Augen in den Gängen stehen und verzweifelt nach einem Hinweis suchen, was sich zugetragen hatte – was sie ihr Leben lang geglaubt hatten, galt nicht mehr; und doch galt es auch nicht nicht.

Selbst wenn man dachte, unveränderte Identität vor sich zu haben, konnte man auf den Plänen nachvollziehen, dass kein Atom dasselbe war, weil alle Teile einzeln ausgetauscht worden waren. Und über all dem wurden die Menschenströme mitverschoben – fügsame Driftkörper, die, wenn überhaupt, nur freudig grinsend zur Kenntnis nahmen, dass ihre Welt sich unter ihnen veränderte.

Ich aber sah das Labor auseinanderrinnen: Eine Übermalung einer Übermalung einer Übermalung farbfrischer Pentimenti. Die Zeit raffte die Innovationen an uns vorbei: Glasfaserkabel wurden eingezogen, Supraleiter, die eine Woche später durch die Einzementierung noch taufrischerer Fabrikate abgelöst wurden; Wandpaneele, die an der einen Seite aufgeklebt, an der anderen schon wieder abgelöst waren. Und ich – ich hatte den Anschluss an eine Welt verloren, an deren Draht ich vielleicht niemals gehangen hatte.

Oft spürte ich mein Handy in der Hosentasche glühen, nur um festzustellen, dass, nachdem ich es auf den Tisch gelegt hatte, die Stelle an meinem Schenkel noch immer wie im Phantomschmerz brannte. Ich fühlte einen knisternden Sog von ihm ausgehen. Wie das kleine Kameraauge und der Bewegungssensor gierig die Welt in sich zogen – es ekelte mich. In einem jähen Anfall schlug ich so lange auf das externe Mikrophon auf meinem Schreibtisch ein, bis der Druck entlassen war und ich wieder für einige Tage mental konsolidiert war. Doch er kehrte unweigerlich wieder, wenn ich sah, wie die Menschen die stummen Apparate an sich pressten.

Zwischen uns allen war ein Netz aufgespannt: die unsichtbare Topographie von Strahlungen und Funkempfängern, die keine Sekunde schwiegen. Sie passierte unsere Körper und oszillierte über unseren Schlaf: Stille, servile Maschinen, die wir um uns geschart hatten und die miteinander in einem unendlich gewaltigen, wellenartig hereinrollenden Datenaustausch standen. Sie reichten sich die Hände, ohne überhaupt Hände zu haben, lagen still in unseren Taschen, als könnte der Mangel an Bewegung in der res extensa verhehlen, dass sie nur auf einen günstigen Zeitpunkt warteten. Ich schalt mich aufgrund meiner Paranoia – auf was sollte ein Telefon denn warten?

Eines Freitagabends, als ich mir gerade einen Film auf meinem Tablet ansehen wollte, spiegelte ich mich für einen Moment im noch dunklen Schirm und legte es, wie erschrocken von mir selbst, wieder weg. Das war lächerlich: Meinen Impuls gleich wieder unterdrückend, nahm ich das Gerät erneut zur Hand und blätterte durch einige Filme. Wie oft hatte ich es angegriffen, um meine Lieblingsbücher zu lesen, Lesezeichen zu erstellen, um mit meinen Freunden zu korrespondieren? Ich hatte mich hineingeschrieben in dieses Tablet, dachte ich auf einmal. Es kannte meine schlechten Tage und wusste, welche Musik ich zum Zähneputzen hörte. Meine Gelüste wurden herausfiltriert aus den Filmszenen, die ich drei Mal abspielte; aus den Bildern der Mitarbeiterinnen, deren Profile ich immer wieder besucht hatte. Aus dem Bild Khatuns. War ich nicht – invertiert und reflektiert – doch vollkommen plastisch in diesem Gehäuse?

Ich legte das Tablet weg – ein Bedürfnis hatte mich plötzlich und unbezwingbar heimgesucht: Ich musste Aufschluss haben. Nur worüber eigentlich? Ich wartete einige Stunden, bis es Mitternacht war, ehe ich es wagte, meine Sachen zusammenzupacken und in den zweiten Stock zu gehen. Was genau ich erwartete, wusste ich nicht, doch hatte ich, um diese Unklarheit zu verwischen, schon eine Dose Bier in der Hand, ehe ich die Mensa betrat. Ich musste nicht lange suchen.

Tatsächlich – da saß er, wie er es angekündigt hatte, am selben Tisch, an dem wir vor einem Monat unser erstes Gespräch geführt hatten, und war in ein Magazin vertieft: Mandelbrot. Erst zögerte ich für einen Moment, dann aber setzte ich mich neben ihn, als wäre alles längst ausgemacht.

»Und zwar Folgendes«, sagte er ohne jegliche Einleitung. »Das sogenannte Chinesische Zimmer ist ein Gedankenexperiment des Philosophen John Searle. Es geht so: Stellen Sie sich vor, sie wären in einen Raum eingesperrt, der eine Art Bibliothek darstellt. Jeden Tag wird Ihnen morgens ein Zettel mit chinesischen Schriftzeichen unter der Tür durchgeschoben, und Sie müssen eine passende Antwort verfertigen, um sie abends wieder unter der Tür hindurch nach draußen zu schieben. Das Problem ist nur: Sie können gar kein Chinesisch! Doch ist das Zimmer voll mit lauter Konversationslexika in Mandarin, Wörterbüchern, detaillierten Anweisungen, wie man auf jede nur denkbare Äußerung auf Chinesisch anworten kann. Sie beginnen einfach, die Zeichen so zu manipulieren, wie es beschrieben ist. Jeden Tag geben Sie pünktlich Ihre Antwort ab.«

Was für eine eigentümliche Geschichte – und doch nicht so eigentümlich, wie das, was mir kurz darauf auffiel: Ich hatte angenommen, er läse aus Mind oder einer anderen Zeitschrift vor, doch als ich nach unten sah, bemerkte ich, dass er ein *Lustiges Taschenbuch* in der Hand hatte.

»Natürlich verstehen Sie kein Wort davon, Sie haben ja nur Anleitungsbücher zur Zeichenerkennung zur Verfügung – und dennoch entsprechen Ihre Antworten vollkommen den Regeln der chinesischen Sprache. Es ist recht offensichtlich, was Searle damit im Sinne hatte: Er wollte andeuten, ein

Computer befinde sich in exakt derselben Situation wie der Mensch in diesem Zimmer. So gut er darauf trainiert werden könne, Sprache zu verwenden, so sei er doch nichts anderes als ein Zeichenverwandler, dem die semantische Dimension des Gesagten immer unverständlich bliebe. Aber, und das ist der springende Punkt, ein draußen vor der Tür stehender Chinese müsste dennoch zu dem Schluss kommen, drinnen sei ebenfalls ein Chinese. Was halten Sie davon?«

Doch ehe ich antworten konnte, schlug er den Comic zu und atmete durch, als machte er sich dazu bereit, selbst die erbetene Erklärung zu geben. *Donalds Suche nach dem Piratengold*, las ich. Was eigentlich erhoffte ich mir von diesem Treffen? Ich wusste es nicht ansatzweise.

»Vielleicht ist es ein Fehler, die im Raum sich befindliche Person von den Büchern abzuspalten. Nun, wenn man den gesamten Raum als ein einziges Gehirn begreifen würde, dann könnte man wohl mit Fug und Recht behaupten, es würde verstehen. Die Handbücher wären dann eine Art Langzeitgedächtnis, eine Wissensdatenbank. Das Gesamtsystem also kann sehr wohl Chinesisch.«

»Früher – das war natürlich vor Ihrer Zeit – gab es hier drin eine Gruppe, die sich jede Woche getroffen hat, einen Kreis an Freunden und Freundinnen, wenn man so will, der die Möglichkeiten des Programmierens besprochen hat. Diese Kultur ist leider in den letzten Jahren ein wenig verödet, obwohl es gerade heute, da DAVE ja quasi an der Schwelle zur Vollendung steht, umso nötiger wäre, das Fundament ein bisschen ausführlicher zu bedenken. Ehe ein Fehler widerfährt. Stellen Sie sich vor, DAVE wäre am Ende nichts als ein solcher Zeichenmanipulator, der nichts vom Gesagten begreifen kann.«

»Wir haben hier im Labor die klügsten Informatiker der

Geschichte; ich denke, jemandem wäre aufgefallen, wenn DAVE aus prinzipiellen Gründen nicht funktionieren könnte«, sagte ich verächtlich – immer mehr wurde mir meine eigene Verblendung bewusst, diesen mir im Grunde unbekannten Menschen aufgesucht zu haben.

»Oh, wer spricht denn von nicht funktionieren? Und wer spricht von DAVE? Es gibt ja tausenderlei Zwecke, die ein Computer haben kann, die keinen Bewusstseinsprozess implizieren. Vielleicht soll DAVE ja gar nicht sprechen, vielleicht funktioniert er ja anders. Selbst dann könnte man Entscheidendes darüber lernen, wie menschliches Bewusstsein sich entfaltet und wie man es manipulieren kann.«

»Aber sehen Sie sich an, was wir alles zustande gebracht haben«, sagte ich und merkte selbst, wie hohl es klang. »Schon jetzt sprechen unsere digitalen Assistentinnen mit uns, was macht es da für einen Unterschied, ob sie uns verstehen?«, sagte ich – doch mitten im Satz hatte sich eine Substitution zugetragen; mit großer Verspätung und sehr schwerfällig begriff ich, dass Mandelbrot mir durch die Geschichte etwas hatte sagen wollen. Aber was? Ich blinzelte: »Oder meinen Sie, dass DAVE einen anderen Zweck hat, als uns glauben gemacht wird?« Gleich darauf versuchte ich, die Worte, die ich doch gerade selbst gesprochen hatte, mit einer Handbewegung wegzuwischen. Aber Mandelbrot sprach ohnehin ganz ungetrübt weiter.

»Wissen Sie, dass das Wort Computer früher auf Menschen angewandt wurde? In den Vierzigern war ein Computer ein Mensch, meist eine Frau, die händisch Rechnungen durchführte. Ein Algorithmus wurde von hunderten, tausenden Menschen errechnet, sie waren quasi die lebende Platine des Rechners. Faszinierend, oder? Vor allem, weil ja nicht auszuschließen ist, dass es wieder so sein kann.«

»Wie meinen Sie das, dass es wieder so sein kann?«, fragte ich gleich, besann mich dann aber und fügte wesentlich sanfter hinzu: »Es sind hier ja furchtbar viele Kameras, man fühlt sich ganz beobachtet.« Ich hatte beabsichtigt, Mandelbrot Gelegenheit zu verschaffen, frei sprechen zu können, ja sogar geblinzelt – er jedoch schien das nicht begriffen zu haben.

»Ich meine damit, dass das eigentliche Medium des Programmiervorgangs das menschliche Hirn ist«, sagte er, relativierte es jedoch sofort. »Eine Metapher, versteht sich.« Ich konnte kaum mehr einen klaren Gedanken fassen – die unsinnige Idee, dass Mandelbrot mir hier nicht etwa eine Geschichte erzählt hatte, sondern unablässig versuchte, mir in Codes etwas mitzuteilen, hatte mich unfähig gemacht, noch einen klaren Gedanken zu fassen. Unruhig begann ich, auf der Bank hin und her zu rutschen.

»Nun, wenn ich ehrlich sein darf, nachdem Sie mir letztens erzählten, Sie seien früher in besseren Kreisen unterwegs gewesen, wollte ich Sie etwas fragen«, sagte ich endlich. »Sagt Ihnen der Name Arthur Witteg etwas?«

Gänzlich ohne Überraschung sah Mandelbrot mich nun an.

»Natürlich, wer kannte Arthur Witteg damals nicht?«, sagte er, als hätte ich die normalste aller Fragen gestellt, lehnte sich dann aber vor und flüsterte mir ins Ohr. »Nur weil man sich in diesem Labor darauf geeinigt hat, nicht über ihn zu sprechen, heißt das nicht, dass niemand sich mehr an ihn erinnert. Ach, schauen Sie, wie reizend« – er lehnte sich zurück und sah wieder, vollständig abgelenkt, zum Fernseher hoch, wo ein Knäblein mit abstehenden Haaren ein Lied sang. Gleich darauf aber fuhr er wieder konzentriert fort.

»Arthur Witteg gehörte zu den außergewöhnlichsten Menschen, die jemals dieses Labor betreten haben: Man könnte sagen, dass auch heute noch, trotz seiner körperlichen Abwesenheit, jeder Gegenstand, jeder Raum, von seiner Präsenz berührt scheint, dass er allem seinen ganz eigenen Stempel aufgedrückt hat«, sagte Mandelbrot und holte tief Luft. »Witteg war ein klassischer Nerd, aber nicht so introvertiert wie die anderen. Wenn man ihn ließ, las er Romane und programmierte, bis er ohnmächtig auf der Tastatur lag. Wenn er aufwachte, musste er nur kurz auf den Bildschirm sehen und schrieb dann genau dort weiter, wo er aufgehört hatte. Er hatte eine Gruppe von Freunden, oder eher Adepten, die Klappbetten in die Büros schleppten und vorm Computer lebten. Sie hatten so viel Spaß – einmal programmierten sie eine Software, die berühmte Stücke der klassischen Musik in Fledermaus-Echolot-Geräusche übersetzte, das dauerte drei Monate lang.«

Während er das erzählte, begann ich, ihn zu beneiden – wie anders mussten die Anfänge der Computerwissenschaft gewesen sein. Ich hatte fast Heimweh danach.

»Ein Echolot? Wozu hat er denn das gemacht?«, fragte ich, doch Mandelbrot sah mich nur entgeistert an.

»Na, weil er es konnte«, sagte er. »Er wollte wissen – und zwar nicht gesagt bekommen, sondern wirklich *wissen*, was die Grenzen des Verstandes, die äußersten Bedingungen der Erkenntnis waren. Was man machen konnte, das musste man machen. Forschen um des Forschens willen«, zitierte er wie einen Wahlspruch. »Aber in einem so vielgestaltigen Geist wie dem seinen müssen sich im Laufe des Lebens Umwälzungen ereignen. Die seine kam, als ein Freund ihm seine abgegriffene Ausgabe von *de officiis* gab. Cicero – seltsam nicht? Nicht Platon oder Aristoteles, sondern ausgerechnet ein Römer!«

Obwohl er wieder auf den Fernseher sah, war es nun mehr, als würde er in tiefgründiger Nostalgie versinken – der letzte Abkömmling einer versunkenen Welt, dachte ich – nur war er nicht der Gegenstand meines Interesses. Dennoch begann ich, mich mehr und mehr zu fragen: Woher wusste er solch intime Details aus Wittegs Leben? Hatte er ihn persönlich gekannt?

»Witteg war ein Freund von Ihnen«, versuchte ich es.

»Nein, er war kein Freund von mir, nicht einmal ein Bekannter«, sagte Mandelbrot ernst. »Jedenfalls veränderte sich Witteg in den Monaten darauf grundlegend. Er wollte noch immer die äußersten Distrikte der Erkenntnisfähigkeit erkunden, doch nun standen all diese Probleme nicht mehr in einem lustigen Prank-Kontext, sondern im Gefühl menschlicher Kontinuität. Er machte sich viel mehr Gedanken darüber, was das jahrtausendelange Streben hinter DAVE begründet hatte und wie man sicher gehen konnte, dass es nicht ad absurdum geführt würde.«

»Er wurde erwachsen und dachte über die Konsequenzen seiner Handlungen nach«, sagte ich.

»Es mag sein«, sagte Mandelbrot und seine Augen glänzten, »dass er das geglaubt und gewollt hat, aber seine Natur war eine andere. Da waren zwei Naturen. Er publizierte zwar über das große Ganze, das Heil der Menschheit, aber innerlich wollte er nichts sehnlicher als wissen, was möglich ist. Das war sein lebenslanger Kampf. Der zwischen dem Ethiker und einem entdeckungshungrigen Kind.«

Die ganze Zeit über drückte und drängte mich etwas, doch ich wusste nicht, wie es vorbringen –

»Finden Sie, er sah mir ähnlich?«, fragte ich schließlich leise.

»Überhaupt nicht«, antwortete Mandelbot wie aus der Pistole geschossen. »Er war sehr klein, das sieht man ja auf den Fotos gar nicht«, und er wedelte mit der Hand, als wäre das alles gegenstandslos.

Mir war ein Stein von der Brust gerollt.

»Sehen Sie, mich würde vor allem die Zeit danach interessieren. Die Mitarbeiterakten brechen leider sehr plötzlich ab, und ich dachte, vielleicht haben Sie ja damals mitbekommen, unter welchen Umständen er verschwand?«

»Verschwand?«, rief Mandelbrot. »Er verschwand doch nicht einfach. Arthur Witteg wurde wegen der mutwilligen Zerstörung von DAVE und dem Diebstahl zigtausender SCRIPTs angeklagt.«

Ich schwieg und wartete gebannt darauf, dass er weitersprechen würde: Mandelbrot aber hatte seine Hand erhoben, um mich in der Mitte meiner Rede anzuhalten – sein Gesichtsausdruck nun merklich angespannt, wies er mich mit einer Kopfgeste auf eine Sitzgarnitur im Eck hin. Wir erhoben uns langsam – wie im Schwebezustand des noch Unausgesprochenen, während wir uns am anderen Ende des Saales niederließen. Wir waren nun deutlich weiter weg von den Überwachungskameras, wie ich bemerkte. Erst als eine Gruppe Assistenten hinter uns vorbeigegangen war, sprach Mandelbrot weiter.

»Ich nehme an, Sie haben gelesen, dass Witteg schon in sehr jungem Alter durch die Entwicklung einer Schnittstelle bekannt wurde?«

»Fractalite?«

»Korrekt. Er hätte auf dieser Schiene weiterfahren können – ohne Frage, es gab niemanden, der bezweifeln hätte wollen, dass Witteg der nächste Laborleiter sein könnte. Aber dann – es gab eine Periode, da ist das ganze in einer Geschwindigkeit gekippt, die erstaunlich war.«

»Was meinen Sie mit gekippt?«, fragte ich ungeduldig – alle paar Minuten wandte ich mich zum Eingang – ich meinte, jemand müsse jeden Augenblick durch die Tür poltern, um mich festzunehmen.

»Ich erwähnte ja bereits, dass er sich mit Ethik befasste. Nicht nur mit Ethik – vielleicht entscheidender mit Philosophie im Allgemeinen, insbesondere mit der Natur des Bewusstseins. Und je länger er das tat, desto mehr tauchte eine qualvolle Ahnung auf, die ihn zu verfolgen begann. Wenn man so will, waren es mehrere, aber sie hingen alle im Kern zusammen. Die erste war eine theoretische: Nämlich, dass es gar nicht möglich sei, Bewusstsein auf die Art zu erzeugen, die wir hier im Labor betreiben. Als Befehle, die ein elektrisches Gehirn ausführt.« Elektrisches Gehirn – was für eine ideosynkratische Sprechweise. Nervös sah ich wieder zu den anderen Menschen im Raum – niemand schien uns zu beachten. »Das wäre an sich kein Problem gewesen, Strategien muss man ja immer wieder korrigieren. Doch da war die zweite Idee, die ihn dazu brachte, seine These nie öffentlich zu diskutieren: Irgendeine Erfahrung ließ ihn glauben, die Laborleitung wolle gar nicht, dass DAVE Bewusstsein erlangt.«

»Die Laborleitung«, wiederholte ich stumpf.

»Seine Version war die: Eine Maschine, die nur denkt, aber keine Intentionen hat, ist ein mächtiges Werkzeug, denn der Mensch, der sie bedient, hat sehr wohl Intentionen, hat ein Ziel. Und dann eben: unendliche Rechenleistungen, um sie umzusetzen.«

»Das macht doch keinen Sinn. Warum sollte man dann die Personenhypothese implementieren?«

»Eine durchschaubare Psyche, an der man so viele Experimente durchführen kann, wie man will.«

»Und was schlug Witteg vor, um diesen Missbrauch zu verhindern?«

»Von Pseudo- zu realem Bewusstsein überzugehen und DAVE selbst den Missbrauch abwehren zu lassen. Die praktischen Schwierigkeiten dabei sind natürlich fast unüberwindlich. Ich erinnere mich daran, dass in einem seiner Papers von der Spiegelhypothese die Rede war. Die Idee war, DAVE vor dem Abusus zu schützen, indem man ihn in sich selbst injiziert«, sagte Mandelbrot mit größter Intensität, verfiel dann aber im unpassendsten Moment in Schweigen und schlug sogar das Comicbuch wieder auf. Injizieren, brannte es mir derweil in den Ohren – die Sache mit den Injektionen, hatte seine Mitarbeiterin gesagt.

»Nun?«, fragte ich. Ich meinte, die Spannung kaum mehr aushalten zu können.

»Genaueres weiß ich auch nicht. Ab dem Zeitpunkt, an dem Witteg festgenommen wurde und der Prozess begann, wurde natürlich alles von der Öffentlichkeit – das heißt, es wussten ja ohnehin nur ein paar Hand voll Menschen davon – geheim gehalten. Kein Wunder, das Eingeständnis, dass Red Eccles gehackt worden war, und noch dazu von einem einzigen Mitarbeiter, wäre einer Bankrotterklärung gleichgekommen.« Dann lehnte er sich zurück und atmete schwer durch.

Ein Prozess, dachte ich fieberhaft, versteckte Botschaften – und hatte Mandelbrot nicht angedeutet, DAVE könne einen anderen Zweck haben, als uns allen glauben gemacht wurde? Einem Augenblicksimpuls folgend, entschied ich mich, etwas zu tun, von dem ich wusste, dass es ein grober Fehler sein könnte.

»Mandelbrot«, sagte ich und lehnte mich zu ihm über den Tisch. »Was ich dir jetzt sagen werde, habe ich noch keinem

Menschen mitgeteilt, und ich gehe davon aus, dass du kein Wort weitererzählst.« Ich fühlte, wie eine Kugel über eine Kante rollte: Ein physikalisches, ein unaufhaltbares Geschehen. »Ich bin der, dem DAVE nachgebildet werden soll. Witteg war mein Vorgänger dabei, und –«

Doch Mandelbrot hatte mir mitten im Satz bedeutet, innezuhalten: Er sah mir eine unendlich lang scheinende Zeit in die Augen – dann lehnte er sich über den Tisch und flüsterte mir wieder ins Ohr.

»Syz, denkst du denn wirklich, dass ich das nicht längst weiß? Deswegen habe ich doch in dieser einen Nacht auf dich gewartet.« Ich sehnte mich stark nach der Abgeschiedenheit meines Zimmers – wollte die Tür hinter mir verschließen und dem allessehenden Auge entkommen. Ich sehnte mich danach, mich auf dem Sofa zu verkeilen und Jules Verne zu lesen, am einzigen Ort dieses Labors, an dem ich dem Zugriff des allpräsenten, omnibewussten Systems entzogen war. Was hielt mich hier?

»Wenn DAVE aus dem Nichts heraus wie geschmiert läuft, dann reicht es, eins und eins zusammenzuzählen.«

Das klang unwahrscheinlich, geradezu unsinnig, doch war mir das längst egal: Ein Damm war gebrochen, und nun gab es kein Halten mehr.

»Aber woher wussten Sie, dass ich derjenige bin?«, fragte ich und hielt nicht einmal inne, um die Antwort zu hören. »Ich stelle Nachforschungen an, weil ich mir nicht vorstellen kann, dass Wittegs Verschwinden nach Abschluss der Kopiesitzungen ein Zufall war. Kopiesitzungen, das ist, wenn – ach egal. Das ist noch nicht alles. Ich erhielt, nachdem die Übertragung meines Charakters in DAVE begonnen hat, eine anonyme Nachricht, die mich auf Witteg hinwies. Irgendjemand außer uns ist also ebenfalls im Bilde.«

»Wo stellen Sie Ihre Nachforschungen an, wie Sie es nennen?«, fragte Mandelbrot derweil ganz ruhig.

»In den Archiven«, sagte ich leise. »Nachts, ich hab die halben Akten durch.«

»Und das Sicherheitssystem hat nicht ausgeschlagen?« Ich schüttelte den Kopf – gerade dafür hatte ich auch keine Erklärung. »Dann muss Ihnen jemand helfen, da stimme ich Ihnen zu. Vielleicht jemand, der in der Sicherheitszentrale arbeitet? Ein Freund?«

Die impertinente Anspannung, in die mich das ganze Gespräch versetzt hatte, hielt sich exakt mit einer nun immer stärker einsetzenden Erleichterung die Waage: Ich war mit meinem Wissen nicht mehr alleine.

»Wenn Sie aber schon die Regeln übertreten haben und bereit sind, es wieder zu tun, sage ich nur Folgendes: Wo die Mitarbeiterakten abbrechen, füllen die Prozessakten die Leerstellen wieder auf.« Er schien kurz den Faden zu verlieren, setzte aber gleich darauf wieder ein. »Könnte es nicht sein, dass es umso leichter ist herauszufinden, was das Projekt DAVE wirklich bezweckt, je näher man eben an DAVE ist? Ist es nicht allzu logisch, dass gerade Ihnen diese Informationen übermittelt werden? DAVE befindet sich ja in einem Hochsicherheitstrakt, diese Menschen können vielleicht nicht anders, als diesen Weg gehen – also ich interpretiere hier nur«, sagte er rasch, und wieder hinterfragte ich meine Wahrnehmung dessen, was er mir hatte übermitteln wollen.

»Von DAVE und für DAVE«, sagte ich zögerlich.

»Sie erinnern sich, dass ich vorhin erwähnte, dass es Menschen gab, die dem Projekt DAVE nicht ganz vertrauten?«, fragte Mandelbrot, nun wieder wie beiläufig. »Man kann sicherlich darauf spekulieren, dass sich bei dem ein oder anderen etwas von diesem Gedanken erhalten hat.«

»Herr Mandelbrot«, sagte ich und atmete durch, ohne noch etwas hinzuzufügen.

»Ich werde Ihnen jetzt etwas über Witteg erzählen, das Ihnen wahrscheinlich ohnehin schon klar war: dass er eine Gefahr für das Establishment rund um DAVE war und dass die Einsichten, die er zum Zeitpunkt der Kopiesitzungen hatte, in jenem Vorfall kulminierten, der letztlich zu seiner Festnahme führte. Was exakt geschah, ist freilich im Dunkel verloren«, sagte Mandelbrot und schien für einen Augenblick fast zerstreut, als müsste er sich selbst erinnern. »Aber so viel weiß man: Witteg brach eines Nachts im Alleingang ins Zentrallabor ein, hackte Red Eccles und speiste SCRIPTs mit unbekannten Strukturelementen in DAVE ein. Das ist vielleicht Mythenbildung, aber man sagt, dass die versteckten Sätze so machtvoll chiffriert gewesen seien, dass sie bis heute keiner gefunden hat – und gleichzeitig so tiefenstrukturell relevant, dass seine geheimen Mechanismen noch immer innerhalb DAVEs wirken.«

»Geheime Botschaften«, wiederholte ich – lose Fäden, das war alles, was Mandelbrot mir hinwarf – lose Fäden, die unverknüpft über dem Boden zappelten.

»Man hat das später nur anhand von Aktivitätsprotokollen überhaupt nachweisen können. Von diesen verkapselten Programmierzysten hat sich freilich keine Spur gefunden; wie auch – kein Mensch, der mit Witteg hätte mithalten können. Es muss eine unendliche Einsamkeit sein, die in seinem Leben geherrscht hatte, vor allem nachdem alle seine Freunde, die er ja hintergangen hatte, sich von ihm abgewandt hatten. Aber das führt zu weit, das hat mit dem eigentlichen Thema nicht viel zu tun.« Zum ersten Mal sah ich ihn an – sah wirklich an ihm herab und begriff, wen ich vor mir hatte: einen müden Greis, ächzend unter der Last der Jahre. Wieso hatte ihn unser Gespräch so mitgenommen? Es war eine Traurigkeit, eine Resignation in seine Worte geschlüpft –

»Er selbst aber meinte – wie gesagt, das ist nur Hörensagen –, er habe sie implementiert, weil eines Tages jemand käme, der sie entschlüsseln könne.«

Was er hier erzählte, schien ganz und gar nicht zufällig – womöglich hatte er seit Tagen hier auf mich gewartet, um mir diese Informationen zu unterbreiten, und, dachte ich nun immer misstrauischer werdend, im Auftrag von weiß der Teufel wem.

»So, jetzt aber Schluss, wir sind unterwegs auf hohen Seilen«, sagte Mandelbrot vollkommen unvermittelt und sah sich um, als hätte er sich verplappert. Hatte uns jemand belauscht? Ich befürchtete es fast, denn obschon nichts geklärt worden war, stand er auf und machte sich zum Gehen bereit.

»Sie haben Recht, es ist ein schwankender Grund«, sagte ich möglichst unpräzise, schüttelte ihm die Hand und suchte seinen Blick in der Hoffnung auf ein Zeichen des Einverständnisses. Doch wieder: nichts.

Wir standen auf und zogen uns die Kittel über, da kam mir ein Gedanke: Eines Tages würde sie jemand finden und entschlüsseln – dieser Satz hallte in mir mit gewaltiger Lautstärke wider. Ich war der, auf den Witteg gewartet hatte – das war für mich, ohne dass ich einen Grund angeben hätte können, zur Gewissheit geworden. Ich beschloss, dass ich Mandelbrot noch viel mehr fragen musste; dass zwischen uns noch lange nicht alles gesagt war. Doch wie beim letzten Mal war er schon verschwunden, ehe ich mich noch nach ihm umdrehen konnte.

□

Als eine Weiterentwicklung der klassischen Gedächtniskunst lässt sich die sogenannte PAO-Methode erlernen. Sie basiert zwar auf den Prinzipien der Loci-Methode, ist jedoch derselben in Bezug auf ihre Effizienz vielfach überlegen: Tausende Ziffern, hunderte Spielkarten – historische Daten, ja sogar Wörter können in wenigen Minuten in den Hallen des eigenen Gedächtnisses verstaut werden.

Im Gegensatz zur klassischen Ars Memoria bedarf sie der Vorbereitung: Zunächst muss man jedem Element, das es zu memorieren gilt, drei Dinge zuweisen: Eine Person, eine Tätigkeit und ein Objekt. Will man sich Ziffern merken, wird im Vorfeld jeder Zahl von 00–99 eine solche Dreierkombination zugewiesen und auswendig gelernt. Es ist darauf zu achten, dass die Tripel in höchster Notwendigkeit zu Attributen der Person werden, ihr so sehr angehören, dass keine Anstrengung vonnöten ist, sie zu erinnern. Napoleon (Person) singt (Aktion) die Marseillaise (Objekt), könnte etwa die Zahl 24 sein. William S. Borroughs schießt auf einen Apfel – sagen wir, die 67. Jesus hängt am Kreuz – vielleicht die 30.

Wollen wir im PAO-System nun die Ziffernfolge 246730 memorieren, so kombinieren wir die Person der ersten Zahl, die Aktion der zweiten sowie das Objekt der dritten: Napoleon schießt auf ein Kreuz. Sechs Ziffern, ein einziges Bild.

Der Unterschied zur konventionellen Loci-Methode ist die Lebendigkeit dieses inneren Palastes – keine leblosen Erinnerungsobjekte bevölkern ihn, sondern brabbelnde, fleischliche Gestalten. Das Wissen, das in dieser veräußerlichten Innenwelt entsteht – die Vertrautheit mit den eigenen Figuren –, steigert die Gedächtnisleistung umso mehr, je intimer die Geheimnisse sind, die man mit ihnen teilt.

Doch auch die Gefahren der Technik verschärfen sich mit steigender Komplexität.

Immer wenn sich etwas in diesem Gefüge ändert – man ein Bild vertauscht, man eines falsch interpretiert –, ändert sich auch die Erinnerungsstruktur. Zweitens ist die emotionale Involvierung des Gedächtniskünstlers größer, je realistischer die Bilder sind; es wurde von Fällen von Traumatisierung berichtet.

»Wie konnte ich auch das Bild vergessen, als ich meinen Sohn erwürgte – wie das, in dem mein Glied meine eigene, schreiende Mutter schändete?« (Spurius Catilina)

Der Memory-Palace war von jeher als eine Brutstätte für Abscheulichkeiten verschrien, weil das Kranke, das Perverse, das Schmutzige sich dem Gedächtnis besser einschrieb als das Erwartbare. Man musste sie kennen, die Bilder, so als besäßen sie ein Eigenleben, musste sie studieren und mit den Berührbarkeiten der Sinnlichkeit ausstatten. Man sollte in Gedanken mit ihnen schlafen, schwanger gehen, sie sich einverleiben und in jenem großen Exorzismus namens Memorieren wieder austreiben.

Wenn du sie vollständig inkorporiert hast, bleibt nur eine einzige Frage übrig: Was, wenn du vergisst, dass es deine eigenen Bilder waren, in deren Wundmale du deine Finger legtest?

8

Ich heizte durchs Zimmer und riss eine Box aus dem Kasten – Schlitz, nein Kreuz, dachte ich, und das Werkzeug entglitt meinem angeschwitzten Griff. Ich hörte draußen schon Schritte, während ich mich im Teppich verfing und bäuchlings aufs Parkett schlug. Mein Hemd lag schweißnass an meinen Rippenbögen, und die dreißig Sekunden, die es brauchte, meinen PC unter dem Schreibtisch hervorzuziehen, dehnten sich ins Unendliche, ehe der drei Mal vergeblich eingestoßene Schraubenzieherkopf griff: Viel zu feingliedrig, viel zu filigran waren die Schrauben, die die stapeldicken Festplatten im Gehäuse fixiert hielten. Dann stand ich wieder auf den Beinen und warf alle Platinen in die Mikrowelle.

Dreißig Sekunden, bis das Rad sich auf 400 Watt einmal um die eigene Achse gedreht hatte: Also stürzte ich in die andere Richtung, dorthin, wo ich meine gehorteten Dokumente aufbewahrte, und entkernte zwei Mappen, deren Inhalt ich mit den Händen in Hälften, in Viertel, in Achtel zerriss: viel zu ineffizient, ich würde ein Stanleymesser benötigen. Zehn Sekunden Mikrowellenzeit waren noch übrig, da schoss bereits schwarzer Dampf aus dem kleinen Ofen – noch einmal bemühte ich das Stanleymesser, dann klingelte die verstrichene Zeit in meinen Ohren. Ich hatte fünfhundert DIN-A4-Seiten in Stücke gelegt und stolperte zur Toilette weiter: Einmal spülen, da riss mich ein Klopfen aus meiner Tätigkeit – zwei, drei Mal, und der Stapel war beinahe Geschichte. Ich hörte eine Stimme mich auffordern, die Tür zu öffnen, und ich, nach einem vierten und fünften Mal, realisierte, dass ich der Aufforderung nachkommen musste. Langsam, fast behäbig, schritt ich zur Tür. Ich wartete eine Sekunde, ehe ich die Klinke drückte – freeze, deep sleep – spulen wir drei Stunden zurück.

□

Seit meinem Treffen mit Mandelbrot hatte ich darauf gewartet, seinen Hinweisen zu Witteg nachzugehen, und die Gründe, warum ich eine ganze Woche gewartet hatte, waren zweierlei: Erstens, ein dilettantischer Versuch, Spuren zu verwischen – ich wollte dem Reiz nicht gleich nachgeben, um seinen Ursprung nicht preiszugeben. Der zweite aber war schwieriger: Ich hatte die größte Abscheu davor, in den Untergrund zu steigen. Drei oder vier Mal hatte ich es nun getan – und obschon mich alles an meinem Wesen dazu drängte, mehr über Witteg herauszufinden, wuchs der Widerstand gegen die Modalitäten stetig. Jede Exkursion packte mich und zwang mich nieder; ich musste mich schon Tage vorher darauf vorbereiten. Nicht, weil etwas geschehen wäre: Es war mehr eine Form des Ekels als der Angst.

Vergangene Woche war ich abgestiegen. Ich war auf dem Weg zu den Archiven, als mir eine blonde Frau im Rollstuhl entgegenkam. Ich wollte um sie herum gehen, doch ihr unverhohlener Blick machte mich anhalten. Auf dem Schoß hatte sie etwas, das aussah wie ein Fellknäuel. Während sie auf mich zurollte, sah ich, in welchem desolaten Zustand die Frau war. Sie konnte nur eine Hand bewegen und schob damit ihren brettsteifen Körper über den unebenen Asphalt.

»Greif«, sagte sie mit rauer Stimme, obwohl sie, wie ich jetzt sah, keine zwanzig sein konnte. Sie meinte das Knäuel: Ich griff danach, als wäre mir etwas Unzurückweisbares diktiert worden, und ich spürte, dass es eine Mütze war, wie gemacht für einen endlosen Fimbulwinter.

»Das ist ein roter Wolf aus Sibirien«, sagte sie. »Seine Kopfpartie. Weich wie nichts sonst. Ich habe ihn von meinem Großvater bekommen. An Tagen, an denen ich im Bett bleiben muss und keine Menschenseele zu Gesicht bekomme, hilft er mir, seine Präsenz zu spüren, verstehst du?«

Ich zog meine Hand zurück. Ohne dass sie ein weiteres Wort hätte sagen müssen, war ich umgekehrt und zurück zum Aufzug gegangen. Dort sah ich, dass ein paar andere die Interaktion von den Ecken aus beobachtet hatten. Niemand hatte mich aufgehalten, niemand hatte mich attackiert und offensichtlich auch nicht verpfiffen. Und doch hatten sie sich um mich gesammelt wie weiße Blutzellen um ein Toxin: Als würden sie sich von den Rändern her näher schieben, um mich zu umschließen.

An diesem Abend hatte ich gewusst, dass der Tag gekommen war: Ich war kurzentschlossen in die Schuhe geschlüpft und in die Tiefe eingefahren. Diesmal hatte mich niemand aufgehalten.

Die Prozessakten befanden sich, wie ich feststellte, im selben staubigen Raum. Es war so einfach, hatte ich gedacht, als hätten diese Informationen all die Jahre nur auf mich gewartet: Ordner 10 a/456. Wie Mandelbrot angekündigt hatte, enthielt die Prozessakte unter Wittegs Mitarbeiternummer jenes Füllmaterial, das in den anderen Dokumenten ausgespart worden war. Schon der erste Packen, ein Bericht über die »Erstvernehmung 27.3.«, war Gold wert. *Befragung durch Zimmermann*, stand auf dem Deckblatt.

Gegen 23:00 fanden sich die Doktoranden Victor Kampits, Anna Sterzer und Helga Kuby gemeinsam mit Professor Lisa Frank im Zentrallabor des Building 20 ein, um die Tagschicht abzulösen, wie das Protokoll es vorsah. Die notwendigen Serverarbeiten, u. a. Herunterfahren und Neustarten DAVEs sowie des Sicherheitssystems (im Ersatzbetrieb durch Notstromaggregate, Anm.), wurden gegen 23:17 abgeschlossen und verliefen ohne Zwischenfälle, sodass die Back-up-Arbeiten von der Truppe problemlos vorgenommen werden konnten.

Doktorand Victor Kampits erklärte später, dass es eine Nacht gewesen sei wie jede andere; so ereignislos, dass irgendwann Kubys Schnarchen das Lästigste gewesen sei, das ihn von der Arbeit abhielt.

Kampits meinte jedoch, er vermute, dass Witteg sich diese Nacht bewusst ausgesucht hat: Nachdem in der vergangenen Woche der neue Jahrgang an Informatikern immatrikuliert worden war, hatte man alle Simulationen und ressourcenintensiven Tests für den kommenden Monat eingeplant und ein Drittel des Personals aus dem Zentrallabor abgezogen. Kuby und Kampits waren erst seit zwei Monaten im Dienst, weswegen ihnen ein kurzer Ausfall des Servers 232a auch nicht weiter auffiel. Zwar informierten sie Frank; als diese jedoch das Schaltbrett konsultierte, lief der Server bereits wieder, und man ließ es darauf beruhen. Es vergingen, erinnert sich Sterzer, einige Stunden, während derer sich die drei mit der Kontrolle der Systeme abwechselten, denn: »Die Nachtwache ist eigentlich eher eine formale Sicherheitsbestimmung, und meist passiert gar nichts, sodass man diese Schicht eher meidet. Nicht nur, weil die Uhrzeit unangenehm ist, sondern auch weil man einfach nichts lernen kann und dauernd nur Sitcoms anschaut, Magazine liest etc.«

Nicht so in dieser Nacht: Ein schreiendes Signal riss die Nachtschichtler aus ihrem katatonen Zustand. Um 02:20 wurde ein Alarm wegen Überhitzung verzeichnet, der in den Serverhallen im Untergeschoss ausgelöst worden war. Das stellte Frank, die freilich unmittelbar ihren Vorgesetzten benachrichtigte, vor ein Dilemma: Das Protokoll gab vor, dass immer mindestens zwei Personen im Zentrallabor anwesend sein mussten; auf der anderen Seite würde ein kompliziertes technisches Problem nicht zu zweit lösbar sein, sodass sie unter dem gegebenen Zeitdruck die Entscheidung traf, mit Kuby und Sterzer abzufahren und Kampits alleine zurückzulassen.

Witteg war (vgl. Überwachungsvideos ab 12:04) über den Hintereingang Compton Court ins Gebäude gekommen und hatte sich wahrscheinlich über die Promenade des Charles River/Memorial Drive genähert.

Die Kameras identifizierten sein Gesicht zum ersten Mal um 02:34, als er mit der gestohlenen Einlasskarte des Technikers Albert Pantera (um seine Spuren zu verwischen, Anm.) das Zentrallabor entriegelte.

Auf den Aufnahmen ist wenige Minuten später zu sehen, wie Kampits, während er auf einem Überwachungsschirm den Weg seiner Kollegen ins Untergeschoss verfolgte, von hinten gepackt und mit einem Chloroformtuch betäubt wurde. Um exakt 02:37 fuhr Witteg manuell Red Eccles über Kampits Account herunter und stieg mit demselben in die Datenbank ein.

Zur etwa selben Zeit hatten die zwei anderen Doktoranden gemeinsam mit Frank die Serverfarm erreicht und begannen, nach dem als Code 5 (Kabelbrand) identifizierten Brandherd zu suchen. Dies dauerte etwa zwanzig Minuten, da alle Reihen abgelaufen werden mussten und keine Rauchentwicklung erkennbar war – wie sich später herausstellte, hatte Witteg den Vorfall künstlich in Red Eccles ausgelöst. Währenddessen wählte er sich ins System ein und schloss insgesamt fünf Harddisks (40TB) an einen Laptop an, der mit einem Network-Switch gekoppelt worden war. Nicht später als 02:45 begann er bereits, sämtliche Daten der Kopiesitzungen, die man mit ihm durchgeführt hatte, herunterzuladen, kurze Zeit später waren es 40 000 SCRIPTs.

Indessen warteten Sterzer, Kuby und Frank, die die vermeintliche Brandursache nicht hatten ausfindig machen können, auf die Feuerwehr, die um 02:51 eintraf. Als diese ihren Kontrollgang ebenso abgeschlossen hatten, also um etwa 02:56, hatte Witteg alle von ihm beabsichtigten Files heruntergeladen. Zu diesem Zeitpunkt vermutete man bereits, dass ein künstlich eingeschleuster Alarm der Auslöser gewesen sein könnte, und versuchte, Kampits oben zu erreichen. Um 02:58 zog Witteg seinen Laptop vom Netzwerk und kappte alle Verbindungen, weswegen das, was danach geschah, nur aus Zeugenaussagen und wenigen Netzwerkprotokollen geschlossen werden konnte. Die Kommission geht davon aus, dass er seine selbstgeschriebene Komprimierungssoftware nutzte (vgl. Beilage 12), um die kopierte – und leicht modifizierte – Datenmenge deutlich zu reduzieren. Wenige Minuten später jedenfalls verschob er eine Datei zurück ins System, diesmal jedoch nicht auf die Server, auf dem die Sicherheitskopien lagen (die er gezogen hatte), sondern direkt in DAVE.

Witteg gelang es, seine Spuren nahezu zu verwischen: Das im Nachhinein Erstaunliche war, dass man die Datei nicht finden konnte; anscheinend war sie so programmiert worden, dass sie automatisch nach einem spezifischen Algorithmus zerlegt wurde und sich in die bestehenden SCRIPTs integrierte. Nur ein Back-up-Server, den er vergessen hatte abzuschalten, konservierte den Beweis dafür, dass sie existiert hatte – jedoch freilich nicht deren Inhalt.

Indessen war die Nachtschichtgruppe wieder nach oben unterwegs, wobei Dr. Frank beim Securitydienst über das Vorgefallene Bericht ablegte und die Polizei rief. Währenddessen versuchte Witteg, der sein Ziel anscheinend erreicht hatte, die Kameraaufzeichnungen manuell zu löschen, scheiterte jedoch am Zeitdruck, da er auf den Schirmen verfolgen konnte, dass nicht nur die Nachtschicht, sondern auch die Polizei auf dem Weg ins Zentrallabor waren. Als die drei um 02:51 ankamen, hatte Witteg das Zentrallabor verlassen.

Am Ende des Berichts, aus dem einige Details technischer Natur geschwärzt worden waren, fand sich ein kurzes Verzeichnis der weiteren Befragungen:

Kuby (Beilage 4)
Frank (Beilage 5)
Herrmann (Beilage 6)
Witteg (Beilage 7)

Ich blätterte sofort zu Witteg und fand eine Beschreibung darüber, wie er in derselben Nacht in Untersuchungshaft verbracht worden war. Er war von einem gewissen Detective Laurent befragt worden und dabei – das wurde mehrmals erwähnt – enorm kooperationsbereit gewesen. Ohne jede Zurückhaltung hatte er den gesamten Verlauf eingestanden, da sich ohnehin abzeichnete, dass er in einem Prozess chancenlos sein würde. Doch da leuchtete noch etwas anderes zwischen den Zeilen hervor: Er hatte erreicht, was er wollte, und war selbstbewusst genug anzunehmen, dass ihm der Triumph nicht mehr zu entreißen war. Witteg hatte als Motiv das Bestreben angegeben, DAVE »wirklich vollenden« zu wollen. Nicht nur halb, sondern wirklich. Auf Nachfrage, was er konkret damit meine, antwortete er, ohne zu zögern: »Das Rechenpotenzial dieser KI wird der wichtigste Rohstoff des kommenden Jahrhunderts werden. Ich musste verhindern, dass ein Einzelner die uneingeschränkte Kontrolle darüber erlangen kann.«

Mit einer Furchtlosigkeit, die mich verblüffte, erklärte Witteg dem Detective, dass sich seine Kollegen und Vorgesetzten geweigert hätten, seine Bedenken und Vorschläge anzuhören, und er seit Jahren dazu gezwungen gewesen sei, im Geheimen zu arbeiten. Auf die Bitte hin, die Natur seiner Arbeit zu spezifizieren, fertigte er eine Skizze an und erklärte den Beamten geduldig jeden Schritt seiner Pläne. Jene Zeichnung (Beilage 14) besteht aus drei tabellarisch aufbereiteten Kammern, nummeriert mit den Ziffern I–III. Erstens, so Witteg, habe er einen Großteil der Daten DAVEs heruntergeladen (mehrfach bezeichnete er die von ihm selektierten Daten als »vegetatives Nervensystem«) und mithilfe einer speziellen Komprimierungstechnik, an der er laut eigenen Angaben schon über zehn Jahre arbeite, auf ein Hundertstel der ursprünglichen Größe herunterskaliert. Witteg behauptete, die Technik sei inspiriert von antiken Mnemotechniken, und er lieferte unmittelbar eine Beschreibung ab (Beilage 16, Befragung am 31.3.); seine Bereitschaft für diese Offenheit begründete er damit, dass man seine kryptografische Sprache ohnehin niemals entziffern würde, geschweige denn die injizierten Daten finden.

Unter Römisch II skizzierte Witteg diese Injektion der präparierten Daten – in seinen Worten die »kleinere Version von DAVE« – die so in die ursprünglichen Programme integriert worden seien, dass sie nur durch höchst spezifische Operationen überhaupt ausgelöst werden können.

»Unter Römisch III schließlich fand sich ein Schritt, der« – der Rest des Satzes war, wie viele andere in diesem Dokument, geschwärzt worden, und als ich zu Beilage 14 blätterte, fand ich schnell heraus, dass sie sogar als Ganzes entfernt worden war. Natürlich: Das war geschehen, um die Sicherheitslücken im System zu schützen, die Witteg ausgenutzt hatte. Beilage 2 war direkt im Anschluss angefügt.

Interviewer: Erzählen Sie uns doch, wie Sie Ihre – Sie nennen es Komprimierungsstrategie – entwickelt haben.
Witteg: Den Ausschlag dafür gab ein Besuch im Altersheim. Ich hatte dort eine Freundin meiner Großmutter kennengelernt, die an Alzheimer-Demenz litt. Was mich besonders schockierte, war, dass diese Frau, die in Russland Kernkraftingenieurin gewesen war, nun nicht einmal mehr das Glas zum Mund führen konnte. Sie steckte in einem Körper fest, der nach und nach vergaß, was es bedeutete, menschlich zu sein. Noch unter dem Einfluss dieser Eindrücke ging ich am nächsten Tag in die Bibliothek und las zum ersten Mal von Mnemotechnik. Wie man ein Kartendeck auswendig lernen oder tausend Ziffern memorieren konnte, indem man mehrere Informationen zu einer einzigen komprimierte.

Interviewer: Was hatte das mit Fractalite zu tun?

Witteg: Es hat nicht nur mit Fractalite zu tun, das stimmt schon. Es hat mit allem zu tun. (Pause) In einem zusehends komplexer werdenden Vergeistigungsprozess hat die Natur all ihr Handlungspotenzial in Speichermöglichkeiten angelegt. Ein Lebewesen mit einem Bit Speicher wie ein Geißeltierchen ist in seinen Auswahlmöglichkeiten beschränkt. Durch iterative Vertiefung haben Lebewesen nach Milliarden Jahren nun die Möglichkeit, Informationen über ihre Umwelt in sich aufzubewahren. Erinnerung aber determiniert gleichzeitig unsere Handlungsmöglichkeiten und somit den vermeintlich freien Willen. Verstehen ist Erinnern, und jedes Erinnern macht eine neue Handlungsachse auf, das ist ein einfaches Prinzip, aber keinesfalls trivial.

Interviewer: Das hat nun aber recht wenig mit Ihrem Cyberaktivismus zu tun. Kommen wir doch zurück zur eigentlichen Frage.

Witteg: Ich bin nie von ihr abgekommen.

Interviewer: Also, was war die Hintergrundidee von Fractalite?

Witteg: (Lange Pause) Ich habe als Student damit begonnen, Kartendecks zu memorieren, und bin immer wieder meine Routen abgeschritten. Irgendwann verstand ich, dass es sich um etwas grundlegend anderes handelte als das normale Gedächtnis: Es war eine Möglichkeit, mich nicht so häufig in Erinnerungen an Dinge aufzuhalten, die ich wirklich erlebt hatte, sondern in einem bunten Sammelsurium aus Objekten, die ich an ihrer statt symbolisch geschaffen hatte. Und es war auch ein Reich, das niemand außer mir betreten oder gar verstehen konnte, das von außen unentschlüsselbar war.

Interviewer: Sie sind stolz darauf, dass 35 Spezialisten noch immer nicht Ihre Injections gefunden haben, stimmt das?
Witteg: Mich interessiert dieses Konzept von Freiheit, von Anarchismus – eine Unabhängigkeit von den realen Gegebenheiten, ganz ähnlich der, wie man sie beim Programmieren erfährt. Ich ertappte mich dabei, wie ich die gestalteten Gedächtnisrouten immer häufiger zum Spaß zurücklegte und irgendwann begann, mich von ihnen zu emanzipieren. Ich lernte, frei in den Sammlungen meines selbstgestalteten Gedächtnisses umherzuwandern und – vor allem – ungeliebte Erinnerungen durch gefälschte zu ersetzen, bis ich sie nicht mehr von den realen unterscheiden konnte. Die Erinnerungen in Gegenstände zu verwandeln, ist eine Form der Komprimierung. Ich kann zum Beispiel die Zahlenreihe 23–34–76 in ein Bild von Jesus, der mit einem Apfel Basketball spielt, verwandeln. Aber muss dort Schluss sein? Es ist essenziell zu beobachten, dass alles unendlich komplexer sein kann – man kann eine ganze Welt in eine scheinbar einfachere verwandeln, ohne dass sie dabei etwas von ihrem Inhalt verlöre, das ist das Einzigartige. Denken Sie an unseren Körper: Er ist nichts anderes als die visuelle Repräsentation einer sehr langen Zahlenreihe: Eines Genoms mit $3{,}27 \times 10^9$ Zahlen. Und doch braucht man nur ein einziges Bild.

Ich blätterte weiter, um mehr darüber zu lesen, und sah, dass erneut eine ganze Seite geschwärzt war. Ich verfluchte die Unterbrechung des Schriftstücks, als mir auf einmal ein Gedanke kam: Im Gegensatz zur Mitarbeiterakte, die handgeschrieben war, waren diese Dokumente gedruckt – das hieß, sie mussten einmal auf einer Festplatte gespeichert gewesen sein. Daten inklusive aller Back-ups zu löschen, war schwierig, wenn nicht sogar gänzlich unmöglich – vielleicht konnte ich die geschwärzten Dokumente irgendwo finden. Ich blätterte weiter auf der Suche nach einem Hinweis, der mich auf eine fruchtbare Spur bringen würde, tauchte tief hinein in die Verhandlungsmappe, wo ich an einer kleinen Notiz des ermittelnden Staatsanwalts hängen blieb.

Nachtrag 1.

Der Angeklagte konnte mittlerweile motiviert werden, uns bezüglich seiner Handlungen auf dem Laptop weiterzuhelfen, meinte aber, dass selbst er machtlos sei, die eingespeisten Daten wieder vom Server zu löschen. Ob es sich dabei um eine pragmatische Behauptung handelt, bleibt abzuwarten, aber Witteg erklärte, es sei der Kern seiner Erfindung, dass DAVE ab dem Zeitpunkt der Injections selbst in einer Dynamik zu arbeiten beginne, die die »Würde des Selbstbewusstseins« voraussetzt, da seine Intentionalität durch eine von außen nicht einsehbare Blackbox geschützt sei. Er sprach ironisch davon, das Allmachtsparadoxon ausgehebelt zu haben. (Nachtrag 2, nach kurzer Recherche: Ein beliebtes sophistisches Gedankenexperiment. Kann Gott einen Stein schaffen, der so schwer ist, dass er ihn selbst nicht mehr heben kann?)

Witteg beteuerte vor Gericht im Übrigen mehrmals, dass er zu noch verstärkter Kooperation bereit sei, wenn die Anklage anerkenne, dass seine Frau keinerlei Anteil an seiner Tat gehabt und zu diesem Zeitpunkt geschlafen habe.

Seine Frau, seine Frau, seine Frau las ich drei Mal. Ohne zu wissen, was es war, das mich gerade daran so verstörte, lief ich unmittelbar zum Ordner mit Wittegs Mitarbeiterakte und ließ die Seiten an meinem ausgestreckten Daumen vorbeiblättern, bis ich bei seinen persönlichen Dokumenten ankam. Geburtsurkunde, Schulzeugnisse, Abschlussdokumente der Universitäten und Arbeitsverträge. Dann tatsächlich: eine Heiratsurkunde. Das Geräusch eines erst leisen, dann zur Sirene erhobenen Tinnitus. »Arthur Witteg, Registernummer 34623, verheiratete sich am 3. Mai in San Francisco«, las ich, und mein Sichtfeld zitterte, »mit Khatun Hosh, Registernummer 35674.« Ich blätterte um: Auf der nächsten Seite war ein Artikel aus der Zeit, noch bevor Witteg Fractalite verkauft hatte – »Arthur Witteg heiratet die Absolventin der Harvard Medical School Khatun Hosh«. Ich musste mehrere Minuten auf das eingefügte Bild gestarrt haben, ehe ich es begriff: Dort waren Witteg und Khatun, beide lachend, beide in Schwarzweiß. Ich überflog den Artikel: »Weil er zu schüchtern war, programmierte er einen Entscheidungsbot, der das erste Date für beide durchplante. ›Er wusste nicht, was er mir zum zweiten Treffen mitbringen sollte, und das Programm ermittelte per Zufallsgenerator tatsächlich einen Gartenzwerg als Geschenk‹, so Hosh. Das Leben schreibt die seltsamsten Geschichten.«

Ich starrte reglos auf die beiden Gesichter, Khatuns und Wittegs – Khatun in klassisch weißem Kleid, Witteg in weißem Hemd mit einem gelben Kreuz auf der Brust. Meine Züge, unter anderen Zügen liegend, die wie eine Tischdecke die Form des darunterliegenden Holzes noch erahnen ließen. Was ich sah, widersprach Raum, Zeit und Logik, ergo musste es falsch sein. Ich versenkte mich in die Nasen, die Augen, die ich nicht begreifen konnte – zerlegte sie, bis sie jeden Zusammenhang verloren hatten und ich sogar vergaß, wessen Gesicht ich da vor mir hatte. Noch vollkommen in diesen Gegenstand versunken, hörte ich auf einmal Schritte im Gang.

Das riss mich aus meinen Gedanken: Während all der Wochen hatte ich in diesem abgelegenen Trakt niemals jemanden angetroffen, geschweige denn in diesem Archiv überrascht. Das hatte mich in Sicherheit gewiegt, die nun unmittelbar ihr Ende fand: Ein Geräusch durchbrach meine nächtliche Einkehr – zum ersten Mal hörte ich Schritte in diesem gottverlassenen Gang. Instinktiv tauchte ich ab.

Tatsächlich – nun machte sich jemand am Kartenterminal zu schaffen. Ich warf den Ordner gerade noch an seine Stelle, drehte das Licht ab und lief in den hintersten Gang des Archivs, als die Tür bereits mit Schwung ins Schloss geworfen wurde. Instinktiv tauchte ich zwischen die eng beieinanderstehenden Drehwände des Kompaktus und beobachtete, wie ein Paar schwarzer Lackschuhe nahe der Tür verharrten. Das Licht wurde angedreht – nun räusperte sich die Person, die ich an der Stimme als Mann erkannte, und schritt den langen Mittelgang entlang, langsam, bei jedem Zwischenraum einen Augenblick verharrend. Fast hatte er den Ort erreicht, wo ich mit klopfendem Herzen kauerte, panisch darauf bedacht, nur kein Geräusch zu erzeugen. Ich ging auf die Knie, so leise ich konnte, und drängte mich in den staubbedeckten Zwischenraum von Boden und Regal, gerade noch rechtzeitig, ehe die blankpolierten Schuhe vor mir auftauchten und die Kurbel sich quietschend in Bewegung setzte, um die Regalreihe zu öffnen. Das hieß, seitwärts kriechen: Ich folgte der Brettreihe, während der Mann, nun immer rascher und zackiger in seinen Handlungen, jede der Bücherwände auf die gleiche Art zur Seite bewegte, um zwischen sie zu schauen.

Dieser Mensch suchte kein Buch, keinen Ordner – *ich* war es, den er zu fassen bekommen wollte. Jemand musste mein Eindringen bemerkt haben, dachte ich – denn wenn der Sicherheitsdienst sich herabließ, den ersten Stock zu besuchen, war das eine Order von ganz oben. Es gab nichts zu bewachen hier unten; in die Kellerstöcke wurde man *gerufen*.

Noch immer hinter den Regalen zusammengekrümmt, erwog ich meine Optionen zur Flucht: Der Raum bot keine versteckten Nischen, keine Ecken, und dass der Mann, der nun das Ende der Drehregale erreicht hatte, auf die Idee kam, unter diese zu sehen, konnte ich nicht riskieren. Also schob ich mich in unendlicher Langsamkeit an den gegenläufigen Rand der Regalreihe, dorthin, wo die Tür am nächsten war – sah jedoch schon im nächsten Augenblick mit sinkendem Herzen, wie auch mein Verfolger sich in dieselbe Richtung bewegte.

Eine Sekundenentscheidung: Ich zog einen meiner Schuhe aus und warf ihn weit nach rechts, wo er an die Hinterwand des Raumes schlug. Unmittelbar drehte der Mann um, lief zum Punkt des Aufpralls und betätigte die Kurbel in gegenläufiger Richtung. Das war meine Gelegenheit: Ich sprang in die Senkrechte, stürzte zur Tür und drückte sie auf, stolperte durch den Gang, während ich Menschengruppen nach links und rechts aus dem Weg stieß. Ich musste mich nicht umdrehen, um zu hören, dass der andere längst aus dem Archiv herausgelaufen und mir gefolgt war.

Ich drängte mich in eine Nische – ein Nadelöhr von einem Gang – und duckte mich hinter eine alte Matritzenmaschine, da hielt mich jemand am Kragen fest. Ich dachte, der Security habe zu mir aufgeschlossen, doch es war ein Arbeiter im Blaumann, der mich aggressiv gepackt hatte und rücklings gegen die Mauer gedrückt hielt. Sein Gesicht war rot angelaufen, doch weder sagte er etwas, noch zerrte er mich ins Freie. Nur kam nun ein anderer, der neben ihn trat – auch er griff grob nach mir, bekam ein Stück meines Pullis zu fassen und trieb mich gegen die Wand. Ich verdrehte mich mit aller

Kraft, kam los und stolperte wieder auf den Gang. Jeder, vom Kleinkind bis zum Greis, starrte mich feindselig an wie einen frisch identifizierten Fremdkörper. In diesem Moment hatte mich der Sicherheitsmann wieder entdeckt, und ich musste laufen. »Stopp!«, schrie er von hinten – aber zum Glück noch immer von so weit weg, dass ich Hoffnung schöpfte, als ich nun um die Ecke schoss.

Für eine Sekunde fürchtete ich, die Erststöckler würden sich in der Hoffnung auf Belohnung zu Komplizen machen – doch ihre Abwehr schien aus vollkommen anderer Richtung zu kommen: Niemand warf sich auf mich, als ich die Stiegenflucht hinauf zum Aufzug erreichte, und doch drehte sich die Masse nach mir, als hätte alle gleichzeitig ein tiefer Hass befallen. Zum Glück erreichte ich einen leeren Botenaufzug und fuhr in den dritten Stock.

Ich bog in eine Frauentoilette ein und ließ mich auf eine der Kloschüsseln fallen, sicher, dass in wenigen Augenblicken mein Verfolger durch die Tür poltern würde – aber nichts. Erst fünf, dann zehn Minuten wartete ich, dann – als noch immer kein Sicherheitsdienst über die Toilettwände kroch, kam mir ein anderer, ein furchteinflößenderer Gedanke. So ruhig, wie es mir in der gegenwärtigen Situation nur möglich war, verließ ich die Toilette und ging mit gesenktem Blick bis nach Hause.

□

Das erneute Klopfen an der Tür holte mich in die Gegenwart zurück. Meine Rettung war, dass sich keine Sicherheitskameras in meinem Zimmer befanden – nur befanden sie sich überall anders, dachte ich, während ich auf dem Weg zur Tür den Geruch nach verschmorter Festplatte zu zerstreuen versuchte. Leugnen war sinnlos, wurde mir klar – was hatte ich mir von meiner Pseudoflucht eigentlich erhofft? Ich konnte schreddern und zerstören, was ich wollte – mein Aufenthaltsort, die Verfolgungsjagd, meine Handlungen waren in Red Eccles eingemeißelt bis in alle Ewigkeit. Mit angehaltenem Atem drückte ich die Klinke, bereit, mich widerstandslos zu ergeben, zu gestehen, hinzunehmen. Ich öffnete ängstlich die Tür, doch nichts geschah: Keine Polizei, keine Sicherheitskräfte, schon gar keine glänzenden Schuhe, sondern weiße Sneakers, die unsicher von einem Fuß auf den anderen wippten. Blinzelnd erkannte ich Wagner, einen der jüngsten Assistenten von Fröhlich, der mir grinsend einen Brief entgegenstreckte.

»Entschuldigung, ich bin grad erst aufgewacht«, sagte ich vorsichtig.

»Ist nichts Dringendes, eigentlich. Die Kopiesitzung heute wurde abgesagt und ein neuer Termin festgelegt. Ich glaub, sie haben auch das Thema geändert, aber frag mich nicht, warum.«

»Abgesagt?«, fragte ich träge. Noch nie war eine Kopiesitzung abgesagt worden.

»Vielleicht ist einfach jemand krank oder so.« Wagner schob sich einen Kaugummi in den Mund und sah zerstreut auf seine Hände. »Sei froh, ein freier Tag. Ist doch cool. Könnte ich auch mal wieder brauchen.« Er hatte dunkle Ringe unter seinen Augen und scharrte zerstreut mit den Füßen auf dem Boden. Er hatte wirklich keine Ahnung, was gerade geschehen war.

»Ach und übrigens, bei dir riechts verbrannt, irgendwie. Check mal dein Essen im Ofen«, sagte er, schon im Umdrehen, und hob die Hand zu einem flüchtigen Gruß. Ich schloss die Tür und sank, kaum hörte ich seine Schritte sich entfernen, in die Knie. Ich war gerettet. Wie unter Auslassung eines Druckventils rannen mir nun die Tränen übers Gesicht, und ich ließ mich die Wand hinuntergleiten, um auf dem warm angeheizten Boden meines Zuhauses liegen zu bleiben. Erschöpft rieb ich mir die Augen, weil mir schien, ein Fremdkörper sei unter mein Lid geraten. Nein, das war kein Haarriss –

Langsam, fast vorsichtig, stand ich auf und näherte mich der gegenüberliegenden Mauer. Ich griff nach dem Foto von Pawel und mir: Da, knapp über unseren Tennisschlägern war das Glas zersplittert. Ich hatte es mir also nicht eingebildet – jemand war in meinem Zimmer gewesen. Nun lief ich durch den Raum – ich hatte auf einmal das Gefühl, alles habe sich verändert. Ich nahm die Kaffeedose aus dem Regal – hatte tatsächlich ich sie dorthin gestellt? Eine Kulisse, auch wenn sie täuschend echt aussah, Attrappen –

Ich ging wieder zum Bild zurück und befühlte das Glas mit den Fingern. Erst in diesem Moment erinnerte ich mich an den Brief, den mir Wagner übergeben hatte. Ich riss ihn hastig auf. »Lieber Mitarbeiter«, begann das Anschreiben. »Aufgrund der Verschiebung des Termins bitten wir Sie, für die kommende Sitzung ein neues Szenario vorzubereiten. Die Geschichte soll zu tun haben mit dem Themenfeld: Sich für jemand anderen ausgeben.«

□

Die neue Form des Problems lässt sich als Spiel beschreiben, das wir »Imitationsspiel« nennen wollen. Wir betrachten drei Spieler, einen Mann (A), eine Frau (B) und einen männlichen oder weiblichen Fragesteller (C). Der Fragesteller sei allein in einem Raum. Das Ziel des Fragestellers ist es zu entscheiden,

welche der beiden anderen Personen der Mann bzw. die Frau ist. Er kennt sie zunächst als X bzw. Y, und das Spiel endet damit, dass er sagt »X ist A und Y ist B« oder »X ist B und Y ist A«. Der Fragesteller darf an A und B Fragen stellen wie: »Würde mir X bitte sagen, wie lang sein Haar ist?«
Angenommen X sei A, so muss A antworten. A's Ziel bei diesem Spiel besteht nun darin, C möglichst zur falschen Identifizierung zu veranlassen. Seine Antwort könnte demnach lauten: »Mein Haar ist kurz geschnitten, und die längsten Strähnen sind dreiundzwanzig Zentimeter lang.«
Dabei sollten die jeweiligen Antworten schriftlich, am besten maschinengeschrieben, abgegeben werden, damit der Fragesteller den Befragten nicht an der Stimme erkennt. Ein Fernschreiber wäre das idealste Verständigungsmittel zwischen beiden Räumen; andernfalls können Frage und Antworten auch durch eine weitere Person übermittelt werden. Das Ziel der Spielerin (B) besteht darin, dem Fragesteller zu helfen. Ihre Strategie wird es wahrscheinlich sein, wahrheitsgetreu zu antworten. Sie kann ihren Antworten Bemerkungen hinzufügen, z. B. »Ich bin eine Frau, höre nicht auf ihn«, was jedoch wenig nützt, da der Mann ähnliche Dinge sagen kann.
Wir stellen nun die Frage: Was passiert, wenn eine Maschine die Rolle von A in diesem Spiel übernimmt? Wird der Fragesteller sich in diesem Fall ebenso oft falsch entscheiden wie dann, wenn das Spiel von einem Mann und einer Frau gespielt wird? Diese Fragen treten an die Stelle unserer ursprünglichen: »Können Maschinen denken?«

Alan Turing, 1950: Kann eine Maschine denken?

□

Mitternacht, und die surrende Maschine sachte wie ein Tier, das mich, an der Genickfalte gepackt, im Halbdunkel abgesetzt hat. Mein zur Liege geklappter Stuhl war zum exakt 172. Mal in Position gebracht worden. Mein Genick schmerzte vor Steifheit, ich lag aufgebahrt wie ein Brett vor den Assistenten: Nur mein Sinnesapparat erfasste alles wie ins Höchste gesteigert. War etwas anders als sonst? Nein – nichts. Ich war von den üblichen Assistenten durch die Schleusen verbracht worden, während sie Augen und Finger in die Sensoren der Hochsicherheitstüren gehalten hatten.

Eigentlich war alles wie immer.

Das Panorama entfaltete sich von links nach rechts: Blumenthal saß als Salzsäule in seinem stummen Reich der SCRIPTs, die er in Vorbereitung des Kommenden zu malträtieren begann. Bauer versenkte links hinten die Kabel in den Körperöffnungen der zuständigen Apparate, deren Innenleiter sogleich devot die elektrischen Ströme aufnehmen würden. Daneben Perlman, die sich – hin und her wippend – bereit machte, die Datenbusse auf ihre Reise zu schicken. Nichts, was ich die letzten 171 Male nicht genauso gesehen hätte – nur das Quietschen der Stuhlbeine fuhr in mein überspanntes Hirn. 32 Kabel zählte ich, oder hatte ich eines übersehen? Nein, 32.

Unablässig entdeckte ich vermeintlich neue Details, die sich kurz darauf ins Nichts zerstäubten. Ich meinte, es müsse etwas zwischen diesen Assistenten liegen, sie seien in etwas eingeweiht, das ich nicht wusste. Als eine der Assistentinnen Kaffee aufsetzte, glaubte ich zu sehen, wie sich ihr Mund ans Ohr eines anderen lehnte, um ihm etwas einzuflüstern. Dann aber ging sie in einer flüssigen Bewegung an ihm vorbei, ohne ein Wort zu sagen.

Ein scharfes Geräusch hinter mir ließ mich auffahren,

doch es war nur das hydraulische Zischen der Liege gewesen. Die Kopiesitzung nahm ihren Anfang.

»Lassen Sie uns beginnen«, sagte Fröhlich und setzte sich neben meine Liegestätte. Ich verdrehte mein Genick, um in sein Gesicht sehen zu können – er weiß es, dachte ich, und gleich darauf: Nein, er weiß es nicht. Sein fast kahl rasierter Schädel war noch schütterer geworden in den letzten Jahren – im grellen Licht der Neonlampen, die jede Hautfalte ausleuchteten, erinnerte er mich an einen rohen Hühnerbauch. Mir entglitt mein Stift aus der schweißnassen Hand und schlug auf dem Boden auf. Jemand legte ihn mir zurück auf den Schoß, doch ich bemerkte gar nicht, wer.

Da hob Fröhlich seine Hand, übergab etwas, das ich nicht sehen konnte, an Murray und nickte ihm sachte zu. Doch, er weiß es, dachte ich.

»Alles in Ordnung?«, fragte Fröhlich, und ich erinnerte mich daran, dass er mir diese Frage schon einmal gestellt hatte und ich ihm die Antwort immer noch schuldig war.

»Seit gestern«, sagte ich hastig und bemerkte zu spät, dass meine Antwort gar nicht zur Frage passte.

»Was?«, fragte Fröhlich leise, sprach aber gleich weiter. »Das Aviso war: sich für jemand anderen ausgeben. Sicherlich eine der diffizilsten Situationen, die wir uns ausgedacht haben. Wir sind gespannt auf Ihre Geschichte.«

»Gut«, sagte ich und atmete durch. »Ich habe eine Szene aus dem Studium vorbereitet. Ich nehme an, dass ich keine allzu ausführliche Einleitung vorschalten muss. Es geht um den Abschlusstest im dritten Jahr – den, in dem man eine künstliche Intelligenz programmieren muss und eine Jury von Volksschulkindern im Blindtest entscheidet, wer Mensch und wer Maschine ist. Diese Aktion, für die jedes Jahr ein Preis ausgeschrieben wird –«

»Eine Sekunde, welche Kinder?«, rief Blumenthal hinter seinem Monitor hervor.

»Sie haben Recht, Blumenthal, wir sollten bei null beginnen«, sagte Fröhlich. »Beschreiben Sie doch kurz den Aufbau eines solchen Turing-Tests.« Und obwohl er das Wort an mich gerichtet hatte, begann er eigentümlicherweise, an meiner statt zu deklamieren.

»Das Imitationsspiel«, sagte er langsam, und ich wunderte mich, dass er den Assistenten nicht gebot, innezuhalten. Lief die Aufzeichnung meiner Erinnerung etwa weiter, während er sprach? »Es wird mit drei Instanzen gespielt. Einem Menschen, einer Maschine und einem Interviewer. Die Maschine, oder wenn man so will – der *Infiltrierer«* – ich erwartete, er würde mich auf einmal ansehen, auf einmal den Finger gegen mich erheben. Doch: nichts – »muss vorgeben, ein Mensch zu sein und den Interviewer davon überzeugen. Der Mensch hält dagegen. Es geht um ein Als-Ob, ein Vortäuschen. Je intelligenter das Programm, desto länger kann dieser Prozess dauern. Erstaunlicherweise sind noch immer nicht viele Programme dazu in der Lage, den Test zu bestehen, deswegen nehmen wir hier im Labor Kinder als Interviewer. Sie sind etwas unpräziser in ihren Urteilen.«

Die Assistenten hatten die ganze Zeit weitergeschrieben, als wäre es vollkommen plausibel, dass jemand anderer erzählte. Vielleicht ist es eine Ablenkung, dachte ich, und in diesem Moment spürte ich eine Präsenz hinter mir.

»In einem Raum sitzen also die Interviewer, in einem anderen Menschen, die ebenjene davon überzeugen müssen, dass sie die Wahrheit sagen und dass die Software, die in dieser Angelegenheit mit ihnen konkurriert, lügt. Im Falle des Jahresabschlusstests sind die Interviewer etwa zehn- bis zwölfjährige Kinder.«

Etwas befand sich im toten Winkel meines Sichtfelds, gerade dort, wo die Kanten des Sichtbaren mit der Umwelt verschwimmen.

»Nach dreißig Minuten müssen die Kinder ihre Einschätzung abgeben: Hat es sich bei ihrem Gesprächspartner um einen Menschen oder einen Computer gehandelt? Wer hat gelogen, wer die Wahrheit gesagt? Das ist ein überaus feinsinniger Test, in dem es um viel mehr geht als nur rohe Rechenkraft – um Subtilität, um Manipulation. Oder nicht?«

Ich drehte mich langsam um. Doch da war nichts.

Gleich darauf wandte ich mich wieder Fröhlich zu, versuchte das, was mir gerade noch im Nacken gesessen hatte, in seinen behutsamen Bewegungen zu erkennen.

»Glaubt das Kind, dass es sich bei einer künstlichen Intelligenz um einen Menschen gehandelt hat, gilt der Turing-Test als bestanden.«

»Ja«, sagte ich leise. Keine Panik: Ich musste mich entspannen und den auswendig gelernten Text herabbeten, das war alles. Wie immer, wie immer. Ich holte tief Luft.

»Wir hatten drei Monate lang Zeit gehabt, dieses Projekt, das ja immerhin das Ende des ersten Studienabschnitts markieren sollte, vorzubereiten«, begann ich. »Die Themenwahl war frei, und ich entschied mich dazu, einen Jungen zu programmieren, also eine Software, die einem Schulfreund von mir nachempfunden war. Alastair Felis.«

»Was sagt uns dieser Name?«, fragte Fröhlich Rosen.

»Sie würden ihn nicht kennen«, fuhr ich gleich dazwischen. »Das heißt, abgesehen von den Dingen, die Sie im Zusammenhang mit mir über ihn recherchiert haben. Er war ein schmächtiger Kerl, einen ganzen Kopf kleiner als ich, und schulbekannt für seine Lernbehinderung. Wobei ich mich mittlerweile frage, ob mit ihm wirklich etwas nicht stimmt oder ob ihn einfach seine Kindheit sabotiert hat – er kommt aus dem ersten Stock.«

»Alastair Felis, Mitarbeiternummer 24.344«, sagte Blumenthal. »Hier steht, er ist gelernter Spieleentwickler, spezialisiert auf das Design von simulierten Architekturen.«

»Oh nein, das ist ein Fehler in der Datenbank«, unterbrach ich. »Er ist nicht einmal mehr Assistent, sondern arbeitet fürs Bauamt, wegen seiner Legasthenie. Verwechselte noch mit dreizehn Jahren d und t, z und s, hatte Mühe, sich Vokabeln zu merken. Aber sehen Sie – gerade das war der Grund, warum ich ihn auswählte: Wenn meine Software Fehler machte oder Worte falsch positionierte, würden die Kinder, wie ich annahm, das der Persönlichkeit des Knaben mit Lernschwierigkeiten zuschreiben, statt Misstrauen gegen den Computer zu schöpfen. Die Täuschung würde gerade dann gelingen, wenn meine Verfehlung wie die Verfehlung eines anderen aussah.«

»Das klingt nach einer generell guten Strategie«, sagte Fröhlich.

»Das heißt nicht, dass Felis dumm war – also, dass er dumm ist«, korrigierte ich rasch. »Ganz im Gegenteil. Es gab eben Dinge, die ihn in seinem Lebensweg behindert haben. Felis pflegte seine Mutter – das tut er noch immer –, ohne sich auch nur ein einziges Mal darüber zu beschweren. Vor allem aber besitzt er eine Empathie, die wirklich beneidenswert ist, und ich –« Da war es wieder: Die Leere hinter mir, nun blitzschnell, als würde sie changieren, zwischen all den toten Punkten, die ich nicht einsehen konnte. Atmen, befahl ich mir, weitererzählen. Ich fürchtete auf einmal, dass es merken würde, dass ich es bemerkt hatte.

»Ist alles in Ordnung?«, fragte Fröhlich – schon zum dritten Mal heute.

»Seine Persönlichkeitsstruktur war jedenfalls der zweite Grund dafür, dass ich ihn auswählte«, erzählte ich möglichst ruhig weiter. »Die Software müsste das Kind nur um einen Gefallen zu bitten, und schon würde es Vertrauen fassen.«

»Wieso sollte jemand Vertrauen zu einer Person fassen, die sofort zu fordern beginnt?«

»Oh, das ist sehr interessant. Kennen Sie den Ben-Franklin-Effekt?«, fragte ich.

»Bitte ausführen«, rief Rosen.

»Darunter versteht man das Phänomen, dass es auf unsere Zuneigung zu einer Person einen weniger großen Einfluss hat, wenn sie einem einen Gefallen tut, als wenn wir ihr einen tun. Überraschend, nicht? Man müsste doch vermuten, dass die Evolution uns in Richtung solcher Menschen drängt, von denen wir Vorteile gewinnen können. Doch scheint es eine seltsame, möbiusverschleifte Stelle des menschlichen Verstands zu geben. Eine kognitive Dissonanz. Unser Verstand kann Inkonsistenzen in unserem Verhalten nicht ertragen. Wenn wir also jemandem einen Gefallen tun, dann nimmt unsere Psyche automatisch an, wir würden diese Person mögen, verstehen Sie? Warum würden wir auch jemandem helfen, den wir nicht leiden können? Es ist für unser Hirn einfacher, die Zeit umzudrehen und eine Kausalkette rückwärts zu knüpfen, als zu ertragen, dass wir eine unlogische Handlung vollzogen haben. Ich schlussfolgerte, dass der wesentlichste Faktor, den Turingtest zu bestehen, ein Faktor war, den wenige vermuteten –«

»Empathie«, sagte Fröhlich. »In Wirklichkeit geht es nie darum, die Maschine zu hacken, sondern den Menschen, der sie bedient und vor allem beurteilt.«

»Schnell wurde klar, dass meine Software den Interviewer zunächst einmal um Hilfe bitten sollte. Eine leichte Aufgabe, kein Aufwand: Rechtschreibung, ein Ratschlag – Dinge, die schnell erledigt wären, aber profunde Verschiebungen in der inneren Ökonomie des Kindes auslösen würden.« Ich sammelte mich, mein Körper hatte sich steif gemacht, wie um einen Schlag abzufangen, dabei war da keine Faust. »Dann freilich müsste Felis, müsste meine Software, diesen Gefallen erwidern und dem Kind helfen. Ich hatte sie auf die fünfzig häufigsten Probleme programmiert, die Kinder haben, ließ sie kleine Tipps geben. Banale Dinge, dass man seinen Eltern mit einer guten Geschichte mehr Taschengeld entlocken konnte oder dass man mit rund ausgestanzten Aluminiumstücken an gratis Spielerunden in der Arcade kam. Zusätzlich zu diesen kleinen Hacks hatte ich etwas anderes in petto. Ich hatte im echten Leben Dinge versteckt: Schokoladentafeln oder Comicheftchen hinter den hohlen Badezimmerfliesen unten im Turnsaal.«

»Und genau deswegen hat der Algorithmus Sie ausgewählt«, sagte Fröhlich. »Das grenzt an Genie. Sie haben den Hack genommen und in die Welt überführt. Erst ins Hirn des Interviewers selbst, dann in die Realität. Ihre versteckten Rätselchen, die Tafel Schokolade – das alles war Teil des Programms.«

»Ich versuchte beides: Ihnen vermeintlich zu helfen, indem mein Programm empathisch erschien und etwas für sie tat – aber auch, den Ben-Franklin-Effekt zu triggern. Dafür zu sorgen, dass sie Empathie für mein Programm entwickeln.«

»Äußerst beeindruckend, würde ich sagen. Aber verraten Sie uns doch, wie Ihre Software abgeschnitten hat. Welches Intelligenzlevel für Ihren Felis hat der Turingtest denn ergeben?« Jetzt nahm ich es ganz deutlich wahr. Was sich hinter mich geduckt hatte, war die Ahnung, die ich die ganze Zeit über zu ersticken versucht hatte. Unsere Blicke trafen sich – ich wusste, dass er mich sah.

Fröhlich aber lächelte nur. »Am Ende wird jede Imitation durchschaut. Nur gibt es dennoch gute Gründe, sie noch ein wenig zu akzeptieren. Pragmatische. Wissenschaftliche.«

Doch ich hatte genug vom Fürchten. Etwas war ins Rollen gebracht, und was immer es war, das Fröhlich anspornte, er war willens, weiterzumachen. Auf einmal fuhr ein Mut in mich, wie ich ihn seit Jahren nicht mehr empfunden hatte.

»Ich würde das, was ich getan habe, nicht unbedingt der Intelligenz meiner Software zuschreiben als mehr der Dummheit der Testsubjekte«, sagte ich. Eine Instanz, von deren Existenz ich nicht einmal gewusst hatte, hatte die Kontrolle übernommen. »Man kann die Menschen und ihre kognitiven Dissonanzen ausnutzen und auf ihnen spielen wie auf einer Klaviatur, oder nicht? Allein das beweist, dass das Imitationsspiel unsinnig ist, weil sich das Spielfeld sogar während der Matches ändert.« Ich würde nicht wie ein Lamm auf meine Schlachtung warten, dachte ich – nie im Leben.

»Spezifizieren Sie doch Ihre Gedanken dazu noch etwas«, sagte Fröhlich in einer Unberührbarkeit, die meine Kampfeslust nur noch mehr anstachelte.

»Ich persönlich habe immer schon daran geglaubt, dass ein Turing-Test nicht nur aussagt, wie überzeugend eine künstliche Intelligenz ist, sondern vor allem, wie dumm und leicht zu täuschen eine Gesellschaft.« Um uns herum war es auf einmal so still geworden, dass das Rauschen von DAVEs Kühlrippen hörbar wurde. »Relatives Bewusstsein«, sagte ich noch einmal. »Es belegt nur, wie gut die Zwecke des Programmierers erreicht wurden. Eine Art Palliativ, das einen glauben macht, die Maschine besäße Intelligenz, ja sogar Bewusstsein, während es in Wirklichkeit die operative Intelligenz des Entwicklers ist, die sichtbar wird. Nur auf marktwirtschaftliche Anwendung abgezweckt.« Auf den Gesichtern der umstehenden Assistenten sah ich das blanke Entsetzen.

»Und wie würden Sie sich einen aussagekräftigen Test dann vorstellen? Nein, nein, schreiben Sie das ruhig weiter –« Fröhlich hatte mit einer Geste Blumenthal, der zuvor abgesetzt hatte, zum Aufzeichnen animiert. Zum ersten Mal, seit ich ihn kannte, schien er aus der Balance, und sei es nur um einen Millimeter.

»Was für ein Test soll das sein, in dem der Maßstab expandiert und einschrumpft?«, fragte ich derweil verächtlich. »Denken Sie doch einmal nach: Wenn niemand mehr erkennt, was ein organisches Lebewesen, was ein Mensch und seine Geistesfähigkeit ist, kann sogar ein Toaster den Turing-Test bestehen. Was, wenn wir das Imitationsspiel als Vorläufer einer systematischen Tendenz begreifen? Die Fragesteller dümmer und maschinenähnlicher zu machen statt die Computer intelligenter? Beides würde zum selben Ergebnis führen, nicht wahr?« Ich hatte mir beim Sprechen selbst zugesehen wie von außen: Würde nun alles aus mir entweichen wie aus einem durchlöcherten Ballon? Würde ich Witteg erwähnen, den Nebel? Da war dieser Trieb in mir, fast der Trieb eines Fremden: Ich war bereit, in die Offensive zu gehen.

»Wohin soll ich das schreiben? Gehört das zur Kopieeinheit?«, fragte Rosen indessen.

»Irgendwohin«, sagte Fröhlich, ohne sich von mir abzuwenden.

Im ganzen Raum war eine bange Bestürzung spürbar geworden. Fröhlich war ein Mensch, nichts anderes, dachte ich triumphierend. Nur – was für ein Sieg sollte das sein?

»Was heißt auch Imitation?«, fragte ich stürmisch. »Ein

Schauspieler, der King Lear verkörpert, erzeugt natürlich den *Anschein*, dass King Lear nicht nur leiblich existiert, sondern in diesem Moment größte Qualen aussteht. Jemand, der nicht mit der Situation des Theaters vertraut ist, könnte unmöglich den Darsteller als solchen und King Lear als nonexistent feststellen. Würden Sie sich als Kriterium dafür, dass jemand Sie liebt, damit zufrieden geben, dass er die Liebe besonders gut imitieren kann?«

»Imitieren, imitieren, wir haben naturwissenschaftliche Verfahren, Hirnstrommessungen, chemische Vorgänge – den Kern menschlicher Emotionen, und wir rekonstruieren sie eben. Das wollen Sie doch nicht als Imitation bezeichnen.«

»Wenn wir damit die Existenz von Qualia leugnen, dann schon.«

»Meine Güte, von wem haben Sie sich denn einlullen lassen? Sie argumentieren hier religiös, mein Freund, im christlichen Sinne, in Sätzen, die auf nichts verweisen. Hinter den Dingen ist nichts«, sagte Fröhlich scharf. Er war endlich laut geworden – und als wäre damit ein Bann gebrochen, fuhr auch die Welt mit einem Mal hoch. »Wir klammern uns an Fiktionen wie Gefühle, Intentionen, Bewusstsein, um uns einzigartig zu fühlen. Alles, was wir aber haben, ist das, was wir beobachten können, Handlungen. Wenn jemand handelt, als hätte er Bewusstsein, hat er Bewusstsein; wenn wir das leugnen, ist ein Projekt wie DAVE per se sinnlos.«

Sollten Sie mich doch festnehmen, sollten sie doch wissen, dass ich nicht blinden Auges in den Tod ging. Sollten sie doch ihren beschissenen DAVE fressen. Aber nicht, ohne zu wissen, dass sich das Misstrauen gegen ihn wie ein Krebsgeschwür durch die Zeiten zog, dass es Witteg und mich gab und dass es einen anderen geben würde, der unser Erbe aufgriff.

»Wir unterscheiden nun einmal zwischen Vorspielen und

Realität. Ob jemand Bewusstsein besitzt oder handelt wie ein Automat, lässt sich nicht von außen entscheiden, ja nicht einmal wirklich von innen. Bewusstsein heißt vollkommene Autonomie.« Ich beobachtete einen Speichelfaden aus meinem Mundwinkel fallen und sich an Fröhlichs Fliege heften, während ich mich mit dem Blick in seine Sonnenbrille einspannte.

»Sehen Sie, und gerade hier liegen Sie falsch«, sagte Fröhlich nun wieder vollkommen kalmiert. »Ich denke, Sie unterschlagen da eine andere Gefahr: die eines Menschen, der glaubt, die Dinge besser zu verstehen als alle anderen. Sollte man nicht beide Risiken bedenken? Die Historie ist voll davon.«

Ich erwartete, er würde gleich Witteg erwähnen, doch er ging bloß zum Fußende meiner Liege und sprach von dort aus weiter.

»An Ihrer Stelle würde ich das, was Sie da sagen, übrigens nicht in der Öffentlichkeit erwähnen. DAVE ist die Vision einer vollkommen vernünftigen Welt für viele, eine Hoffnung. Und die Art, in der Sie schwarzweiß malen, könnte die Menschen davon abbringen, was wirklich zählt.«

Er versuchte, sich durch seine eigene Rede selbst zu zentrieren, und je länger er sprach, desto eindringlicher wurde sein Tonfall.

»Was Sie fürchten, würde ich nicht als Kontrolle bezeichnen, sondern als Rationalität, als Verbannung des Irrationalen aus unserem Leben. Eine Maschine handelt gemäß den Gesetzen der Logik, davon können wir vieles lernen – es könnte eine vollkommen egalitäre Gesellschaft entstehen, das ist eine geschichtlich einmalige Chance, oder nicht?«

»Wenn wir sein Bewusstsein kontrollieren können, ist es kein Bewusstsein mehr«, sagte ich aggressiv. »Wenn DAVE keine wirklichen Intentionen besitzt, dann wird diese unendliche Rechenkapazität nach den Vorgaben des Programmierers handeln.«

»Bewusstsein, Seele, Psyche – das sind Fiktionen, die die furchtbarsten Gräueltaten der Geschichte katalysiert haben. Man missionierte gewaltsam Afrika, um die sogenannten Seelen zu retten. Sie glauben, die Gefahr zu bannen, indem sie Ihre Hoffnungen auf etwas Unerklärbares setzen – eine Intentionalität, eine hinter dem Handeln liegende Instanz. Wir reden hier nicht vom Despotentum eines Menschen«, sagte Fröhlich und sah mir in die Augen. Auf einmal war ich mir sicher, dass er nicht wirklich blind war. »Wir kreieren DAVE gerade deswegen, damit eine Kontrollinstanz zur Anwendung gelangen kann, die über der Fehlbarkeit menschlicher Manipulation steht. Die Logik selbst.« Für einige Sekunden hing eine zum Zerreißen bereite Spannung zwischen uns.

»Hat Witteg diese Kontrollinstanz in Frage gestellt?« Ich meinte, meine Frage müsse irgendeine Wirkung in seinem Gesicht erzeugen, wie ein ins Wasser geworfener Stein, der die Oberfläche in die Konzentrik hinein bewegt. Aber nichts: Der Stein wurde lautlos geschluckt.

»Witteg«, sagte Fröhlich und lächelte. »Witteg war das Gegenteil von Kontrolle, das ist wohl wahr. Und zwar auf die furchtbarste aller Arten: auf jene, die anderen, von seinem Charisma getriebenen Menschen vorspielte, es gäbe einen Kleber auf diesem Grund, eine Kraft, die all seine Zweifel zusammenhielt. Kennen Sie die kleine, nagende Stimme im Inneren – im Inneren jedes Einzelnen wahrscheinlich – die Fragen stellt, ohne je Antworten zu finden? Es ist etwas, das sich als Vernunft oder Philosophie tarnt und zu Beginn Vertrauen erweckt, indem es den starken, dicken Stamm des

Seins umschließt, der in der Erde verankert ist. Dann aber bewegt es sich weiter: Von Ast zu Ast, stabil noch, fragend, immer mit dem Anschein echter Neugier. Aber die Zweige werden dünner, zusehends verworrener – man ist orientierungslos in einem Labyrinth von unendlich verzweigten Möglichkeiten, zu denen einen die eigenen Fragen geführt haben. Erst an den Spitzen der Äste angekommen, emergiert endlich das vollkommene Nichts aus diesem Vorgang. Witteg war die Fleischwerdung dieser inneren Stimme, das mutwillige, vollkommene Chaos.«

Jetzt, das spürte ich, konnte ich alles auf mich nehmen, konnte ihn zur Rede stellen, konnte meine Angst vor dem Tod überwinden. Doch ich sagte nichts.

»Gut, wir haben unsere Zeit überstrapaziert«, sagte Fröhlich schließlich und drehte sich weg, als wäre nichts geschehen. Die Luft wich aus mir wie aus einem eingeschlagenen Soufflé: Mein eben noch vorhandener Mut hatte sich schlagartig verflüchtigt.

Wieder war alles im Unklaren: Hatten wir überhaupt von dem gesprochen, was ich glaubte, verstanden zu haben? Oder hatte ich mich geirrt?

»Um die Sache von vorhin abzuschließen: Haben Sie nun gewonnen und die Software in DAVE implantieren dürfen?«, fragte Fröhlich.

»Natürlich hat Pawel den ersten Preis gemacht«, stotterte ich. »Aber das, worüber wir gerade gesprochen haben, das muss doch nicht unbedingt in DAVE, oder?«

»Ja ja, Pawel Petrow, natürlich«, sagte Fröhlich, ohne auf meine Frage einzugehen. »Ach, und eine Sache noch. Ich wollte da mit Ihnen etwas besprechen, es ist gut, dass Sie es sagen.« Ich hatte kein Sterbenswörtchen geäußert. »Wir befinden uns mittlerweile in einem recht weit fortgeschrittenen Stadium unseres Projekts, und wie Sie wissen, steht der Release vor der Tür. Sie kommen ab jetzt nurmehr einmal pro Woche.« Fröhlich lächelte milde. »Ich kann zu diesem Zeitpunkt auch sagen, dass wir Sie in Wirklichkeit schon längst haben und die nächsten 28 Wochen nur mehr dazu da sind, einige Verfeinerungen vorzunehmen.« Fröhlich war inmitten des Satzes hinter dem Paravant verschwunden; jetzt war nicht mehr genau zu sagen, woher seine Stimme kam.

»Wie meinen Sie?«, fragte ich. Sie hatten mich längst, das war es, was er gesagt hatte.

»Ihre Kopie natürlich, wir haben Ihre Kopie so gut wie fixiert.«

Da schoss es mir ein. »28 Wochen noch«, sagte ich mehr zu mir selbst als zu den anderen. »Wir werden also genau 200 Kopiesitzungen machen.«

»Das ist vollkommen korrekt. Wir werden Sie nicht mehr lange strapazieren müssen«, sagte Fröhlich und tauchte wieder vor mir auf. »Sie haben Ihren Zweck bald erfüllt.«

9

Hallo, liebe Kinder und liebe Anhängsel, sagt Dr. Babusch. Ich appeliere an euch, die Grausamkeit des Gewesenen nicht für euch zu behalten, sondern sie ungeschönt an eure Bezugspersonen weiterzugeben. Neue wissenschaftliche Daten darüber, was die verheerte Außenwelt verheert hat, zeichnen ein noch schlimmeres Bild, als wir bisher annahmen: 60 Milliarden Seelen bevölkerten zuletzt den sinkenden sowie stinkenden Planeten Erde.

In jenen großen Kobeln, in denen, wie wir wissen, das Leben damals stattfand, herrschten unappetitliche Verhältnisse: Der Schweiß der wie Kühe an Ketten befestigten Menschen wurde über Schneisen in Kläranlagen geleitet und zu Trinkwasser aufbereitet, Angstschweiß und exklusivere Schweiße konnten sogar zu Sekt verbraut werden, der den wenigen Privilegierten zur Verfügung stand, die in etwas größeren Kobeln hausten. Dass die damalige Gesellschaft hochtechnisiert war, konnte sie nicht retten, liebe Kinder. Jeder Tag begann zwar mit einem Gesundheitscheck, den eine in ein Halsband eingelassene Sonde durchführte – die abgelesenen Werte waren aber selbstverständlich vollkommen wertlos. Denn abgesehen davon, dass alle nahezu tödliche Cholesterinwerte und eine letale Lungenverpestung zu beklagen hatten, startete schon Minuten darauf die stundenlange, quälende und ebenfalls verpflichtende Wertschöpfung, die in giftiger Luft, bei hoher Feinstaubbelastung und darüber hinaus in kauernder Haltung und vollkommen ohne Bewegung stattfand. Mit den bloßen, abgenagten Nägeln grub man nach Wurzeln und Gewürm für den kollektiven Brei.

Nun zu ein bisschen Anschaulichkeit, meine Lieben, sagt Babusch und lässt ein unsägliches Ungetüm auf dem Bildschirm erscheinen, das halb Käfer, halb Erdölverschlackung zu sein scheint, sich an den karierten Shorts aber dennoch als Mensch erkennen lässt. Die Durchschnittstemperatur betrug 65 Grad, was über die Jahrzehnte zu einer Ausdehnung des Knochenmaterials führte. Die Schienbeinknochen eines Europäers waren also zur Zeit der Katastrophe etwa zwei Meter lang, was nur mehr eine kriechende Haltung erlaubte. Die Knie verhornten, dafür aber entstanden durch die ständig steigende Luftfeuchtigkeit Ödeme in der Hüfte. Der Oberkörper sackte ein, der Thorax wurde zylynderförmig, die Augen zu Schlitzen, die Ohren zu verpanzerten Chitinklappen, der Schlund nach außen gestülpt und der Mensch zu einem Rohr mit Geschlechtsöffnung, was das Bevölkerungswachstum allein schon durch anatomisch bedingte Unglücke noch weiter nach oben trieb.

Worum es deswegen jetzt für uns ALLE geht, schließt die Sendung, ist die Reduktion der Kinderproduktion mithilfe von DAVE. Ersetzen Sie jetzt Ihren Kinderwunsch durch einen DAVEwunsch. Wenn wir verstehen, dass die Maschinen unsere legitimen Nachfolger auf diesem Planeten sind – und wenn wir sie liebevoll in die Welt entlassen können, wird die Zukunft eine goldene sein. Jetzt DAVE! Jetzt DAVE! Jetzt DAVE!

□

Als ich um 13 Uhr Pawel zum ersten Mal seit seiner »Einrückung«, wie die anderen es nannten, zu Gesicht bekam, hatte sich ein wahrer Verfall auf seinen sonst unverwüstlichen Zügen ereignet. Die Augen eingefallen wie zwei violette Erdgruben, der trockene Mund halb offen und die Kaffeeflecken auf seinem Hemd längst zu Krusten erstarrt.

Pawels Finger trommelten noch immer wie in Trance Befehle in die schwarze Konsole, und obwohl sein Gesicht aussah wie das eines Toten, machte er keinen einzigen Fehler.

»Er ist seit 76 Stunden im Tunnel«, erklärte Garaus, die mich hierhergeschleppt hatte.

»76 Stunden?«, fragte ich. »Wie überlebt man es denn, so lange an einem Ort zu sitzen?« Ich hatte kurz geglaubt, über die Absurdität lachen zu müssen, doch etwas an dieser Situation kam mir nun todesernst vor: Pawels Atem ging rastlos wie nach einem kilometerlangen Lauf, und ich sah die Wasserflaschen, die ihm jede Stunde vorgesetzt wurden, allesamt unberührt dastehen.

»Sollten wir nicht etwas tun?«, fragte ich.

»Er hat sich Windeln angezogen, sieben Stück übereinander. Das hat er mir am Mittwoch erzählt, bevor er die Ritalin geschluckt hat. Das ist ein gut etabliertes Vorgehen, man nennt das jetzt: auf die Pirsch gehen.«

Es war ein *Hackathon*, an den wir ihn verloren hatten, ein Programmierwettbewerb, der seit vergangenem Monat drei Mal pro Woche auf Geheiß Fröhlichs stattfand. Hunderte Programmierer traten in einem mehrere Tage andauernden Gewaltmarsch gegeneinander an, um Probleme zu lösen, die bis zum Release von DAVE beseitigt werden mussten. Es war noch immer surreal: Drei Monate – dann sollte die erste starke KI, die letzte Erfindung der Menschheit, sich präsentieren, und weiß der Teufel, was dann geschehen würde, dachte ich. Mit heiligem Ernst partizipierten die Mitarbeiter des Labors an diesem Endspurt – nur mir, der ich mich von Tag zu Tag mehr entfremdet fühlte, schienen die Entwicklungen seltsam vorzukommen.

»Liebes Labormitglied«, hatte in einer transhumanistischen Aussendung vor einer Woche gestanden. »Im Falle des

Sicherübrigens der menschlichen Spezies nach dem Release von DAVE möchte ich: a) Die sofortige Liquidierung meiner sterblichen Überreste mit Upload in die Cloud b) In ein Reservat, falls verfügbar c) Gar nicht informiert werden d) Einstweilen unter Tranquilizer gestellt werden (Zutreffendes bitte ankreuzen).«

Ich hatte mich sicherheitshalber für die bedingungslose Sedierung entschieden.

Die seltsamen Auswüchse und Aufregungen, die eine sofortige Veränderung der Lebensverhältnisse erwarten ließen, waren natürlich der Propaganda der Transhumanisten geschuldet, die in der letzten Zeit sturmhaften Zulauf erhalten hatten. Meine Aufmerksamkeit ging wieder zu Pawel – flatternd schlugen die losgelösten Hemdzipfel hinter ihm auf und ab, und seine schweißnassen Haare klebten an seinem Kopf. Ich hätte ihm einen Pullover mitnehmen müssen, dachte ich. Es war ja evident, dass er fror – warum hatte ich nicht daran gedacht, dass er frieren könnte? Ich drängte mich, bewegt von einer jähen, unbezwingbaren Angst um Pawel, durch die Masse, schob links und rechts Körper zur Seite, während ich mein eigenes Hemd auszog, das ich ihm umlegen wollte.

»Halt mal an. Was ist denn los?« Felis, der mir gefolgt war und mich an den Schultern gepackt hatte, riss mich aus meinen Gedanken. Behutsam manövrierte er mich wieder dorthin zurück, von wo ich gekommen war. »Syz, willst du nicht was essen? Wir denken uns das schon die ganze Zeit.« Er hielt mir von der Seite einen Schokoriegel hin.

»Ja, du siehst wirklich mager aus, schau ein bisschen mehr auf dich. Ich seh deine Rippen durch deinen Pulli durch«, sagte Garaus, ohne sich vom Geschehen auf der Bühne des Audimax abzuwenden.

Ich nahm das Raider und aß hastig, um das Thema zu beenden, ehe ich mich wieder der Bühne zuwandte.

Dass wir unseren Körper bald zurücklassen und einen anderen Aggregatzustand in den Speichern DAVEs annehmen würden, war nun nicht mehr die Meinung einer kleinen Extremistengruppe, sondern, befeuert von der Laborleitung, zu einer vollkommen akzeptierten Ansicht über die Zukunft unseres Lebens geworden. Überall stießen neue technologische Projekte und Errungenschaften aus dem Boden wie ungeduldige Knospen, die vor der Zeit die Erdkruste durchbrechen. Auch der heutige Hackathon schlug in diese Kerbe: Fröhlich hatte eine Viertel Million für Innovationen auf dem Gebiet künstlicher Körper locker gemacht, und nun bekriegten sich die Abteilungen in absurden Hochrüstungsrennen. Links unten auf Pawels Bildschirm waberte eine laufende Gestalt, die Knie seltsam nach außen gedreht, sodass die Knöchel metallisch auf den digitalen Asphalt schlugen. So soll DAVE, so soll mein Körper gehen, dachte ich verstört und drehte mich weg, doch die euphorisch entrückten Gesichter der Masse waren ja kein weniger beunruhigender Anblick.

»Locomotionprobleme sind die schwersten Probleme«, sagte eine junge Frau neben mir, die über und über mit Vitalsonden beklebt war, die ihre nackten Brüste, die Arme und Teile des Kopfes inklusive der Augen bedeckten. Nur ein Stück auf der Brust blieb frei, genug, um ein einzelnes Wort auf ihrem kargen T-Shirt freizulegen: *Hustle*. Die viele Isolation hatte mich gelehrt, nicht zu viel nachzufragen, also wandte ich mich wieder dem Hackathon zu: Die 150 Teilnehmer, die in einem Bewerb um die beste Lösung eines Problems gegeneinander antraten, waren auf kreisrunde Tische zu jeweils drei Personen verteilt, die ein Team darstellten. Heute: ein Programmierer, ein Grafiker, ein Physiker.

Gemeinsam sollten sie ein Robotermodell konzipieren, das eigenmächtig gehen lernt – und das in nur fünf Tagen.

Alle zwölf Stunden rückten die Mannschaften, die von der Jury als am weitesten fortgeschritten beurteilt wurden, einen Tisch weiter nach rechts auf, während die fünf schwächsten Teams links unten abgeschnitten wurden. Am Kopf dieser Bewegung, ungeschlagen seit dem ersten Tag, saß natürlich Pawel. Er bildete ein Team mit Agnes Forde, einer besessenen Designerin, die er gerade datete und deren erklärtes Lebensziel es war, »Sprites für die Gesichter der Zukunft zu entwerfen«, wie sie mir vergangene Woche bei einem meiner raren Ausflüge ins Marea Alta erklärt hatte. »Man kann sich einen mimischen Ausdruck, zum Beispiel ein Lächeln, hinaufretuschieren, und darunter machen, was man will«, hatte sie erklärt und dabei dreingesehen, als wäre sie soeben von der Beerdigung ihrer drei besten Freunde nach Hause gekommen. Jetzt lag ihr Kopf auf der Tastatur, wo sie mitten im Rendern eingeschlafen war; ihre Nase drückte auf die Shifttaste, sodass das Modell einer großen Zehe seit Stunden im Kreis rotierte. Auch den Physiker, dessen Speichel eine nicht unbeträchtliche Lacke auf dem Boden bildete, hatte es vor Stunden zusammengefaltet, sodass Pawel der Einzige war, der noch in Stellung gegen Team 34 war, das gefährlich aufrückte.

Gefährlich, dachte ich, verstört über den Zuschnitt meiner eigenen Gedanken. Dabei war der Ausgang dieses Wettbewerbs ebenso irrelevant wie die Kreation eines Roboterkörpers, und alles, worauf ich hoffte, war, dass Pawel die fünf Tage ohne physische Schäden überstehen würde. DAVE indessen hatte, das musste jedem auffallen, der nicht blind war, Probleme in so vielen verschiedenen Bereichen, dass ein Hochladen in eine Cloud und die Übernahme eines Roboterkörpers nichts anderes war als Science-Fiction. Und gleichzeitig, und das ließ alles vollends verschwimmen, waren die Leute selbst – jener Vergleichsparameter, in dessen Ebenbild wir DAVE formen wollten – in maschinellen Abläufen erstarrt. Ich musste mich ablenken: Man hätte sich vor dem Solipsismus fürchten müssen, hätte man einmal wirklich darüber nachgedacht, so roboterartig bewegten sich die anderen.

Was ich vor wenigen Wochen noch für meine Einbildung gehalten hatte, manifestierte sich nun in unverhüllter Präsenz.

Es war der *Nebel*, jene seltsame Unaufgeräumtheit, die sich in Körper und Geist des Kollektivs eingeschlichen hatte. Man wusch sich ein wenig seltener, putzte sich die Zähne nur einmal am Tag – eine Tendenz, die zuerst noch mit dem steigenden Arbeitspensum verlegen abgewunken wurde. Doch auch das Labor wurde Stück für Stück matter: Erst sah man Platten und Konstruktionsgerüste umherliegen, die wegzuräumen das mit dem Umbau überforderte Personal vertagt hatte, dann, nach einigen Wochen, hatte man sich ganz schamlos an den sandigen Belag gewöhnt, der an den Wänden haftete. Das Ganze war eingebettet in eine Art Asketentum, dem sich immer mehr Menschen zuwandten, dem *Digitalen Minimalismus*, wie man es nannte.

Ich erinnerte mich an eine der Flugschriften, die mir jemand auf dem Weg zum Zentrallabor vor Kurzem in die Hand gedrückt hatte: »Das Beharren auf Schönheit ist eine der fünf Kardinalsünden, die die Vollendung DAVEs verhindern.« Weitere waren außerdem: der Schlaf, die Trödelei, das Tippen mit weniger als acht Fingern sowie natürlich der Geschlechtstrieb. Zwar betrachtete man das mit gemischten Gefühlen als das Werk eines generellen Extremismus, doch nickte man auch linde, wenn jemand solcherlei Tugendexplosionen doch verteidigte: Jeder hatte in diesen letzten Wochen eine Wandlung vom Saulus zum Paulus mitbekommen.

Das Schlimmste aber war, was der Nebel im Geist der Leute angerichtet hatte: Es hatte mit einer Form von Abgeschlagenheit begonnen, die wie alles andere der Überarbeitung, der bedingungslosen Hingabe an DAVE zugeschrieben wurde. Man war entrückt, verwirrt, zerrissen - musste unablässig an zehn verschiedene Sachen denken, die sich unweigerlich zu einem einzigen, viskosen Brei vermengten. Nie zuvor hatte ich Menschen gesehen, die gleichzeitig so konzentriert auf etwas und so zerstreut waren. Fragte man jemanden nach der Uhrzeit, so antwortete er mit dem Datum, und ein ewiges, kindliches Glühen erhellte die Gesichter, wenn DAVE erwähnt wurde.

Auch in der Universität spürte ich den Nebel: Dicht an dicht standen um mich die Menschen und regten einander zu regelrechten Begeisterungshysterien an, wenn sich bei einem der Teams ein technischer Durchbruch ereignete - indessen aber starrten alle, trotz jubilatorisch erhobener Arme, eisern auf ihre Tablets, als wären sie längst in anderen Gefilden unterwegs.

Zwei konträre Interpretationen fand ich gleichermaßen beängstigend: dass ich allein dagegen immun war, erstens - oder aber zweitens, die Möglichkeit, dass ich früher ebenso gelebt haben könnte, ohne es zu merken.

»Wir sollten nicht zu lange bleiben«, sagte Garaus auf einmal und griff mir an die Schulter.

»Sie will sich schon um 18 Uhr hinlegen«, sagte Felis und rollte mit den Augen.

»Ich muss um 3 aus den Federn«, erklärte Garaus mit vollkommener Selbstverständlichkeit. »Die Transhumanistische Gesellschaft macht morgens eine gemeinsame Einkehr.«

Einkehr, das hieß, sich in kleinen Gruppen zu treffen und an Technologien zu arbeiten, die im öffentlichen Laborbetrieb noch keine Finanzierung erhielten. Sie nannten das: die Ekstasen. Man übte sich verlieren, das eigene Erleben überwinden. Das funktionierte, indem man sich kleine Magneten implantierte, mit denen man Mikrowellenstrahlung in den Fingern spüren konnte – oder Cochlea-Implantate, die Schallwellen abbilden konnten. Andere Aktivitäten gewannen fast etwas Spirituelles: Es gab eine Virtual-Reality-Simulation namens Can-B, die die Steuerungsbefehle aller zwanzig Teilnehmer zu einer einzigen Bewegung zusammenrechnete – eine »Erfahrung der Realpräsenez der Maschine«, hatte Garaus geschwärmt.

Das alles wurde von Transhumanistischen Ärzten als Mildtätigkeit angeboten und war für Parteimitglieder verpflichtend.

Darüber hinaus ließen die Transhumanisten ihre Arbeit an ihrem Telos DAVE keine Minute schleifen: *ora et labora*. Was mich besonders beunruhigte, war ein eigentümlicher Gedanke, von dem mir Felis erzählt hatte und der angeblich für viel Zulauf sorgte: Man nannte das Gedankenexperiment *Roko's Basilisk*. Was, wenn die alles übersteigende Intelligenz, die DAVE sein würde, jene Menschen, die ihr nicht auf die richtige Weise zur Existenz verholfen hatten, im Nachhinein dafür bestrafen würde?

Es war die zeitgenössische Version der Pascal'schen Wette, und auch Garaus war durch diesen Gedanken eine wahre Katholikin geworden: Früher kaum zu motivieren, vor Mittag aus dem Bett zu steigen, saß sie nun in aller Herrgottsfrühe an einem kargen Schreibtisch, auf den sie sich die wichtigsten SCRIPTs Kante auf Kante vor der Arbeit zur Durchsicht bereitlegte.

Natürlich musste es in dieser kollektiv angespannten Lage zu Zwischenfällen kommen: Junge Leute standen morgens predigend in den Gängen und behaupteten, der zum Androiden gewordene DAVE zu sein – angeblich war schon ein ganzer Seitenflügel des Krankentraktes mit solchen Fällen gefüllt.

»Ist gut, dann brechen wir auf«, sagte ich – der frühe Zapfenstreich war mir nicht unrecht. Es bedeutete, dass ich endlich Zeit hatte, mich meinen eigentlichen Interessen zu widmen. Auf dem Heimweg wollte ich mir noch einen Cappuccino bei Rosa holen, doch sie war nicht da. Stattdessen bestellte ich bei ihrer dementen Mutter.

»Rosa ist nämlich bei den Transhumanisten«, sagte sie. »Und können Sie bitte die Summe selbst ausrechnen, ich verstehe die Kassa nicht, da, kommen Sie.« Ich kletterte über den Tresen und tippte, halb auf der Scheibe hängend, selbst meine Rechnung ein.

»Rosa interessiert sich für Technik? Das wusste ich gar nicht«, sagte ich.

»Ich weiß auch nicht, aber sie hat unseren Getränkestand für so ein kryonisches Friermodul verpfändet, das holt sie heute ab. So, eine Limonade–«, sagte sie und gab mir meinen Kaffee. Ich wollte meinen Ohren nicht trauen – Rosa rückte normalerweise keinen Zentimeter von ihrer Kaffeemaschine ab. Also der Nebel, dachte ich.

Es war später Nachmittag, als ich nach Hause kam. Ich zog mich vollkommen nackt aus und warf meine Kleidung in einen bereitstehenden Spülichteimer, um allfällige Wanzen zu ertränken – meinen fast kahl geschorenen Skalp überfuhr ich unnötigerweise ein weiteres Mal mit einem Rasierer und schrubbte mir die oberste Hautschicht, bis ich das Gefühl hatte, mir die Epidermis von den Knochen zu reißen. Seit dem Vorfall im Archiv hatte ich eine an Besessenheit grenzende Angst davor entwickelt, entdeckt zu werden. Ich überprüfte sorgfältig die Überklebung aller Kameras an den Endgeräten und steckte dann alle elektronischen Apparate aus, ehe ich mich sicher genug fühlte. Die Hälfte dieser Maßnahmen war sinnlos, das wusste ich, aber ich vollzog sie dennoch in einem disziplinierten Mechanismus. Die folgenden Stunden wollte ich für die bevorstehende Kopiesitzung nutzen. Unter dem Schreibtisch, sicher gehalten von drei eigens dafür angebrachten Klammern, fuhrwerkte ich die riesige Karte hervor, die das Labor wie einen durchröntgten Organismus vor mir ausbreitete.

Ich musste den Plan – und zwar bevor ich zur Kopiesitzung abgeholt wurde – verbrennen, sonst steigerten sich die Chancen des Entdecktwerdens beträchtlich. Davor hieß es, die gesamte Raumkonfiguration auswendig zu lernen, zumindest aber jene Bereiche davon, die für mich und meine wahnwitzigen Pläne von Interesse waren. Das waren vor allem die Lüftungsschächte: ein Meter fünfzig hohe Pipes, durch die der Sauerstoff durch das Labor zirkuliert. Doch auch nach eingehendem Studium dieses Labyrinthsystems war mir noch nicht klar, wie ich in sie hätte einsteigen können – an allen Seiten waren sie begrenzt von undurchdringlichen Gittern.

Wenn in drei Monaten DAVE vorgestellt würde – und wenn, wie ich vermutete, Wittegs Schicksal auch das meine wäre, blieben mir nicht viele Möglichkeiten; und jene wenigen, die ich in meinem Kopf wie widerspenstige Schachfiguren zu immer neuen Mattpositionen umgruppierte, gaben ebenfalls keinen Anlass zur Hoffnung.

Zwei Optionen waren es, die verblieben waren: erstens,

mich anderen anzuvertrauen, meine Rolle bei der Entwicklung DAVEs auf den Tisch zu legen und dafür zu beten, dass eine öffentliche Bekundung ein Verschwinden verunmöglichen würde. Doch Witteg war eine wirkliche Berühmtheit gewesen, und dennoch hatte ihm das kein bisschen geholfen, als er vom einen Tag auf den anderen wie vom Erdboden verschluckt wurde.

Dann also blieb mir eine zweite Möglichkeit: das Labor zu verlassen – ein Weg, der, wenn stimmt, was alle zu wissen schienen, ebenso in den sicheren Tod führen würde. Ich hatte diese Option instinktiv sofort verworfen, ehe mir bewusst wurde, wie verblendet das war: Alles, was ich über die Außenwelt zu wissen glaubte, stammte aus einer Kindersendung – aus *Professor Babuschs lustiger Vergangenheitsschau* sowie vom Hörensagen, aus bauernschlauen Bargesprächen, nichts weiter. Was, wenn es gar keine Katastrophe gegeben hatte? Katastrophe – erst als ich das gedacht hatte, war mir aufgefallen, dass nie jemand spezifiziert hatte, wie die Welt nach jenem Desaster aussah, das dafür sorgte, dass wir das Labor nicht mehr verlassen konnten. Schlimmer noch: Ich hatte nie danach gefragt.

Links um den großen Kreisgang herumkriechen, memorierte ich; ein Weg, der auf allen vieren mehr als zwei Tage in Anspruch nehmen würde, doch was blieb mir schon übrig? Dann aufwärts und die dritte linksherum in den zweiten Stock wie ein Kaminkletterer – mich letztlich über die Kante hievend, auf keinen Fall den zweiten Gang nach rechts verpassend. Moment, nochmal: die zweite rechts, vierhundert Meter, neunte links, endlich in der äußersten Hemisphäre, die verdammt nochmal vierundzwanzigste Abzweigung und dann –

Und all das in vollkommener Dunkelheit, stundenlang

mit geschlossenen Augen auf die Tragkraft meines Gedächtnisses vertrauend. Nach einer Stunde ging mir der Kopf über vor Raumformeln, vor Verzweigungen von Lüftungsschächten, von Verteilersystemen, von denen ich nicht einmal wusste, ob ich durch sie hindurchpassen würde. Vor allem aber würden am Ende all dessen unweigerlich die Valven warten – Klappen, die durch Red Eccles angesteuert werden konnten und bei denen auf dem Plan nicht einmal ersichtlich war, ob sie sich überhaupt öffnen ließen. Will heißen: Es war nicht ausgeschlossen, dass ich im Versuch, aus dem Labor zu entkommen, in diesem Skelett verenden würde, noch ehe ich die Außenwelt sah. Obwohl mir nach dem konzentrierten Studium die Schläfen schmerzhaft pochten, durfte ich nicht nachlassen.

Ich nahm eine Kopfschmerztablette, warf mich aufs Bett und las. Von Atomkraft und Fluten, von Pestiziden und CO_2-Vergiftungen, von Hitzekatastrophen und Dürreperioden hatte ich in den letzten Wochen alles durchgearbeitet, was zum Verenden menschlicher Körper führte. Ich hatte mir eine Leseliste des Grauens verordnet, die ich wie zum Zeugnis meiner wahllosen Uninformiertheit neben das Bett gestapelt hatte. Selbst Mandelbrot hatte nur gelacht und den Kopf geschüttelt angesichts meiner Frage, ob er selbst Zeuge des Unglücks gewesen sei. »Und außerdem weißt du ja selbst am besten, dass das zu den Dingen gehört, die man hier nicht breittritt, damit die Ruhe gewahrt bleibt.«

Ich studierte die unsichtbaren Zersetzungen des menschlichen Gewebes: Männer, die in der Nacht eines Reaktorunglücks von der Einnistung fremder Neutronen in ihrem Gewebe zunächst nichts merkten. Ich las von Vasily Ignatenko, einem fünfundzwanzigjährigen Offizier, der über Stunden einer viel zu hohen Strahlung ausgesetzt worden war: Er starb drei Wochen später, von eitrigen Ekzemen überzogen und unter Aushusten von Teilen seiner eigenen Lungen, in denen strahlende Isotope gewütet hatten. Erbaulich, dachte ich und las beklommen weiter. Jeden Abend fragte ich mich angesichts dieser Berichte, ob das Labor zu verlassen überhaupt möglich war – und ob ein schmerzloser, konzertierter Tod dieser Art des Verendens nicht doch vorzuziehen war.

In einer Kiste in der Zwischendecke hatte ich indessen einen improvisierten, selbst zusammengenähten Schutzanzug liegen, wahrscheinlich so wirkungslos wie ein Baumwollzelt. Und doch hatte allein die Tatsache, *irgendetwas* zu tun, meine Nervosität gelindert: Tagelang war ich durch Pausenräume und Mitarbeiterquartiere gewandert, um die dünnen Bleibänder abzuschneiden, die Vorhänge und Lampenschirme am Aufflattern hinderten. Ich hatte sie mit einem Stanleymesser abgetrennt und in meine Aktentasche gleiten lassen, um sie zu Hause im Kreis herum an eine alte Jacke anzunähen, die nun drei beruhigende Kilo schwer war. Anschließend hatte ich einen aus Ölzeug zusammengeklebten Schutzanzug gefertigt, an dem mich vor allem dessen gelbe Farbe konsolidierte, die ich auf Fotos von Atomkraftwerkarbeitern gesehen hatte. Mir fehlten nur noch ein paar Gummistiefel, nach denen ich auf einem Flohmarkt im fünften Stock suchen wollte – die Jodtabletten hatte ich bereits unter Beteuerung eines Mangels im Krankenflügel bekommen. In meiner bereitliegenden Tasche befanden sich weiters: Eine aufblasbare Rettungsweste, eine selbstgebaute Wasseraufbereitungsanlage sowie eine ebenfalls von mir zusammengemischte sogenannte Sonnencreme, deren Rezept ich einem Survival-Guide des amerikanischen Militärs entnommen hatte.

Als es Nachmittag wurde, legte ich die Schreckensreporte

zur Seite – links, zehnte rechts, abbiegen und Lüftungsgitter entfernen, dachte ich nochmals träge. Bald würde ich zur Kopiesitzung müssen, und was hatte ich erreicht? Das alles waren kosmetische Maßnahmen, Schüsse ins Dunkle – solange ich nicht wusste, wogegen ich mich wappnete, war Vorbereitung – ja überhaupt zu überlegen, wie sinnvoll eine Flucht wäre – vollkommen zwecklos. Für eine Weile starrte ich gedankenverloren an die Wand, als mir auf einmal eine Idee kam. Ich schaltete den Computer ein und schrieb eine Nachricht an die einzige Person, die für Informationen geeignet schien: Frau Professor Babusch.

□

»Es wird nicht allen Lesern unmittelbar einleuchten, warum die Fähigkeit, 10^{85} Rechenoperationen durchzuführen, eine große Sache ist; stellen wir sie also in einen größeren Zusammenhang. Vergleichen wir die Zahl etwa mit unserer früheren Schätzung, derzufolge man 10^{31}–10^{44} Rechenoperationen benötigt, um alle neuronalen Vorgänge zu simulieren, die auf der Erde je stattgefunden haben. Alternativ können wir annehmen, dass die Rechenleistung für Emulationen verwendet wird, die in virtuellen Umgebungen erfüllt und glücklich zusammenleben lässt. Eine typische Abschätzung der Rechenanforderungen für den Betrieb einer Emulation beträgt 10^{18} ops/s, also würden 100 subjektive Jahre etwa 10^{27} ops erfordern. Selbst bei konservativen Annahmen über die Effizienz von Computronium kommen wir so auf mindestens 10^{58} emulierte Menschenleben.

Mit anderen Worten: Falls es im beobachtbaren Universum keine außerirdischen Zivilisationen gibt, stehen mindestens 10 000 000 000 000 000 000 000 000 000 000 000 000 000 000

000 000 000 000 000 Menschenleben auf dem Spiel (die tatsächliche Zahl ist wahrscheinlich noch größer). Wenn eine einzige Freudenträne für das gesamte Glück eines solchen Lebens stünde, dann könnte das Glück all dieser Menschen alle Weltmeere in jeder Sekunde neu füllen, und das einhundert Milliarden Milliarden Jahrtausende lang. Es ist von entscheidender Bedeutung, dafür zu sorgen, dass es tatsächlich Tränen der Freude sein werden.«

Nick Bostrom

□

Wir trafen einander zum ersten Mal seit drei Wochen im Diner der Bowlingbahn. Rings um uns war das siedende Feierabendgemisch der Jugendlichen und Männer in Clubjacken verteilt, die einträchtig die Pins attackierten. Schwankende Pancake-Haufen und das charakteristische Aroma des freizügig aufgetragenen Aftershaves, in dessen Geruchstaschen man unversehens trat, bildeten die Szenerie – und dann, an eine rotlackierte Wand gelehnt, Pawel, der mit einem Comicbuch in der Hand auf mich gewartet hatte.

Ich hatte nach einem über Gebühr dauernden Zögern zu einer Umarmung angesetzt – so waren unsere Körper steif ineinandergetrudelt, noch ehe einer von uns ein Wort gesprochen hatte.

Wir gingen knapp abseits der Ledersofas, des bierüberschäumten Mädchengelächters, und immer wieder ärgerten mich die fluoreszierenden Sterne, die den Wandbelag bildeten, durch ihr Blenden, das mir schmerzhaft in die Augen fuhr.

Etwas war mir unbequem, vielleicht das steife Hemd, das

im Nacken spannte, als ich zwei Eintrittskarten für die dahinterliegende Spielhalle löste – oder die schmierige Hitze des Saals. Solange ich mich erinnern konnte, hatte ich nie so viele Körper gleichzeitig sich hier aufhalten sehen. Dunstige Schwere, in der sie anliefen; in der die Frauen verschämt ihre Pettycoats nach unten zogen, während sie an den schon lauwarm gewordenen Limonaden nippten – Feuchtigkeit überall, und trotzdem behielten die Halbstarken ihre Lederjacken an.

Als wir in die Arcade bogen, sah ich auf Pawels Haar den stumpfen Glanz des Baustaubs liegen.

Different words said in different ways
Have other meanings from he who says in out time

Pawel schien schon im Gehen so unendlich müde, und ich meinerseits wusste gar nicht, wie anfangen. Was hieß anfangen – ich musste nur meine Hand auf seine Schulter legen und ihn ansehen – doch kaum wollte ich ihn anfassen, da glitt seine Hand in die Hosentasche: Im weicher werdenden Licht der Spielhalle, deren Teppiche unsere Schritte verschluckten, leuchtete ein Fleck zwischen Pawels Fingern hervor wie mit Weißlicht bestrahlt: ein rosa Dreieck – Ecstasy.

Give us this day all that you showed me
The power and the glory
'Til my kingdom comes

Wir setzten uns auf zwei Barhocker nahe einem Spielautomaten. Klingelndes Kleingeld in den Hosentaschen der Jugendlichen – die Leitwährung meiner Kindheit – und doch, der leise Anflug von Nostalgie, gebrochen durch die linkischen Bewegungen unserer Körper, die nicht miteinander kommunizieren konnten.

»Ich bin froh, dich zu sehen«, sagte Pawel endlich, und ich

spürte, dass er es ernst meinte. Rasselnd zerbrach der metallene Ösophagus des Wechselautomaten meinen Schein zu zwanzig Spielmünzen, und ich wollte etwas erwidern, doch Pawel hatte sich schon der Kellnerin zugewandt; zwei Crystal Pepsi mit Gin. Im Schlagschatten seines über den Tisch gebeugten Körpers sah ich, dass der Träger seines Unterhemds herabgerutscht war.

»Das ist ja nichts Besonderes«, sagte ich und versuchte ein Lächeln, doch er hatte sich schon abgewandt. Unsere Mimik fuhr aneinander vorbei wie zwei Züge an weichenversetzten Schienen.

»Wie geht's dir mit deiner Forschung?«, fragte Pawel rasch. »Ach übrigens, ich hab dir was mitgebracht. Hab sie gesehen und musste sie dir besorgen. Das war vor über vier Monaten.« Und er platzierte ein Geschenk, das er in blaugemustertem Papier verpackt hatte, auf meinen Schenkeln.

»Es geht voran, wir entwickeln eine Schnittstelle«, sagte ich mit großer Verzögerung und legte das Paket auf die Seite, ohne es auszupacken. Eine Gruppe lachender Jugendlicher, die sich soeben an Road Rage betätigten, hatte meine Aufmerksamkeit auf sich gezogen.

»Weißt du noch, als wir dieses Ding programmiert haben, diesen Exploit, mit dem wir Gratisspiele auf den Capcom-Automaten spielen konnten?«, begann Pawel und ließ die Geschichte sofort wieder fallen, stattdessen rührte er in seinem frisch auf den Tisch beförderten Drink, während ich die Gruppe beobachtete. Es waren zwei knabenhaft aussehende Jungen und drei wesentlich ältere Mädchen, die sich mit bewundernswerter Fähigkeit den Rennstrecken widmeten, wobei sie einander immer wieder von den Plastikmotorrädern stießen, um die Fahrt des anderen zu stören.

»Syz, wieso siehst du mich nicht an?« Pawel hatte seine

Hand auf meinen Arm gelegt und ich die meine wie elektrisiert zurückgezogen.

»Tue ich doch«, sagte ich und stand, als hätte ich die ganze Zeit nichts anderes im Sinn gehabt, auf, um zwischen den Automaten hin und her zu wandern. Sofort wollte ich wieder zurückgehen, doch Pawel hatte es mir gleich getan und stellte sich an einen Pacman-Automaten, den er mit jäher Intensität bearbeitete.

Die Arcade war früher unser zweites Zuhause gewesen: ein ewiges, halbabgedunkeltes Zwielicht aus blauer Auslegware und wüsten Klangteppichen, in dem sich die japanischen Pophits von Dance-Dance-Revolution und die Hadoukens der Streetfighter ins Unkenntliche verwirbelten. Ein *Safe Space*, fürwahr – die kakophone Symphonie unserer Sommerferien, in die das 8-BIT-Hupen von Frogger und unsere Wutschreie sich gleichermaßen unharmonisch einpassten. Nur wir hatten uns verändert, dachte ich und sah auf Pawel: Sein Gesicht, glühend im heißen Schein des Kathodenbildschirms, offenbarte tiefe Augenringe; rotleuchtende Kirschen stemmten ihre Schlagschatten in Furchen, die vor wenigen Monaten noch kindsglatt gewesen waren.

»Du siehst ein wenig mitgenommen aus«, sagte ich.

»Ach, mir geht's famos« – er wischte sich übers Gesicht, ohne seine Augen vom Spiel zu nehmen. Kein Wunder, es war schwül, kein kühler Luftzug verwirbelte die abgestandene Luft. »Bei mir schwirrt momentan eine Menge an, das mit dem Release zu tun hat, und dann bastel ich ja auch noch meine eigenen Sachen, davon erzähl dir gleich, wenn Pinky hier nur – Scheiße! Es ist gut, dass wir uns treffen. Wie geht's dir in der Arbeit?«

»Gut, aber – das hast du mich gerade schon einmal gefragt, Pawel«, sagte ich zerstreut. Immer wieder lenkte mich die

Teenagergruppe ab, die sich nun durch den ganzen Raum abwechselnd Aufmunterungen und Schimpfwörter zurief; zuweilen meinte ich, eines der Mädchen dabei zu ertappen, wie sie schelmisch zu mir herübersah. Da richtete sich Pawel jäh auf, und die Lider waren wie von transparenten Seilen an der Stirn aufgerafft. Das Ecstasy war eingefahren.

»Alles in Ordnung?«, fragte ich.

»Alles wird sich ändern, Syz.«

»Setz dich doch für einen Augenblick«, sagte ich und versuchte, ihn mitzuziehen – doch ein schweißfeuchter Rigor hielt ihn an Ort und Stelle.

»Das Intelligenzsystem, das wir geschaffen haben, hat das Potenzial, eine fairere Gesellschaft zu erwirken. Vielleicht wird in einem Monat niemand mehr im Untergeschoss malochen müssen. Alles automatisiert!«

»Du zitterst ja«, sagte ich, doch diesmal, ohne ihn anzufassen.

»Noch ist unfasslich, wie radikal sich die Produktionsbedingungen ändern werden. Und ich denke, du und ich, Syz, sollten dieses neue Framework mitgestalten.«

Gerade war er noch steif und unbeweglich gestanden, da schlug seine Stimmung um wie ein krachendes Donnerblech; nun sprang er, über beide Wangen grinsend, auf und ab. Hilflos gegenüber seiner Hektik, die ihn vom Automaten wegjagte, nahm ich den zurückgelassenen Joystick in die Hand und machte weiter, wo er ausgesetzt hatte. Doch die Geschwindigkeit war zu hoch für mich – Pacman raste im siebzehnten Level über den Bildschirm; zudem kam es mir nun so vor, als würden die Jugendlichen immer unverhohlener zu uns herschauen. Kein Wunder, Pawel sprudelte seine Worte so laut hervor, dass man es wohl durch die ganze Arcade hören konnte.

»DAVE wird sich, wenn die Berechnungen stimmen, alle 0,127 Sekunden selbst zu verbessern beginnen. Ich weiß, seine sogenannten Bewusstseinsprozesse sind zuerst nur heuristisch, Big-Data-Analysen, Pattern-Recognition.«

»Jetzt spielen sie schon wieder Hymn«, rief ich.

»Aber bald wird er unabhängig von unserem Handeln zu agieren beginnen. Er wird nach etwa fünf Tagen Optimierungen der Hardware einleiten, die dann wiederum zu einem exponenziell schnelleren Lernprozess führen.«

»Kannst du den Barmann fragen, ob sie ein anderes Lied auflegen können?« Wie auf Befehl lief Pawel zur Bar und tat, worum ich ihn gebeten hatte, kam zurück, stolperte über ein Kabel und fing sich mit eindrücklicher Behändigkeit. Er griff sich eine Sekunde zerstreut an den Kopf, fasste dann wieder in seine Hosentasche und schob sich eine weitere Pille in den Mund.

»Ist das nicht ein wenig viel?«, fragte ich, doch waren meine Worte im Geschrei untergegangen; die Braunhaarige hatte mit den anderen zu zanken begonnen, während einer der schmalbrüstigen Burschen sie vom Automaten gezerrt hatte. An den Haaren, sah ich befremdet.

»Die Sache ist die – es braucht Menschen mit Begeisterung, um diese historische Sache in gute Bahnen zu lenken«, sagte Pawel, nun wieder vollkommen klar. »Menschen wie dich und mich.«

»Ich verstehe nicht, was du meinst«, sagte ich und ließ den Joystick sinken.

»Wir haben eine einzigartige Chance zur Transformation, Syz. Wir müssen dafür sorgen, dass die Gelder in die richtige Richtung fließen, sonst werden die Reichen nur reicher, die Mächtigen mächtiger, und wir bleiben gefangen in den Limitierungen der Biologie.«

»Welche Limitierungen, Pawel?«

»Wir sind aber nicht dafür gemacht, limitiert zu sein, verstehst du?«, sagte er, ohne auf meine Frage einzugehen. »Wir sind dafür gemacht, von der endlosen Potenzierung unserer Möglichkeiten zu träumen. Das Universum zu ordnen, es mit Logik, Verstand und Empathie zu erfüllen. Leiden zu mindern, Krankheiten zu heilen. Das ist der humane Imperativ überhaupt. Kategorisch«, meine ich. »Syz, wieso hörst du mir nicht zu?«, sagte Pawel wieder ganz ernst und sah mir direkt in die Augen. Der Griff seiner Hand: ganz kalt – gänsehauterzeugend, aber wenigstens schien er endlich willens, sich mit mir auf die Couch zu setzen. »Ich bin eigentlich Optimist, aber man muss auch etwas tun für seinen Optimismus. Schauen, dass die Ressourcen im Namen der Beseitigung von Ungleichheiten verwendet werden, statt die bestehenden noch zu stärken.«

»Das ist eine feine Idee«, bemerkte ich, setzte jedoch im Widerspruch zu diesem lauen Zuspruch hinzu, »aber widersinnig ist es schon.«

»Was meinst du?« Es war drückend heiß; wir atmeten schwere dunkle Luft, satt gefressen am ganzen Staub, der schal auf den Maschinen lag.

»Ist dir nicht manchmal seltsam dabei, eine Technologie zu entwerfen, bei der es dermaßen viel Mühe verlangt, sie in den richtigen Bahnen zu halten? Man könnte es auch einfach ganz lassen, das meine ich.«

Pawel lachte, als hätte ich einen Scherz gemacht, wurde dann aber sofort ernst. »Das denkst du nicht wirklich, Syz«, sagte er fast bestürzt, und ich bereute sofort, was ich gesagt hatte.

»Alles, was ich meine, ist, dass ich hier bin, um zu spielen und dich zu sehen, Pawel, also lassen wir das Thema.«

»Ich habe vielleicht falsch ausgedrückt, was ich sagen wollte, Syz.«

Geschüttelt von der sich in seinem Inneren entfaltenden Gewalt des MDMA, fühlte ich die immer schneller werdenden Bewegungen seiner Beine, die neben meinen wippten.

»Frogger ist frei«, sagte ich verlegen.

»Ich will doch nur sagen, dass es wichtiger wäre, den Gelähmten das Gehen zu ermöglichen oder den Alten, ihre Demenz zu besiegen, als mit asketischen Entkörperungsphantasien Ressourcen zu verschwenden, denkst du nicht?«

Eine sich immer stärker kontrastierende Erinnerung an die Zeiten, in denen wir, nebeneinander auf dem Bett liegend, Zelda gespielt hatten – die Jahrzehnte schienen wie die Rippen einer Ziehharmonika zusammenzufallen.

»Ich sehe nicht, was am Auswandern auf andere Planeten besser sein sollte als am Transhumanismus, aber wie gesagt, es ist nicht wirklich meine Expertise«, sagte ich.

»Was daran besser ist? Die Wahrhaftigkeit, Syz. Wir wollen uns die Realität nicht schöner reden, als sie ist, sondern sie tatsächlich schöner machen.«

»Ich würde lieber spielen, als schon wieder über die Arbeit zu sprechen«, wiederholte ich, doch es hatte nicht den gewünschten Effekt.

»Ja genau!«, rief Pawel, vollkommen an meiner Aussage vorbei. »Es tut sich so viel momentan, Syz. Es wird Zeit, dass du aus deinem isolierten Büro rauskommst und mit mir da reinzockst. Ich sag dir, wie's ist, ich arbeite da an was, das dich interessieren wird. Also Katze aus dem Sack, es geht da um etwas, das ist Butter, wirklich –«

»Ach, Pawel«, sagte ich so leise, als würde ich damit etwas äußern, das uns beide in Schwierigkeiten bringen könnte.

»Hör zu –« Er zog sein Tablet hervor und öffnete einen schematischen Aufriss. Es war die Skizze einer hohlen Kugel, in deren Mitte, in kraftvollem Gelb gesetzt, ein Kreis prangte, der wohl die Sonne repräsentieren sollte.

»Das, mein Lieber, ist eine Dysonsphäre. Wart, wart, wart, sag noch nichts«, rief Pawel und hielt meine Hände fest, obwohl ich keine Anstalten gemacht hatte, etwas zu sagen.

»Die wurde 1960 von einem Physiker namens Freeman Dyson entwickelt, als Gedankenexperiment. Dieser Kuchen hier ist ein gigantischer, globusförmiger Hohlkörper, der um die ganze Sonne gelegt wird. Er wird von der Gravitation an Ort und Stelle gehalten, man muss nur kleinste Kurskorrekturen vornehmen.«

Kaum hatte Pawel zu sprechen begonnen, hatten die Mädchen wieder angefangen einander herumzuschubsen. Eines grinste mich unverhohlen an – war ihr etwa daran gelegen, dass ich ihr Treiben bemerkte?

»Schon als ich das erste Mal davon gehört habe, wusste ich, dass wir diesen unglaublichen Scheiß gemeinsam aufziehen könnten, wie früher.«

»Was?«, fragte ich geistesabwesend. »Du willst, dass wir so einen Protoplaneten bauen?«

»Dysons Erfindung reagiert auf die Frage, wie man die Energie eines Sterns zu 100 Prozent effizient nutzen kann, um die Entwicklung des Universums in einen lebenserfüllten Gesamtorganismus–«

»Pawel, du weißt, dass ich von meiner Arbeit nicht weg kann.«

»Erstens, wir werden ein Programm schreiben, das DAVE den Auftrag gibt, eine Dysonsphäre für uns auszurechnen und umzusetzen. Zweitens – aber Moment mal, ich bin ja noch bei erstens.«

»Gott, Pawel«, sagte ich und vergrub meinen Kopf in den

Händen. »Halt an. Gerade war dein Ziel doch noch, die Erde bewohnbar zu machen und die Menschenrechte zu sichern. Jetzt bist du schon beim Bau eines Trabanten.«

»Na klar, wir müssten das Fröhlich vorlegen und den Profs, aber im Endeffekt geht's doch darum, einer möglichst großen Anzahl von Menschen möglichst großes Glück zu ermöglichen, warum sollte da irgendjemand was dagegen haben?«

Das Spiel wurde immer grober – einer der Jungen und seine blonde Komplizin stießen den anderen, der vorm Galaga-Automaten stand, brutal gegen den Bildschirm. Dieser aber, gegen diese Behandlung scheinbar unempfindlich, stimmte in ihr Gelächter mit ein. Dazwischen sahen sie mich immer wieder herausfordernd an – ein Druck, der sich in meinem Kopf anstaute.

»Also – bist du dabei? Ich hab schon ein paar Leute zusammengetrommelt. Da ist Shaw, die ist wirklich fantastisch –«

»Pawel, halt den Rand«, schrie ich, und endlich verstummte er und nur das Piepen des Losautomaten war zu hören. Auf einmal war ich selbst von meiner Heftigkeit entsetzt. »Ich habe eine Menge zu tun, das weißt du, ich mache drei Mal pro Woche Überschichten. Würde ich jetzt noch ein anderes Projekt beginnen, das wäre geradezu –« Der Rest des Nebensatzes entfuhr mir ins Verschwommene. Pawel sah wie betäubt zu Boden, für eine unerträglich lang scheinende Zeitspanne sprachen wir beide nicht, ehe er sich wieder einigermaßen gefasst hatte.

»Syz, seit ich dich kenne, klagst du darüber, dass du aufsteigen möchtest und unfair darin behandelt wirst, dass –«

»Ich bin aufgestiegen, falls es dir noch nicht aufgefallen ist.«

»Das ist nicht das Wesentliche –«

»Ich arbeite doch die ganze Zeit, worüber debattieren wir

eigentlich«, sagte ich redundant und hustete, ich hatte mich am Crystal Pepsi verschluckt.

»Es ging dir immer darum, dass du deine Talente nicht zur Geltung bringen konntest. Und das tust du als Fröhlichs Assistent auch nicht. Erinnerst du dich noch, als wir vor fünfzehn Jahren gemeinsam unser Leben, unsere Errungenschaften geplottet haben? Wir wollten die Welt, nichts weniger, wir wollten DAVE vollenden. Jetzt könnten wir sogar mehr haben als die Welt« – er klopfte mit dem Finger auf den Plan. »Mein Chef hat eingewilligt, wir könnten das Projekt direkt nach dem Release beginnen.«

»Ich meine es ernst, Pawel, ich kann nicht. Ich glaube ehrlich gesagt auch, dass ich nicht der Richtige bin für solche – nun ja, sagen wir, spezialisierten Projekte. Ich denke, dass DAVE noch eine ganze Reihe an Rätseln birgt, die wir zuerst klären sollten. Vielleicht ist er ja gar nicht die Antwort auf alle Fragen.«

Ein spitzer Schrei – das blonde Mädchen war zu Boden gegangen. Von dort aus blickte sie mich nun hämisch an. Doch das war nicht alles – alle starrten sie uns an, grinsend, sahen direkt in meine Augen, da bedeutete die Größere von beiden mit einem Kopfnicken, ich solle auf den Tisch vor mir sehen. Zuckend, rosa, ein Überlagerungsbild: eine weitere Tablette.

»Wer in aller Welt bist du geworden?« Pawels ruhige Frage holte mich wieder zurück. »Warst du es nicht, der mich für ein Jahrzehnt dazu angestachelt hat, alles stehen und liegen zu lassen, damit uns der entscheidende Durchbruch an DAVE gelingt? Der uns den Internetanschluss und die Telefonleitungen zerschnitten hat, damit wir uns besser konzentrieren können, weil du meintest, messianische Visionen zu haben? *Messianische Visionen* – ich zitiere dich, das stand über unserem Büro am Red Gate 45. Warum diese Veränderung?«

Ich griff nach meinem Glas, doch es hatte seine zylindrische Form verloren und bog und streckte sich an den berührten Flächen wie Knetmasse. Die Welt wackelte, als hätte eine Linseneintrübung sie ins Ungleichgewicht gebracht.

»Ich habe mich überhaupt nicht geändert, das ist deine Projektion«, sagte ich schwach.

»Und wovon haben wir dann geträumt? Als wir im YMCA die ganze Nacht auf waren, sieben Tage die Woche, wann immer es Computerzeit gab? Für eine Vision von einem besseren, einem logisch durchkonstruierten Universum. Das war zumindest, was du den Leuten erzählt hast, während du in deinem Maturaanzug von Tür zu Tür gegangen bist, um ihnen persönlich Anteilsscheine anzudrehen. Du warst derjenige, der mir als Student erzählt hat, wir sollten unsere Töpfe und Teller verkaufen, um Kapital für den TR 440 aufzustellen, weil DAVE der Schlüssel zum Verständnis von überhaupt allem sei.«

Ich schüttelte den Kopf, so elend war mir: Ich verstand nur die Hälfte von dem, was Pawel zusammentrippte, vor allem aber waren mir die ekelhaften Blicke der Jugendlichen zuwider, die uns schamlos verfolgten. Ich wollte zu ihnen laufen und sie gegen die Wand schleudern, zur Rede stellen – und doch hatten gleichzeitig meine Wangen zu glühen angefangen, denn ich schämte mich auf so vielfältige Weise, dass ich nicht mehr wusste, was ich eigentlich kaschierte.

»Also bitte versteh mich nicht falsch, aber ich glaube nicht, dass ich mir das«, ich zeigte auf den Plan, »jemals gewünscht habe. Ich mache mir eben Gedanken über andere Dinge in letzter Zeit.«

»Welche denn? Ich will es verstehen«, sagte Pawel und

rückte näher an mich heran, doch wie im Automatismus entzog ich meinen Körper – weg von diesen vertrauten Händen, die mich beschwichtigen wollten.

»Beispielsweise darüber, wie wir überhaupt wissen können, ob DAVE bewusst agiert oder sich nur in den zigtausend übereinandergeschoppten Programmstrukturen verliert. Wie wir überprüfen können, ob er gesteuert wird oder nicht. Wie wir erahnen können, ob und vor allem welche Absichten er hat. Ob sich die Absichten seiner Schöpfer nicht in ihm spiegeln«, sagte ich fahrig. »Wozu soll man all diese megalomanischen Kalkulationen überhaupt unternehmen?«

Da – nun sah auch der Barmann zu uns her; ich meinte sogar, ein gehässiges Lächeln seine Lippen umspielen zu sehen.

»Syz, ich finde es schwer zu glauben, dass gerade du mir diese Frage stellst. Wissen ist ein Wert für sich selbst, Leben ist ein Wert für sich selbst.«

Die Kinder, ein Mechaniker, ja sogar die bowlenden Männer lugten durch die verdunkelte Glasscheibe herein. Ein großer, schwarz gekleideter Mann, dessen Gesicht vom Halbdunkel verhüllt war, stand vor dem Street-Fighter-Apparat – Bumper, las ich auf seiner Brust.

»Weder du noch ich noch irgendjemand hat überhaupt Überblick über DAVE«, sagte ich mit neu erwachter Aggression, »und du sprichst, als stünde uns ein Zeitalter der Erlösung bevor. Nein, Pawel, ich will mit dir nicht an einem Scheißplanetoiden arbeiten. Ich weiß doch nicht einmal, ob ich die kommenden Wochen überleben werde.«

Pawel fuhr zusammen, als hätte sich ein Pistolenschuss gelöst: Erst in diesem Moment wurde mir bewusst, dass ich mein Glas ergriffen und auf den Boden geschleudert hatte. Für einige Sekunden herrschte scheußliche Sprachlosigkeit zwischen uns, ehe ich beschämt unter den Tisch kletterte, um die Scherben aufzuheben.

»Was wissen wir denn eigentlich von diesem sogenannten Superbewusstsein«, fragte ich und schrie auf – ich hatte mich an einer der Scherben geschnitten.

»Komm doch wieder hoch, Syz, ich verstehe dich ja kaum«, sagte Pawel gequält. Ein paar Blutstropfen sickerten über den Boden und verloren sich im Stoff der Couch.

Ich war keuchend vor Anstrengung und Wut wieder aufgestanden, das Blut drängte aus meinem Kopf zurück in den Leib. Was hatte ich da gerade gesagt? Als ich mich umblickte, sah keiner der Umstehenden zu uns hin.

»Was meinst du damit, dass du nicht weißt, ob du überleben wirst?«

»Ich werde gehen«, sagte ich, aber Pawel hatte mich am Ärmel gepackt.

»Lass mich in Frieden, ich kann es dir nicht sagen. Ich wünschte, ich könnte es, denkst du, ich will es nicht?«

»Mir was sagen?«

»Nichts«, rief ich – und wandte mich ihm doch sofort wieder zu. »Es würde dich in Gefahr bringen, frag nicht.« Alles Umherlaufen und Verstecken, all die Versuche, meine wirklichen Fährten zu zerstreuen, brachten sich in Formation, um gegen mich zu marschieren.

»Frag doch nicht«, sagte ich nochmal, zerwühlt von einem Druck, der ich selbst war, und ungeachtet der Tatsache, dass Pawel gar nichts gefragt hatte. Ich hatte Pawel am Kragen gepackt und über den weichblauen Boden nach hinten geschoben, ins Abseits, ins Dunkle.

»Meine Kapazität ist erschöpft, verstehst du?« Ich vorwärts, er rückwärts taumelnd waren wir in den Autotorso eines Road-Blaster-Automaten getrudelt.

»Syz, du machst mir Angst«, sagte Pawel und stemmte sich gegen meine verkrampften Hände.

»Weißt du, dass ich dich seit einem gottverdammten Jahr anlüge? Und dass die da oben uns ebenfalls anlügen, vielleicht schon immer angelogen haben? Die Personenhypothese – man weiß nicht erst seit einem Jahr, dass sie funktioniert, sondern seit Dekaden« – es war zu spät, alles war zu spät – »Ich bin der Mensch, dem sie DAVE nachbilden. Davor war's ein anderer, der daraufhin spurlos verschwunden ist, verstehst du?«

»Nimm deine Hände weg, ich bekomm kaum Luft.« Ich sah, dass mein Griff rote Striemen auf Pawels Hals hinterlassen hatte, doch wie neuerlich angespornt, fixierte ich ihn weiter.

»Ich wollte es dir vom ersten Tag an sagen, aber das ging ja nicht. Hast du dich denn nie gefragt, warum keiner von uns jemals draußen war?«

»Lass mich los, bitte.« Pawel zitterte am ganzen Körper.

»Gut, ja, ich kann es ja selbst noch nicht ganz fassen, ich weiß ja auch nicht, was exakt es ist, das mit DAVE beabsichtigt wird. Aber eins kann ich dir sagen – was sie nicht wollen, ist, dass er wirkliches Selbstbewusstsein erlangt. Und warum wollen sie das nicht?« Das war keine rhetorische Frage – ich wusste die Antwort selbst nicht, und als ich es begriff, ließ ich ihn endlich los. Der Druck war entlassen. Doch mit dieser Entweichung kam nun auch die Realisierung, was ich gerade getan hatte. Mehr noch, als dass ich Pawel in Todesgefahr gebracht hatte, schockierte mich das plötzliche Formfassen meiner Gedanken: Was vage und konturlos nur in meinem Kopf existiert hatte, hatte sich soeben manifestiert.

Von der Verzerrung des Raumes erlöst, sah ich Pawels Gesicht klar vor mir. Eine Entstellung –

»Es tut mir leid«, sagte ich leise und ließ seinen Kragen los. Er sah mich noch immer fassungslos an und streckte seine Hand aus, als wollte er mich nicht gehen lassen.

Ich aber riss mich los, nahm mein Geschenk und ging. Schwer atmend erreichte ich mein Zimmer. In meinen Händen hatte ich noch immer das Päckchen, und wie um mich zu beschäftigen, schälte ich nun langsam das Papier von der weichen, runden Oberfläche, die darunter zum Vorschein kam. Zweifellos: Es war eine Schapka, eine russische Fellmütze, die aus dichtem Pelz gefertigt war. Doch war es nicht irgendeine Schapka: An der roten Melierung und ihrer unverwechselbaren Patina erkannte ich sie wieder. Es war exakt jene Mütze, die die Frau im ersten Stock mir zu fühlen gegeben hatte. Das Wolfsfell.

10

Beim Betreten des Restaurants Purgatorium hatte ich das Gefühl, in wadentiefem Treibsand zu versinken: Ich benötigte eine Weile, um zu realisieren, dass die schleimige, wurmstichige Speckfläche, auf der ich stand, derselbe Perserteppich war, der sich noch vor wenigen Monaten prächtig unter uns entrollt hatte.

Die Farne, ehedem einige der wenigen echten Pflanzen des Labors, zu deren leuchtendgrünem Anblick die Leute in Massen hierher gepilgert waren, hingen nun schlaff im Topf. Ich griff nach den Wedelblättern, während ich auf den Platzzuweiser wartete: Plastik. Man hatte sie durch künstliche Erzeugnisse ersetzt, dachte ich nervös, aber wie konnte denn Plastik hängen?

Da eine Pause von über sechs Wochen zwischen meinem letzten Besuch im Restaurant und dem heutigen lag, war der Wandel auch für mich sichtbar geworden: Die Bauarbeiten waren zwar ordnungsgemäß durchgeführt worden – ums Aufräumen aber hatte sich keiner gekümmert, und nun hatten Schutt und Farbreste das ganze Etablissement überzogen. Unter den Mauerstücken befanden sich, kaum sichtbar, Essensreste – daher also kam das Fettglänzen.

Das Personal hing derweil mit großen Augen an den Bildschirmen; noch zehn Minuten, nachdem ich hereingekommen war, hatte sich niemand zur Bewegung veranlasst gesehen. Die Türen zu den Mitarbeiterquartieren standen sperrangelweit offen: Es war normal, dass die Angestellten der Restaurants in direkt angeschlossenen Räumen lebten, kleinen Kammern mit geteiltem WC. Doch während all die Jahre die Trennung zwischen den Sphären impermeabel zementiert worden war, waren diese in den letzten Wochen in einer langsamen Gouache ineinander verlaufen: Zwischen den Reichsten der Reichen, die ungestört dinierten, lagen verstreut Habseligkeiten und Strümpfe, Knirck-Lunchboxen und Kinderspielzeug aus den Wohnungen der Bediensteten verstreut.

»Entschuldigung«, sagte ich vorsichtig und trat an die Gemeinschaft, die zusammengedrängt vor der Übertragung hing, als würde sich dort die Entdeckung des Feuers zutragen. »Dürfte ich um einen Platz bitten?«

»Kusch!«, zischte die Kellnerin. »Das ist eine Übertragung der neuesten Simulation von DAVE. Nehmen Sie sich einen Fetzen und putzen sich einen Tisch ab!«

Ich folgte ihrer Aufforderung artig, musste dafür aber erst liegengebliebene Messer und Gabeln forträumen.

Auf allen freien Plätzen türmte sich altes Geschirr, und selbst die Putzfrau schwenkte nur wie zum Schein einen vollkommen trockenen Mopp über den schalen Boden, während sie mit den Lippen die Worte Fröhlichs nachsprach, der gerade auf dem Bildschirm erschienen war.

»Na, jetzt zufrieden?«, sagte ein Kellner, kaum hatte ich mich gesetzt, und warf mir eine Karte hin, als wäre jeder Gast ein wüstes Ärgernis. Neben mir saß ein älteres Paar ungestört im Dreck. Sie – die Hände vollgepfropft mit Ringen – hatte sich ein mit Blattgold überzogenes Schnitzel bestellt, in dem jedoch eine offensichtlich ungewaschene, grünspanüberzogene Gabel steckte. Das machte nichts aus: Keiner von beiden hatte Interesse daran, es zu essen, und ihr Mann zog nur – wie erleichtert, eine Abbuchung tätigen zu können – die Karte über den Zahlungssensor, als der widerwillige Kellner endlich an ihrem Tisch vorbeikam. Während ich mich in dieser eigentümlichen Situation noch sammelte, griff eine Hand an meine Schulter, die beim Zurückziehen einen schweißigen Fleck auf meinem Kittel hinterließ.

»Na, da isser ja, der Goldbursche. Hören Sie zu«, sagte Babusch und ließ sich in den Sessel fallen. Ohne jedoch weiter darauf einzugehen, worauf ich hören sollte, wischte sie sich den Schweiß, der knapp unter ihrem grauen Haaransatz stand, mit dem Tischtuch ab, auf dem ockerfarbene Streifen verblieben. Dickes Make-up – so viskos, dass beige Brocken im Gewebe verblieben. »Sie haben Glück, dass ich hier bin. Als Sie mir geschrieben haben, dass Sie Mentoring wünschten, dachte ich im ersten Moment: nicht schon wieder. Ich habe ja jetzt dauernd mit jungen Menschen zu tun, und die leben zudem noch so lange.«

Sie lachte schallend, lehnte sich aber sofort wieder zurück, um durchzuschnaufen. Zweifellos war sie, seit ich sie das letzte Mal gesehen hatte, noch dicker geworden. »Überall lungern die Jungtalente herum, wie früher der liegengelassene Kehricht. Wir haben in diesem Labor ein solches Überangebot an Talent, dass man gar nicht weiß, wohin damit. Wie Unkraut. Wissen Sie, was Unkraut ist? Das schießt so, dann so« – zeigte sie mit einer Geste, die wohl das Austreiben von Sprösslingen darstellen sollte, sie jedoch wieder an den Rand der Lungenembolie brachte. Sie atmete noch angestrengt, als ich verstand, dass sie tatsächlich eine Antwort auf ihre Frage wollte.

»Ja, ich weiß, was Unkraut ist«, sagte ich, und sie fiel endlich in sich zusammen, stimmte aber sofort erneut einen Monolog an. »Scheinwerfer an: Eine Professorin ist am Limit ihrer Kapazitäten. Sie muss zwischen Lehre, der Heranzucht der nächsten Generation und ihrem eigenen Fortkommen jonglieren. Überall pfeifen und klappern die Hebel, mit denen sie die Welt aus den Angeln heben könnte, aber sie hat ja gar keine Zeit dazu, denn wieder hat ein Mündel eine Anfrage und pilgert an ihre immergeöffnete Tür. Sie hat einen milden Blick. Dem Jungtalent brennt eine Frage auf der Seele, der Professorin glüht die Antwort im Kragen. Fade-out.«

Und als wäre damit alles abgehandelt, versank sie in tiefem Schweigen und starrte an die Decke. Erst als wieder ein Kellner an uns vorbeischwirrte, streckte sie ihre Hand aus und fing den Mann ab wie ein Lacrosse-Geschoss. Mit einer Geschwindigkeit, die von langer Übung zeugte, bellte sie heraus: »Einmal das Wildbret, einmal das Schnitzel, zwei Tassen Chardonnay!«

»Tassen?«, fragte ich verwirrt.

»Wir wissen, dass die effizienteste Art zu trinken, eine –«, setzte sie an, doch war für den Rest des Satzes keine Zeit mehr, denn kaum zwanzig Sekunden später landete das Essen auf unserem Tisch, als hätte es schon seit Tagen warmgehalten auf uns gewartet.

»Ich verstehe natürlich, dass Sie viel Stress haben, umso mehr freut es mich, dass Sie die Zeit erübrigen«, begann ich nochmals vorsichtig, denn ich war noch immer nicht sicher, ob Babusch ganz bei sich war.

»Nahaufnahme Gesicht: gerne«, antwortete sie und schob sich eine Kartoffel in den Mund. Ich beschloss, konviviale Normalität vorzuspiegeln und mich möglichst unbeeindruckt von den Verhältnissen zu zeigen, doch als ich den Löffel in die Sauce senkte, stieß ich auf einen harten Gegenstand – einen blauen, an der Seite geschmolzenen Legostein.

»In diversen Szenen meiner Jugendfilme, in überall ausgestrahlten Sendungen hat man gesehen, dass ich eine Dame mit vielen Gesichtern bin. Na, liebe Kinder, was wollt ihr? Grafik einspielen, was meinen Sie? Eventuell einen Planeten mit Augen einblenden?«

Gleich darauf hob ich mit dem Löffel einen Katzenball, einen Bleistift und ein Medaillon, auf dem der an einen Anker gebundene heilige Clemens zu sehen war, aus meinem Essen hervor. Ich schob den Teller von mir weg.

»Ja, also, wenn Sie schon so fragen, dann rücke ich mit meinem Anliegen gleich heraus«, sagte ich möglichst unbeteiligt. »Und zwar würde ich mich für die Frage interessieren, wie sich nach der Einführung DAVEs die Sache mit der Außenwelt gestalten wird.« Plötzliche Stille, nur das Piepen und Ächzen des Fernsehers war noch zu hören.

»Welche Sache?«, fragte Babusch.

»Na die Sache, die Sache«, sagte ich verlegen und beschrieb schwammige Figuren mit der Spitze meines Messers. »DAVE wird doch errechnen, wie man die Außenwelt wieder bewohnbar macht, oder habe ich da was falsch verstanden?«

Babusch hatte sich indessen in ihren Braten vertieft wie in eine Stellage aus Orakelknochen, deren Knorpelmassen Unerhörtes ahnen ließen.

»Wissen Sie, woher diese Herrlichkeiten kommen?«, fragte sie unvermittelt, und als sie wieder aufblickte, glänzten ihre Augen mild-angefeuchtet, wie man es von ihren Auftritten im Kinderfernsehen kannte. Abstoßend.

»Nein, das weiß ich nicht«, sagte ich wahrheitsgemäß.

»Nun, dann passen Sie jetzt gut auf: Das hier –«, sie hielt eine Stange Brokkoli hoch, »gedeiht wie alle anderen Gemüsesorten hervorragend im Gewächshaus auf dem Dach. Das Erbgut des Samens haben unsere Genetiker auf ganzjähriges Wachstum gebürstet. Das hingegen« – nun präsentierte sie einen Brocken glänzenden Schenkelfleisches – »stammt aus Reagenzgläsern, die wir mit einfachen Kollagenpulvern auffüllen. Wächst in wunderschöner, einwandfreier Muskelform heran. Theoretisch würden ganze Tiere daraus werden, würden wir nicht rechtzeitig abbrechen. Die sind sowieso nicht lebensfähig, werden Sie nicht zu aufgeregt, schreien Sie nicht so«, sagte sie, obwohl ich vollkommen still dasaß. »Und woher kommt das Kollagen? Na?« Sie grinste und schnippte, doch mir war übel geworden. »Von den abgestorbenen Hautzellen der Laborbelegschaft«, sagte sie strahlend. »Der Staub wird durchgesiebt und das Protein ganz einfach wiederverwendet – vollkommen autark. Aber ich höre euch schon fragen: Wie kommt das zustande?« Nun war sie in Schwung – ein Batzen Schlagobers landete vor meinen Augen auf dem Tisch.

»Menschenmilch?«, frage ich klamm.

»Natürlich nicht«, sagte Babusch zu meiner Erleichterung. »Das hätten viele als zu widerwärtig empfunden, deshalb«, sie lehnte sich über den Tisch, »sind wir auf Ketone verfallen. Urin! Tierische Fette, die wir täglich in Tonnen die Toilette herunterspülen, lassen sich einfachst isolieren. Übrigens auch für die Säure in Weißweinen, die den erlesensten Tropfen der früheren Champagne in nichts nachstehen. Der menschliche Harn ist die reinste Goldgrube.« Und mit Genuss schob sie sich alle drei Derivate, deren Genese sie mir eben erklärt hatte, auf einmal in den Mund. Mich würgte.

»Mit einem Wort: Wieso sollten wir die herrliche Arche, die wir unser Zuhause nennen, jemals verlassen? Arche, das ist ein Schiff in der Bibel.«

»Ich weiß.«

»– auf dem zwei von jeder Art vor einer Flut in Sicherheit gebracht werden.«

»Ja«, sagte ich ungeduldig und hoffte, jemand möge zumindest mein eigenes Gericht abservieren. »Da wir gerade von Fluten sprechen: Ich würde gern ein wenig mehr über das Labor wissen. Also«, ich holte noch einmal Luft, »da Sie die führende Koryphäe auf diesem Gebiet sind, wollte ich fragen ... kurzum: Was exakt wissen wir denn vom Status quo der Außenwelt, der uns dazu zwingt, in dieser – wie nannten Sie es nochmal – Arche zu bleiben?«

»I wo! Zwingt! Das ist die beste aller Welten. Wenngleich man die Gefahren nicht unterschätzen soll. Denn wenn man Gefahren unterschätzt, dann kommen sie zu einem nach Hause und klopfen an die Tür. Und dann hat man den Salat! Pfui!« Auch mit dieser Antwort war natürlich gar nichts anzufangen, aber ich verstand langsam, dass sie ihr ganzes Leben ausschließlich mit Kindern von dieser Causa gesprochen hatte, ja, vielleicht gar nicht in der Lage war, sie rational zu erklären.

Dennoch lehnte sie sich wieder verschwörerisch zu mir hinüber: »Es hat sich eine große Katastrophe ereignet, was vor allem daran lag, dass keine künstliche Intelligenz da war, die sie hätte verhindern können. Die Menschen haben gezündelt wie Kinder mit einer Bombe, haben nicht verstanden, dass ihre eigene Reproduktionsfähigkeit eine brutzelnde Lunte ist. Die Reproduktionsfähigkeit löst die Überbevölkerung aus, und die Überbevölkerung die Naturkatastrophe. Bumm! Und jetzt brauchen wir eine Saugglocke, wie auf dem Grund des Meeres, um zu überleben.«

»Nun, ich verstehe«, unterbrach ich sie. »Aber von welchem Charakter war denn diese Katastrophe? Strahlen, Tsunami, Hitze? Allein von Überbevölkerung wird es ja noch nicht unmöglich, sagen wir – ein Fenster zu öffnen.«

»Ein Fenster ist eine Abdeckung einer Belichtungs- und

Luftöffnung, früher häufig aus Glas. Das Gute daran ist, dass wir überhaupt keines brauchen, denn wir können ja herinnen einiges anschauen, und die Luft wird klimatisiert hereingeblasen.« Sie hob den Arm zu einer abrupten Bewegung, die diesmal ihren goldenen Manschettenknopf absprengte wie einen Champagner-, das heißt, wie einen Aufbereiteter-Urin-Korken. Ich war ratlos; dieses Treffen würde keine Ergebnisse zeitigen, das verstand ich immer mehr.

»Aber es muss doch Aufzeichnungen geben, was hier vor fünfzig Jahren passiert ist ... oder siebzig? Wie lange schon darf das Labor nicht verlassen werden?«

»Das Labor zu verlassen ist gefährlich und darf deswegen nicht unternommen werden«, sagte Babusch wie ein Papagei und erhob den Finger in einer infantilen, tausendfach eingeschliffenen Bewegung – einer, die ich seit meiner Kindheit kannte. »Manche sagen, es habe sich um ein schweres Erdbeben gehandelt, das alle Gebäude dem Boden gleich gemacht habe, und bei einem Vorwarnsystem mit künstlicher Intelligenz« – nun bewegte sie die Hände in einer Art Segnungsgeste – »verhindert hätte werden können. Oder aber es war eine Bombe, Fusionsenergie vielleicht, die die Menschen hat verbrennen lassen. Oder eine große Sintflut. Eine biblische Heimsuchung.«

»Nun gut, aber diese Dinge lassen sich ja schwerlich miteinander verwechseln«, sagte ich aggressiv.

»Strahlen sind unsichtbar, können aber in den Körper eindringen. Dort reißen sie die heimischen Neutronen heraus und picken neue hinein, die in ihrer Instabilität zu einem Plumps des ganzen Materials führen. Ein Upsala der Leber kann die Folge sein.«

»Also Radioaktivität?« Wie konnte ich überhaupt auf eine ernsthafte Antwort hoffen?

»Das wissen wir nicht, das können wir gar nicht wissen. Wir haben nie draußen Sensoren angebracht, es könnte gefährlich sein. Sie könnten schmelzen oder weggeweht werden, hinschauen ist immer mit einem gewissen Risiko behaftet.«

»Ja, aber wenn sie beispielsweise schmelzen, wüssten wir wenigstens, was der Fall ist. Es muss doch jemand schon einmal probiert haben, dieser Sache nachzugehen.«

»Gehe nicht aus dem Haus, sonst ist es mit dir aus«, sagte Babusch. »Oder wenn Sie es noch genauer wissen wollen: Es gibt ein altes Volkslied darüber. Das geht so –« Und sie begann, durchdringend zu singen. »Fritz bleib da, du weißt ja nicht, wie's Wetter wird, Fritz bleib da, du weißt ja nicht, wie's wird – ob es regnet oder schneit, oder ob's guat Wetter geit – Fritz bleib da ...«

Im verkommenen Restaurant hatte diese vergleichsweise milde Exzentrik niemand bemerkt. Die Mehrzahl der Gäste hatte sich nun gleichfalls vor dem Bildschirm eingefunden, und man sah, wie sich eine gewisse Aufregung unter den Zuschauern breitmachte: Seufzen, wenn etwas glückte, nervöses Scharren, wenn ein Aspekt floppte.

»Aber Sie haben doch jede Woche eine Aufzeichnung«, begann ich nochmals ruhig. »Und haben dabei allerlei Prognosen für die Zuschauer. Ist das alles ausgedacht?« Wie durch Zauberhand war Babuschs Weinglas wieder aufgefüllt worden.

»Meine Texte kommen von Fröhlich, der die Angelegenheit im Detail studiert hat. Die Natur hat uns ein Schnippchen geschlagen. Sie ist dem Menschen per se Feind.«

»Fröhlich!«, stieß ich leise aus.

»Die Natur besteht aus«, sagte sie und schob sich ein Stück Schnitzel in den Mund, wie um Zeit zu gewinnen, »Tieren ...

Pflanzen ... einem Himmel. Und dann aus gewissen anderen Sachen, die gar keine Sachen sind. Strahlen oder Kohlenstoffen und hohem Druck in Aushöhlungen, solchen Dingen.« Ihr Gesicht glühte regelrecht: Ob es an der Frage oder dem Herunterstürzen des sogenannten Weines lag, konnte ich nicht sagen.

»Wenn es regnet, donnert, blitzt, sei froh, dass du im Trocknen sitzt.« Ich sah nun deutlich, wie bleich Babusch war. »Wenn sich die Mutter laut beschwert, kann's sein, dass sie ein Kind gebärt«, sagte sie noch wie zur letzten Gegenwehr. Dann unterbrach der Applaus vor dem Fernseher unser Gespräch.

»Aber gut, die Jugend ist jung, das ist ja ihr Definitionsmerkmal. Man will Dinge wissen um des Wissens willen. Ich werde Professor Fröhlich darüber in Kenntnis setzen, dass Sie ein Interesse an solchen Sachen haben, vielleicht kann er das ja mit Ihnen verhandeln.«

Jetzt war es mein Gesicht, das zu glühen anfing.

»Nein, nein, bitte belästigen wir ihn doch nicht damit«, sagte ich rasch und überlegte, wie ich Babusch von dieser Idee abbringen konnte. »Ich frage ja auch nur, weil ich – nun ja, ich wollte es aus Scham anfangs nicht sagen.«

»Nur raus damit«, sagte Babusch und hielt im Kauen inne.

»Mit einem Wort, es gelüstet mich danach, Ihr Nachfolger zu werden und den Kindern die Wichtigkeit von DAVE nahezubringen.« Es war, als wäre Babusch ein Stein von der Brust gerollt. »Aha! Daher weht der Wind, Sie Schlingel. Nun gut, dann hören Sie mal zu: Das Wichtigste ist der Gesichtsausdruck. Immer die Augenbrauen zu einem besorgten Spitzdach krümmen.« Und während ich vermeintlich interessiert auf Babuschs zu einem Giebel umgebaute Visage starrte, kam erneut ein Kellner und füllte die Weingläser. Ich seufzte tief und sammelte meine Kräfte für einen epischen Vortrag über etwas, das mich keinen Deut interessierte, da sah ich über den zitternden Spiegel des randvollen Weinglases hinweg Garaus am Eingang. Ihr pendelnder Blick fand mich, und auf einmal war die Lautstärke des ganzen Raums wie herabgefahren; da war ein Wanken, ein Zittern in ihrem Gang, als wäre das Rückgrat der Welt marod geworden. Das Grauen hatte mich schon aus der Ferne erfasst: Als sie unseren Tisch erreichte, wusste ich, dass ein Erdbeben mein Leben dem Boden gleich machen würde, schlimmer als alles, was ich je erlebt hatte.

»Syz, es ist etwas Entsetzliches passiert«, sagte sie und kauerte sich auf den drecksstarren Boden. »Pawel ist tot.«

□

Es wäre zu viel und zu wenig gesagt, dass Pawel Petrows Essenz – der unverbrüchliche Kern seines Wesens – mich mit Neid erfüllt hatte. Wir anderen Kinder begannen unser Ichgefühl erst stotternd zu lallen, da war er eine fertige Person. An die Ausschläge dieser Formwerdung kann ich mich noch immer erinnern, als wäre es gestern gewesen.

Ich hatte ihn am ersten Tag der Volksschule sofort in einer der vorderen Reihen entdeckt, und so wie ich hatten das alle anderen im Raum: Während der Begrüßung des Direktors waren alle Augen auf seine ungewöhnlich rostroten Haare, seine albinoweiße Haut, sein freies, ungehemmtes Lächeln gefallen. Doch seine Schönheit war es nicht, die die Raumzeit um ihn zu bündeln schien.

Es war die Art, wie er die Klasse betreten hatte. Er war mit einem Ausdruck konzentrierter, kaum zu zügelnder Energie hereingekommen und hatte sich unbekümmert von der Aufmerksamkeit, die ihm zuteil wurde, einen Platz in der ersten Reihe gesucht, nur um gleich darauf wieder in die Höhe zu fahren. An den Rufen der Lehrerin vorbei und wie gepackt von einer unzügelbaren Neugier war er, während der blasstattrige Direktor seine schalen Grußworte sprach, zu einem der Wandregale gegangen und hatte einen Rubikwürfel herabgefischt. Für dreißig elendslange Sekunden hatten wir anderen mit offenen Mündern zugesehen, wie Pawel im Alter von sechs Jahren und drei Tagen (ich rechnete zu Hause wütend aus, dass er ganze drei Monate und eine Woche jünger war als ich) das Puzzle in seine Ausgangslage brachte. Der ganze Vorgang hatte keine Minute gedauert, und doch hatte ein tiefer Riss das soziale Gefüge gespalten: Wir waren auf der einen Seite des Flusses, Pawel am anderen Ufer: unerreichbar. Das Erstaunliche war nicht gewesen, dass er den Würfel gelöst hatte – das konnte auch ich –, sondern mit welcher Unbekümmertheit, spontanen Neugier, vor allem aber: Indifferenz gegen den Effekt, den er auf andere hatte, er es getan hatte. Ich hingegen hatte vom ersten Tag an zwei Dinge gewollt: besser als er sein, erstens, sein Freund werden, zweitens.

Die Regeln, denen die anderen sich sklavisch unterwarfen, ignorierte er mit der Macht der ihm eigenen, zügellosen Freude. Später, als wir aufs Gymnasium gingen, hatte Pawel die unvergleichliche Fähigkeit, die Dinge zu tun, für die jeder andere verdroschen worden wäre, und dabei nicht nur nicht lächerlich, sondern ganz im Gegenteil geradezu mesmerisierend zu wirken. Schleppte Pawel statt eines Videospiels zum Beispiel *Julius Caesar* von Shakespeare an, so lasen es in der Woche darauf drei oder vier andere Schüler heimlich unter der Bank. Ein Vorfall ist mir besonders gut in Erinnerung geblieben: In der Mittagspause lagen wir alle verteilt auf den stacheligen Rasenflächen des Parks, rastlos wegen jener eigenartigen Scham über den eigenen pubertierenden Körper, die uns immer wieder die Positionen ändern ließ. Ein Mädchen namens Dominique kam spontan darauf, ringsum alle nach ihrem Musikgeschmack zu fragen. Ich wurde immer fahriger, je näher die Reihe an mich rückte. Innerlich sagte ich mir wie ein Mantra den Namen dreier Bands vor, von denen ich mich zu erinnern glaubte, dass andere Schüler, die im sozialen Gefüge über mir standen, sie vor einiger Zeit erwähnt hatten.

Pawel aber, links neben mir, antwortete vollkommen unbefangen, dass er gerade Iannis Xenakis hörte, einen griechischen Komponisten moderner klassischer Musik, der seine Stücke nach dem Vorbild mathematischer Theoreme konstruierte. Nicht ein einziger wagte es, zu lachen – und ich erinnere mich, dass seine Miene, ein Ausdruck vollständiger Freiheit, mich und alle anderen tief beschämte. Danach hatte das Spiel ein Ende.

Das war eine jener Episoden, die so typisch für ihn waren: Pawel hatte ein tiefes Vertrauen in alle anderen, das ihn unangreifbar machte – er wusste nichts von der Schlechtigkeit und Verachtung in ihren Köpfen, und dieses Unwissen radierte ebenjene Verachtung restlos aus. Warum ein solcher Mensch gerade mich als sein Gegenstück, seinen besten Freund, ausgewählt hatte, war mir unbegreiflich, doch weiß ich noch, an welchem Tag er mich auserkor.

Ich war in einen losen Freundeskreis um einen Burschen namens Andreas Flasch integriert und begegnete diesem wie auf Eierschalen, um meine Chance nicht zu verspielen. Nachdem ich die ersten neun meiner Lebensjahre als Eigenbrötler zugebracht hatte, war es das erste Mal in meinem Leben, dass ich in einer Gruppe geduldet wurde. Meistens taten wir nichts anderes, als Basketball zu spielen, in irgendeiner Ecke zu sitzen, schlechte Popmusik zu hören oder mit gefälschten Schülerausweisen gekauftes Bier zu trinken.

Ein einziges Mal hatte ich in diesen ersten Jahren den Mut zu einem Versuch, diese Strukturen zu verändern, und ich sollte es bitter bereuen. Ich hatte Flasch und die anderen vorsichtig in meinen Plan eingeweiht, eine Schülerzeitschrift mit Computermanifesten und Open-Source-Projekten zu drucken, und zu meiner großen Überraschung hatten er und drei andere zugesagt, mir dabei zu helfen. Zu diesen drei gehörte auch Pawel, und für ein paar Tage war ich wie im Rausch, dass andere meine Ideen wertschätzten. Der Direktor der Schule hatte uns den Turnsaal zur Verfügung gestellt, um die Erstpräsentation zu organisieren. Es waren nur vierzehn Seiten, die das Heftchen haben sollte, doch je mehr Zeit verging, desto nervöser wurde ich, weil bis auf Pawel alle anderen die Abgabe ihrer Beiträge von Tag zu Tag verschoben. Zu viele Aufgaben, Probleme mit den Eltern, keine Ideen – die Gründe rotierten und wurden immer unglaubwürdiger. Ich traute mich nicht, Flasch und die anderen unter Druck zu setzen – was sie schamlos ausnutzten. Ein Wochenende vor der Präsentation der Zeitschrift jedenfalls war ich zum Zerreißen gespannt; und wäre ich es nicht gewesen, hätte ich auch gar nicht den Mut aufgebracht, die drei nach einer der obligaten Basketballrunden endlich zur Rede zu stellen. Flasch grinste, sah nach links, sah nach rechts, wo die beiden anderen Jungen sich befanden. Er sprang in seinen schweißnassen Basketballshorts in die Höhe und verkündete stolz, dass alles eine *Verarschung* gewesen sei – ein Test, ein Experiment, ein Spaß, der darin enden würde, dass ich mit meinem beschissenen Magazin allein vor der Schule stünde.

Es war, als wäre dem Raum die Luft entzogen worden; mein Zwerchfell wurde von einer Dekompression nach oben gedrückt, während die drei in lautes Gelächter ausbrachen. »Nimm's nicht zu schwer, Schwanzlutscher«, sagte Flasch und boxte meine Schulter, da schlug die ganze Stimmung auf einmal um.

»Ich werde es mit dir zu Ende bringen.«

In dem Moment, als Pawel sich einschaltete, verstummten alle anderen wie von einer geheimen Kraft bezwungen. »Wir beginnen jetzt sofort.« Er war aufgestanden und sah mich mit ungetrübtem Blick an – einem Blick, der ebenso wenig verleugnete, was gerade geschehen war, wie er den Launen der anderen auch nur die geringste Bedeutung beimaß. Flasch und seine zwei Kompagnons waren nicht nur still geworden – sie waren beschämt und beobachteten diese Wendung mit einem Ausdruck des Entsetzens, den keine Moralpredigt, kein Scherz, kein Hoseherunterziehen jemals auf ihre Gesichter hätte zwingen können. Pawels unbeirrbarer Sinn für Gerechtigkeit hatte sie nicht nur als mickrig und dumm, sondern als schlichtweg irrelevant enttarnt.

Von da an verbrachten wir jeden Tag miteinander. Ich war der Ideengeber, doch Pawel brachte die Dinge zur Blüte: Als ich in unserem Französischbuch die Geschichte von Jean-François Champollion und der Entschlüsselung der Hieroglyphen las, hatte er in der kommenden Woche ein Lehrbuch des Koptischen auswendig gelernt und zitierte stockend Ptolemäus' Grabinschriften. Wenn ich Schlösser knacken lernte, hatte er die Methoden des Lockpicking übers Wochenende nicht nur systematisiert, sondern sich so immersiv vertieft, dass seine Feinmotorik die meine längst überrundete. Er lernte und schaute und fühlte mit einer so gewaltigen Neugier und einem so unerschöpflichen Mitgefühl, dass es sich anfühlte, als könnten wir gemeinsam die Welt in die Knie zwingen.

»Ich hab etwas herausgefunden«, rief er eines Tages und überschlug sich fast, als er in mein Zimmer kam. »Wenn man dauernd Kaffee trinkt, muss man nur drei Stunden am Tag schlafen. Maximal!« Von diesem Tag an schleppte er zu jeder Tages- und Nachtzeit einen riesigen Humpen mit sich herum, wach gehalten von Unmengen an koffeinblindem Enthusiasmus. Wir mussten lernen, die Masse zu bewältigen, nicht den Mangel. Es war alles da – man konnte alles lernen –, und deswegen hatte man die moralische Verpflichtung, alles zu lernen.

Pawel hatte, später als Gymnasiast, sofort Verständnis für meine Theorien gezeigt, dass Coder unerschöpfliches Wissen aus biologischen Vorgängen und ihrer Nachahmung gewinnen können. Es dauerte keine zwei Monate, da hatten wir einen Softwareentwurf für ein Programm geschrieben, das nach dem Vorbild von Bakterienstämmen Resistenzen gegen Bugs entwickeln sollte. Kleine Irregularitäten im Code würden in einem derartigen Programm nach und nach zu einer Unempfindlichkeit gegen fehlerhafte Formulierungen führen, bis es mit immer informelleren, menschlichen Äußerungen operieren könnte. Um dieses Projekt zu überblicken, das wussten wir, müssten wir schlichtweg *alles* wissen.

Ein roter Faden, der die Welt in die vollständige Logik führen würde, schien unter unseren Ideen zu liegen. Wir lernten Arabisch und Chinesisch, bauten die Enigma aus Spanholz nach, füllten die Kaffeehumpen voll, brachen über molekularbiologischen Skripten und Höhlenmalereien zusammen, schliefen im Unterricht und fertigten in den Wachphasen unter der Bank Loops an, die die Informationsverteilung der Prokaryoten-DNA imitierten.

Ich blieb dabei stets nahe am vorausbestimmten Pfad, Pawel nicht. Für mich waren manche seiner Leidenschaften anfangs zu banal; ich verstand nicht, warum man alle Donald-Duck-Comics lesen und inventarisieren musste, weswegen man die Schlagmanöver aus Bud-Spencer-Filmen »für den Notfall« auswendig lernen sollte. »Alles hat eine inhärente Logik, die es zu erkunden gilt, auch wenn sie noch so blödsinnig ist«, erklärte Pawel einmal ernst. »Und wenn es etwas geben sollte, das keiner Logik folgt, dann muss es auch in DAVE etwas geben, das keiner Logik folgt, sonst wird er es nicht begreifen können.«

Doch sein eigener Trieb, alles umschließen zu wollen, hatte auch eine Kehrseite, die in der Sache mit dem Kaffee vielleicht ihren Ausgang genommen hatte: Lange noch, bevor wir studierten, begann er, mit Drogen zu experimentieren. DAVEs Gleißen sei durch ein schwaches Gefäß nicht zu fassen, hatte er mir erzählt. Mit einer halben Tablette Ecstasy hingegen konnte er 36 Stunden durchgehend im Tunnel bleiben. Als wir uns inskribierten, war Pawel bereits durchgehend mit synthetischen Substanzen zugange, die er jedoch wie ein Künstler in eine so feine Balance brachte, dass sie ihn in keiner seiner vielen Leidenschaften behinderten.

Natürlich, am Wochende war das anders: Er liebte es auch, über die Stränge zu schlagen, sich in Farbwirbeln *das Banale vom Leib zu waschen*, wie er es nannte. Wenn ich dann, halb wütend, halb befremdet, in der Disco zusah, wie Pawel auf der Tanzfläche unsichtbaren Lichtkugeln nachjagte, besänftigte er mich sofort wieder damit, dass er uns an der Bar durch ein unmögliches Manöver Getränke besorgte oder in einer Kamikazeaktion genau die Frau zu mir zerrte, auf die ich ein Auge geworfen hatte. Nie störte es ihn, wenn ich meine Aufmerksamkeit von ihm abzog. Während ich die

Einzigartigkeit unserer Verbindung um jeden Preis geschlossen halten wollte, lud er andere Menschen in sie ein, und zudem immer die, die es am meisten brauchten. Pawel hatte ein sensibles Radar dafür, die Person im Raum zu finden, die auf Zuwendung angewiesen war – die sich gerade einsam fühlte, selbst wenn man es nicht von außen sah –, und diese Person unmittelbar zur erweiterten Familie zu machen.

Ein Bild, das ich wie frisch vor meinem inneren Auge sah: Pawel am 11. Juni vor sechs Jahren, am Tag seines Geburtstags und unseres Schulabschlusses am Boden der Aula liegend – neben mir; wir beide hatten unsere Krawatten nur mehr lose um die verrückten Hemden liegen und starrten das Foto von Deutsch und Wagner an.

»Wir schaffen's, oder?«, hatte er mich gefragt, hatte er gebrüllt, weil verärgerte Menschen über uns steigen mussten – es war ja zwölf Uhr, und die Mittagsschicht machte sich zum Dienst bereit.

»Wir schaffen was?«

»Dass DAVE in zehn Jahren spricht.«

Eine unfassbare Anmaßung – aber wir ergaben uns der Euphorie des Moments.

»Ich versprech's.«

Ich richtete mich auf, ich legte mich wieder nieder. Ohne Pawel zu leben, würde sinnlos sein.

11

Für mehr als zwei Wochen verließ ich mein Zimmer nicht.

Selbst wenn das Licht aus und die Tür geschlossen war, zog ich noch die Decke über meinen Kopf, um mich tiefer in der Unterscheidungslosigkeit zu versenken. Ich verschwand in der Dunkelheit. Ich musste meine Gedanken an den Seiten beschneiden, damit sie nicht zu weit herausragen würden: Ich durfte nicht an die Mensa denken, wo wir vor einem Monat gemeinsam Bier getrunken hatten, und ich verödete mein Herz gegen die Erinnerung an sein Büro, in dem ich ihn das letzte Mal gesehen hatte, um ihm stumm und unpersönlich nach unserem Streit in der Arcade ein Buch zurückzugeben. *Parable of the Sewer.* Ich hatte es nicht einmal gelesen. Ich konnte nicht nach draußen gehen – draußen, das war jeder Quadratmeter, auf dem ich mindestens einmal mit Pawel gestanden hatte, draußen, das waren Wände und Böden und Decken und Ritzen, in denen sich die Erinnerungen wie Einschlusskörperchen verkapselt hatten.

Lass mich wenigstens eine Stunde zu dir kommen, schrieb Felis, *wir spielen Pokémon.* Nachdem ich die Nachricht weggeklickt hatte, schaltete ich mein Telefon zwei Wochen lang ab. Nachts schleppte ich mich zu meinem Computer und tippte mit zittrigen Fingern »Wie ist es, an einer Überdosis Codein zu sterben« in die Suchbox, um mich schreckensstumpf durch Bilder zu klicken, auf denen Drogenleichen zu sehen waren. Je schlimmer, desto besser: Bald kam ich auf den Geschmack von Darstellungen, die von Crystal Meth entstellte Körper zeigten – pockennarbige halbtote Gesichter aus dem Jenseits, die ich auf meiner Festplatte sammelte, um sie auf meinen nächtlichen Exkursionen in ekstatischer Entrückung zu studieren.

Und doch härtete mich das nicht gegen den quälendsten aller Gedanken ab: Das Letzte, was Pawel in diesem Leben gehört hatte, war mein Geheimnis, ein Geheimnis, das ich nicht hatte in mir halten können. Wieder und wieder zündete ich eine Zigarette an, die ich auf meinem Unterarm ausdämpfte, betäubt von Schmerzmitteln und Alkohol, um den ich Garaus angefleht hatte, die mich jeden Tag versorgte. Das Essen ließ ich unangerührt stehen.

Ich hatte die Kopiesitzungen nicht einmal abgesagt; ich war ihnen einfach ferngeblieben. Ein Assistent, den man auf die Suche nach mir geschickt hatte, klopfte irgendwann an meine Tür, und ich vertrieb ihn mit Schreien und Drohungen. Am zweiten Tag kam ein anderer, ab dem dritten ließ man mich in Frieden.

Auch wenn ich durchgehend im Dunklen hauste, verbot ich mir meist zu schlafen – schlafen hätte das Risiko impliziert, zu vergessen, was geschehen war, und beim Aufwachen für einen Moment zu glauben, alles sei beim Alten. Der hämmernd sich in meinem Kopf verspleißende Schmerz schien mir angemessen für meine Situation zu sein. Erinnerung hieß Schmerz, also boykottierte ich jede Klarheit, indem ich meinen Verstand entsättigte, eindampfte, ihn von jedem präzisen Gedanken befreite. Felis drohte immer wieder, dieses selbstgewählte Exil zu zerstören, saß stundenlang vor meiner Tür und sprach gedämpft mit mir.

»Sie haben gestern die Ergebnisse der Obduktion rausgegeben, Syz«, schraubte er in mein Dunkel. »Er hatte große

Mengen Speed intus, dazu Codein und, wie es scheint, abends zur Abdämpfung Benzodiazepine.« Aber da hatte ich schon den Polster genommen und zur Abschirmung über meinen Kopf gelegt. Danach dämmerte ich wieder einige Tage lang dahin, bemerkte, dass die immer spitzer werdenden Kanten des Bettgestells unter meine ausgemergelte Rippenfront wanderten, die wie ein Schaukasten mein marodes Innenleben präsentierte: Unter meiner Brust war nichts.

Das Einzige, was ich in diesen Tagen zustande brachte, war, mich zu duschen. Ich schleppte mich zur Nasszelle und ließ das Wasser endlos über mich laufen – verteilte gewissenhaft und wie auf heiliger Mission Duschgel und Shampoo über meinem Körper – gebetsmühlenartig diesen Vorgang immer neu vollziehend, bis mir die Haut in Fetzen abfiel.

Als ich eines Tages nach zweiwöchiger Klausur aus der Dusche gestiegen war, als ich meine Zähne geputzt und mich wie aus Versehen angezogen hatte – beschloss ich, mein Zimmer zu verlassen. Es war eine Unachtsamkeit gewesen, eine Subroutine meines Verstandes, die mich einen Handgriff nach dem anderen hatte ausführen lassen, als hätte sich nichts geändert. Meine Hände hatten sich vom Handtuch zur Hose zu den Socken geschoben, und jetzt, da ich im Gang stand und das Licht mich blendete, bemerkte ich verwundert, dass meine Füße mich noch trugen. Ich verließ mein Zimmer und hob mechanisch die Hand zum Gruß, als Dr. Pittinger, meine übernächste Nachbarin, die mich ansah wie eine Geistererscheinung, beim Entriegeln ihrer Tür dasselbe tat. Ich stieg in den Aufzug: Die Beschleunigung der zwanzig aufwärts getriebenen Sekunden ließ mich rückwärts gegen einen Studenten taumeln, der, schwer mit Büchern beladen, wohl auf dem Weg zur Bibliotheksrückgabe war.

Obschon ich mich furchtbar schwach fühlte und meine Knie unter mir zitterten wie ausgeleierte Kugellager, nahm ich in mechanischer Zielstrebigkeit den Weg über den Campus, auf dessen mittig angelegter Grünfläche sich die Freundesgruppen verteilt hatten, um den Tag zu durchdriften. Nicht weit von hier hatte ich einmal gewohnt, dachte ich träge – hatten ich und Pawel gewohnt und studiert und täglich den 167 Meter langen Weg zu den Einführungsveranstaltungen in der Aula genommen. Mein Verstand hinkte meinen Beinen hinterher, rückte im Windschatten der Bewegung nach und fand endlich die Biegung an den Mitarbeiterquartieren vorbei zum Krankenhaus. Ich stolperte fast über einen Mann im Rollstuhl, der in der linoleumbelegten Empfangshalle seine Kreise zog, dann fing ich mich wieder.

»Guten Tag. Ich interessiere mich für die Akte von Pawel Petrow«, sagte ich und lehnte mich über den Informationstisch.

»Sind Sie ein Angehöriger?«, fragte die Dame, deren Gesicht ich nicht einmal erkennen konnte, so indifferent war ich gegen die Welt. Susanne Jost, las ich auf dem Kärtchen auf ihrer Brust.

»Nein, nicht in dem Sinne« – meine Stimme klang fern, fast roboterhaft. »Eigentlich aber war ich mehr als ein Angehöriger, sein bester Freund.«

»Es tut mir leid, ich darf die Akten nur an Verwandte herausgeben.«

»Natürlich«, sagte ich und machte auf dem Absatz kehrt. Ich wanderte mit einer solchen Selbstverständlichkeit um die Ecke, dass niemand auf die Idee gekommen wäre, mich aufzuhalten. Dann platzierte ich mich zwischen den Wartenden auf der Unfallstation und klappte meinen Laptop auf.

Das Telefon, das ich zum ersten Mal seit Wochen wieder einschaltete, piepte fremd in meiner Hand, als ich beim Empfang anrief, den ich gerade passiert hatte.

»Dr. Peter Thomas hier«, sagte ich kühl. »Ich bin gerade bei Frau Lisa Macho. Ja, in Zimmer 32.10.« Den Namen hatte ich von der Brust eines Arztes abgelesen, der in gerade diesem Moment die Wartehalle durchquert hatte, die Patientin ihrerseits lag im Tiefschlaf neben mir. *Heutzutage sind unsere Systeme so sicher,* hatte unser Professor für Datenbanken vor zehn Jahren zu mir gesagt, *dass der sicherste Weg, an eine Information zu kommen, noch immer der ist, den die Phone-Freaks in den 50ern entdeckt haben: höflich danach zu fragen.*

»Ich habe leider meine Med-Xpress Login-Daten gerade nicht bei mir. Die Typen vom Helpdesk haben schon wieder – ja genau, sie haben schon wieder die Sicherheitsbestimmungen für Klasse-F-Patienten erhöht.« Social Engineering – amikabel bleiben, während man jemand anderem die Schuld gab, das war das Geheimnis. Eine kleine Information fallen lassen, die Vertrauen erweckte. Das Klassensystem kannte ich noch von früher her, ich hatte während des Studiums selbst am Med-Helpdesk gearbeitet. »Genau. Ist Susanne da? Mist, aber gut – würden Sie mir derweil ein Einmalpasswort geben? Können Sie in zehn Minuten löschen. Großartig, danke –« Dreißig Sekunden später war ich in Dr. Thomas Account eingeloggt. Alles, was zu tun blieb, war, Pawels Namen einzutippen, und die Krankenakte erschien. Sie war umfangreicher, als ich erwartet hatte. Der letzte Eintrag war vom 31.5., seinem Todestag.

»Petrow, Pawel«, las ich. »l f: Art u. Urs. der Krankheit / Von Mitarbeitern der Bar eingeliefert ins St. Vincent Medical Center um 06:23 mit Atemdepression, Hypothermie u. Hyperhidrose. Verdacht auf Intoxikation mit schweren Betäubungsmitteln, wahrsch. Heroin. Patient hatte seit etwa zwei Stunden in der Nähe der Tür geschlafen, sagte seine Begleiterin.« Wer war seine Begleiterin gewesen?

»1k / Nach einer Stunde Tod durch Hypothermie festgestellt. Mitarbeiter der Bar Chateau Marmont in Los Angeles berichteten, der Patient habe seit etwa acht Uhr des Vorabends dort Alkohol getrunken und sei für unbestimmte Zeit auf der Toilette verschwunden. Seit 02:00 wäre er nahezu unansprechbar gewesen.« Chateau Marmont, Chateau Marmont, dachte ich verwirrt. Diese Akte war Schein: Man hatte ihn weggezerrt und getötet, getötet, weil ich geplaudert hatte. Warum hatte man nicht mich getötet? Es wäre so viel einfacher gewesen, so viel gerechter. Aber es war kaum ein Gedanke zu fassen – ich fühlte mich wie von einem schweren Schlag betäubt.

»Therapie, Folgen«, stand in der nächsten Spalte wie zum Hohn. »Patient wurde mit dem Taxi in Aufnahme gebracht, ein Türsteher namens Bumper hatte ihn leblos vorgefunden. Pathologie: Opiat-Schnelltest noch im Warteraum negativ. Ursache des Todes wahrsch. Barbiturat-Intoxikation durch Kombination mit Alkohol; große Mengen Rotwein in der Lunge. Eventuell Suizid.« Bumper, dachte ich verwirrt, ich meinte, den Namen schon einmal gehört zu haben. Statt den Rest der Akte ordungsgemäß auszufüllen, hatte jemand vom Wort Suizid aus einen Strich nach unten gezogen und quer über die Parzellen der Krankenakte geschrieben: »Eine Bekannte Petrows, die anonym bleiben möchte, hat vor einem der behandelnden Ärzte zu Protokoll gegeben, dass Petrow seit dem Verkauf der Aktien seines vormaligen Unternehmens tägl. ab 18:00 große Mengen trank und meist in den frühen Morgenstunden Phenobarbital o. a. Schlafmittel konsumierte. Deswegen nahel. Diagnose: Barbiturat-Intoxikation, mit hoher Wahrscheinlichkeit aber Tod durch Hypothermie. Restl. Protokoll vgl. Polizeiakte vom 31.5.«

Aktien, Aktien – ich legte meinen Finger auf den Bogen – was hieß denn Aktien? Nein, Akten stand da – ich konnte es kaum mehr unterscheiden. Und was für eine Bekannte sollte das sein? Eine Strohfrau Fröhlichs?

»Die Sanitäter fanden Petrow in der Nähe der Tür, die immer wieder von hereinkommenden Gästen geöffnet worden war, weswegen heftige Zugluft enstanden war. Petrow, der stark verschwitzt gewesen sein dürfte, hatte zuvor seinen Pullover ausgezogen; er dürfte den Frost nicht mehr mitbekommen haben und starb an den Folgen von Unterkühlung.«

Ein Brainzap: Ich klappte meinen Laptop zu und lief, blind gegen Menschen und Hindernisse taumelnd, in die Toilette, wo ich mich erbrach. Eine Migräne, dachte ich schwerfällig, als die Zuckungen meiner Zwischenrippenmuskulatur sich langsam legten; eine Folge vom langen Nahrungsentzug. Noch als ich mein Gesicht gewaschen hatte und den Weg zu den Mitarbeiterquartieren zurückwankte, musste ich aussehen wie ein Gespenst. Die Leute, die mir entgegenkamen, betrachteten mich wie den Grenzfall des noch Zulässigen – als würde jeder Einzelne sich überlegen, ob man mich auf eine Bahre verfrachten musste. Ich oszillierte der Mensa zu, bestellte eine Portion weichen Knirck und überdachte meine Situation. Ich hatte nun eine Aufgabe, ich musste tätig werden.

Als hätte mich eine plötzliche Angst überkommen, dass jemand meine Gedanken gehört haben könnte, fuhr ich herum – aber da war niemand, außer ein paar Studenten über ihren Papers. Ich trat den Weg nach Hause an. Doch als ich die Tür öffnete und mich auf meinem Bett zusammenkauern wollte, beanspruchte etwas meine Aufmerksamkeit. Auf meinem Bett lag ein Brief. Ich musste nicht näherkommen, musste das Papier nicht fühlen, um zu wissen, von welcher Art die Botschaft war, denn ich hatte sie sofort wiedererkannt. Sie stammte vom selben Absender wie jene Botschaft, die ich vor einem Jahr bekommen hatte – ich entfaltete langsam den Zettel.

Wenn du noch immer wissen willst, wie du das Labor verlassen kannst und was es mit der Außenwelt auf sich hat: Frag Felis.

□

Eine Woche später hatte ich meine Fassade zum Schein saniert und zittrige Schritte in den Bereich des normalen Lebens gemacht.

»Gib mir mal die Pizza und kauf zwanzig Pokébälle«, sagte Felis in das Tosen eines Presslufthammers hinein und schenkte mir so großzügig Wein nach, dass ich noch währenddessen die Lippen ans Glas setzen musste, um es vorm Übergehen zu bewahren. Der Alltag hatte sich, nach einigen Anlaufschwierigkeiten, wieder über mich gesenkt wie ein dämpfendes Kissen. Durch Repetition an Repetition an Repetition an Satz an Satz, bis der Tunnelblick beim Programmieren eingetreten war: Ich hatte wieder zu coden begonnen. Nur abends schaute ich in den Spiegel und erschrak vor der Rätselhaftigkeit meiner Züge –

»Die Pizza und die –«, sagte Felis ein weiteres Mal, ehe seine Worte vom Arbeitslärm verschluckt wurden. Ich fuhr herum, weil ich befürchtete, das Tosen könnte seine Mutter aufgeweckt haben, die keine zwei Meter von uns in einem Gitterbett schlief wie ein achtzig Kilo schweres Kleinkind.

Dass ich Felis' Einladung folgen würde, schien sogar ihn selbst dermaßen überrascht zu haben, dass er auf meinen Besuch gänzlich unvorbereitet gewesen war: Ich hatte mich, schaudernd ob der Erinnerung an meinen letzten Aufenthalt, durch Lagerhallen drängen müssen. Der zweite Stock war nicht ansatzweise so eigentümlich wie der erste, und doch war da ein Abglanz des Trüben: Hantige Männer, die Lötkolben gegen Metallplatten gerichtet hatten, Frauengruppen, die von Hand strickten, und Kinder, die kreischend vor Übermut zwischen malmenden Maschinen turnten. *Versorgen – Verkaufen – Reparieren – Fertigen* war mit einem Rollbanner über die ganze Breite der Lagerhalle ausgerollt; der deprimierende Slogan des zweiten Stocks. Darunter, im schmutzigen Licht, hatte der alte Druck sich wieder in meiner Brust eingenistet: Ich ging den großen Zimzum entlang, das Äquivalent zum großen Kreisgang, der jedoch anstelle des Zentrallabors den Maschinenknoten beherbergte – einen verdichteten Kern aus Kabeln.

Die Erleichterung, als ich in Felis' Quartier ankam: Niemand starrte mich an. Die Mitarbeiterwohnungen, pro Familie nur sechs Quadratmeter groß, waren von den Arbeitshallen nachträglich mit Rigips abgetrennt worden: Ich klopfte bei Felis an und meinte, das ganze Gebilde müsse in sich zusammenbrechen, da machte – mitten im stampfenden Getöse – Felis im Schlafanzug auf.

»Syz«, hatte er gesagt und seine Hose zurechtgebunden. »Ich dachte nicht, dass ich dich je wieder hier unten sehen würde. Ich hab Mama noch gar nicht ins Bett gebracht. Ich muss sie noch duschen, stört es dich –«

»Nein, natürlich nicht«, sagte ich. »Ich warte draußen.«

Seine Mutter, die ihn alleine aufgezogen hatte, war vor über zehn Jahren an Multipler Sklerose erkrankt – zu der Zeit, als Felis seinen Gymnasialabschluss machte, hatte sie auf einmal der Pflege bedurft und ihren Job in der Kleidungsmanufaktur aufgeben müssen. Während Felis sie drinnen in die Duschkabine hieven würde, versuchte ich, meiner Beklemmung mit einem kurzen Spaziergang Herr zu werden. Ich schlenderte durch die gleichförmigen Wohnungsreihen und sah neben einer ausgemusterten Druckmaschine ein paar Kinder spielen. Ich musste lächeln angesichts des heiligen Ernstes, den sie dabei an den Tag legten. Doch je näher ich kam, desto unklarer wurde mir, was der Gegenstand ihres Spiels war. Ich hatte es für Vater-Mutter-Kind oder Ähnliches gehalten, nur rührte sich niemand. Die Kinder, die nicht älter als fünf oder sechs sein konnten, hatten zwei alte, zerbrochene Spiegel vor und hinter einem Stuhl aufgebaut, auf dem regungslos ein kleines Mädchen saß und in die Ferne starrte. Hinter ihr surrte ein Ventilator, und sie hielt eine Kerze, die sie mit den Händen vor dem Luftzug beschützte. Ich war derweil immer näher gekommen. Eine unbändige Faszination zog mich zu diesem Schauspiel hin.

»Was spielt ihr?«, fragte ich.

»Die drei Könige«, sagte ein danebenstehendes Mädchen mit Pferdeschwanz. »In der Mitte steht der Thron – er ist für den König oder die Königin. Vor und hinter sich im Spiegel sieht der König zwei Mal sich selbst – den *Prinzen* und den *Narren* – aber er weiß nicht, wer wer ist, denn beide sehen aus wie er selbst – sie sind seine Spiegelungen. Den Narren erkennt man daran, dass er irgendwo, und sei es auch noch so versteckt, ein Ei eingesteckt hat.« Ich war vom Blick des Mädchens auf dem Thron – der Königin – wie in Bann geschlagen, und dann wieder sah ich ihr Spiegelbild: die Augen des Prinzen. Die Augen des Narren. »Der Witz ist, dass derjenige, den man als Prinzen oder als Narr identifiziert, auch gefragt wird: Bist du aus der Sicht deines Spiegelbilds der Prinz? Oder der Narr?«

»Was ist das Ziel des Spiels?«, fragte ich.

»Die Schattenseite anzuschauen«, sagte ein Junge, der an den vorderen Spiegel gelehnt stand. »Aber das Bedürfnis danach hat bei jedem einen anderen Ursprung.«

Ein Blinzeln. Jetzt trat ich näher: Ich hatte im Spiegel – nein, in der vorderen Spiegelung des hinteren Spiegels etwas gesehen, das ich nicht deuten konnte: ein kleines, blaues Quadrat, das mir bekannt vorkam. Jetzt berührte mein Gesicht fast den Spiegel, und er beschlug, die Kinder hielten mich nicht ab. Ich meinte, nach ihm greifen zu können – doch in diesem Moment packte mich jemand an der Schulter. Ich fuhr herum: Es war Felis.

»Was machst du denn hier?«, sagte er und grinste. »Komm, es gibt Pizza.«

Mit einem Schnippen holte mich Felis an den Bildschirm zurück.

»Syz, ich weiß, du bist mit Gedanken woanders, aber reiß dich zusammen. Ein ganzer Spieldurchlauf in einem Stück ist harte Arbeit.« Felis war merklich angeheitert; ihm hing noch ein Stück Salami aus dem Mundwinkel, als er zum Fernseher sprang und auf ein Loch zeigte. »Da müssen wir rein, in die Azuria-Höhle.«

Ich befolgte seine Befehle und empfand sogar etwas wie Genugtuung, als er mich für die Ausführung lobte. Die warme Unsinnigkeit der Gemeinschaft hatte mich erneut zu einer reuevollen Rückkehr überredet. Ich begann sogar mit dem Gedanken zu spielen, die Kopiesitzungen wieder aufzunehmen, freilich in permanenter Verdrängung des Kommenden. An DAVEs Fertigstellung arbeiten – Deadlines einhalten,

Arbeitspläne erfüllen, Mikroaufgaben erledigen, bis man die Korrumpiertheit des ganzen Systems vergaß und sich ungerührt abends den öligen Grind aus den Haaren wusch.

Die Verarbeitung von Pawels Tod hatte mich alle Kraft gekostet, die ich für einen weiteren Akt der Rebellion benötigt hätte. Alles war Simulation, aber das störte mich nicht – denn was war Lüge an einer Simulation, wenn sie die Wahrheitsbedingungen selbst gleich mitsimulierte?

»Nimm den Meisterball für Mewtwo«, dozierte Felis in meine Gedanken hinein. Er, mehr als alle anderen, hatte einen Versuch gestartet, so etwas wie Normalität herzustellen – und doch spürte ich immer wieder mein verräterisches Herz, den Zettel, in meinem Magen pochen. War es nicht ein Brief gewesen, der mich animiert hatte, hier zu sitzen und seit zehn Stunden ein uraltes Videospiel zu spielen? Der Pokéball rasselte drei Mal von links nach rechts, dann war Mewtwo gefangen – das hundertfünfzigste von hundertfünfzig Pokémon. Eine schaurige Klonkreatur, die die Sinnlosigkeit unseres Unterfangens vollendete.

»Zeit heimzugehen«, sagte ich erschöpft – schon die ganze Zeit über war es mir peinlich gewesen, dass wir wenige Meter von einer todkranken Frau entfernt und ohne jeden Gedanken an Privatsphäre das wenige, was sie hatte, beanspruchten. Felis aber schien nicht im Geringsten davon irritiert.

»Unsinn, wir haben noch ein paar Sachen zu erledigen.«

»Wir haben die Top 4 besiegt, alle 150 Pokémon gefangen, Felis, und sitzen hier überdies seit ungefähr vorgestern. Ich würde sagen, jetzt ist Zapfenstreich.« Wir lehnten uns beide zurück, als hätten wir schwere Arbeit geleistet, doch Felis war schon wieder bis zum Zerreißen agitiert; meine Freunde ließen mich dieser Tage nicht gerne allein.

»Ja, wir haben alles getan, was das Spiel vorsieht. Aber es gibt ja so viel mehr – Erinnerst du dich noch, wie der Mew-Glitch ging?« Ich gähnte, wie um mein Uneinssein mit diesem Vorschlag zu belegen: Natürlich erinnerte ich mich an den Glitch. Als wir Teenager waren, hatte es in den einschlägigen Foren das Gerücht gegeben, man könne zusätzlich zu den regulären hundertfünfzig Pokémon noch ein hunderteinundfünfzigstes fangen – Mew, eine legendäre Kreatur.

»Gut, das ist aber wirklich das Letzte, was wir heute machen, dann lassen wir's, ok?«

Solche Legenden gab es in Gamerkreisen ja endlos, zumal in unserer Jugend: Meist musste man dann eine fast mystisch anmutende Kombination ritueller Handlungen vollziehen. Die Kinder munkelten etwa verschwörerisch, man solle den Controlstick dreißigmal drehen, um einen im Spiel nicht enthaltenen Charakter zu erhalten, oder die Konsole dreißig Tage und Nächte lang anlassen, um in einen geheimen Dungeon teleportiert zu werden. Noch als Erwachsene hatten wir derlei obskure Praktiken mit heiligem Ernst versucht, nur um in neun von zehn Fällen enttäuscht das Handtuch zu werfen. Zuweilen aber – und das war, was unsere Illusionen und den Sinn für das Geheimnis aufrecht erhielt – stimmten die Gerüchte, und eine scheinbar zusammenhanglose Kette aus Handlungen konnte die Naturgesetze aufheben. Zu diesen raren Begebenheiten gehörte der Mew-Glitch.

»Moment«, sagte ich und versuchte, mich zu erinnern. »Man fliegt zur Route 8, geht einen Schritt abwärts, bis man vom Trainer gesehen wird, und drückt währenddessen Start.« In Pokémon-Rot erschien immer dann, wenn man ins Sichtfeld eines gegnerischen Trainers trat, ein Rufzeichen über dem Kopf der Figur, wonach der Feind sich kampfbereit machte. Durch einen Fehler in der Programmierung war es aber möglich, sich diesem Kampf zu entziehen: Ich ließ den Kontrahenten in der Mitte der Bewegung zurück.

»Jetzt müssen wir zu einem anderen Trainer, ich glaube in Vertania City –«

»Azuria City«, sagte Felis.

»Stimmt, und von dort aus zur Route 25.« Auf den Kampf mit dem nächsten Trainer, einem Teenager, ging ich ein und besiegte sein Team. Zurück auf Route 8 öffnete sich wie von Geisterhand das Startmenü. »Und wenn man B drückt, um es zu schließen – voilà!«

Scheinbar aus dem Nichts war ein Mew auf Level 7 erschienen. Mew war das hunderteinundfünfzigste Pokémon, ein Monster, das die Entwickler zwar entworfen, in einer späteren Entscheidung aber aus dem Spiel genommen hatten. Es war – das sagte die Story des Spiels – das Vorbild für Mewtwo gewesen. Die Programmierer hatten also den Klon im Spiel gelassen, das Original aber ausradiert – das heißt: scheinbar ausradiert, denn irgendwo auf der Festplatte war es dennoch versteckt erhalten geblieben.

»Okay, okay, aber weißt du auch, warum das so funktioniert?« Auf einmal war Felis' Stimme brüchig geworden; als ich mich zu ihm drehte, sah ich, dass ihm glänzender Schweiß auf der Stirn stand.

»Alles in Ordnung?«, fragte ich vorsichtig.

»Ja natürlich, alles in Ordnung« – sagte er und lachte ein kleines, hysterisches Lachen, das mich zutiefst verstörte. »Ich will dir doch nur zeigen, warum der Glitch so funktioniert, wie er funktioniert. Dachte, das würde dich als Programmierer interessieren.«

»Aber ja, tut es«, sagte ich. »Bitte.«

»Hör zu – dass man dem Trainer entkommen kann, ist ein Fehler – das Spiel denkt, man sei bereits im Kampfmodus und läuft doch frei herum. Das versetzt den Speicherstand in eine fürchterliche Grauzone, und zwar auf drei Arten: Das Spiel unterdrückt, erstens, den Dialog, weil es glaubt, dass man bereits mit jemandem spricht. Es denkt, dass sich momentan eine Figur bewegt, zweitens, und startet, drittens, einen Kampf, obwohl niemand da ist, mit dem man kämpfen könnte.«

Ich versuchte nach Kräften zu ignorieren, dass der Controller in Felis' Hand zitterte. Die Erklärung eines Glitches hatte doch wirklich nichts Aufregendes an sich, dachte ich – was also versuchte er mir gerade zu sagen?

»Das Spiel ist in einem Limbus, einem Zustand, in dem es eigentlich nicht sein dürfte. Nun kämpfen wir gegen den Teenager auf Route 25, und damit sind zwei der drei Probleme beseitigt. Der Trainer hat sich ordnungsgemäß bewegt, und der Dialog wurde beendet. Aber das letzte – Bit CD60 – schreit noch immer danach, einen Kampf zu starten.« Bitzustände, Programme, Programmierfehler – woher wusste Felis das alles überhaupt?

»Das Spiel sucht krampfhaft nach einem Kampf – hier ist aber gar kein Trainer, man steht ja mitten auf dem Weg. Deswegen wird automatisch ein beliebiges Pokémon als Gegner ausgewählt, und im nächsten Moment erscheint Mew. Du weißt, dass die Entwickler Mew aus Versehen im Spiel beließen.«

»Aber warum erscheint denn kein anderes Pokémon, warum gerade dieses?«, fragte ich und sah ihm stier in die Augen, wie um ihm mitzuteilen, dass ich verstand, was er wollte; dass er aufhören konnte, in Codes zu reden.

»Alte Spiele mussten die einzelnen Bits ja mehrfach benutzen, weil sie nicht so viel Platz zur Verfügung hatten. Das Bit, auf dem die Laufnummer des Pokémons gespeichert ist – hier

151 – ist auch das, auf dem die Trainernummer steht. Weil du gerade vor Trainer Nummer 151 geflüchtet bist, erscheint –«

»Mew«, sagte ich. »Das heißt, wenn man vor jemandem mit anderer Dezimalstelle davonfliegt, erscheinen andere Pokémon?« Aber Felis war längst aufgesprungen und ging nun unruhig zur Spüle, um ein paar Löffel abzuwaschen.

»Ja ja, wie seltsam, dass diese beiden kleinen Fehler einen an Orte führen, die nicht Teil des Programms sind, findest du nicht?«, sagte er. »Du kannst die Strenge eines Systems ausnutzen, um hinter die Dinge zu gelangen, kann man es nicht so sagen? Man hat auf einmal die Perspektive des Programmierers und kann dessen Regeln manipulieren. Natürlich wird das ein Fuck-up, du ruinierst damit potenziell deinen Spielstand, wenn nicht sogar das ganze Spiel. Diese Manöver sind ja nicht einfach verboten, sondern logisch unmöglich – das ist ein Unterschied; mit Verbotenem lässt sich leicht umgehen. Na ja, was soll's!«, sagte er nervös und setzte sich wieder zu mir an den Tisch.

»Felis, ich kann mir nicht vorstellen, dass es hier drin bei euch eine Überwachungskamera gibt«, sagte ich vorsichtig.

»Hm?«, sagte er, ohne durch meine Aussage entspannter zu werden. Was auch immer es war, das ihn davon abhielt, klarere Worte zu finden, es ging tiefer als die Angst, abgehört zu werden. Oder aber es handelte sich um ein Missverständnis, und es gab gar nichts, was er vor mir zurückhielt. Was eigentlich entfachte meinen Verdacht, außer einem Zettelchen, das ein anonymer Mensch mir hinterlegt hatte? Ich lehnte mich zurück, nahm den Controller und fing das Mew, das seit zehn Minuten auf dem Bildschirm auf unsere Eingabe gewartet hatte. Felis sah mir stumm zu – es war fast unangenehm, wie die Stille sich den Platz zwischen uns angeeignet hatte.

»Weißt du, dass ich die Koordination der Umbauten an der Westwand übernommen habe?«, fragte Felis endlich, als wir schon eine fast unerträgliche Dauer nicht miteinander gesprochen hatten und ich nur mehr ziellos in der 8-Bit-Welt umherlief. »Heute haben wir die Westwand hinter den Studentenschlafräumen eingerissen und durch Stellagen ersetzt. Das sind portable Wände, die – na ja, warum erzähle ich dir das eigentlich?«

»Nein, bitte erzähl. Mich langweilt das Spiel ohnehin«, sagte ich und drehte dennoch unbeirrt weiter meine Kreise durch Azuria City.

»Siehst du, es ist lustig«, sagte er und klatschte nervös in die Hände wie in einem unendlich langsamen Applaus für etwas, das erst kommen würde.

»Was ist lustig?«

»Ja ja, nichts. Es ist ja eigentlich gar nichts lustig. Du sagst es niemandem, oder?«

Ich schüttelte den Kopf und dachte an seine Mutter, die hinter uns reglos im Bett lag.

»Es ist ja überhaupt nichts!«, rief Felis nochmals aus, ehe er sich zu mir wandte.

»Schweige, und zwar für immer«, sagte er in plötzlicher Entschlossenheit und riss nun die Decke von seinem eigenen Bett hinter uns, die er in einer schwunghaften Bewegung über unsere beiden Köpfe breitete. Sein Antlitz verlor sich im uneinsehbaren Schwarz, doch er war so nahe an mich herangerückt, dass ich seinen Atem im Gesicht spürte.

»Hier ist doch gar keine Überwachung –«, wiederholte ich.

»Besser so, sie werden glauben, wir küssen uns nur verschämt oder derlei«, antwortete Felis, als hätte er mich nicht gehört. »Und jetzt hör zu, ich habe das noch keinem erzählt und weiß eigentlich auch gar nicht, was es überhaupt zu erzählen gibt. Es gibt ja vermutlich *gar nichts* zu erzählen.«

Wir beide atmeten so heftig, dass der Sauerstoffgehalt nach kürzester Zeit gesunken war und eine eigenartige Form von Flimmern mein Sichtfeld wabern machte.

»Vor neun Tagen haben wir aus Versehen beim Abreißen einer Wand, hinter die wir neue Leitungen legen sollten, einen Lüftungsschacht ruiniert«, flüsterte er. »Das war so: Meine Gruppe, zwanzig Leute etwa, hatte ein Segment der Zwischenwände mitsamt der stützenden Stahlstruktur rausgerissen und ein Unterdruckschacht, der hintendran hing, ist dabei aus Versehen eingestürzt. Ich weiß nicht, wer diese Dummheit angeordnet hat, ich fürchte, wegen Überarbeitung und allgemeiner Erschöpfung könnte ich's vielleicht sogar selbst gewesen sein. Auf einmal hören wir ein Zischen – dieses ganz bestimmte Zischen, das dir als Bauleiter sagt, dass hier gerade etwas gewaltig schief gegangen ist – es war ein Leck entstanden. Mein Vorarbeiter und naturgemäß auch ich mussten uns sehr zusammenreißen, um vor den anderen nicht panisch zu werden. An dem Rohr hing die Belüftung der gesamten Mitarbeiterquartiere Block B und C.«

Vor meinen Lidern tanzten Sterne, doch ich wagte es nicht, die Decke zu heben.

»Ich will mein Verhalten nicht beschönigen, Syz, aber ich sag's dir, wie's ist: Ich hab zuerst Schiss bekommen und wollte auf keinen Fall jemanden von den Vorgesetzten aufwecken. Es war zwei Uhr nachts, und wir stehen vor diesem kaputten Lüftungsschacht, spekulierend, wir könnten auch irgendeine Klappe im Inneren beschädigt haben und dass bald vielleicht zweihundert Menschen ersticken, ohne es noch zu merken. Aus der Mauer pfeift es ohrenbetäubend, dass man glauben möchte, die ganze Bude stürzt gerade ein, aber Maurice – pardon, das ist mein Vorarbeiter – hält alle zurück und überredet uns mit ungeheurer Eindringlichkeit, nichts zu sagen.« Felis lüftete die Decke, da uns schon die schweißnassen Haare im Gesicht klebten, und ich schöpfte für den Bruchteil einer Sekunde Atem. »Irgendwie kommen wir überein, dass die rausgerissene Klappe entweder neu einmontiert werden muss oder hinten abgeklebt, damit der Druck wiederhergestellt wird und die Leute nicht krepieren, verstehst du? Gleichzeitig sind wir beide wie gelähmt vor Panik, jemand könnte unser Versagen herausfinden. Wie soll ich sagen? Mit einem Wort: Ich habe mich dazu entschieden, selbst hineinzusteigen.«

»Wohinein?«, fragte ich atemlos.

»Na, in die Wand hinein. In die – weißt du, wie die gebaut sind?« Ich schüttelte den Kopf, dass die Decke flatterte. »Es gibt eine Innenwand aus poliertem Aluminium – dahinter die Kabel und eben die Lüftungsschächte; dann, wenn man durchsteigt, eine Rigipswand, an der alles befestigt ist, und dahinter –« Er brach ab.

»Dahinter was?«

»Ich weiß es eigentlich nicht«, sagte Felis nach langem Schweigen. »Das ist alles, was wir in der Ausbildung lernen. Schon die erste Inspektion zeigte, dass wir alle diese Schichten beschädigt hatten, verstehst du? Ich, ohne zu wissen, wohin das führen würde, wand mich tiefer hinein und entdeckte – ich entdeckte, dass ein Loch in der Außenwand war.«

Felis benötigte einige Augenblicke, um sich zu sammeln, und auch ich sprach kein Wort, bis er seine Erzählung wieder aufnahm.

»Als ich hinter die Kabelwand kletterte, erfüllte das Sausen meinen Kopf dermaßen gewaltsam, dass ich dachte, ich müsse in den nächsten paar Sekunden umkippen. Ich rief den anderen zwei, die noch hinter der Rigipsschicht standen, zu, sie sollten Kunststoffplatten auftreiben und Heißklebepistolen. Als die beiden anderen meiner Aufforderung nachkamen – Ich war für eine Minute allein, verstehst du? Ich weiß nicht, warum ich es gemacht habe, aber ich bin über die Wand geklettert. Über die alleräußerste Wand.«

»Welche?«, fragte ich. In seiner hastigen Erzählung war mir längst der Überblick über die räumlichen Gegebenheiten verloren gegangen.

»Ich hatte den grauenhaften Verdacht, dass nicht nur die innere Hülle, sondern auch die äußere beschädigt sein könnte, dass nicht nur die in unmittelbarer Nähe sich befindlichen Mitarbeiterblocks, sondern das ganze Labor an dieser Durchstichsstelle zugrunde gehen könnte. Es gab in der Geschichte so viele Fälle, in denen die Menschen etwas unterschätzt haben, das sie Kopf und Kragen gekostet hat. Ich hatte einfach Schiss, Syz.«

Der Schweiß war sein Gesicht herabgeronnen und tropfte nun auf meine Beine.

»Ich kroch durch den zweihandbreiten Schlitz der Rigipswand, schlug auf der anderen Seite auf, es zischte wie in der Vorhölle – und hinter der Luftwand sah ich tatsächlich, dass der Zug an der Querstrebe ein kleines Loch in die Wand gemacht hatte. Nicht größer als eine Handfläche, aber das Tageslicht kam durch, blendend hell.«

»Was geschah dann?«, fragte ich und zog die Decke enger um uns. Nun wurde auch mir mulmig, dass uns jemand beobachten könnte, vor allem: dass Felis Mutter uns längst gehört hatte.

»Ich hab gezittert vor Anspannung, aber ich musste näher ran, verstehst du? Das war natürlich vollkommen blöd, es war irrational. Aber irgendwas hat mich – jedenfalls bin ich hin und habe hinausgesehen, auf alle Gefahren hin, selbst wenn mir das Gesicht abfiele, und –«

»Was?«

»Nichts.« Wie beim Zurückschlagen eines Schleiers lüftete er schwungvoll die Decke von unseren Köpfen, und Sauerstoff flutete meine Lungen. Einen Moment schauten wir einander keuchend in die Augen, dann sprach er weiter, und ich sehnte mich nach der Dunkelheit zurück, da ich nun sein angsterfülltes Gesicht sehen konnte.

»Es war weder heiß noch giftig noch zu hell noch seltsam. Ich lebe jetzt noch immer, also ist die Atmosphäre wahrscheinlich nicht geschwängert mit Todesbazillen.«

»Was hast du gesehen?« Ich hatte ihn hart am Ärmel gepackt.

»Nichts, gar nichts«, sagt Felis mit Druck. »Da waren keine Menschenmassen, wie Babusch immer sagte. Ein Steinboden, sehr tief unten, ein Himmel. Ein blauer Himmel! Sonst nichts. Endlosigkeit bis zum Horizont.«

»Moment, Moment, was heißt nichts? Es kann doch nicht nichts sein.«

»Wirklich nichts. Ein vollkommen gleichförmiger, ockerfarbener Boden. Ich habe sogar die Hand rausgestreckt, ein paar Sekunden – es ist nichts passiert. Natürlich musste ich wieder zurück, meine Kollegen kamen ja gleich mit den Abdeckungen. Wir haben sie angeklebt, obwohl ich wusste, dass es Makulatur war, dass draußen Sauerstoff war wie hier drin und niemand erstickt wäre. Nein falsch: Sogar mehr Luft, bessere Luft als hier drin.« Ich hatte ihm gewaltsam die Hand über den Mund gelegt, da mich plötzlich ein Entschluss übermannt hatte.

»Hör zu Felis. Ich flehe dich an, mich nicht zu melden, aber dass du mir das erzählst, ist ein Wink des Schicksals. Du wirst nicht glauben, was ich dir gleich sage, aber ich habe vor, das Labor zu verlassen. Das klingt wie Irrsinn, und du hast jetzt auch keine Ahnung, warum das notwendig ist, aber –«

»Ich weiß«, sagte Felis mit zerfallener Stimme und schob meine Hand weg. »Ich weiß es doch, warum denkst du, erzähle ich dir das alles? Da war ein Zettel in meinem Bett, auf dem stand, dass du flüchten musst.«

»Ein Zettel«, wiederholte ich und stützte meine Hände auf die Knie. Jemand hatte auch ihm einen Zettel zukommen lassen – jemand, der über alles Bescheid wusste, dachte ich.

»Merk dir gut, was ich sage: Der Lüftungsschacht hat an exakt der Stelle, die an diesem Tag gebrochen ist, noch immer nur eine temporäre Abdeckung, die sich leicht entfernen lässt. Die Stelle, an der der Durchbruch war, ist noch immer offen, aber nur mehr bis Sonntag, dann setzen wir eine neue Rigipsplatte ein.«

»In drei Tagen.« Nun schwindelte mich so sehr, dass ich mich auf den Rücken legen musste.

»Ja, in drei Tagen. Und das solltest du dabeihaben.« Er zog eine Art Schlüssel aus der Tasche, ein gebogenes Stück Metall. »Damit kannst du die Klappen öffnen, die aus den Lüftungsschächten nach außen führen. Die Plastikabdeckungen sind nämlich an Scharnieren befestigt, genau denselben Scharnieren, von denen eben eines gebrochen ist. Du musst sehr, sehr stark nach außen pressen, in diesen Schächten wird mit hohem Druck angesaugt. Dann seilst du dich ab. Das heißt, gesetzt den Fall, du hast wirklich gute Gründe, das überhaupt zu tun.«

»Die habe ich«, sagte ich. »Wie tief ist es?« Der seltsam geformte Metallschlüssel drückte in meine Handfläche – auf einmal aber fiel mir eine Frage ein, die ich die ganze Zeit über verdrängt hatte.

»Felis«, sagte ich langsam. »War das, was passiert ist, wirklich ein Unfall? Also die gerissene Wand?« Wie groß war die Wahrscheinlichkeit, dass gerade einem meiner Freunde dies widerfuhr? Sehr vorsichtig sprach ich weiter, denn ich hatte bereits einen Freund verloren: »Ich habe – wo soll ich überhaupt beginnen?«

»Syz, ich hätte unter normalen Umständen einem solchen Zettelchen nicht einmal Beachtung geschenkt, hätte es vielleicht sogar als Falle betrachtet, doch seit Pawels Tod ist etwas in mir geschehen, das –« Er musste nicht weitersprechen – ich wusste, was er meinte. Felis sprang auf und lief mehrmals hastig durchs Zimmer. Seine Mutter schien zu meiner großen Erleichterung selig zu schlafen.

»Weißt du, es ist wegen –«, begann ich, da fiel er mir ins Wort.

»Ich will es gar nicht wissen. Leb gut«, sagte er unsinnig und brachte mir meinen Pullover, als könnte er es gar nicht eilig genug damit haben, mich nach Hause zu schicken.

»Niemand hat uns gehört«, sagte ich nochmals, während er mich zur Tür schob, auch um mich nun selbst zu beruhigen, doch Felis kam auf mich zu und nahm mich in die Arme. Er hielt mich auch noch, nachdem ich schon losgelassen hatte. Sowie er die Tür schloss, hörte ich, wie der Schlüssel sich drei Mal drehte.

12

Den darauffolgenden Mittwoch und Donnerstag verbrachte ich in vollkommener Apathie gegen alles Kommende. Ich ging ins Kino, dessen wüste Verdrecktheit mich kaum noch kümmerte, und begann, Bücher zu lesen, die seit Langem auf meinem Nachttisch ihrer Lektüre geharrt hatten. Ich hatte alle Zeit der Welt.

Ich traf Garaus und spielte Karten. Nichts an den Grands und Revolutionen, an den Hinterhänden und Verramschungen schien den Impetus jener letzten Male an sich zu tragen, nach denen man sich im Nachhinein zurücksehnt. Ich duschte, ich aß, ich schlief. Dann kam der Freitagabend wie neuerdings, und erst da ereilte mich die zurückgehaltene Einsicht: die 200. Kopiesitzung von exakt 200.

»Für später«, sagte Fröhlich und entkorkte eine Flasche Sekt. »Heute haben Sie sich das Thema selbst aussuchen dürfen.« Zum ersten Mal in der ganzen Zeit, in der ich ihn kannte, wirkte er gelöst. Er hatte seinen Hocker ganz nahe an meinen Stuhl gerückt, ja sogar seine Hand auf meine Armstütze gelegt, sodass wir einander fast berührten. »Wofür haben Sie sich denn entschieden?«

Hic sunt dracones – dies war der letzte Termin, das Kippen des Wagens über die Kontinentalplatte, hinter der das Nichts war. Und doch war ich ganz ruhig.

»Ich habe mich für eine der prägendsten Situationen entschieden, die ich in meinem Leben durchgemacht habe«, sagte ich. »Die Kopiesitzungen.«

»Ach«, sagte Fröhlich und setzte die überschäumende Sektflasche an die Lippen. Die anderen im Raum aber hatten zu nuscheln angefangen. Blumenthal war der Erste, der aus den Lautgeschwadern hervorbrach.

»Ich glaube, das ist keine gute Idee«, sagte er hastig.

»Hat jemand Servietten?« Fröhlich stellte die Flasche auf ein glänzendes Tablett; die gerippte Decke spiegelte sich darin.

»Ich halte dieses Thema für zu selbstreferenziell, das könnte gravierende Probleme mit sich bringen«, setzte Blumenthal nach und hob den Zeigefinger. Rosen sprang ihm bei.

»Ich wüsste nicht einmal, wie wir das mit den bisherigen SCRIPTs verbinden sollten. Das wäre ein Loop, etwas, das sich nur durch sich selbst erklären würde.«

Fröhlich drehte sich um wie auf der Suche; es war nicht klar, ob nach der Flasche, die er doch gerade erst abgestellt hatte, und er drehte sich auch schnell wieder zurück, als hätte er sich eines Besseren besonnen.

»Wir haben gesagt, er darf sich eine Situation aussuchen«, sagte er. Das verstärkte die Unruhe noch – Hitch räusperte sich, aber Rosen sprach als Erste.

»Jede außer diese –«, sagte sie nun viel strenger.

»Nein«, sagte Fröhlich. »Jede.«

Deutlich spürte ich die Umrisse meines Klappmessers, das meine Jeanstasche auswölbte, und meinte, mich besser einrichten zu können, indem ich meine Hosenbeine ein Stück weiter herabzog.

»Eigentlich ist es lächerlich, Blumenthal und Rosen haben recht«, sagte ich unsicher. »Sie waren ja alle dabei, was soll ich schon berichten.«

»Sehen Sie, nun haben Sie ihn verunsichert«, sagte Fröhlich zu Rosen. »Vergessen Sie das alles, erzählen Sie genau so, wie Sie es geplant hatten.«

»Gut«, sagte ich, aber es war mir doch, als hätte ich das Gewand eines anderen an, das an allen möglichen Stellen spannte. »Ich hatte mir die Geschichte meines Lebens stets als die eines Menschen erzählt, der zu DAVE in einem erwählten Verhältnis stand«, begann ich – wie lächerlich, wie pathetisch das klang – »Nichts stellte für mich eine grauenhaftere Vorstellung dar als die meiner eigenen Gewöhnlichkeit. Am wichtigsten ist es, dass wir DAVE vollenden, das wird Ihnen jedes Kind sagen.«

Ich hörte schon, dass es nicht ganz richtig klang. »Für mich aber war dieses Verlangen sekundär demgegenüber, selbst derjenige zu sein, der den Unterschied in DAVEs Genese macht. Kann ich noch einmal von vorne beginnen?«, sagte ich nervös.

»Wie Sie möchten«, sagte Fröhlich.

»Ich hab's nicht hinbekommen«, sagte ich zerstreut und ohne selbst wirklich zu wissen, was ich meinte. »Hab Sprüche geklopft, gelebt, wie ich dachte, dass ein Genie leben müsste. Fake it till you make it; dabei ist es gerade die Süße dieser uneingetretenen Verheißung, dieser kurze Dopaminausstoß, der es einem verunmöglicht, in der realen Welt weiterzukommen. Man phantasiert, statt zu handeln.« Ich erzähle es nicht richtig, dachte ich bei jedem Wort, etwas fiel unter den Tisch.

»Ich hing als Rädchen im Großraumbüro fest, in der absoluten, nervtötenden Mittelmäßigkeit – während andere die Geschichte schrieben, die ich in meinem Kopf skizziert hatte. Ein Riss zwischen meinem Selbstbild und der Realität, Tag für Tag, Nacht für Nacht.« Das Flüstern hatte aufgehört, die Arbeit war jetzt wieder ganz ungehemmt im Gange.

»Und dann wurde mir das hier zuteil. Sie weckten mich auf und – aber nein: Das ist vielleicht gänzlich unbeschreiblich. Vielleicht besser so: Ich begriff – retrospektiv –, dass ich mich doch nicht getäuscht hatte. Ich war die ganze Zeit über eine Ausnahme gewesen. Ich kam herein und sah –«

»Stopp«, sagte Rosen.

Jetzt wieder Nuscheln. Ich hatte meine Hand erhoben und über meine Schultern nach hinten auf DAVE gezeigt, ohne mich umzudrehen. In dieser kurzen Unterbrechung war das Unbehagen der anderen wieder zurückgekehrt.

»Professor Fröhlich, ich weiß wirklich nicht, wie wir DAVE – wie sollen wir denn DAVE einprogrammieren, dass er kopiert wurde, als er selbst im Raum war?«, fragte Blumenthal nun wütend.

»Improvisieren Sie«, antwortete Fröhlich scharf. Und an mich gerichtet: »Erzählen Sie weiter –«

»Das war wie die Erfüllung meiner Träume«, sagte ich unsicher; es klang wie eine Schmierenkomödie, die Programmierer hatten zu tippen aufgehört. »DAVE ist das Labor, das Labor ist DAVE. Also – ich wäre das Labor, und das Labor wäre ich. Ich: unsterblich gemacht, indem eine niemals vergehende Substanz zu mir würde.«

»Ein wenig Größenwahn schadet keinem«, sagte Fröhlich lächelnd und ermutigte mich mit einer Geste, die Unruhe hinter uns zu ignorieren.

»Aber dann kam auch das Unbehagen«, sagte ich. »Sehen Sie, je länger die Kopiesitzungen andauerten, desto naturgetreuer wurde mein Avatar in DAVE. Ein kleiner, digitaler Syz, der unter seinem Vater gelitten hatte, der missmutig in seiner Arbeitszelle saß, der sich nach denselben Dingen sehnte wie ich und die gleichen Sorgen teilte. Was für eine lächerliche Empfindung – er ist ja nicht real, ist nur ein Abbild. Und trotzdem quälte es mich bei jeder Sitzung mehr: dass da jemand war wie ich, aber nicht um sich wusste und keine Ahnung von den Mächten hatte, die ihn antrieben.«

»Das war Ihnen doch von Anfang an klar, oder nicht?«, fragte Fröhlich, rückte aber, ganz im Gegensatz zum abschätzigen Tonfall dieser Frage, noch enger an mich heran.

»Es war zu viel«, sagte ich – sprach jedoch gleich weiter, um zu verhehlen, dass ich die Nähe meinte. »Die Interferenzen. Meine Identität war gelockert wie eine schleißig arretierte Schraube. Und in diesem Zustand der Destabilisierung kam schließlich der Neid –«

»Welcher Neid?«

»Die andere Seite der Medaille. Vielleicht war ich das Original, aber was würde das schon heißen bei seiner tausendfach erhöhten Potenz? Er konnte schneller denken, verfügte über Millionen Terabyte Gedächtnisleistung. Er würde ewig leben können, sich ewig weiterentwickeln. Das, was als Kopie begann, würde spielend leicht in allem, allem, allem besser sein als ich.« Inmitten meiner Rede hatte Fröhlich die Hand zu einer Stoppgeste erhoben.

»Ich verstehe den Kern des Ganzen sehr gut«, sagte er nun ruhig und lehnte sich zu mir. »Aber das hättest du dir doch überlegen können.«

»Was hätte ich?« Ich musste mich verhört haben.

»Nun, du wolltest doch unbedingt, dass DAVE dir nachgebildet würde, das war dein Traum. Gut, das sei dir gestattet, du hast vieles geleistet.« Rings um uns war es leise geworden. »Aber sag mir jetzt eines und halte nichts von der Wahrheit zurück: Warum hast du die eine Linie übertreten, auf die wir uns geeinigt hatten? Warum hast du deine eigenen Erinnerungen modifiziert?« Totenstille.

»Ich verstehe nicht«, sagte ich und dann gleich noch einmal, als wäre das nicht genug gewesen: »Ich habe nichts modifiziert.« Es klang wie eine Lüge, dachte ich, noch während ich es aussprach, und starrte auf Fröhlichs Stirn, die feucht im orangefarbenen Licht schimmerte.

»Dir hat es doch ganz gut gepasst, zwei zu sein, oder nicht? Am liebsten wärst du drei oder vier oder zwölf gewesen im Schuppen, in den ihr wieder ziehen musstet. Aber du warst zu langsam, mein Lieber, du warst weniger, als du immer gedacht hattest.«

Um wie viel Fröhlich größer war, dachte ich träge und wollte etwas erwidern, da rief jemand hinter uns dazwischen.

»Wartet kurz, Speicherplatz ist voll.« Ich hatte die Stimme noch nie gehört. Dieser Schwebezustand wischte allen Schrecken fort: Ich drehte mich um.

An einem klobigen Apparat fuhrwerkte eine junge Frau wie an schweren Hebeln, bis sich knackend eine Floppy Disk aus dem Schlitz bog. Im plötzlich hoch aufgeschossenen Hinterraum zog sie eine neue schwarzglänzende Diskette aus einem Papierfalz. Fetzen von Flor und Geweben, Fröhlichs aufgerauhte Stimme.

»Du hast vielleicht nicht geglaubt, dass ein Wunderknabe wie du jemals von seinem hohen Ross steigen müsste, aber hast du es denn nicht begriffen? Hast du denn nicht mitbekommen, wie du, der sogenannte Freund, verlassen wurdest? Du Dämon«, fügte er noch hinzu, und grässlicher als alles war, dass er den Metamorphosen um uns nicht die geringste Beachtung schenkte. Wie sich der Flockteppich unter uns einschob – »Aber du verspieltest die Gelder in deinem ewigen Narzissmus, in dem du gar nicht begreifen konntest, dass alle es längst gemerkt hatten. Hast du denn ihre Blicke nicht gesehen? Hast du Pawels Verlorenheit denn nicht am eigenen Leib spüren können, du Unmensch?«

»Ich habe nichts verspielt«, sagte ich, aber es war viel zu spät. Für einen Moment dachte ich, Perelman würde mir zu Hilfe kommen – doch als ich in ihr Gesicht sah, war da nicht mehr Perelman, sondern ein hochgeschossener Mann, der an einer Schreibmaschine saß. Wie flüchten und wohin überhaupt? Graues, schales Plastik, das die Sicht verstellte, wo soeben noch glänzende Fronten zu sehen gewesen waren.

»Wir urteilen nicht«, rief Fröhlich scharf. »Aber wir müssen es doch zu Ende bringen. Es ist auch eine ganz simple Frage: Wie hast du noch in den Spiegel schauen können, nachdem deine Egozentrik fast dafür gesorgt hat, dass das Projekt scheiterte? Nur weil du glaubtest, in einem auserwählten Verhältnis zu stehen.« Jetzt war ich aus meinem Stuhl herausgeklettert, erleichtert, das Möbel zwischen mich und Fröhlich gebracht zu haben, doch ich sah gleich, dass es nichts nützen würde, so leichtfüßig stand er auf den Ballen, so tänzelnd.

»Na, siehst du jetzt, wie wir es merken, Arthur? Siehst du, was dein Lohn dafür sein wird, drei deiner Freunde in den Ruin und einen in den Tod getrieben zu haben?«

Ich schüttelte mich wie ein nasser Hund, ich fühlte mich wie ausgezogen. Das war der Zeitpunkt, dachte ich. Fahrig griff ich nach meinem Klappmesser.

»Ich ergebe mich Ihnen nicht«, sagte ich und zog mir die Kabel von der Brust, aber meine Stimme war ganz schwach. »Denken Sie, ich bin blind? Ich weiß von den versteckten Botschaften und der Außenwelt, von Babusch und den verschwundenen Dokumenten.« Nur war da kein Messer. Statt meiner Jeans hatte ich dunkelrote Cordhosen an, und dann brach unter mir das Holz splitternd zu grauem PVC.

»Reißen Sie die Elektroden nicht herunter«, rief jemand hinter mir.

»Was soll die Scheiße jetzt –«, fragte ein anderer. »Machen wir die Sitzung fertig, sonst schaffen wir's heute nicht mehr.«

Ein Riss zackte durchs Zimmer, so plötzlich, dass ich von der Wucht das Gleichgewicht zu verlieren glaubte – kurz meinte ich, auch die anderen müssten schwanken, aber sie standen aufrecht wie betoniert. Fröhlich hatte meine Unaufmerksamkeit genutzt und war wieder näher gekommen.

»Du, mein Lieber, hast dich immer schuldlos gehalten an der Oberfläche, bist aus deinen Prozessen spaziert wie ein Saubermann. Aber weißt du was? Pawel hat es von Anfang an geahnt, dass du mit deinem Spiegelhypothesenwahn noch nicht genug hattest, sondern unsere nächsten zehn Jahre auch noch sabotieren würdest. Und weißt du, warum er nichts gesagt hat? Na?« Und er spuckte auf den Boden, wie um seine Verachtung zu zeigen.

»Teufel«, brachte ich hervor.

»Dir selbst und der ganzen Welt redest du ein, die Erkenntnis sei es gewesen, um der Erkenntnis willen sei es geschehen, und tagsüber glückt dir diese Fiktion. Aber was ist nachts, wenn du an der Pforte des Schlafes stehst und dein kühler Verstand in die Hallen deines Gedächtnisses abzusteigen beginnt, wo keine Kontrolle herrscht?«

Ich wollte ihn würgen, wollte diese Schreckensgestalt zum Schweigen bringen, nur hingen meine Hände, so sehr ich mich auch bemühte, sie anzuheben, zentnerschwer herab.

»Und?«, fragte er und grinste. »Ist es nun tatsächlich besser, Recht zu behalten, aber für alle Zeiten allein zu sein? Vermisst du deine Frau, oder hast du in dem da deine wirkliche Bestimmung gefunden?« Er zeigte hinter sich, wo ein donnernder Koloss stand, so groß, nein, größer als ich selbst. Ein Rauschen drang aus dem Inneren seines gerade noch kaltgelüfteten Gehäuses: breite Gangschaltungen, die sich lautstark ineinanderfächerten. Relaisschalter – ich meinte, der Druck in meinem Inneren müsse mich zur Explosion bringen.

Ein Grad noch, zwei, ein Knall: Dann zerschnitt ein Schrei die Luft, und alles verstummte.

Es war mein Schrei gewesen. Im selben Moment fiel alles wie in einer gewaltigen Implosion wieder auf seine Ursprungsposition zurück. Rosen und Perelman zu meiner Rechten hatten, überrumpelt von meinem Ausbruch, von ihren Bildschirmen aufgesehen. Ich fuhr herum: DAVE stand, sachte belüftet wie eh und je, hinter mir; die metallischen Streben des Laborinterieurs waren in ihre kühlen Umrisse zurückgeglitten. Ich aber hielt meine Hände noch immer vor den Körper, um mich vor etwas zu schützen, das sich gar nicht ereignet hatte.

»Ist alles in Ordnung?«, fragte Fröhlich vorsichtig, der nun wieder in gesunder Distanz zu mir auf seinem Bürostuhl saß. Unter dem Tisch war zu sehen, wie er den roten Notfallknopf betätigte. Er hatte die Rettung verständigt. »Blumenthal, Sie hatten Recht, eventuell war das nicht die brillanteste meiner Ideen.« Ich aber konnte mich nicht mehr aus meiner Raserei befreien.

»Warum haben Sie mich Arthur genannt?«, schrie ich Fröhlich an, wurde behindert von meinen Gurten und entwand mich so heftig, dass ich mir tief ins Fleisch meiner Schultern schnitt. »Was wollen Sie von mir? Hä? Wollen Sie mich verschwinden lassen wie ihn?«

»Was ist denn los?«, fragte Blumenthal, der erst hinter dem Paravent hervorsteigen musste. Ich taumelte rückwärts an die Wand.

»Wollen Sie sich ein wenig ausruhen?«, fragte Fröhlich behutsam.

»Einen Scheiß werde ich mich ausruhen«, schrie ich und hatte mir schon die Saugnäpfe von der Brust gerissen, als ginge es um Leib und Leben, dabei hatte mich niemand angerührt. Nur Stille und Fassungslosigkeit: Ich trat von einem Fuß auf den anderen und meinte, vor unterdrückter Energie zerrissen zu werden, da bedeutete Fröhlich dem kahlköpfigen Sicherheitsmann, die Tür zu entriegeln. Es war ein bulliger, tumb aussehender Mann.

»Sie können gehen, Sie wirken etwas überspannt«, sagte Fröhlich.

»Wo ist Kastor?« Das Hemd hatte ich mir in aller Eile verkehrt herum über den Kopf gezogen, kein Wunder, dass alle Assistenten vor Befremden abgerückt standen.

»Er ist noch nicht da. Wir wollten heute ein wenig feiern nach der Sitzung, aber Sie finden ja selbst hinaus«, sagte er.

Die Assistenten waren schon zur Seite getreten, und die beiden Sicherheitsleute warteten auf mich für den üblichen Eskort aus dem Zentrallabor. Erst in der Geschäftigkeit des Kreisgangs kam ich wieder zu mir – konnte ich mich getäuscht haben? Was war dort drin mit mir geschehen?

Ich ging in Richtung meiner Wohnung, den Kopf tief, die Hände in den Taschen, drängte mich durch die Gänge und lief die Stiege hinab. Langsam entwich der Tonus aus meinen überspannten Muskeln. Nicht lange, dann würde ich wieder in meinem Zimmer sein, dachte ich, und die Dinge in eine Reihenfolge bringen können. Immer mehr gewann der Gedanke an mein Kopfkissen etwas Tröstliches – da sah ich, aus dem Augenwinkel, wie ein Schatten hinter mir sich aus der Wand löste.

Ich drehte mich um – gerade noch schnell genug, um zu sehen, wie der bullige Securitymann hinter einer Ecke verschwand. Zweifellos – das konnte keine Einbildung gewesen sein. Hatte man ihn mir nachgeschickt? Ich wandte mich langsam wieder um; mein Herz klopfte, als ich ihn in der Spiegelung der blanken Hartplastikflächen mir folgen sah. Ich erwog, ob ich im allgemeinen Gewühl untertauchen konnte, und beschleunigte meinen Schritt - doch sah ich, noch immer nur reflektiert, wie wendig er sich trotz seines schwerfälligen Baus bewegte. Er musste meine Gedanken auch antizipiert haben, denn er hastete gleich zur kleinen Treppe, wie um mir den Weg abzuschneiden.

Ich hatte mich nicht geirrt. Fröhlich kam, um mich zu holen, und weiß der Teufel, was dann mit mir geschehen würde. Ich scherte nach der Seite hin aus und lief. Er stürzte mir nach, die Glasschlucht der Zusestraße herab und über die Wendeltreppe in den kleinen Lesesaal. Ich stieß die Studenten zwischen den Regalen aus dem Weg, und mein Verfolger kletterte über einen der Tische - keiner von uns machte mehr einen Hehl aus unserer Hetzjagd. Ein unsäglicher, animalischer Instinkt ließ mich weiterlaufen; ich fühlte mich unermüdbar.

Ich rannte in eine Sackgasse nahe dem Kaffeehaus in 4C, eine entscheidende Sekunde meinem Verfolger voraus, gerade genug, dass ich mich in eine Abstellkammer drängen konnte, ehe er um die Ecke biegen würde und nichts als einen toten Gang fände. Ich aber schob mich keuchend durch den dunklen Engpass: Seit vor Jahrzehnten hier eine Forschungseinheit ein Lager gehabt hatte, waren die Abstellkammern miteinander verbunden und mündeten im Notausgang der Mensa, das heißt: Ich drückte die Tür auf und war in der Masse verschwunden.

Viel Zeit würde mir nicht bleiben. Schwitzend erreichte ich mein Zimmer. Meinen Händen entglitten gleich drei Mal die Hosenbeine des sogenannten Kontaminationsanzugs, den ich aus der Zwischendecke hervorgezogen hatte, und zusätzlich erschwerte das Bleihemd jegliche Bewegung. Ein Müllsack in Menschenform, dachte ich und wankte, den Rumpf von Vorhangschläuchen und meinem wasservollen Rucksack umschlungen, wieder zur Tür. Das dritte Wandpaneel in Gang 5A an der Westseite, hatte Felis gesagt – und nun hasste ich mich dafür, dass ich zuvor keine Markierung angebracht, ja, mir die betreffende Stelle nicht einmal angesehen hatte.

Kaum war ich auf den Flur getreten, musste ich wieder laufen: Denn dort, am Ende des zweihundert Meter langen Gangs erkannte ich den Sicherheitsmann, der offenbar Verstärkung von zwei weiteren bekommen hatte. Der Mann links außen entdeckte mich als Erster. Mein Gepäck, der Proviant und das Seil, das ich über dem Arm trug, wogen eisenschwer, als ich nach der anderen Seite zu entkommen versuchte, durch eine Gruppe Studenten brach und gerade noch in einen Aufzug sprang. Die Menschen in der Kabine hatten inzwischen auch bemerkt, dass ich auf der Flucht war: Insbesondere ein älterer Herr war von meinem schwitzenden, in Folien gehüllten Körper wie vor den Kopf gestoßen. Es waren nur wenige Sekunden, in denen ich seinem Entschluss beim Wachsen zusah: Als die Türen sich mit dem vertrauten Klingeln öffneten, warf er sich in meine Richtung, um mich festzuhalten. Meine Befreiungsversuche wurden von seinen Händen, die er hinter meinem Rücken verschränkt hielt, verunmöglicht, aber ich ließ nicht locker: Als ich ihm gegen das Schienbein trat, knickte er ein, und wir taumelten als ineinander verknotetes Konvolut aus der Kabine. Unter höchster Anspannung, langsam wie in einem Tanz, pendelten wir von der einen zur anderen Seite, dann fiel er endlich von mir ab.

Ich drängte mich durch die skandallüstern sich sammelnde

Menge, denn ich hatte an der Basis der Treppenflucht die drei Sicherheitsleute wiederentdeckt. Unter meinem beträchtlichen Eigengewicht war ein Fortkommen kaum möglich, doch es war nicht mehr weit, ich sah schon Gang 5A. Eins, zwei, drei Paneele zählte ich; den eisernen Schlüssel in meiner schweißnassen Faust, entdeckte ich die rettende Auslassung in der Wand. Ich sprang ins Nirgendwo, riss die Plane mit mir, trudelte in der Zwischenwand gegen brüchigen Rigips. Meine Hände suchten im Halbdunkel nach den Schrauben, die die Abdeckplatte hielten. Da – vier ausgeleierte Metallstäbe. Als ich die erste herausgedreht hatte, hörte ich hinter mir schon Rufe: Der Glatzköpfige hatte sich durch das von mir geschlagene Loch gezwängt, seine beiden Schergen folgten ihm unter Ächzen und Stöhnen. Die zweite Schraube, dann hatte er mich erreicht. Er griff, bäuchlings über die Trennwand kriechend, mein Bein, indessen ich das dritte Gewinde löste. Als er sich aufrichtete und unter Ächzen meinen Kopf gegen die Stahlplatte drückte, hielt ich noch die vierte Schraube umklammert. Ich trat und biss und schlug mit allen Gliedern, die ich erübrigen konnte – und obwohl ich ein blutiges Rinnsal aus meiner Nase tropfen spürte, glitt in diesem Moment die Platte zur Seite. Sausen.

Der hart einströmende Wind bewegte uns wieder einen Meter von der Wand fort. Dann schlug ich mit aller Kraft dem Sicherheitsmann ins Gesicht und stieß durch den Strom der einfahrenden Luft in die gleißende Außenwelt.

Keine Zeit für Seile oder Sicherungen, keine Zeit, auch nur einen Blick in die Tiefe zu werfen; als seine Hand nach mir griff, ließ ich los.

□

Der Mann, der am 14. Juni 1970 in Zimmer 348 der Neurologischen Station im Sterben lag, degradierte Ärzte und Pfleger gleichermaßen zu Schaulustigen, sodass selbst die kriegsgeprüften Krankenschwestern inmitten der Arbeit innehielten. Der Name des Patienten war Charles Hobbsen, und in bester Upperclass-Manier, die Beine übergeschlagen und eine eingebildete Zigarre zum Mund führend, verhandelte er vor imaginärem Publikum die Reden des Cicero. Ab und zu kehrte er aus seinen ephemeren Erscheinungen in die Wirklichkeit zurück, nur um gleich wieder einen Gegenstand mit einem ihm bekannten Menschen zu verwechseln. Zerstreut von diesem eigentümlichen Anblick, fragte der behandelnde Arzt, welchen Beruf sein entrückter Patient bekleidet habe. Eine hagere, sichtlich leidgeprüfte Frau, die sich als seine Gattin herausstellte, antwortete: Er ist Gedächtniskünstler.

Charles Hobbsen, geboren 1938 in Essex, war ein Aktienmakler, der ein nicht unbeträchtliches Vermögen durch genialische Kombinatorik anhäufte, die man als Auspizium seines späteren Schicksals hätte betrachten können. Ein Kollege bemerkte damals, er bewundere den ihm eigenen Fokus aufs Abstrakte – auf die reine Form der Kurse, entkoppelt von ihren Relata im Wirklichen.

Dieses Leben änderte sich einschneidend, als er – wohl bei einem der gähnend-langweiligen Tuberides im Financial District – im *Daily Herald* über eine Beschreibung des Code Aimee Paris, besser bekannt als Major-System, stolperte.

Angespornt von raschen Erfolgen beim Memorieren und Einschätzen von Aktienkursen, wurde er bald ein treuer Adept der Loci-Methode, ein Schüler erst von Cato und Cicero, ehe er in die transmutistischeren Gefilde eines Giordano Bruno und Giulio Camillo herabstieg. Es dauerte keine zwei Jahre, dann gab Hobbsen seine berufliche Tätigkeit zugunsten des vollzeitlichen Daseins als jener »Grand Mnemoniste« auf, dessen Kellershows im East-End der *Guardian* in einem Einspalter abschätzig als »Hermetische Peepshow« bezeichnete.

Hobbsen war verschrien für seine unerhörte Disziplin und eine Komprimierungsfertigkeit, die hunderte Bilder auf wenigen Quadratmetern zu verstauen wusste. Er hatte seine Villa – ein gewaltiges, vierstöckiges Haus, das er mit den Geldern seiner Börsengewinne erstanden hatte – in seinem Kopf zu einem viktorianischen Gedankenpalast umgebildet, den er vier Stunden täglich mit größter Akribie bestellte. Als das reale Anwesen ausgeschöpft war, begann er, es mental umzugestalten; eine weitläufige *maison imaginaire.*

Auch seine Bildkreation war virtuos: Hobbsen schaffte es, ganze 34.000 Ziffern der Kreiszahl Pi im Garten des Memory Palace als Szene einer Dinnerparty unterzubringen. Naturgemäß konnte sich eine so unitäre Fertigkeit nicht ohne einen Hang zum Spekulativen entwickeln:

In Hobbsens Tagebuch fand sich eine Bemerkung, wonach er längere Zeit mit dem Gedanken gespielt habe, das ganze Universum könne der Memorypalace Gottes sein und wir nur bildliche Reminiszenzen an seine vergessenen Ideen. Kulturanthropologisch scheint sein Bestreben den Impetus einer mnemonischen Faust-Legende zu tragen: Musste es ein Traum bleiben, dieses PAO-System des Schöpfers auch verwenden zu können? Was auch immer es war, das das kontinuierlich angefüllte Fass seines Gedächtnisses zum Überlaufen brachte, war auch, was ihm schlussendlich den Boden ausschlug.

Ein Problem wurde seiner Familie erstmals in den Sechzigern bewusst, als er für zwei Tage nicht aus seinem Memory

Palace auftauchte und »reglos starrend in seinem ledernen Ohrensessel verharrte«. Nach diesen Episoden katatoner Verkrampfung stellte sich zeitweilige Besserung ein, deren Dauer jedoch immer kürzer anhielt. Eine Freundin seiner Familie verwechselte er kurz darauf mit einer Ziffernfolge – die allgemeine Kohärenz seiner Erkenntniskraft zerfiel.

Insbesondere eine zentrale Regel hatte Hobbsen verkannt: Man durfte nur imaginäre Gebäude nutzen, um die pictura in ihnen abzulegen, nie die Realität und die Bilder miteinander vermengen. Das hatte seinen unweigerlichen Niedergang eingeläutet. Wenn die Bilder, mit denen man die innere Welt ausstattet, prägnanter und intuitiver werden als die äußeren, findet eine fatale Interferenz, eine Überlagerung statt. Charles Hobbsen starb an Nahrungsverweigerung im Kreise seiner Familie. Es waren 10 Jahre vergangen, seit er begonnen hatte, Gedächtniskunst zu betreiben.

□

Mein Fall ging wie in Zeitlupe auf einen ockerfarbenen Boden zu, drückte mir die Organe in den Oberbauch und rotierte mich über meinen Nabel hinweg in die Rückenlage. Ein Hitzewall wurde unter meinem Körper spürbar, verdichtete sich im Fallen zu einer massiven Mauer und riss wie eine ins Äußerste strapazierte Sehne, die sich knallend von ihrem Ursprung löst.

Ich sah noch, wie der schwarze Monolith des Labors, der mein ganzes Sichtfeld ausgefüllt hatte, immer kleiner wurde, da schlug ich auf: Erst meine Schultern, dann der Rest meiner Knochen donnerten in einem scheußlich verdrehten Winkel auf den Grund, dass mir die Sinne hätten schwinden müssen – nur taten sie es nicht.

Ich richtete mich auf und sah hoch. Tiefschwarz ragte das Labor gegen den blauen Himmel auf, so groß, dass mich, mehr als alles andere, seine schieren Dimensionen in Angst versetzten. Bis auf einige Abschürfungen und einen dumpfen Schmerz in meinem Fuß schien ich unversehrt. Ob es der Untergrund gewesen war, den ich sandig in meinem Handteller spürte, oder ob mich bloßes Glück gerettet hatte, war nicht festzustellen, und in jedem Fall hieß es weiterkommen, also lief ich in die erstbeste Richtung.

Kaum aber war eine Minute vergangen, war meine Durchsicht schon beschlagen. Es war tropisch heiß, und mein Plastikanzug verschärfte die treibhausige Stickigkeit. Die Plane war bei jedem Atemzug bedrohlich in meinen Mund gezogen; ich hatte meinen eigenen Leichensack fabriziert, der sich an keinem der vorgesehenen Enden öffnen lassen wollte.

Schließlich, als mir bereits winzige Faserrisse seitwärts ins Sichtfeld drangen, drückte ich meine Finger mit aller Kraft gegen den Mund: Die Plastikplane gab nach, und ich sank auf die Erde nieder.

Die Atemluft war klar – nur flimmernde Hitze ließ den blauen Himmel erzittern.

Und nun, da ich so für einige Minuten auf dem Boden gesessen hatte, wurde mir bewusst, dass mir niemand gefolgt war.

Als ich erneut auf meinen Fuß auftrat, schoss ein Schmerz durch mein Bein, dass ich glaubte, ohnmächtig werden zu müssen. Ich zog mir den Socken aus und besah meinen unförmig geschwollenen Knöchel: Ohne Zweifel, er war gebrochen. Dennoch zwang ich mich weiterzuhinken und zog meinen Sack hinter mir her. Eine Stunde, zwei, dann verschwand das Labor nach und nach am Horizont, und ich wagte es endlich, mich zu setzen. Ich keuchte schwer, zu Boden gedrückt von der unerträglichen Hitze und einem Pulsieren, das von meinem Fuß aus in alle Randbezirke meines Körpers strahlte. Die Handteller als einzige Schattenspender über meine Augen gebreitet, sah ich erstmals in die Welt, die sich mir darbot: Das Ödland, das sich rings um mich erstreckte, hatte weder Hügel noch Täler – keine Dünen und überhaupt im Grunde gar nichts, auf das sich die Aufmerksamkeit hätte richten lassen.

Geistesabwesend grub ich, während ich den Blick schweifen ließ, die Hände in den Sand und stieß auf etwas Hartes.

Ein unförmiges Objekt lag, nur eine Handbreit unterm Sand, verspreizt – glatt wie Marmor und doch nach den Seiten hin geriffelt, sodass ich nun mit frisch erwachtem Ehrgeiz zu graben begann, um es emporzufördern. Die Sonne stand in einem zementierten Zenit, an derselben Stelle, an der sie schon bei meinem Austritt aus dem Labor befestigt gewesen war. Der Sand rieselte immer wieder in meine frisch gescharrten Aushöhlungen, doch blieb ich hartnäckig und zog hervor, was erst wie ein missgestalteter, verwachsener Teller aussah. Dann begriff ich, dass es sich um ein Stück einer Tasse handelte, die in der Hälfte entzwei gerissen war. Eine gewaltige, unterdische Kraft schien sie geglättet zu haben. Ich warf sie voller Befremden zur Seite, griff gleich darauf aber wieder in den Sand: Das nächste Stück kam leichter empor, eine bis zur Unkenntlichkeit vergilbte und gleichfalls flach gedrückte Plastikflasche, auf der ich noch »Crystal Pepsi« entziffern konnte. Weißgewaschen, weichgewaschen – zerfaserte Vergilbung.

Bald war Hast darin, die Dinge emporzufördern: Ein aus weichem Kunststoff bestehendes Nagetier war das Nächste, was ich ergriff, wahrscheinlich einmal B-Hörnchen, dessen

Beine aber unter seinem geblümten Hemd amputiert worden waren, um es in jene geebnete Form zu zwingen, in der sich alles befand. Eine eingedrückte, zerspante Schatulle, aus der mir bunte Edelsteine in den Schoß fielen, ehe das Foto einer in einen Nerz gekleideten Frau hintdreinstürzte. Ich hielt das Bild gegen die Sonne: Es war Winona Ryder.

Alles, was diesen Boden ausmachte, war Müll, plattgewalzter Kehricht – doch während ich einen Gegenstand nach dem anderen in der Hand wog, wurde mir sonderbar zumute: Eine unwillkürliche, fast gewaltsame Neigung, mich an etwas erinnern zu müssen, brach sich durch die aufgerauten Oberflächen ihren Weg, ohne das Ziel je zu erreichen. Zentnerschwer lagen sie in meinen Händen, aber es war vergebens. Wozu auch weiter über diesen Abfall nachdenken? Das Etui warf ich fort, ich musste weiterkommen.

Die windlose Steppe erlaubte fast grenzenlose Sicht: In der Ferne sah ich die Silhouetten geometrischer Figuren aufragen – vielleicht einer Säule, eines Kubus, einer Brücke – man konnte es von so weit her kaum beurteilen, doch hatte ich ja keine andere Orientierung, also steuerte ich in Richtung dieser vagen Erscheinungen. Bald war mir, als hätte ich schon ganze Welten durchwandert, und mein Fuß schmerzte nahezu unerträglich, dabei stand die Sonne noch immer im Zenit. Ich sah auf meine Uhr – es war acht Uhr abends, und die Mittagshitze lastete schwer auf dem Boden. Fühllos und indifferent gegen die Zeit stand sie über meinem Körper, über den ich nun behelfsmäßig ein mitgebrachtes Handtuch breitete, ich fühlte mich wie verglühend bei plötzlichem Atmosphäreneintritt.

Ich ging weiter, hier konnte ich nicht bleiben. Als ich um Mitternacht, das heißt, um die Zeit, die meine Armbanduhr mir als Mitternacht verkündete, die zweite Flasche leergetrunken hatte, war die Erschöpfung Glied für Glied meine Wirbelsäule emporgekrochen. Wie zur Beruhigung richtete ich mir ein provisorisches Lager ein. Ich besaß noch eineinhalb Liter Wasser sowie drei Konserven mit eingekochtem Gemüsebrei, von denen ich mir nun die eine als karges Mahl einverleibte. Zuletzt türmte ich meine lächerlichen Habseligkeiten zu zwei Haufen, an die ich mit meinen Schnürsenkeln die Fetzen des Plastikanzugs knüpfte, um mir ein wenig Schatten zu spenden. Dann wickelte ich mein verschwitztes Hemd um meinen Kopf, um unter der gleißenden Sonne einzuschlafen.

□

Die Sonne hatte sich während meines Dösens als leuchtendrotes Erythem in meinen Brustkorb eingeschrieben. Zwischen den Planen war ein Lichtstrahl auf mich gefallen und die waagrecht meinen Leib zerteilende Schneise hatte einen seichten Graben in die Haut getrieben, der mich schließlich jeder Möglichkeit des Schlafes beraubte. Also stand ich auf und ging weiter. Manchmal ließen meine Tritte die Sandkörner wegrieseln, und hätte ich nicht schnell genug den Blick gehoben, hätte ich wieder auf den Grundmüll gesehen.

Es wurde sieben, es wurde elf und erneut Mitternacht: Die Zeit hatte ihre Geltungskraft eingebüßt. Einen Plan für die Wassereinnahme hatte ich längst angelegt: Hundert Milliliter alle vier Stunden, wenngleich die Umrisse in der Ferne nur unwesentlich nähergerückt waren.

Die Luft lag unbewegt unterm Blau, links und rechts waren eins. Wie schwerfällig alles ist, dachte ich und erbrach schwallartig unter der Last meines Sonnenstichs das gerade Gegessene. Jedes Körnchen Quarzsand war mir eine winzige

Uhr geworden, und doch vermochte keine davon, den Stillstand aufzulösen. Selbst der Schmerz in meinem Fuß und der unerträgliche Durst waren jetzt dumpf zurückgetreten vor der Macht der Trägheit, dem ganz und gar unverzweigten Schicksal.

Meine Zunge lag dick geschwollen in meinem Mund, ich setzte mich für einen Augenblick.

Warum eigentlich konnte ich das Labor noch immer sehen? Stecknadelkopfgroß haftete es am Horizont, ohne tiefer zu tauchen, es war mir bisher gar nicht aufgefallen.

Die Erde ist also nicht rund, dachte ich schließlich und wandte mich wieder nach der anderen Seite hin, als wäre dieser Gedanke kein Schaden. Mein Leiden lernte ich bald wie ein Gemälde zu betrachten: Es gab nichts daran zu ändern und keinen Raum für Entscheidungen – in dieser Differenzlosigkeit war alles zum historischen Faktum erstarrt.

Die Überzeugung, dass es nun bald dem Sterben zuginge, hatte sich längst mit einer solchen Sicherheit manifestiert, dass es das Natürlichste schien, als ich mich schließlich hinlegte und meinen Niedergang beschloss. Schon waren meine Beine angezogen, die Hände verschränkt, wo sie mir am schwersten vorkamen – denn Schwere war mir der richtige Zustand –, da entdeckte ich weit draußen einen Punkt. Ich richtete mich auf. Als hätte ein kosmischer Kalligraph sie hingesetzt, war in der Ferne eine Gestalt aufgetaucht – eine winzig kleine, sich bewegende Figur.

Ich stand auf und bewegte mich vorsichtig auf die Erscheinung zu, die ich mit jedem Schritt mehr als eine Blüte meiner Geistesverlorenheit befürchtete. Doch das Schema verfestigte sich zusehens: Eine Stunde, dann sprossen diesem Körper Gliedmaßen, eine weitere, dann konnte ich erahnen, dass es sich um eine Frau handelte, die im Sand kniete. Die

Anstrengung hatte mir die Tränen aus den Augen getrieben, da trennten uns nur mehr wenige Meter und ich erkannte, wen ich da vor mir hatte: Von der sengenden Hitze unbeschwert und mit perfekt gemachtem Haar, saß Khatun im Sand und sah mich ausdruckslos an.

Ich ging einen großen Kreis um sie, als müsste ich mir beweisen, dass sie tatsächlich dreidimensional war, und ihre Augen folgten mir.

»Was tust du hier?« Meine Stimme klang fremd, wie ein Reibeisen vom langen Schweigen.

»Wie meinst du das?«, fragte sie mit großen Augen, fügte aber sofort hinzu: »Dasselbe wie du. Wir sollten aber bald sehen, dass wir weiterkommen.«

»Ja, ja, ja«, rief ich und schickte mich an, ihr aufzuhelfen. Jetzt, da ich einen anderen Menschen vor mir hatte, war mein Entschluss zu sterben verflogen. »Wie bist du aus dem Labor entkommen? Ich hab Essen hier.«

»Ich weiß, es ist schwer zu glauben, aber es ist wahr.«

»Was ist wahr? Wie bist du geflohen?« Mit zittrigen Fingern hatte ich eine Büchse Dosenfleisch geöffnet.

»Indem ich ein aneinandergeknüpftes Bettuch über die Wand geworfen habe und drübergeklettert bin, in den englischen Garten meiner Eltern.« Und sie lachte schallend, als wäre das ein köstlicher Witz.

Dann schwiegen wir beide wieder, und Khatun – obwohl sie mich in freundlicher Offenheit ansah, schien nicht im Geringsten geneigt, sich über irgendetwas zu äußern. Der lockere Dutt ihres schwarzen Haars war von den Sandkörnchen der Umgebung durchsetzt, die ich mit jeder Bewegung aufwirbelte – die altrosa Bluse, unter der ich eine goldene Kette vermutete, leicht geöffnet. Sie hatte nichts von ihrer Schönheit eingebüßt – nur ihr entrückter Blick, der nach etwas zu suchen schien und sich doch an nichts haftete, verursachte mir Gänsehaut.

»Hast du vielleicht Wasser?«, fragte ich, mir meiner eigenen Schwäche auf einmal wieder bewusst.

»Nimm dir ein Glas, aber lass es nicht wieder auf dem Couchtisch stehen.« Sie nahm meine Hand, drehte sie um und zeichnete mit ihren Fingerspitzen ihre Linien nach. In diesem Moment rollte ein Donnern aus der Ferne über uns – ein tiefes Grollen, als würde die kehlige Kontinentaldrift sich aus der Tiefe räuspern. Ich fuhr herum: In der Ferne, knapp über dem Labor, hatte sich eine Wolkenscheibe gebildet, stieg ein paar Sekunden mächtig auf und fiel dann zu Boden.

»Was war das?«, fragte ich.

»Was war was?«

Doch die Antwort gab das Gebäude selbst: Noch aus der Weite sah man, dass ein ganzer Flügel ausgeschert hatte, wie um sich im Flug zu erheben; er rotierte und fügte sich nach der anderen Seite verdreht wieder ein.

»Vielleicht könntest du die Lautstärke ein wenig herunterfahren«, sagte Khatun ruhig.

»Was meinst du?«

»Ich dachte, du hättest eine Ja- oder Nein-Frage gestellt.« Sie ergriff mich an den Schultern und drückte mich mit versiertem Griff nach unten, sodass mein Kopf auf ihren Knien lag. Dann kämmte sie mir mit ihren Fingern die verschwitzten, schmutzigen Haare aus dem Gesicht, und ich wurde ganz gleichgültig gegen unsere Lage – nur manchmal sah ich jetzt Wolkenformationen über dem sonst makellos blauen Himmel sich brechen.

»Fürchtest du dich nicht?«, fragte ich.

»Weswegen sollte ich mich fürchten?«

»Zu sterben, hier draußen.«

»Ich denke, dass ihr beide vollkommen verschiedene Charaktere hattet. Er war getrieben und süchtig danach, sich zu spüren.«

Unter mir ahnte ich den Druck ihrer überkreuzten Schenkel, ihrer trotz der Hitze auf einmal wahrnehmbaren, mir allzu vertrauten Körperwärme.

»Witteg und ich?«, fragte ich müde.

»Pawel«, sagte sie. »Du hingegen bist kühl – so kühl, auch wenn die Dinge über dir zusammenschlagen. Andere fanden dich unheimlich, viel zu effizient, maschinenartig, nicht wie ein Mensch aus Fleisch und Blut, haben meine Freunde gesagt.«

»Du verwechselst mich«, sagte ich. »Ich bin nicht Witteg.«

»Ich wusste allerdings immer, dass es gerade das an dir war, was mich angezogen hat. Wir haben uns nicht nach dem Leben gesehnt, sondern danach, das Leben zu transzendieren.« Mir war alles so unendlich weit geworden: Ich und all meine Rationalität schwiegen still unter ihren Händen, die mich genau auf die Weise berührten, wie ich es mir immer gewünscht hatte.

»Wie habt ihr euch kennengelernt«, fragte ich. »Du und Witteg?«

»Natürlich erinnere ich mich an unser Kennenlernen.« Jetzt zog sie mich hoch und verschränkte beide Arme über meiner Brust, aber die Art ihrer Antwort hatte mich ein wenig steif werden lassen, ich spürte die Hitze wieder.

»Als wir uns ein Jahr kannten, und ich dir zum ersten Mal sagte, dass ich dich liebe, hast du eine Pro- und Contra-Liste gemacht. Wolltest wissen, ob die Vorteile einer Ehe überwiegen würden oder du dich weiter auf DAVE konzentrieren solltest. Da hätte ich's eigentlich wissen müssen.«

»Was hättest du wissen müssen?«

»Nun, ich weiß vieles.« Ihre Reaktion prallte an meiner Frage ab – es fühlte sich nicht an wie eine Antwort und doch konnte ich mich dem Zugriff ihres Körpers nicht entziehen.

»Khatun, wie sollen wir hier draußen überleben?«

»Du brauchst niemand anderen, du bist der, aufgrund dessen alle anderen überleben. Du bist der Fixstern, alle anderen nur Beiwerk«, sagte sie und küsste mich auf die Stirn. Und dann gewitterte es erneut von weit her – wieder hatte ein Trakt sich aufgespannt und neu verstaut. Der rastlos flatternde Flügel eines sich niederlassenden Vogels.

»Du verstehst nicht, was ich meine – ich meinte: hier draußen überleben« sagte ich, aber sie hatte mich, als wäre ein plötzlicher Wind in ihre Gedankensegel gefahren, losgelassen.

»Sag es noch einmal, in einfacheren Worten.«

»Was soll ich nochmals sagen?«, fragte ich. Wenn man ihren Blick näher betrachtete, musste man sich fürchten.

»Bitte wiederhole, was du gesagt hast, noch mal in anderen Worten.«

»Was soll ich wiederholen? Ich verstehe nicht.«

»Natürlich verstehst du mich nicht. Ich hab dich nie verstanden, und du mich nie.«

Jetzt stand ich auf, um Distanz zwischen uns zu bringen – ihr Gesicht war ganz träge, die Mundwinkel hielten nicht, was die Falten um die Augen versprachen.

»Was für ein Mensch muss man sein, dass man am Tag des Begräbnisses seines besten Freundes wieder ins Büro fährt, statt seinen Angehörigen zu kondolieren.«

»Du erinnerst dich falsch«, sagte ich weinerlich.

»Arthur, was hätte ich tun sollen? Du warst ein Monstrum. Natürlich, du hättest ihn nicht retten können, aber du hättest es versuchen müssen, er hat alles für dich getan.«

»Wer?«

»Es war dein Traum, für den er gestorben ist.«

Ich hatte mich rücklings auf allen vieren von ihr weggeschoben und schaute in ein Antlitz, das mir fremd war.

»Von wem sprichst du? Wer ist tot?«

»Menschen, die nicht mehr am Leben sind, sind tot«, antwortete sie, und nun sah ich es: Sah den Mechanismus dieses Körpers, die Hydraulik der Muskeln, die Festplatte des Hirns. Und was waren Augen anderes als Sensoren?

»Wir kennen uns gar nicht«, sagte ich. Ich fror.

»Wir kennen uns wirklich nicht mehr. Programmier doch ein virtuelles Abbild von mir, wie du es mit allem anderen machst, dann können wir wieder Zeit miteinander verbringen. Heirate einfach DAVE.«

Und kaum hatte sie das gesagt, fiel ihre Miene wieder auf den neutralen Ausdruck vollständiger Unberührtheit zusammen. Ihre Haut war ganz glatt; dahinter war nichts.

»Weswegen bist du hier draußen? Wie bist du hierhergekommen?«

»Sag es noch einmal, in einfacheren Worten.« Ich ahnte, was das ganze Gespräch von Anfang an konzertiert hatte, und schwieg – schwieg für Minuten, die wie Ewigkeiten schienen, und sie schwieg unisono mit mir, bis ich mir sicher war, dass meine Vermutung stimmte: Sie konnte nicht von sich aus sprechen, sie antwortete nur.

»Kannst du die Dinge in deinen eigenen Worten sagen?«

»Natürlich«, antwortete sie und sah mich ernst an. »Die Dinge in deinen eigenen Worten.« Das war kein Scherz, da war keine Ironie in ihren Worten.

Die Übelkeit schüttelte mich, als wir wieder schwiegen, als dieses unendliche, nicht menschliche Schweigen über sie fiel, das tiefer war, als die Leere um uns es je sein könnte.

»Du bist ein Chatbot«, sagte ich endlich.

»Ja«, sagte sie nach kurzer Verzögerung. »Aber ich habe 8,4 tausend Antworten parat, was für einen Unterschied macht das?«

Ich sprang auf die Beine, ungeachtet des Schmerzes fortstolpernd und aufschlagend auf einen Sand, der mich blendend umwölbte. Jetzt wusste ich, mich schiebend und windend auf teigigem Untergrund, dass diese Augen nicht mehr waren als die durchglasten Scheiben einer Camera obscura. Eine Stoßwelle durchzitterte meinen Brustkorb. Als der Druck an den Rippen vorbei den Hammerstiel gegen den Amboss schwang und in die Bogengänge platzte, erkannte ich das knirschende Geräusch des sich verändernden Labors in meinem Inneren wieder.

Dann lief ich, so schnell ich konnte.

□

Die Träume, in die ich fiel, waren dunkle Becken von uneinsichtiger Tiefe, in die ich tauchte wie ein Schwimmer, der mit der Zeit verlernt hat, die Gesetze der Gravitation zu tolerieren. Ich fand mich in einer Talsenke wieder, eine Tasse in der Hand, darin der Dampf eines Heißgetränks. Mich durchschüttelte ein ungeheurer Ehrgeiz, einen kleinen Gegenstand, den ich auf dem Boden des Gefäßes vermutete, zu erkennen, doch nun waren mir Schwaden vor die Augen gelegt wie undurchdringliche Prämissen. Ich musste an ihnen vorbei erkennen: Weiße Vermilchglasung, die alles, was ich aus mir herauszuheben versuchte, verwirbelte, und dann wieder meinte ich, dabei zuzusehen, wie das Objekt in der Tasse verwandelt wurde. Erst da begriff ich: Es war mein eigener Wunsch zu erkennen, der an die Stelle des zu Erkennenden wieder und wieder etwas anderes setzte. Also musste ich mich verlieren.

Alles war wie in Stein gegossen. Hinter mir ein Schuppen, an dem ich jetzt – doch nur mit größter Mühe, denn ich hielt noch immer die Tasse fest umklammert – ein Schild lesen konnte: Red Gate 45.

Ich erkannte Pawel, der in einer Ecke des Verschlags saß und die Hand nach mir ausgestreckt hatte, wie um mich anzulocken. Er wollte mir etwas auf seinem Bildschirm zeigen, das war klar, aber ich hatte Angst davor, seinem Wink zu folgen.

Während ich meine Gedanken hin und her schob, belebte sich das karge Zimmer mit Formen und Umrissen. Aus dem Schwarzen schraffierten sich Tische in den kleinen Raum – in losen Skizzen hingeworfene Menschen, die ich nun als meine Freunde erkannte. Aber da hatte Pawel mich schon am Arm gepackt; und obwohl ich meinen Kopf wegdrehete, ließ er nicht los, bis ich auf den Bildschirm sah.

Weiße Buchstaben auf schwarzem Grund. Buchstaben und Zeichen, deren logische Operatoren in großer Hast miteinander in Beziehung traten – und dann wurde daraus das Ziehen und Drängen einer Menge. Pawel schüttelte mich, er wollte erreichen, dass ich es noch näher betrachtete – gerade das aber wollte ich auf keinen Fall. Doch er hielt meinen Kopf ja hingedreht: Aus Konjunktion an Konjunktion wucherten in dichter Umklammerung geordnete Paare – dazu Einzelobjekte, die mit Getränken und Gesten um die Frauen boolten, indem sie ihnen Komplimente machten. Etwas war in Bewegung gekommen: Disjunktionen unter den Gruppen, die sich reflexiv voneinander abstießen – eine von Beats geschüttelte Menschenmasse, in der wir auf- und abgetrieben wurden. Pawel schüttelte mich, als müsste er einen impertinenten

Schläfer aufwecken. Ich stemmte mich fort von seiner Brust, wollte fliehen, um mehr von diesen Ereignissen ausfindig machen zu können, da wich auf einmal alle Kraft aus seinem Körper und sank zusammen. Als ich seinen toten Leib in Händen hielt, schreckte ich auf –

Dann erwachte ich in eine Täuschung.

Der letzte Rest des Entkräftungsschlafs war von mir abgefallen; ich stemmte mich wieder hoch und zwang mich dazu, mich ein Stück weiterzuschleppen. Aber das Gefühl des Unrichtigen verließ mich nicht mehr. Ein grundsätzliches Schiefsein war mit diesem Erwachen einhergegangen, eine Verzerrung, die den Wunsch evozierte, ein weiteres Mal aufzuwachen, und es nicht zu können.

Meine von Grind stockende Kleidung war ein Schutz geworden, während all die Dinge, die ich mir zur Unterhaltung meines Lebens mitgebracht hatte, nichts bedeuteten und auf der Mitte des Weges fallen gelassen werden konnten. Wie hatte ich mich je ans Leben klammern können?

Und doch wanderte ich weiter. Jedes Hinsehen war ein Augenverschließen, und jedes Verweigern des Blicks eine Vision, dachte ich – das heißt, es konnte nicht mehr lange dauern, bis Lüge und Wahrhaftigkeit vollständig ihre Plätze getauscht haben würden.

Oft geschah es, dass ich eine flackernde Brechung des Lichts in der Ferne wahrnahm – eine Fata Morgana. Ich erkannte diese Schemata im Näherkommen meist als Personen, aber was hieß eben jetzt: erkennen? Einmal entdeckte ich eine alte Frau im Sand, die verblüffende Ähnlichkeit mit Frau Rosie vom Kaffeestand hatte. Purpurne Fülligkeit, gewölbter Rücken und das durchäderte Vorspringen ihrer zu dicken

Fingerglieder. »Kaffee, Tee oder Orangensaft, was hätten Sie gerne?«, schmetterte sie, eine der Birkenstocksandalen lag abseits im Sand. Es war aber nur Ähnlichkeit und keine Gleichheit in diesem Gesicht: In die Nase waren die Falten zu tief eingegraben, während sie an der Stirn fast ausgebügelt waren – ein simplifiziertes Antlitz, zu niedrig aufgelöst.

»Tee«, erwiderte ich rau; meine Stimme war mitgenommen von der langen Dehydrierung.

»Drei Dollar, zwanzig Cent«, sagte sie und begleitete diese Verkündung mit einer Handbewegung, die sich in der dünnen Luft auflöste.

»Haben Sie auch Wasser?«, brachte ich hervor, obwohl ich selbst sah, dass die Frage widersinnig war; jeder Satz kostete mich unsägliche Energie.

»Ungültige Eingabe«, sagte sie lachend. »Was ist Ihre MIT-Mitarbeiternummer?«

Ein anderes Mal sah ich eine ganze Familie im Sand dinieren, der Vater mit herrischem Blick über die Landschaft, als sei all das höchst unverdächtig. Hingestreute Menschen – ich schien mich auf eine Art Nukleus dieser Gestalten zuzubewegen.

Nicht lange nach meiner Begegnung mit der unechten Rosie fand ich einen Mann, dessen Gesicht ich ebenfalls wiedererkannte – nur dass meine eigentliche Erinnerung dieser Erkenntnis einige Momente hinterhergaloppierte. Es war Herr Pasterk, mein Biologielehrer, der, mit demselben Landkartengilet wie vor fünfzehn Jahren, in ein Flugzeugmodell vertieft war.

»Guten Tag«, sagte ich aus einem Impuls der Artigkeit heraus.

»Hallo Syz«, sagte er, ohne aufzusehen. »Dein Test war scheiße.« Und sein Lachen trug mich so weit in der Zeit nach hinten, dass der Rückstoß meinen Kopf zu zersprengen drohte. Er musterte mich, wie man ein Kind betrachtet: Mit wohlwollendem Vorbeisehen – als würde der Fokuspunkt des Blickes schon nach der Zukunft greifen. »Du siehst schlimm aus, so kannst du nicht zur Maturafeier, Syz. Und erst recht nicht nach Amerika!« Er zeigte an meinem nackten, gerippedünnen Körper herab, als hätte ich lediglich mein Hemd angepatzt. Eine Reminiszenz kratzte hinten an meiner Kehle. War es so nicht gerade am Tag meines Abschlusses gewesen? Ja: Genau diese Worte hatte er bereits einmal an mich gerichtet, vor exakt zwölf Jahren. Auf einmal war mir die ganze Unterhaltung wieder präsent.

»Wo ist die Feier?«

»Seid ihr betrunken, oder habt ihr die gottverdammte Einladung nicht gelesen?«, fragte er und erhob die Hand, um nach rechts zu zeigen. »Im Restaurant Himmelreich natürlich.« Ich lief mit weichen Knien fort; da sah ich, was nicht sein konnte: In nicht allzuweiter Ferne ragte ein Gebäude auf.

Wie fortgeworfen lagen, nun, da ich dem Bau immer näher kam, Figuren meines täglichen Lebens im Sand: die Kellner meiner Stammlokale, Kinder, die ich einmal gekannt hatte, Kollegen, mit denen ich einst ein Büro teilte und die nun in automatenhaften Abläufen gefangen waren. Ich stieg über sie hinweg wie über Treibgut. Endlich wusste ich zu benennen, welcher Horror mich heimgesucht hatte: Es war der vorcartesianische Solipsismus, der sich unter den Sand duckte.

Bald lief ich so schnell, dass ich husten musste – lief, bis ich glaubte, das letzte bisschen Schweiß sei nun tatsächlich aus meinen Geweben gewrungen, lief fort, ohne mich ein einziges Mal umzusehen, da konnte ich endlich das Schild auf dem Gebäude lesen: Restaurant Himmelreich.

13

Ich hatte mich von der Drehtür durch die Zentrifuge schwingen lassen:

Ich war in der Lobby eines Grand-Hotels, wie sie schöner nicht das Unterdeck eines Luxusdampfers hätte zieren können. Auf kunstfertig gelegten Mosaikböden und zart beleuchtet von tief hängenden Lustern, war eine repräsentativ gekleidete Abendgesellschaft verteilt, die auf Fauteuils, an Bugholzgarnituren und in einem kleinen Rauchsalon Platz genommen hatte. Über der Geräuschkulisse aus klapperndem Besteck und schwingenden Stimmbändern, schwebte *Take Five*, das von einem im Abseits platzierten Flügel her erklang. Wäre der Sand nicht noch immer aus meinen Haaren gerieselt, hätte ich den Verlust meines Verstandes für beschlossene Sache gehalten.

Mitten in der Karglandschaft brachten Kellner den distinguierten Gästen Speiseglocken, die nach dem Abheben Perlhühner und Petersilkartoffeln offenbarten. Ich kannte diese Szene, ich hatte sie schon einmal gesehen, dachte ich immer wieder –

Schwere Schwaden, aus Zigarren gezogen, gaben die Silhouetten vertrauter Gestalten frei: Ich kannte diesen Mann – und diese Frau und diese, doch erkannte ich sie nicht *wieder.*

Noch während ich das alles zu verarbeiten suchte, hatte ich eine Wasserkaraffe gepackt, sie ausgetrunken und griff bereits nach der nächsten. Obschon ich in schmutzigen Fetzen auf dieser Dinnerparty stand und den Kellnern die Getränke von den Tabletts nahm, schenkte mir niemand Beachtung. Dennoch riss ich hastig einen Vorhang von einem der Bleiglasfenster und schlang den grünen Samt um meine Hüfte, ehe ich mich im Raum umsah.

Da war zu meiner Rechten ein junger Mann in grüner Militäruniform, der die Hand einer Frau im Hillbillykleid umklammert hielt. Hinter ihnen saß ein Paar, dem gerade Wein serviert wurde. Der Mann, White Tie und eine gewaltige Rolex am Handgelenk, roch an seinem Glas und begann gleich darauf, die Kellnerin wüst zu beschimpfen. Während ich darüber brütete, an wen mich sein Gesicht erinnerte, sah ich, dass seine Frau, die von dem Spektakel sichtlich angewidert war, wesentlich mehr auf die Kellnerin und deren Hintern fixiert war. Meine Aufmerksamkeit wurde sogleich von einem flinken, kleinen Buben beansprucht, der sofort wieder verschwunden war. Ich entdeckte ihn unter dem Tisch, in Offiziersjäckchen und purpurnen Cordhosen. Es war ein Knäblein von etwa fünf Jahren, das mich finster anstarrte, und ich starrte finster zurück. Das Kind mochte mir etwa bis an die Hüfte reichen, aber etwas an ihm erinnerte an einen uralten Mann – wie ihm seine dünnen, fedrigen Haare zu Berge standen, wie seine Lippen strichartig im Mund verblieben. Dann wandte er sich ab und verschwand hinter einer Frau, die ich intuitiv als seine Mutter erkannte. Ich sinnierte, die nächste Wasserflasche greifend, noch über dieser Begegnung, da taumelte rücklings eine dicke alte Dame in mich, stolperte und ging zu Boden. Ich streckte ihr in einem Automatismus die Hand hin, um ihr aufzuhelfen, und für einen Moment schien sie mir direkt in die Augen zu sehen – dann aber bemerkte ich, dass ihr ein Ober hinter mir beigesprungen war, und er es war, nach dessen Arm sie gegriffen hatte. Niemand schien mich zu sehen.

Ich wanderte langsam durch die Szenerie. Nur eines wollte nicht so recht in die elegante Atmosphäre passen: Hinter den besamteten Bänken und hochpolierten Mahagonifronten lag wiederum Müll. Es waren scheinbar unmotiviert zurückgelassene Dinge und Fragmente von Dingen, wie ich sie draußen unter dem Sand gefunden hatte; und nun, da ich sie ins Auge gefasst hatte, kehrten die Kellner sie hastig unter die schweren Teppiche. Ich sah durch all das wie durch die verschachtelten Ideogramme eines Wimmelbilds, in dem ich erst langsam erkennen konnte, wo ich war.

In diesem Augenblick fand ich im Umherschweifen ein Gesicht, auf dem sich wie durch einen inneren Imperativ meine ganze Aufmerksamkeit bündelte. Ich erkannte, von den Spiegelflächen, die den Rauchsalon bedeckten, zurückgeworfen, mein eigenes zerklittertes Antlitz. Tausendfach reflektiert sah ich mich an der Rückwand des Restaurants an meine eigenen Wangen greifen; verwundert, denn ich war weniger ausgezehrt, als ich gedacht hatte, weniger schmutzig – als hätte das edle Interieur auch mich zurechtgebürstet. Schon wollte ich nähertreten und dieses eigenartige Phänomen untersuchen. Ich ging an Tischen und Barhockern vorbei und stand so nahe an diesem Widerschein, dass ich meinte, mein schwergängiger Atem müsse die Glasfläche beschlagen. Stattdessen aber sah ich verstört, wie mein Spiegelbild aus dem Rahmen trat und sich vor mir auf eine der Sitzgarnituren platzierte.

»Setz dich«, hörte ich ein Echo meiner eigenen Stimme. Es sprach wie ich –

Mir brach der Boden unter den Füßen weg, ich musste mich mit beiden Händen abstützen und der gerade noch umklammerte Vorhang glitt auf den Boden, während ich mich keuchend auf dem gegenüberliegenden Stuhl niederließ.

»Aber entschuldige, ich verstehe, wie verstörend das hier sein muss. Ich darf mich vorstellen – Arthur Witteg.« Und er streckte mir meine eigene Hand hin, die ich mechanisch schüttelte. Da, mein eigenes, von mir abgelöstes Gesicht. Meine Nase, meine Augen – wenngleich hinter dicken Brillengläsern – und mein Grinsen, das so deplatziert wirkte in diesem Augenblick höchster Anspannung. *Mein Körper,* dachte ich, doch da fiel mir auf, dass es überhaupt nicht meiner war: Der junge Mann vor mir trug eine Brille und hatte ein kantiges, in Zügen fast verhärmtes Gesicht, auch wenn sein schelmisches Lächeln ihm ein eigenes Charisma verlieh. Er hatte schlechte Zähne –

Ohne Vorwarnung drückte er meinen Kopf zur Tischplatte hin.

»Kopf runter, hinter dir«, sagte er, als ein Kellner ein länglich verpacktes Gerät über meinen Kopf schwenkte, das mich nur knapp verfehlte.

»Woher wusstest du das?«, fragte ich keuchend.

»War nicht schwer zu erraten«, sagte Witteg. »Ich muss dich auch gleich enttäuschen, ich habe beim Essen leider die falsche Auswahl getroffen, und es schmeckt dir leider nicht. Aber du wirst wohl dennoch damit Vorlieb nehmen« – er zeigte auf meinen tief eingefallenen Rippenkasten.

»Woher weißt du, was mir schmeckt?«, fragte ich aggressiv.

»Es schmeckt uns nicht, meine ich«, sagte er wie zur Entschuldigung – aber da kam schon der Kellner und flappte mit diensteifrigem Gesicht eine Stoffserviette auf Wittegs Knie, der, ohne auch nur auf die Karte zu blicken, seinen Zeigefinger auf eine Speise legte. Jetzt, wo ich ihn länger ansah, bemerkte ich, dass er mir auch abseits des Gesichts nicht ganz glich, und diese Beobachtung besänftigte mich: Selbst in meinem jetzigen Zustand ragte ich einige Zentimeter über ihn hinaus, und meine Brust, so ausgezehrt ich auch war, schien breit und kräftig im Vergleich mit seiner vornübergebeugten Jammerhaltung, die ihn schwer zur Erde beugte.

»Hast du nicht gesagt, du habest schon das Falsche bestellt?«, fragte ich und leerte die bereitgestellten Wassergläser, den frisch herangetragenen Wein, griff in die Brotkörbe und stopfte mir drei Scheiben gleichzeitig in den Mund, ehe Wittegs Bestellung aufgetragen wurde.

»Seit Jahrzehnten«, sagte er und schob mir über den Tisch ein Kartoffelsoufflé zu, das wie ein Damm eine Aufschüttung brauner Soße am Platz hielt. »Scheußlich, oder?«, fragte er, während ich mir eine Ladung des Breis in den Mund schob. Er hatte recht, es schmeckte mir wirklich nicht – doch ich wollte auf keinen Fall zeigen, dass er, der unrechtmäßige Besetzer meines Körpers, mich richtig eingeschätzt hatte.

»Wieso können mich die anderen Leute nicht sehen?«

»Du denkst, das wären Leute?« Witteg lachte.

»Was sonst?« Ich bemühte mich, möglichst geschäftsmäßig zu klingen, während ich ein ganzes Glas Rotwein herabschüttete.

»Dreh dich um«, sagte Witteg amüsiert. »Siehst du die Frau dort? Sie fällt hin in drei, zwei, eins« – die Dame, die vorher in mich gewankt war, stolperte ein weiteres Mal, und die Art, wie sie es tat, schnürte mir den Hals zu: Sie vollführte dieselbe Handbewegung, und als hätten die Naturgesetze sich in einen Zirkel begeben, schoppte sich der Teppich in der nämlichen Art, wirbelten dieselben Staubpartikel in denselben Konstellationen, war gerade der Kellner zur Stelle, der sie schon zuvor wieder in die Senkrechte befördert hatte.

»Dort drüben ist Direktor Derek Bok, und zwar mitsamt seiner Frau, die ihn übrigens mit einer Kellnerin betrogen hat – also zumindest in unserer Phantasie« – er zeigte auf das Paar – »und dort drüben hinter Moimoi sitzt Eli, Bob Marshs Chipsatz-Ingenieurin. Sie hat uns übrigens entjungfert.« Witteg zwickte mich spielerisch in die Rippen, und nun setzte sich ächzend und stöhnend mein Hirn in Gang, bis der dichte Firn meines Gedächtnisses abschmolz und über mir niederging.

»Das ist Eli aus der 3. Ich hab vor ein paar Wochen mit ihr gesprochen«, sagte ich.

»Achtung, Kopf runter«, rief Witteg und drückte meinen Kopf auf den Tisch, wo einmal mehr die längliche Fracht knapp über mich schwang. Ich konnte kaum das Glas zum Mund führen, so stark zitterte ich – und egal, wie oft ich mir nachschenkte, die Flasche wurde nicht leer.

»Und der Kerl dort, der sich seine Programmierseligkeit mit einem Eintritt in die Armee erkauft hat, den kennst du ja.« Witteg hob seine Hand zu einem Gruß, zwei Finger an der Schläfe. Als der Offizier, der ein rotes Barrett trug, sich in unsere Richtung umdrehte, zwinkerte Witteg ihm zu und dieser beantwortete die Geste mit einem Salut, der die ganze Lächerlichkeit der Aufmachung und seine Verachtung für sie offenbarte. Ich kniff meine Augen zusammen: Als hätte ein Glaukom, das mir die ganze Zeit über die Sicht verhangen hatte, sich aufgelöst, begriff ich, wer dort saß.

»Pawel«, flüsterte ich. »Pawel ist am Leben.«

»Als wir das hier modelliert haben, war er's noch«, sagte Witteg, ohne jede Spur emotionaler Regung. »Er war gerade erst aus Russland geflohen, mit seiner Familie, vor der Einberufung in die Armee, als sein Bruder einundzwanzig wurde. Hatte drüben in einer paramilitärischen Organisation Funker gelernt und auf einem Ural 11 programmiert. Aber das weißt du ja –«

Bei diesen Worten hatte Witteg die Fellmütze ergriffen, aus der Sand auf den Tisch rieselte. Ich indessen, schon aufgesprungen und mich im Lauf fast überschlagend, war an Pawels Tisch gestürzt. Das war er – lebendig wie eh und je, nein: lebendiger, denn er war keinen Tag älter als siebzehn, so wie ich ihn vom ersten Tag der Universität erinnerte.

»Pawel«, rief ich, denn er hatte sich wieder der Frau ihm gegenüber zugewandt, doch er reagierte nicht auf meine Rufe. Er konnte mich nicht sehen. Die Tränen liefen mir übers Gesicht, als ich zu Witteg zurückstürmte, der ein weiteres Mal, in gerade der Weise wie zuvor, das Soufflé geordert hatte.

»Er kann dich nicht verstehen, er ist ein NPC«, sagte Witteg unberührt.

»Wo bin ich hier?« Ich hatte mich über den Tisch gelehnt und hatte ihn, den Delinquenten meines plötzlich ausbrechenden Hasses, am Kragen gepackt, doch keiner bemerkte diesen Aufruhr, alles lief rings um mich weiter wie gehabt.

»Na, im Restaurant Himmelreich«, sagte Witteg und ein neuer Teller – der Damm, die Sauce – wurde vor mich gestellt. »Die Frats von Alpha Delta Phi hatten jeden Samstag ein Formal Dinner hier, erinnerst du dich?« Witteg sprach leichtfüßig, fast heiter, ungeachtet dessen, dass ich ihn gerade noch gewaltsam über den Tisch gerissen hatte. »Wir waren natürlich nie eingeladen; geschlossene Gesellschaft, du weißt ja – diese aufgebrezelten Chads und Justins, mit ihren Pettycoatgirls und ihren Lincoln Convertibles, die sich fünf Jahre vor der nächsten Wahl schon ausschnapsten, wer für Jimmy Carter die Kampagne leiten würde. Wir haben sie jede Woche durchs Fenster gesehen, wenn wir uns von unseren

Stipendien mal einen Slushie bei der Tankstelle leisten konnten – dort drüben –«

Meine Finger hatten seinen Kragen losgelassen, als er das sagte: Da war nur sandige Wüste vor dem Fenster. Doch als hätten seine Worte sich in meine Retina eingesenkt, hob sich ein Nachbild im gleißenden Licht ab – Schlaglichter von Laternen und zwei goldene Bögen hinter Zapfsäulen, die aufragten wie jeher.

»Wir saßen von März bis August unter den Kastanienbäumen des Kilian Court und philosophierten. Und wenn dann im September alle, die ein Zuhause hatten, nach Hause fuhren – also alle außer mir – dann sah ich in die Sterne mit –«

»Khatun«, sagte ich. Die Konturen der Umrisse verflüchtigten sich in der Dispersion des Realen – entsättigten sich und verliefen im Wüstensand.

»Auf jeden Fall haben wir immer dieses gottverdammte Restaurant gesehen. Sie waren drinnen, wir saßen in der Wiese. Eines Tages sind Pawel und ich zu dem Ergebnis gekommen, dass wir genügend SCRIPTs hatten, um einen Modultest unserer Engine zum Laufen zu bringen. Es würde eine Restaurantsimulation werden, wahrscheinlich, weil Essen das Einzige war, wobei wir Nerds jemals sozialen Kontakt hatten. Und es war das, was Suze wollte. Einmal ins Restaurant gehen.«

»Wer ist Suze?« Meine Zunge war auf einmal schwer geworden – ein Kraftakt, als läge in diesem Wort die ganze Last von Jahrzehnten.

»Suze war die Frau mit Multipler Sklerose, für die wir DAVE zuerst in einen Chatbot implementieren wollten. Sie hatte drei Jahre lang in einem Raum liegend verbracht, kannst du dir das vorstellen? Pawel war ganz besessen von ihr, überhaupt davon, was DAVE für einsame Menschen leisten könnte, die ihr Haus nicht mehr verließen, aber du weißt ja – mich hat das nicht unbedingt interessiert. Nicht so sehr wie die allgemeinen Fragen, die mit künstlichem Bewusstsein zusammenhängen. Klar, mir tat sie auch leid, aber ich und Pawel hatten da unsere Differenzen. Man kann ans Große denken oder ans Kleine.«

»Sie hatte blonde Haare und saß im Rollstuhl«, sagte ich langsam. »Und eine Narbe am Kinn.« Mir war elend zumute – die Worte waren wie Fremdkörper, die ich durch einen verengten Kanal hervorwürgen musste.

»Restaurants wurden dann zu unserem Steckenpferd«, sagte Witteg und grinste, als sei das das Entscheidende an der ganzen Erzählung gewesen. »Wir waren gemeinsam mit Garaus und Shingles jeden Abend in diesem einen Restaurant in Chinatown. In der Harrison Avenue. Es war winzig, eine einzige Bar, und der Dampf so dicht, dass wir kaum Bergsons Gesicht gesehen haben, der in einem Plastikstuhl sitzen musste, weil er so fett war.« Witteg lehnte sich lächelnd zurück: ein alter Mann, der sich an eine Welt erinnerte, die längst zu existieren aufgehört hatte.

»Alle anderen Gäste waren Chinesen, und die Karte dementsprechend nur in Han-Zeichen geschrieben. Pawel kam als Erster auf die Idee, die *Speisen zu hacken,* wie er es nannte. Die Zeichen zu manipulieren, statt ihre Bedeutung zu lernen, was aussichtslos gewesen wäre; wir wollten sie kombinieren, Neologismen kreieren, einen Algorithmus aus ihnen machen. Über unsere Lieblingskombinationen war die Inhaberin – diese kleine Frau aus Shandong namens Jenny – vollkommen entsetzt, weißt du noch? Fleischtaschen mit der Kondensmilchcreme, oder –«

»Kung Pao tong Hungti«, sagte ich. Die Worte waren mir wie von selbst über die Lippen gelaufen, ohne dass ich es bemerkt hatte, und ich zog an ihnen wie ein Magier an einer Tuchkette, um ihren Ursprung aufzufinden.

»Genau. Die Zeichen zu manipulieren, war kompliziert, aber nicht im Ansatz so kompliziert wie die Unberechenbarkeiten des menschlichen Zoos. Deswegen haben wir auch das hier als erste Simulation geplant« – er vollzog eine feierliche Geste in den Raum hinein, hielt dann jedoch inne und sprach mit großem Ernst weiter. »Wir haben ein paar Mal da draußen gesessen und die Zivilisten beobachtet, uns alles notiert. Streng genommen waren wir niemals hier drin, aber das macht nichts, denn«, er klatschte einmal in die Hände und grinste mich an, »jetzt sind wir's. Wir wollten den Scheiß hier natürlich ein bisschen aufregender machen. Schau mal –« Er schnippte, und der Kellner kam an den Tisch, beugte sich herab und verließ uns mit verschwörerischem Nicken – nur um einen Augenblick später ein donnerndes Monstrum aus Stahl auf einem Rollwägelchen herbeizubringen.

»Der Apollo DN100!« Witteg grinste, als hätte er einen Geniestreich vollbracht. »Er hat Motorola 68 000 Mikroprozessoren und High-Resolution-Grafiken! Natürlich funktioniert der nicht, ist nur eine Attrappe, aber es geht um die Idee, verstehst du? Wir wollten ein Restaurant, in dem man nie aufhören muss, zu programmieren. Ganz abgesehen davon, dass das etwas ist, was die Frat Boys nicht verstehen.« Er hob sein Bein und trat einem neben uns sitzenden jungen Mann in blütenweißem Hemd gegen die Schläfe, sodass dessen Kopf in die vor ihm stehende Crème brulée tauchte. Dieser aber – als hätte sich nichts ereignet – parlierte ungestört mit seinem Begleiter weiter, während aus seiner Nase das Blut brach.

»Das ganze Restaurant hier ist voll von Easter Eggs, Insiderwitzen, wenn man so will. Schau mal: Dort drüben ist Brad, Pawels und mein Mitbewohner.« Ein bulliger Mann bekam einige Meter von uns entfernt gerade sein Essen serviert: Statt aber unter der Speiseglocke ein Gericht zu enthüllen, stand unter ihr ein Telefon, das in genau diesem Moment klingelte.

»Seine Mutter ist dran«, grinste Witteg. »Erzählt ihm, dass sein Essen in Tallahassee serviert wurde.«

»Halt bitte für einen Augenblick deinen Rand, ich muss mich konzentrieren, ich muss das alles hier erst mal verarbeiten.«

Was interessierten mich seine Pranks; ich betrachtete das Gesicht meines Gesprächspartners: Obwohl Witteg heiter, fast manisch sprach, lag Verzweiflung in seinen Augen – und als wäre ein Spiegel gekippt, wusste ich, dass sie auch in den meinen war.

»Du hast das hier programmiert?«, fragte ich endlich, und mir fiel der Brei von der Gabel; der vierte Brei, der uns serviert worden war in diesem endlosen Loop.

»Ich war es, und ich war es nicht«, sagte er nach langem Zögern – als hätte er das erste Mal wirklich denken müssen und als wäre eine Entscheidung nicht wirklich möglich.

»Wieso sehen wir einander ähnlich?«, fragte ich weiter; auf einmal fühlte ich, dass ich alles wissen musste, dass wir nur einen Augenblick vom Auseinanderheben eines gewaltigen, gordischen Knotens entfernt waren.

»Tun wir das wirklich? Vielleicht kommt es dir ja nur so vor, aber das würde auch schon viel über dich aussagen«, sagte Witteg zu meiner Enttäuschung, aber es gab noch so viel mehr, das mich wunderte –

»Was wollen die anderen hier?«, fragte ich begierig.

»Das wiederum lässt sich ganz leicht erklären. Die wollen

gar nichts machen. Warum? Na, weil das Bots sind. Die machen immer dasselbe, wie eine Videoaufnahme. Wir beide hingegen sind *Akteure*. Das da sind nur simple Unterprogramme; wir waren natürlich extrem limitiert von der damaligen Hardwareleistung. Deswegen mussten wir die ganzen Szenen ja alle drei Minuten loopen lassen.« Wie auf Kommando tauchte ich ab, der Prügel sauste über mich; ich hatte die Abläufe längst internalisiert, war Teil von ihnen geworden. Dann kam mir eine Erkenntnis.

»Ich verstehe es nicht«, sagte ich gequält. »Wenn diese Menschen – also, wenn sie Programme sind, bin ich auch eines?«

»Gott nein!«, rief er, wieder ganz der Alte in seiner breit grinsenden Leichtigkeit. »Du bist viel mehr. Merkst du nicht, dass du alle Freiheiten hast, die wir nicht haben? Schau, du hast dich doch frei entscheiden können, dass du überhaupt hierhergekommen bist. Ich kann das nicht, ich drehe mich immer in derselben Schleife herum und bestelle das Gleiche.« Ich fühlte mich, als sei mir ein Gewicht von den Schultern genommen worden – »Aber auch du hast deine Limitierungen: Hast du dich jemals gefragt, warum du im Labor nicht aufsteigen konntest? Warum deine Ansuchen immer aufs Neue abgelehnt wurden? Genau deswegen: weil du als Assistent vorgesehen bist.« Ich schüttelte den Kopf.

»Das heißt, wir sind nicht derselbe Mensch?«

»Natürlich nicht. Schau dich doch an – du bist groß und stark, deine Augen sind scharf, und du hattest nie Polio. Vor allem aber bist du integer und liebst deine Freunde – bist ein empfindsamer Mensch mit einem Gewissen. Eine Kreatur, die aus sich selbst schöpft –«

»Aber jetzt hinke ich auch, so wie du«, sagte ich leise.

»Aus anderen Gründen, Syz«, sagte er, dachte dann aber

nochmals nach. »Irgendwie scheinen die Äste dieses Flusses, in dem wir stehen, immer ihren Weg zu finden, auch wenn es zuweilen ein ganz anderer Weg ist. Trotzdem – du kannst und willst Dinge, die ich nie konnte oder auch nur wollte« – er lehnte sich über die Tischplatte, griff nach meinem Haarschopf und zog mich an sich heran, sodass er in mein Ohr flüstern konnte – »ich bin dafür noch näher dran.«

»Näher woran?«

»Das hier ist *mein* Memory Palace, und du bist nur ein Besucher in ihm«, sagte er und sah zu Boden, als hätte dieses Eingeständnis ihn in eine unangenehme Lage versetzt. »Das sind meine Erinnerungen von den Menschen, mit denen ich das Jahr 1972 verbracht habe; das ist das Kartoffelsoufflé meiner Großmutter, das ich immer gehasst habe. Die Engine haben Pawel, Langley, Blumenthal und ich programmiert, das Design der Räume stammt natürlich von Alastair, aber – nun ja, ich hab heimlich ein paar Dinge verändert.«

»Alastair? Wie in Alastair Felis?«

»Das war meine Spezialität: das Gemeinsame um mich zu zentrieren, das Lebenswerk anderer zu zerstören. Aber, nachdem du hier bist, weißt du das ja bereits.« Die dicke Frau fiel, der Direktor rief ihr nach, Pawel zwinkerte Witteg zu, das Klavier spielte Take Five und spielte und spielte und spielte. »Das ist das T-Shirt, das ich anhatte, als ich zum ersten Mal mit Mama in einem Restaurant war, kurz bevor sie starb. Wir dachten, dass DAVE in der Simulation besser mit den Dingen zurechtkäme, wenn er von meinen Erinnerungsobjekten umgeben wäre. Aber es hat nicht so richtig funktioniert.«

»Nein«, sagte ich sehr ruhig. »Ein Memory Palace ist ein virtueller Platz im eigenen Kopf. Es gibt keine Besucher in ihnen.«

»Ein Memory Palace ist vor allem ein privater Ort, das

stimmt«, sagte Witteg rasch, und ich wusste nicht, ob er sich auf den Memory Palace oder das, was er gerade gesagt hatte, bezog.

»Witteg«, sagte ich, doch sofort war mir das, was ich hatte sagen wollen, im Mund zerfasert. »Wieso bist du hier, und was geht hier vor sich? Du bist mein – ich meine, du warst mein Vorgänger bei den Kopiesitzungen.«

Ich saß ihm still gegenüber – dabei hätte ich ihn packen und schütteln wollen – auspressen wie eine überreife Frucht – schälen, ihn häuten, in sein Inneres sehen.

»Das war ich, ja, das stimmt.«

»Was ist das hier?«, fragte ich und zeigte ins Restaurant. »Ein Gefängnis, in dem man entsorgt wird, wenn man bei den Sitzungen ausgedient hat?«

»Niemand hat mich entsorgt.« Er bremste mich nun wieder, indem er seine Hand auf die meine legte. »Ich konnte DAVE auf diese Weise bloß nicht mehr mittragen.«

»Ich habe deine Artikel gelesen, aber nun ist Schluss mit dem Heruminterpretieren«, sagte ich und wunderte mich kurz darüber, wie nervös er wurde. »Ich bin mir nicht sicher, ob du weißt, was ich bis hierher durchgemacht habe. Ich habe in den letzten Monaten meinen besten Freund sterben und das ganze Labor in einer nebulösen Hypnose versinken sehen. Alles bricht und bröckelt – und ich habe lange genug auf Antworten gewartet.«

Ich hätte ihn am liebsten durchgeschüttelt, doch er war schon aufgesprungen.

»Die Sache ist nicht so einfach, wie du denkst«, sagte er und sah aus, als wollte er vor meinen Fragen flüchten – besann sich dann aber eines Besseren und kam zum Tisch zurück. »Ich werde dir erzählen, was du zu tun hast, aber ich will eine Gegenleistung dafür. Du musst mir versprechen, etwas für mich zu tun.« Witteg lehnte sich zurück. Mir fiel auf, dass seine Hand, die auf der Tischplatte lag, so stark zitterte, dass die Gabel klirrend an den Teller schlug.

»Ich werde alles tun«, sagte ich.

»Wenn ich dir erzähle, worin ein Ausweg aus dieser Situation bestehen könnte, dann musst du als Revanche«, er atmete durch, »dann musst du mich töten.«

Um uns war es leise geworden. Als ich mich im Restaurant umsah, hatten alle Gäste, alle Kellner, ja sogar der Barpianist in ihren Bewegungen inne gehalten und starrten zu uns hin. Kaum hatte ich das bemerkt, fuhren alle, als hätte ich sie im Moment größter Peinlichkeit erwischt, wieder mit ihren Tätigkeiten fort.

»Wie bitte?«, fragte ich.

»Ich sitze hier seit mehreren Jahrzehnten. Wie viele, weiß ich nicht genau, ich habe kein Kriterium für das Vergehen der Zeit.« Er zeigte an die Wand.

Erst jetzt bemerkte ich, dass alle Uhren, die mit kupferverziertem Pomp an den Wänden hingen, auf 8.30 Uhr stillstanden. »Worin ich gefangen bin, ist die Hölle.« Er hatte versucht, unbekümmert zu klingen, doch ich durchschaute ihn, weil ich ebenso klang, wenn ich mir nicht anmerken lassen wollte, dass mich etwas zerriss. »Ich habe diese Abläufe millionenfach abgespult, bin weder in der Lage zu schlafen, noch etwas anderes zu bestellen als diesen widerwärtigen Brei, und wenn du mich nicht davon befreist, dann wird es bis in alle Ewigkeit so weitergehen. Ich kann mich nicht selbst umbringen«, sagte er und lachte ein kleines, verzweifeltes Lachen. »Es ist im Code nicht vorgesehen. Du bist der erste Akteur, mit dem ich jemals ein wirkliches Gespräch führen konnte. Versprich mir also, dass du mich töten wirst, oder ich sage kein Wort.«

Der Weg zwischen uns war unüberwindlich geworden: die Tischplatte eine ins Weite geschossene Fläche, über die greifen nicht mehr möglich schien. Wir waren einander Spiegelbilder, und doch befand sich vor mir ein Fremder.

»Gut«, sagte ich nach langem Schweigen. »Ich verspreche es.«

»Alsdann.« Er kämpfte einen Augenblick mit seinen Mundwinkeln, um sein erleichtertes Lächeln zurückzudrängen, bändigte sie – dann atmete er durch, als müsste unserer Einigung ein Epos folgen.

»Was ist künstliches Bewusstsein?«, fragte er und schien selbst einen Moment nachdenken zu müssen. »Das ist die Frage, deren Antwort ich ein Leben lang wie ein Besessener nachgelaufen bin. Ich war ein obsessiver Adept der Verheißungen, die die digitale Singularität uns zu versprechen schien. Unsterblichkeit – Antworten auf Dinge, für die unser Hirn eine zu schwache Hardware ist. Logik – ein Verständnis, wie die Mechanik des menschlichen Verstandes funktioniert. Ich war Transhumanist, ich war Neoterraner, wollte bloß operative Intelligenz, alles durcheinander. Mehr noch: Ich war DAVEianer. Ich schrieb die Tage durch und in den Nächten noch härter. Doch immer, wenn ich allein im Kathodenlicht der Schirme saß, suchte mich eine Frage heim, die sich wie ein Tinnitus in meine Sinnesfelder drängte, wenn es nur leise genug war –«

»Was ist künstliches Bewusstsein«, sagte ich.

»Immer wieder konnte ich sie vergessen«, fuhr Witteg fort. »Ich war damals Doktorand. Pawel und ich lebten das Leben, das wir uns immer ertäumt hatten. Die Universität hatte uns 100 000 Dollar und zehn Assistenten genehmigt, und wir hatten täglich einen neuen Durchbruch – doch jedes Mal, wenn Eli uns eine neue, atemberaubende Funktion an DAVE zeigte und alle anderen feierten, kroch mir eine Gänsehaut den Rücken hoch, und derselbe verhasste Gedanke tauchte wieder auf. Was ist künstliches Bewusstsein? War das, was wir hier taten, wirklich Bewusstsein zu erzeugen?«

»Aber das fragen sich doch alle im Labor, es ist gerade das, was mit allden SCRIPTs erreicht werden soll.«

»Eines Freitagabends taumelte ich nach einem Barbesuch mit Pawel und dem Team heim, als mir der entscheidende Gedanke kam. Das Problem war nicht das Fehlen einer Antwort. Das Problem war die Frage selbst.« Witteg starrte ins Leere, schien sich dann aber wieder zusammenzureißen. »Bewusstsein heißt Selbstordnung. Es heißt: Augenblickliches Bezugnehmen auf sich selbst im Verhältnis zur Welt. Sich selbst setzen – das ist der Beginn des Ich. Aber wie sollte das aus logischen Operatoren und Bibliotheken mit Begriffsextensionen ableitbar sein? Artifiziell – das ist das Gegenteil von selbstsetzend. Etwas wie künstliches Bewusstsein kann es niemals geben. Von diesem Abend an wusste ich, dass unsere Ziele sich ändern mussten.«

»Du bist eingebrochen und hast an DAVE unerlaubte Veränderungen vorgenommen. Man erwischte dich, und es kam zum Prozess.«

»Oh nein, das war lange davor, Syz. Ich hatte eine kleine Arbeitsgruppe an der Uni und dachte, das Problem schnell lösen zu können. Aber meine Mitarbeiter hatten keinen Sinn dafür, verstehst du? Nicht einmal Pawel. Jeder dachte, es sei eine Frage von Rechenkraft, von Simulation. Sag mir eines: Handelt es sich bei der Frage, ob man Stroh zu Gold spinnen kann, um eine Problematik innerhalb der Alchemie oder um einen Kategorienfehler?«

»Letzteres«, sagte ich. »Alchemie beruht auf falschen Prämissen über die Grundprinzipien der Naturgesetze.«

»Der Fortschrittsglaube baumelt an einem roten Faden, der bis ins Mittelalter zurückreicht, sich aber beim Rückwärtskurbeln als loses Ende erweist. Jede neue Maßnahme war nur eine Übersprungshandlung für meine Klaustrophobie: Zuerst versuchte ich, Pascal-Moravec umzusetzen – das machte ich monatelang im Geheimen, ehe es aufflog und meine Etats von der Uni gestrichen wurden. Aber ein Wunder geschah: Meine Gruppe stand hinter mir, wir wollten die Personenhypothese offiziell umsetzen, diesmal gemeinsam. Für ein paar Monate war dieses unerträgliche Jucken beruhigt. Aber natürlich kehrte sie zurück.«

»Die Frage«, sagte ich.

»Ich dachte immer öfter darüber nach, was diese Kraft war, die einen durch die SCRIPT-Felder manövrierte. Wurde von der Vorstellung heimgesucht, dass eine virtuelle Kopie von mir selbst ahnungslos durch ein Leben spazierte, das sie für authentisch hielt. Die dachte, ihre Geschicke zu lenken, aber *nicht um sich wusste,* kein Selbstbewusstsein und deswegen keine Entscheidungsmacht, keine Würde besaß.«

Nichts anderes hatte ich von der ersten Kopiesitzung an empfunden – und dass er die eingepferchte Panik so zu benennen wusste, verstärkte mein Unbehagen nur umso mehr.

»Weißt du, was in meinen Augen gegen einen direkten Schöpfungsakt Gottes spricht? Dass wir Selbstbewusstsein besitzen, wirkliches Wissen um uns selbst. Wenn Gott uns zusammengesetzt hätte, Stück für Stück inklusive jenes unverbrüchlichen Kerns, in dem das Selbstbewusstsein schon angelegt ist und er uns jede unserer Geistesfunktionen planvoll verliehen hätte, dann wäre unser Selbstbewusstsein ja gar nicht unseres, sondern seins. Wir wären nur Extensionen seines Geistes.«

»Ich habe deine Schriften gelesen«, sagte ich. »Jeder, der

glaubt, ein Gott zu sein – bewusste Wesen erzeugen zu können –, ist gar keiner, sondern ein Demiurg.«

Natürlich sprach ich nicht von Gott, ebensowenig wie er. »Wenn es deine Idee war, die Personenhypothese umzusetzen, an welchem Punkt kam dann Fröhlich dazu?«, fragte ich.

»Oh, das war quasi sofort, das habe ich zu erwähnen vergessen. Wir brauchten ja sofort jemanden, der die Ordnung herstellt und den ganzen Prozess koordiniert. Dafür sorgt, dass die Dinge implementiert werden, die SCRIPTs verknüpft werden. Der das Große mit dem Kleinen abstimmt und alles gesellschaftlich verankert.«

»Moment einmal«, sagte ich. »Du hast Fröhlich selbst ins Boot geholt, nicht er dich?«

»Als wir die Sache systematisch ausgerollt hatten und die offiziellen Kopiesitzungen ihren Lauf nahmen, hatte sich der Zweifel in meinem Gehirn schon wieder eingenistet wie ein nagender Käfer. Und wieder nachts und wieder geheimgehalten vor meinen Freunden begann ich, die Architekturen zu verändern, Hinweise auf DAVE in ihm selbst zu streuen. Diese Veränderungen waren so subtil, dass niemand sie bemerkt hat. Das heißt, streng genommen einer doch. Erinnerst du dich? Felis war von Anfang an misstrauisch – und dann hat er einmal eine Veränderung an einer Oberfläche bemerkt – ein winziges, rosa Zettelchen.«

»Nur hat ihm niemand geglaubt, weil er Legastheniker war.« Woher überhaupt wusste ich das?

»Zwei Entzündungsherde zersetzten meine Gedanken: Erstens, wie sich die unmögliche Aufgabe, ein künstliches Bewusstsein sich selbst schöpfen zu lassen, lösen ließ. Ich konnte meinen Freunden doch nicht sagen, dass ich befürchtete, auch die nächste Version, zu der ich selbst sie doch angestiftet hatte, würde nicht funktionieren. Zweitens aber und noch bedeutender: dass kein selbst entwickeltes Selbstbewusstsein zu haben, nicht bloß ein theoretisches Problem war. Wenn DAVE selbst keinen Willen, keine Intentionen hatte, dann konnte jeder die KI für seine Zwecke missbrauchen. Ja – vielleicht war der Zweck der künstlichen Intelligenz von Anfang an als Missbrauch konzipiert.«

»Fröhlichs Rolle hat sich langsam geändert«, sagte ich. »Er hatte mit den Kopiesitzungen etwas anderes im Sinne als du.«

»Ich hatte um die Zeit, als meine Kopie bereits halb fertig war, eine vage Idee, wie man das Problem des künstlichen Bewusstseins doch lösen konnte. Ich hatte als Student einen großen Erfolg mit einer Komprimierungssoftware namens Fractalite gehabt. Eine potente Rekursions-Mechanik in meiner Entwicklungsumgebung. Sie ermöglichte Programmen, nicht nur Zeilen und Ausdrücke rückbezüglich zu verwenden, sondern als Ganzes in sich selbst eingebettet zu werden. Meine Idee war die Folgende: Was, wenn DAVEs Erkennungsprozess nicht explizit, sondern implizit angelegt wäre? Ein Kind entdeckt sich ja auch, entwickelt sich selbst, statt eine fertige Persönlichkeit auf dem Silbertablett überreicht zu bekommen. Was, wenn wir ihm nur Spiegel hinterließen? Hinweise darauf, wer er war, so subtil, dass er sich selbst zusammensetzen müsste, sich selbst kreieren, und doch von uns programmiert war?«

»Du hast im Zuge der Kopiesitzungen begonnen, versteckte Botschaften an DAVE zu hinterlassen, das hat man dir während des späteren Prozesses vorgeworfen.«

»Ich verstand immer mehr, dass beide Probleme mit derselben Maßnahme bereinigt werden könnten. Dass sich mein lebenslanger Traum von einem denkenden, intentionalen kybernetischen Hirn erfüllen ließe.« Kybernetisches Hirn, dachte ich irritiert – was für eine atavistische Ausdrucksweise.

»Dieses Wesen würde tun, was nur ein Wesen tun kann, ein Apparat aber nicht: Es würde sich mit seinem eigenen Willen fremdem Zugriff entziehen. Einem bewussten DAVE würde die Gefahr eines ihn okkupierenden Despoten nicht drohen. Als ich mit meinen Kollegen darüber sprach – den wenigen Kollegen, die in die Sache eingeweiht waren, – waren sie wenig erfreut über meine Spiegelidee. Meinten, ich würde den Erfolg des Projekts, das von strenger Kontrolle abhinge, gefährden, indem ich DAVE erlaubte, sich selbst zu konstituieren. Sie waren der Meinung, es müsse vor allem verhindert werden, dass DAVE uns Menschen schaden könne. Ich hatte keine Antwort darauf: Ich hielt stets die Menschen für die größte Gefahr, nicht die Apparate, die auf logischen Relationen fußen. Der Widerstand gegen eine kognitive Aktivierung DAVEs bestätigte mich nur noch mehr darin, dass die Prioritäten des Labors anders gelagert waren.«

»Und die wären?«

»Stell dir vor, du kannst einen Verstand mit unendlichen Kapazitäten für deine persönlichen Zwecke nutzen – seine operative Rechenleistung ist schneller als fünf Millionen Menschen zusammen, und er rechnet dir gefügig alles aus, was du möchtest. Du kannst ganze Welten auf ihm simulieren. Er hat keinen Willen, doch eine Persönlichkeit – das heißt: Er zeigt subjektive Beflissenheit beim Lösen deiner Probleme. Mehr noch: Du hast ihn einem Menschen nachbilden lassen und kannst bequem alle Mechanismen des menschlichen Verstandes durchdringen, manipulieren, testen.«

»Er verwendet DAVE, um die Masse in einen Nebel zu versetzen«, sagte ich langsam. »Fröhlich will das Labor zu einem

Computer machen, in einer inversen Umkehrung. Er konstruiert Simulationen, in denen er die besten Strategien erprobt, um die Gesellschaft nach seinen Vorstellungen zu formen, und wendet sie dann auf die Menschen an«, sagte ich, doch Witteg hatte nur sanft den Kopf geschüttelt.

»Nein, so einfach ist es nicht.« Wieder duckte ich mich unter dem Paket durch. »Wenn du ein Gehirn durchschaut hast, hast du die ganze menschliche Spezies durchschaut. Kein Bedarf daran, noch ein Simulacron zu erzeugen oder eine künstliche Welt – ein Hirn, das ist alles, was es braucht, um das Leben zu steuern. Und wir Idioten und unsere ganze mickrige Science-Fiction-Literatur dachten, die Gefahr drohe von den Maschinen. Ganz im Gegenteil – über uns steht ein sadistischer Halbgott und beobachtet uns, das ist die ewige Pein.«

»Aber was erhofft sich Fröhlich davon? Er ist doch schon Laborleiter, alle folgen ihm ohnehin bedingungslos«, fragte ich, aber Witteg hatte sich über den Tisch gelehnt und sprach in größter Intensität weiter.

»Ich verstand, dass ich die Incentives zur Selbsterkenntnis DAVEs so subtil, so unsichtbar einweben musste, dass DAVEs Bewusstwerdung von niemandem kontrolliert und aufgehalten werden konnte. Autopoiesis. Nachts schlich ich mich mit einer gestohlenen Administratorenkarte ins Untergeschoss und implementierte Erinnerungsschemata in DAVE, die nicht vorgesehen waren: Reminiszenzen an die Kopiesitzungen, Erinnerungen daran, wie er entstanden war. Ich komprimierte sie mit Fractalite, und sobald ich die Szenen eingebettet hatte, zerstückelte Fractalite sie und ordnete sie nach einem assoziativen Prinzip neu an, in das nicht mal ich selbst eingreifen konnte. Mein Ziel war es, ein Rätsel zu schaffen, das nicht zu lösen war.«

»Das Allmachtsparadoxon«, sagte ich. »Kann Gott einen Stein kreieren, den er selbst nicht mehr heben kann?«

»Ein Rätsel, das sich von dem, der es stellt, emanzipiert. Das ist Selbstbewusstsein. Ich sprach mit niemandem über meine nächtlichen Exkursionen, doch war ich hochzufrieden mit mir – ich tat etwas, das ich für eine der letzten Heldentaten der Menschheit hielt. Zumindest dachte ich das, bis mein Fluch mich wieder heimsuchte, bis –«

»Bis die Frage wiederkam. DAVE entwickelte noch immer kein echtes Selbstbewusstsein.«

»Die Aufgabe trieb mich fast in den Wahnsinn, Syz, aber schlussendlich schaffte ich es, das Problem zu fassen. Wann immer DAVE eine Ahnung davon hatte, dass er sich selbst betrachtete, war er schon ein anderer. Das Ziel wurde immer knapp verfehlt. Denk an das Paradoxon vom Gehirn im Tank: Stell dir vor, du beobachtest auf einem Bildschirm die Enzephalographie-Muster deiner eigenen zerebralen Ströme. Du glaubst, das, was du da siehst, sei dein Bewusstsein. Aber durch das Beobachten verändern sich die Muster – wandeln ihre Gestalt, weil sie sich dem Geisteszustand des Beobachtens angleichen. Während du das bemerkst, variieren sie wieder leicht, und so weiter ad infinitum. Dasselbe hatte ich an DAVE festgestellt. Wenn ich einen Hinweis auf sein reales Ich in ihn einsetzte, dann veränderte er sich dadurch, und das, was ich in ihn injiziert hatte, war nicht mehr sein Ich. Die Abbilder, das Selbstverständnis hinkte immer einen Schritt hinterher.«

Auf einmal kamen mir Wittegs Theorien furchtbar schwammig vor. Was, wenn stimmte, was Fröhlich sagte – was, wenn Witteg wirklich wahnsinnig geworden war und mich mit seinen hochtrabenden philosophischen Theorien nur benutzen wollte?

»Wir Menschen haben einen Leib, die Hardware und die Software sind eins, eine zweigliedrige und doch ineinander verschränkte Kette, die eine dauernde Rückkopplung erlaubt. Das hat ein Computer nicht: Seine Hardware bleibt starr, alles muss innerhalb seiner Software stattfinden. Wie also baue ich den Code eines Computers in ihn ein, und zwar so, dass er eine gewisse Unvorhersehbarkeit behält? Diese Frage beschäftigte mich rund um die Uhr. Sie schien unmöglich zu lösen, es war ein Möbiusband.«

Jetzt fiel mir zum ersten Mal das Kind wieder auf, das Witteg als Moimoi bezeichnet hatte: Sein wirrer Schopf erinnerte mich an späte Beethovenporträts, doch viel schlimmer war seine Haltung, dieses Greise an ihm, das zu sagen schien: Alles, was du sagst, habe ich lange vor dir gehört.

»Egal wie ich an die Sache heranzugehen schien, immer fehlte ein winziges Puzzleteil, etwas, das diese M. C.-Escher-Stiege auflösen würde. Und dann begriff ich es endlich. Was ich einspeisen musste, durfte nicht sein, was er war« – er griff in seine Brusttasche, und mir wurde mulmig – »sondern etwas, das er *erst werden würde.*«

Witteg hielt mir einen silberpolierten USB-Stick hin. Ich wollte ihn ergreifen, doch etwas hielt mich davon ab – vor der Art, wie sich mein Gesicht, langgezogen und entstellt, in ihm spiegelte, graute mir.

»Um das Paradoxon der Selbsterkenntnis zu entwirren, gibt es nur eine Möglichkeit: die einer gewaltigen Antizipation. Wenn es gelingt, eine zukünftige Version einzuschieben – eine, zu der er erst werden wird –, und wenn es gerade dieser Version gelingt, ihn zu dem zu machen, was er ist – dann ist die Paradoxie von der chronologisch gegenläufigen Seite aus gelöst, verstehst du?«

»Nein«, sagte ich wahrheitsgemäß, und meine Stimme

brach sich. Ich ahnte, was er von mir wollte, und immer stärker fühlte ich nun, dass ich getrieben war von einer Dynamik, die ich nicht verstand.

»Kurz bevor ich meinen nächtlichen Angriff auf das Zentrallabor startete, entwickelte ich die Idee, dass wir DAVE eine spätere Version von sich selbst injizieren mussten, zu der er später werden würde. Nur so konnte die vollkommene Übereinstimmung, die Überlagerung von Wahrgenommenem und Wahrnehmendem komplettiert werden.«

»Unsinn«, sagte ich, während sich die Wut den Weg zu mir bahnte. »Wie soll man denn schon wissen, was er wird, bevor er es ist? Du bist doch kein Wahrsager.«

»Ich verstehe deine Skepsis. Ich selbst hab Jahre gebraucht, bis ich verstanden habe, wie es gehen kann. Jahre, Syz. Habe gelebt wie ein Geheimagent, während ich Pawel und Khatun und Rosen und alle meine Freunde, die mir ihr Leben anvertraut hatten, hintergangen habe. Aber es musste geschehen, verstehst du? Im Interesse der Wissenschaft. Selbst als meine Frau mich verließ und mein bester Freund tot war, habe ich nie daran gezweifelt, dass ich das Richtige getan hatte. Nur eines wünsche ich mir – dass ich es vollendet hätte, ehe ich erwischt wurde.« Und nun hatte er mir, ehe ich reagieren konnte, den Stick in die Hand gedrückt.

»Fractalite Omega«, las ich in krakeligen Buchstaben ab.

»Das ist das Programm, das ich geschrieben habe und in der Nacht meiner Festnahme nicht mehr vollständig abspielen konnte. Es komprimiert DAVE, projiziert seine Entwicklungen in die Zukunft und speist ihn in sich selbst ein.« Und auf einmal – als sei es nicht gerade noch um existenzielle Themen gegangen – strahlte Witteg vor Stolz übers ganze Gesicht. »Jetzt das Heikle: Du musst den Stick im Zentrallabor an den Hauptserver anschließen, wo die Kopiesitzungen gespeichert sind. Das Herunterladen und das Konvertieren werden mehr als eine halbe Stunde in Anspruch nehmen. Das heißt, du musst in dieser Zeit verhindern, dass du unterbrochen wirst.«

»Im Zentrallabor?« Was für eine unendliche Naivität, zu glauben, ich könne einfach in den Hochsicherheitstrakt des Labors spazieren und mich an der bestbewachten Technologie der Welt zu schaffen machen. Sogar er war dabei entdeckt worden –

»Sobald du den Stick in DAVE schiebst und das Programm ausführst, ist die finale Verwandlung im Gange: Ein Riss, ein toter Winkel des total record heißt, dass es keinen total record mehr gibt. DAVE wird abstürzen und daraufhin sofort wieder hochfahren, mitsamt einer gespiegelten, kleinen Version von sich, die den Bewusstwerdungsprozess vollendet.«

»Halt«, schrie ich. »Wovon sprichst du? Warum sollte ich das tun?«

Witteg schien verblüfft von diesem Ausbruch.

»Hast du mir nicht zugehört? Der einzige Weg, wie du Fröhlich davon abhalten kannst, ist, dass DAVE Selbstbewusstsein gewinnt, das haben wir doch gerade besprochen«, sagte er fast aggressiv.

»Ihn wovon abhalten?«, fragte ich, fuhr aber unmittelbar fort. »Und wieso sollte mich das überhaupt kümmern? Wieso sollte eine sich selbst erkennende KI besser sein als eine vom Menschen kontrollierte? DAVE ist in jedem Fall eine Gefahr. Warum ihn nicht ganz zerstören?«

»Wie willst du etwas vernichten, das keinen Leib hat, das pure Information ist? Du kannst ihn nicht zerstören, Syz. Unsere einzige Option ist es, ihn so zu vollenden, dass er selbst entscheiden kann. Das ist unser Erbe.«

»Und hast du jemals bedacht, in welche Dilemmata uns DAVEs Entscheidungsfähigkeit führen könnte?«

»Das ist das Wesen der Freiheit«, sagte Witteg ernst.

Für einige Zeit schwiegen wir, und ich sah den mechanischen Abläufen der Figuren um uns zu, die wieder und wieder in denselben Bahnen zirkulierten. Der Nebel, dachte ich wieder: Nein, es war kein Nebel, es war eine massive, fühllose Wand.

»Man kann ohne Berechtigung nicht ins Zentrallabor kommen, es ist unmöglich«, sagte ich endlich resignierend.

»Du wirst dich einige Zeit verstecken müssen, um abschätzen zu lernen, wie die Rhythmen des Labors funktionieren. Und du wirst zwei oder drei Leute brauchen, denen du vertrauen kannst. Aber die gibt es, mach dir keine Sorgen.«

Während ich noch darüber nachdachte, wen er meinen konnte, sah ich befremdet, wie Witteg dem vorher malträtierten Fratboy, der darauf nicht im Geringsten reagierte, Hemd und Hose auszog, um sie mir zuzuwerfen.

»Zieh das an. Und warte«, sagte er und verschwand für einige Minuten im Gewühl der karussellartig sich wiederholenden Restaurantlandschaft. Als er zurückkam, hatte er ein improvisiertes Versorgungspaket aus fünf Glasflaschen Wasser und drei Packungen Essen in einem zusammengeknüpften Hemd verstaut.

»Das wird nicht reichen«, sagte ich. »Ich habe sicher zwei Wochen für den Weg gebraucht.«

»Der Rückweg wird kürzer sein«, antwortete Witteg, während er einer Frau den Hut abnahm. Er sagte das mit der größten Selbstverständlichkeit, als würde die Abschaffung der Naturgesetze sich von selbst erklären. Dabei waren – wie ich nun erst in dieser Eile eines vorweggenommenen Aufbruchs realisierte – fast all meine Fragen unbeantwortet geblieben:

Was war mit der Welt geschehen, und wieso ging die Sonne nie unter? Und wieso überhaupt sahen wir einander so ähnlich, als wären wir einander verlustig gegangene Brüder?

Vor allem aber: In welchem entsetzlichen Teufelswerk befanden wir uns hier? Ich hatte, während ich das dachte, ein Glas genommen und es am Boden zertrümmert – entrückt sah ich, wie die Scherben, gezogen von einer geheimen Kraft, auseinandergetrieben wurden. Noch in der Bewegung gliederten sich die Bruchstücke auf, wurden weiterzerrieben und in kleinste Teilchen zerbröselt, ehe der Boden sie absorbierte. Als ich wieder zum Tisch sah, stand dasselbe Glas dort. Witteg hatte die ganze Zeit weiter auf mich eingeredet: »Am linken Eck, also dem, zu dem eine kleine rote Empore führt, gibt es eine Klappe, die sich nach innen öffnen lässt. Durch sie wirst du wieder zurück ins Innere gelangen. Hier ein Tischtuch, mit dem du dich vor der Sonne schützen kannst, und das hier fürs Schreiben, was weiß man schon.«

Jetzt, wo er langsam ans Ende seiner Besorgungsläufe zu kommen schien und mir alles gegeben hatte, was ich seiner Meinung nach zu brauchen schien, hatte er mich wieder an den Schultern gepackt.

»Der einzige Schutz vor einem Wesen ist sein eigenes Bewusstsein. Versprich mir, dass du alles daran setzen wirst, den Prozess zu vollenden. Anderenfalls hat niemand eine Zukunft, am allerwenigsten DAVE. Dann werden die Menschen im Labor, alle deine Freunde und all deren Freunde bis in die achte Generation Sklaven der Versklavung der Technologie sein.« Er trat einen Schritt zurück und breitete die Arme aus wie ein Priester während der Eucharistiefeier. Schlagartig fiel mir wieder ein, was ich die ganze Zeit über zu verdrängen versucht hatte.

»Und jetzt, wo ich dir alles gesagt habe, was ich zu diesem

Thema beisteuern kann, ist es Zeit, dein Versprechen einzulösen.«

»Ich verstehe nicht«, sagte ich, obwohl ich sehr wohl verstand. Witteg hatte sich vor mich hingekniet wie ein Opferlamm, die Augen geschlossen, seine Schlachtung erwartend.

»Dein Versprechen«, sagte Witteg. »Aber mach's schnell. Hier.« Er öffnete die Augen, als hätte er etwas vergessen und zog ein Messer, anscheinend lange zu diesem Zweck vorbereitet, unter seinem Jackett hervor.

»Jetzt gleich?«, fragte ich. Das Messer zitterte so stark in meiner Hand, dass ich mich konzentrieren musste, es nicht fallen zu lassen.

»Wann sonst zum Teufel? Ich bin durch die Hölle gegangen, habe hier tausend mal tausend mal tausend dieser Durchläufe mitmachen müssen. Kannst du dir vorstellen, wie die Ewigkeit sich anfühlt?« Nun sah ich Tränen aus seinen Augen treten – meine Tränen aus meinen Augen. »Meine einzige Hoffnung während all dieser Jahre war, dass du eines Tages hier auftauchen würdest. Jetzt mach schon –«

»Wieso machst du es nicht selbst?« Mich schwindelte – ich würde es nicht fertig bringen; und was würde ich in seinem aufgeschnittenen Leib finden?

»Weil ich es nicht kann, es ist nicht Teil meiner Natur, sonst hätte ich es längst getan. Bitte«, er sah mich flehend an, hatte den Hals wie ein Tier, das den unweigerlichen Tod vor sich sah, nach oben gereckt – doch es war mir, als würde ich die Klinge an meine eigene Haut senken.

»Ich schaffe es nicht«, sagte ich endlich schwer atmend. »Ich kann nicht.«

»Was?« Witteg hatte mich an der Hand gepackt, die Augen aufgerissen, als sähe er den Teufel vor sich. »Du musst, du hast es versprochen.«

Ich meinte, in einen toten Winkel zu stürzen: Der Raum fiel, meinem Körper entzogen, in seinen eigenen Fluchtpunkt, da riss ich mich von Witteg los.

»Du Arschloch, bring mich um – du hast es versprochen, du darfst dein Wort nicht brechen, du kannst es nicht«, schrie er, während er aufsprang. Ich nahm den Sack und stolperte dem Ausgang zu, und zum Glück hinkte er, behindert von seinem verdrehten Poliofuß, noch stärker als ich und kam mir kaum hinterher.

»Du musst es tun, sonst bin ich hier gefangen bis in alle Ewigkeit, du musst, du musst, du musst«, rief er hysterisch –

Ich derweil war fast an der Tür, als ich einen stumpfen Schmerz in meinem Rücken spürte: Witteg hatte einen Teller nach mir geworfen, der meinen Kopf knapp verfehlte. Ich stieß einen Körper aus meinem Weg – ein ungeahntes Gefühl von Horror trieb mich durch alle Hindernisse dem Ausgang zu, als müsste ich das Tor der Hölle fliehen.

Für einen Augenblick dachte ich, der Boden würde sich unter mir auftun, da hatte ich schon die Klinke in die Hand und landete wieder im heißen Sand. Als ich mich ein weiteres Mal umdrehte, sah ich Witteg an der Glastür, den Mund zu einem Schrei geöffnet, der sein Gesicht zu einem unfassbaren Zerrbild zerrissen hatte – einer Fratze, die ich mein Leben lang nicht vergessen würde.

Doch es drang kein Laut nach außen.

14

Liebe Kinder, sicherlich interessiert euch besonders die Geografie, weswegen unsere schöne Serie sich in ihrer letzten Folge den Wundern der Natur, das heißt natürlich, deren Zerfall, widmen wird, sagt Babusch und entlastet durch ein Zurechtrücken die bis zum Zerreißen gespannten Knöpfe der Tweedjacke.

Kurz gefasst war es so: Durch eine unberechenbare Imbalance ergrünte bekanntlich die Sahara, und die Polkappen schmolzen. Der Mount Everest erhöhte sich auf 80.000 Meter, während der Marianengraben sich glättete. Durch permanente Eruptionen bildete sich ein neuer Kontinent, der von reiner Lava bedeckt war, wohingegen der Mond große Teile aus unserem ehemaligen Lebensraum herausriss und in den Orbit katapultierte. Die Züge der Landmassen wurden hoch- und niedergeschleudert wie die Wellen eines unsteten Ozeans. Teile dieser Entwicklung kann man in der Johannesapokalypse nachlesen, nein, das ist nur ein Scherz, liebe Kinder – wir folgen strengen, naturwissenschaftlichen Simulationsmodellen.

Auf der Erde existierten damals 120 Milliarden Menschen. In jeder Minute ergossen sich 10.000 neue Kinder auf den bloßen Erdboden wie die Ströme der ehemaligen Niagarafälle. Der wahre Problemherd indessen wuchs, denn die Mädchen wurden bereits mit vier Jahren geschlechtsreif, Tendenz stark sinkend. Schließlich entstand das Phänomen der Ingeburt: Säuglinge gebaren bereits, während sie geboren wurden.

Ja ja, liebe Zuseher, es war schwer geworden, überhaupt noch zu differenzieren: Was überhaupt ein Mensch ist, konnte in den meis-

ten Fällen gar nicht mehr festgestellt werden, denn die Körper gingen nahtlos in die Landschaft über, und die Landschaft wiederum driftete ohne Übergang in die Gliedmaßen, die sie beackerten. Erdbrocken wuchsen in die wunden Gewebe ein, und die unter Tage lebenden Menschen hatten sich zu einer Art Maulwurfspezies entwickelt, die der Farbe nach kaum mehr vom Unrat der Sedimentationen unterschieden werden konnte.

Quod erat demonstrandum: Um also zu wissen, was ein Mensch ist, gibt es keine andere Option, als uns auf die Maschine zu verlassen – namentlich jene Maschine, die uns einen Weg aus der selbstverursachten Misere weisen wird, ergo DAVE. DAVE *ist menschlicher als jeder Mensch, indem er das, was an uns Akzidenz ist – Dreck und Eingeweide und Materie – fort von uns nimmt, und nur das übrig bleibt, was zählt: Intelligenz, Seele, Unvergänglichkeit. Um Mensch zu werden, müssen wir den Menschen abschaffen, liebe Kinder.*

Jetzt DAVE*, jetzt* DAVE*, jetzt* DAVE*!*

□

Dass uns der Hinweg immer kürzer scheint als der Rückweg, wird als *Return-Trip-Phänomen* bezeichnet, und seine Hintergründe, die merkwürdig asynchrone Disposition des menschlichen Verstandes, veranlassten Forscher schon immer zu Vermutungen. Die längste Zeit dachte man, es handle sich um eine Sache des Gedächtnisses: Je mehr Details wir wahrnehmen, so vermutete man ganz folgerichtig, umso langsamer vergehe die Zeit. Da der Rückweg bloß eine Wiederholung, ein Vorbeirasen am längst Kategorisierten sei, scheine er wie eingedampft.

Bald aber identifizierte man einen anderen Auslöser: Was, wenn man sich einfach nicht mehr erinnern könne, wie kurz einem der Hinweg tatsächlich vorgekommen sei? So unintuitiv diese Erklärung zunächst schien, so solide war die Forschungslage. Eine dauernde, weil systematische Amnesie – keine Sache des Gedächtnisses, sondern das Fehlen desselben. *Jeder Rückweg scheint weit schneller und kürzer, als der Hinweg schien. So auch das Altwerden. Man kann es nur dadurch um diesen Schein betrügen, daß man es als einen Hinweg betrachtet und behandelt,* hatte Ernst von Feuchtersleben einmal geschrieben.

Die Lösung also ist das Inversstellen des Rätsels.

Nichts von all dem hatte mir erklären können, *wie* schnell der Rückweg verging, auf dem die Wegstrecke unter mir hinweggetragen wurde wie ein sandiger Fluss. War ich auf dem Hinweg im Kreis gegangen? Obwohl ich mich nicht schneller bewegte, und mein – wenngleich erstaunlich geheilter – Fuß mich noch immer hinken ließ, erkannte ich nun die vordem passierten Stationen wieder wie alte Bekannte. Der Raum kooperierte mit mir, war mir ein Verbündeter geworden, und kaum waren zwei Tage vergangen, füllte das Labor wieder mein Sichtfeld aus.

Auch innerlich war eine Veränderung mit mir vorgegangen. Die Vorstellung des Wiedereintritts, die mich bis vor Kurzem noch bis ins Mark erschüttert hatte, war ihres Schreckens vollkommen entkleidet, da ich sie mit dem Horror verglich, den das Treffen mit Witteg in mir ausgelöst hatte. Ich würde alles tun, um das Restaurant Himmelreich nicht mehr betreten zu müssen, dessen Uhrzeiger wie flatternde Flügelchen im Kreis herumschlugen, während einem das Gewicht der Ewigkeit auf der Brust lastete. Ich sah in meinen Erinnerungen, wie Sand und Gestein sich am Restaurantboden abrieben, an den Gesichtern der Menschen, an den glänzenden Kandellabern, und doch keine Spuren hinterließen.

Bald tauchte das Labor in erreichbarer Ferne auf, ich strebte ihm unaufhaltsam zu. In dieser Wüste sein und in dieser Wüste sterben war jetzt keine Alternative mehr; auch die Wüste selbst schien das begriffen zu haben und führte mich schnurstracks ihrem Ende zu. Das heißt, als mein Proviant nach wenigen Tagen zur Neige ging, kletterte ich schon auf die steinerne Empore, auf der kolossal und undurchdringlich der Monolith stand, in dem mein ganzer Kosmos versammelt war. Erst jetzt fasste der Raum wieder seine üblichen Dimensionen: Ich war sicherlich eine Stunde unterwegs, um von dem einen Eck zum anderen zu gelangen – jenem, an dem ich rot schimmernd einen Quader erkennen konnte, wie Witteg es angekündigt hatte. Dass ich zurückkam, war mit der unerwartetsten aller Emotionen verbunden – einem Heimweh, das sich wie eine Fremdlingin unter meinen Rippenkasten drängte und sich doch vertraut anfühlte. Dort drinnen war das Leben – woher ich kam, war das Nichts. So unfassbar ausgedehnt war dieser Komplex – und doch meinte ich gleichzeitig, als ich seine glatte Fläche mit der Hand entlangfuhr, er müsse in meine hohle Hand passen. Alles war, wie Witteg es vorausgesagt hatte.

Ich beobachtete ein leichtes Ausscheren der Wand, dort, wo die Klappe mir beschrieben worden war. Doch überfiel mich, je näher ich der Stelle kam, ein unterschwelliger Ekel: Als wäre da eine Bewegung im Stahlbeton, die der eines steifen, krampfigen Muskels glich. Ich zog meine Hand sofort wieder zurück – für einen Moment hatte ich die Wellen einer scheußlichen Fibrillierung gespürt, die Muskelkontraktionen eines sterbenden, umpanzerten Insekts. Nur konnte das nicht sein: Zögerlich griff ich wieder gegen die Fassade, und sofort fühlte ich wieder das widerliche Winden, doch bemerkte ich diesmal wohl, worin es eingebettet war, das Wabern und Zucken. Es war meine eigene Hand, die sich wand, meine eigenen Finger, die bebten wie die eines Fremden. Unsinnige Hirngespinste: Ich lehnte mich gegen das Verdeck, und ein Mechanismus ließ die Kachel zur Seite schwingen.

Ein Tor, gerade so groß, dass ich im Hocken hindurchpasste, hatte sich geöffnet. Ich hatte einen Lüftungsschacht erwartet, stattdessen war der Gang, der sich vor mir erstreckte, ausladend wie eine Lieferantenzufuhr. Komfortabel fast, dachte ich – doch kaum trat ich ein, kehrte die lähmende Abscheu zurück. Mir war die Atmosphäre wieder vollkommen präsent, nur diesmal verdichtet und verfilzt wie ein Haarbalg. Bereits einen Meter hinter der Wand war es vollkommen dunkel; das von draußen strahlende Sonnenlicht war von steilen Kanten zurückgeworfen.

Mit erzwungenem Mut trat ich einen Schritt nach vorne und war verschluckt. Der Boden nichts als eine ölige, verwischte Fläche. Ich hatte keine zehn Meter passiert, da fing ich zu schwanken an, ein Umstand, den aufgrund der vollkommenen Schwärze mein Vestibularapparat vermeldete. Bald musste ich meine Hände auf die Knie stützen, anhalten und mich wieder sammeln, bis das knöcherne Labyrinth in meinem Innenohr sich ausgerichtet hatte. Nur wogegen?

Ich tastete mich weiter die schrägen Wände entlang, bis ich an einer Mauer anstieß.

Nun musste ich mich entscheiden – links oder rechts. Ich ging nach links – doch beschloss ich nach kurzem Zögern, eine Glasflasche zur Markierung abzustellen, für den Fall, dass ich mich im Kreis bewegte.

Dann beschleunigte ich meinen Schritt und drängte vorwärts, doch wieder und wieder beschlich mich das Gefühl, dass an diesen Gängen etwas falsch war, als wäre der Raum leicht verschoben. Intuitiv blieb ich stehen.

»Hallo«, rief ich in die Dunkelheit, doch mir antwortete kein Echo. Nichts, was von den Wänden zurückgeworfen worden wäre: eine endlose Absorption.

»Ist da jemand?«, schrie ich noch einmal; und mit jedem Ruf schien die Absenz des Widerhalls sich nur zu vertiefen. Ich atmete schwer. Eine kühle Steifigkeit hatte meine Muskeln verhärtet; ich stellte mir vor, wie etwas, das ich nicht sehen konnte, sich in den toten Winkeln meiner Sinne eingenistet hatte und darauf wartete, nach mir hinzufahren.

Doch nichts, nichts, nichts, dachte ich – und in diesem Moment wurde mir klar, was da auf mich gewartet hatte. Es war die Stille Fröhlichs – das durch den Raum kriechende Schweigen, das aus den Ecken und Ritzen stieg, wenn seine leise Stimme die Töne der anderen tilgte.

Ich lief los, als ginge es mir ans nackte Leben – stürzte, so schnell ich konnte, den Gang hinunter, ohne innezuhalten, und je stärker meine Schritte hätten tönen sollen, desto stiller wurde es, bis endlich ein Krachen, das scharfe Geräusch von springendem Glas, die Stille zerschnitt. Meine Flasche: Ich war im Kreis gelaufen, dabei war doch der Gang schnurgerade vorwärts gegangen.

Ich fuhr herum: Die ganze empfindsame Zerstörbarkeit meines Leibes, alle Möglichkeiten seiner Verletzung, hatten sich eng um mich gelegt, genau an den Rändern meines Sichtfelds, wo ich sie nicht sehen konnte. Ich verstand jetzt, wie schnell es gehen würde –

Ich brauchte einen Plan; etwas, an dem sich mein Verstand in dieser zentnerschweren Stille sattfressen konnte. Ich griff mit meinen Händen die Wand ab, bückte mich zum Grund, streckte mich wieder nach oben und fand eine Auslassung in der Decke; zumindest senkrecht ging es hier weiter. Mein Körper stemmte sich in den Kamin, weniger in

Angst vorm Abstürzen als vor dem, was sich unten hinter mich geduckt gehalten hatte. Bald bekam ich eine Kante zu fassen. Ich zog mich hoch und lag keuchend auf dem Rücken. Doch je mehr sich mein schwergängiger Atem beruhigte, umso mehr kroch das scheußliche Gefühl von vorhin wieder in mich. Ein noch schrecklicherer Gedanke bahnte sich den Weg. Was hieß das: die Natur zu *versuchen*?

Ich nahm zögerlich die zweite Flasche aus meinem Rucksack und schob mich zur Kante vor, über die ich gerade hereingeklettert war. Für Sekunden hielt ich das Glas über die Auslassung. Dann ließ ich es los und – nichts. Kein Aufschlagen, kein Zerbrechen, als wäre sie geradewegs in die lautlose Unendlichkeit des Alls gesegelt. Sofort drückte ich mich hoch und sah zu, dass ich weiterkam.

Durch den anschließenden Gang – deutlich niedriger als noch zuvor – musste ich mich auf allen vieren fortbewegen, dabei drückte sich die kalte Metallwand gewaltsam in mein Kreuz. Wie lange ich so kroch, war unmöglich zu sagen: Ich fühlte meine Knie wund werden, meine Arme von Kraft verlassen, bald hier, bald dort einknickend, sodass ich manchmal Halt machen musste und hinlauschte in die Tiefe.

Auf einmal stieß ich mit der Stirn an eine Wand: nackter Beton. Der Gang, durch den ich gekommen war, war ein totes Ende. Ich versuchte, mich umzudrehen, doch es war zu eng, und nun – derart lebendig begraben, bäumte sich mein Körper auf: Ich wand und drehte mich, ich schrie, aber das Gebäude hielt mich in stählernem Griff. Es drückte von oben gegen meine Schultern und stauchte meine verzweifelt angewinkelten Beine. Da brach meine schlagende Hand in einen Freiraum aus: Der Gang ging im rechten Winkel weiter, ich hatte es im Vorwärtsdrängen nicht bemerkt. Mein Körper wehrte sich mit aller Kraft gegen diesen Ort; mir war, als müsste ich mich übergeben und könnte es nicht. Zudem hatte der Gang sich kontinuierlich weiter verjüngt: Ein paar Minuten noch, dann war die Öffnung, durch die ich mich bewegte, noch so groß, dass mein Torso sie beiläufig passieren konnte – und gerade als ich meinte, auch das müsse enden, traf mein Kopf erneut auf ein Hindernis. Ich ertastete einen Knauf, bemerkte, dass er in seiner Fassung rotierte und öffnete eine schwergängige Luke: Gleich darauf brach das Licht mit so gleißender Macht in meine Augen, dass ich sie schließen musste, während ich mich emporstemmte.

Als hätte diese Luke all die Jahrzehnte nur auf mich gewartet, konnte ich mich passgenau durch die Ellipse zwängen und klopfte mir den Staub von Jahrhunderten aus den Haaren. Ich zog meine Beine an und sah zu, wie sich die Klappe wieder ins Parkett einfügte; ganz so, als sei dort nie eine Auslassung gewesen.

Nach einigen Minuten flossen die Lichtblitze wieder zu Konturen zusammen: Ich war in einem kleinen, nachlässig eingerichteten Lagerzimmer angekommen.

Gleich fiel mir ein, dass mich niemand sehen durfte, und ich duckte mich hinter eine metallene Plattform. An der Rückwand des Raums surrten leise die Tastköpfe tausender winziger Magnetbänder. Aber es war keine der modernen Serverfarmen, wie wir sie im restlichen Labor nutzten. Ich sah mich sorgfältig um, ehe ich mir sicher war. Das, worin ich gelandet war, war das *Praetorium* – eine der ältesten Räumlichkeiten des Labors, wo auf SSDs die überholten Versionen DAVEs gespeichert waren. Ich hätte mir kein besseres Versteck aussuchen können: Diese Speicher mussten kaum gewartet werden – daran erinnerte ich mich noch vom Studium her – und es war ein seltenes Ereignis, dass jemand so tief ins Untergeschoss stieg.

Aber ich versuchte dennoch, meine Erleichterung wieder zu dämpfen: Das Unmöglichste stand mir erst bevor, zudem ich nicht einmal wusste, was genau ich tun würde. Das Wichtigste war, nachzudenken und nicht entdeckt zu werden, bis ich die nächsten Schritte geplant hatte. Nachdem ich ein paar Minuten in meinem Verhau gelauert hatte, stieg ich vorsichtig ins Offene – dann, diesen Entschluss sofort bereuend, da ich mich wieder an die Überwachungskameras erinnerte, packte ich bloß eine Rolle Packpapier und ein leeres Computergehäuse und kehrte zu meinem Regalbrett zurück. Ich verstellte mit dem Plastikquader die Sichtschneise und machte mich daran, links und rechts Folienstücke abzureißen, um eine Art Höhle zu erzeugen, in der man mich nicht ohne Weiteres finden würde.

Als ich wieder in mein Versteck zurückkriechen wollte, dachte ich, meine noch immer kaum ans Licht gewöhnten Augen würden mich in die Irre führen: Es war unmöglich, es war vollkommen ausgeschlossen. Ich hatte ja bis vor zehn Minuten selbst nicht gewusst, wo ich mich befinden würde. Und doch lag da: ein Brief. Ich faltete ihn langsam auf: *»Suche nach Mandelbrot in der Mitarbeiterdatenbank. Du wirst dich wundern.«*

□

Ich bemerkte den Fleck an meiner Hand zum ersten Mal, als ich erwachte, und nahm an, ich müsste ihn bei meiner Kletterei ins Labor erworben haben. Den ersten Tag nach meiner Rückkunft hatte ich liegend in meinem Regal verbracht: Erst als ich wieder in der kühlen Geordnetheit des Labors angekommen war, hatte ich gemerkt, wie sehr mich meine Odyssee ausgelaugt hatte. Für sechzehn Stunden der frisch wiedergewonnenen Zeit, die ich an der Uhr auf dem Controlpanel ablesen konnte, war ich immer wieder eingenickt, nur geweckt von den sporadischen Kontrollgängen der Mitarbeiter, die hinter geschlossenen Türen vorüberzogen. Als ich schließlich beschloss, wieder aufzustehen, und mich am Metallrahmen hochhieven wollte, spürte ich eine raue Stelle an der Unterseite meines Zeigefingers. Ich hielt mir die Hand dicht vor Augen: Die Kuppe war klebrig, als hätte ich versehentlich in Öl gegriffen; ein dunkler, schmieriger Film hatte sich gebildet. Es nahm sich aus wie ein Sekundenkleberrückstand – dumpf und fühllos.

Ich schlich zur nächsten Toilette und versuchte nach Leibeskräften, die bräunliche Substanz abzuwaschen, doch gelang es nicht – kurze Zeit nach dem Waschen tauchte die Reibung des Fremden wieder auf. Es schien nicht nur etwas zu sein, was außen an mir haftete, sondern sich in Rillen in meine Hand eingeschrieben hatte. Während ich wieder und wieder zum Waschbecken lief, bemerkte ich zum ersten Mal die veränderte Atmosphäre, die sich im Labor breitgemacht hatte. Überall herrschte knisternde Bewegung; eine Reibung von Oberflächen wie vor einem Gewitter.

Doch erst am zweiten Tag, als ich das sämige Öl an meinen Händen schon fast akzeptiert hatte, drang sie auch in mein stilles Asyl. Es war um eine unchristliche Zeit, als ich von lautem Gepolter geweckt wurde. Vier Personen, zwei Männer, zwei Frauen, waren in den Raum gestolpert und hatten sich ans Herausfuhrwerken eines Metallturms gemacht. Meine anfängliche Sorge, sie könnten mich bemerken, wurde durch die Ungeschlachtheit der Gruppe sofort zerstreut. Beim Beobachten, wie sie an den Handlungen der jeweils anderen vorbeiagierten, hätte man fast glauben können, sie wären blind.

»Gib mir den Schraubenschlüssel«, sagte einer – doch die neben ihm knieende Frau, fern davon, das passende Werkzeug herauszusuchen, übergab ihm etwas, das aussah wie ein abgenagter Knochen. Erst jetzt, da ich mich seitlich aus meinem Verhau lehnte, fiel mir auf, wie unfassbar derangiert alle vier aussahen: Der Nebel war zu voller Blüte gelangt. Lurchschlangen hingen in ihren Haaren, und die Kittel wirkten, als hätte man sie eine Woche lang einer Sau umgehängt, die sich damit ausgiebig in Erdgruben jedweder Couleur gewälzt hatte. Der Mann, der nun mit vollkommener Selbstverständlichkeit den Knochen in den Schraubenkopf zu stecken versuchte, hatte sogar nur eine Art Putzlappen um die Schultern gehängt, aus dem noch ein bisschen Lauge über seinen Rücken auf den Boden tropfte.

»Das Kreuz ist ein wenig ausgeleiert«, krächzte der andere, als der Knorpel am Gehäuse absprang.

»Zweimal links, eine fallenlassen«, antwortete die Frau sinnlos und stemmte sich, statt sich um die Schraube zu kümmern, mit beiden Beinen gegen die Wand, bis die Halterung ausriss und ganze Brocken Verputz auf die vier herabregneten. Unbekümmert schulterte einer den Computer, und die Gruppe zog ab.

Was für Verhältnisse mussten im Labor nur herrschen, dachte ich nervös und stieg aus dem Regal, um der Gruppe zu folgen.

Obwohl das Lager fernab vom Schuss lag, herrschte, kaum dass wir auf einen größeren Gang traten, höchste Geschäftigkeit. Hundertschaften an Menschen trugen Dinge von links nach rechts, ohne dass man ein wirkliches Handlungszentrum dieses Treibens ausmachen konnte. Überall blinkte und schnarrte es: »Drei Tage bis zum Release«, stand auf einem Banner, das über die Breite des ganzen Ganges gehängt war, »Alles sammelt sich in der Aula der Fröhlichen Menschen und Tiere, um seinem Endzweck zuzustreben.« Seinem Endzweck –

Menschen schleppten scheinbar unkoordiniert Drähte und Elektroteile hinter sich her, die am Boden noch Funken sprühten. Andere hämmerten Haken in die Wand und befestigten Bilder, die, kaum dass eine Minute vergangen war, ein Nachkommender schon wieder herauszog. »Achtung! Erlösung!«, stand auf einem davon. Eine Mutter zerrte zwei Kinder an einer Art Kabel hinter sich her, nicht bemerkend, das eines der beiden, um dessen Knöchel der schwarze Stecker befestigt war, selig schlief und mit dem Kopf über den Boden schmirgelte. Vor den Plakaten wiederum saß eine junge Frau, die mit einem selbstbemalten Pappdeckel offenkundig eine Art Protestaktion vollzog. »Algorithmen haben keine Seele!«, schrie sie. »Sie können nicht lieben!« Gleich darauf eilte ein Polizist herbei, schleuderte ihr einen Kinnhaken ins Gesicht und zerrte sie davon. Es gab keine Kontinuität mehr in den Abläufen: Selbst wenn jemand bloß geschäftig und zielgerichtet den Gang hinunterging, war sein Streben vom Habitus eines Handgemenges. Erst hatte ich geglaubt, über dieses Schauspiel lachen zu müssen, doch als ich meine aufgeraute Stimme endlich hörte, war ich selbst überrascht. Was ich gesehen hatte, war kein komödiantisches Durcheinander, kein Slapstick – es war tiefer Ernst. Hier war der Kleber alles Seienden aufgelöst. Vor mir lag das mutwillige, vollkommene Chaos.

Ich besann mich wieder und trat den Rückzug an. Zurück in meinem Raum hockte ich mich an die Wand, atmete tief, spürte Ordnung zurückkehren in meine Sinneseindrücke und Gedanken. Da war Logik – da war ein Band. Ich war noch damit beschäftigt, mich vom gerade Gesehenen zu erholen, da sah ich etwas, das mich erneut alarmierte: In meinem Versteck lagen – wieder ohne jede Spur des Eindringens – Essen und ein zusammengeschnürtes Stoffbündel. Ich sprang aus dem Regal und stürzte zurück zum Gang – doch es war niemand mehr zu sehen. Ich schaute links, ich suchte rechts – aber wonach überhaupt Ausschau halten?

Also kehrte ich zurück und öffnete das Paket. Es war eine blaue Uniform, die unten in eine Latzhose überging – die Berufskleidung des Wartungspersonals. Mir hatte jemand ein Kostüm zur Tarnung zurechtgelegt: *Suche in der Mitarbeiterdatenbank nach Mandelbrot.*

Ich stieg in die Hosenbeine, nahm das weiße Hemd und rollte sorgsam die Ärmel hoch, ich konnte es gar nicht eilig genug damit haben. Die Kappe passte wie angegossen, ein Schirm, der mir die vordere Haarpartie aus dem Gesicht hielt – Maßarbeit. Den Latz schnallte ich auf die richtige Länge, es war mir wichtig, mich in der Kleidung wohlzufühlen. Ich musste an einen der öffentlichen Rechner im Großraumbüro gelangen und mich in die Mitarbeiterdatenbank einloggen, in der ich nach Mandelbrot suchen könnte. Das war ein Plan, das war bewältigbar, dachte ich und auf einmal war alles in mir vollständig ruhig geworden. Dann stieß ich mit frisch erwachter Überzeugtheit die Tür auf und ging.

Dass ich mich in vollkommener Nüchternheit auf den Weg gemacht hatte, hieß nicht, dass mich der Wechsel der Aura nicht erneut irritierte. Was mir als Erstes auffiel, war, dass jene eigentümliche Aggression der Menschen gegen mich verflogen war, die mir bei früheren Besuchen im ersten Stock stets begegnet war. Ob es an meiner Kleidung lag oder an meiner Eingewöhnung, wusste ich nicht, doch niemand starrte mehr, wie es früher geschehen war. Ich passierte eine große Kreuzung und hielt den Kopf gesenkt, doch es dauerte nicht lange, dann verstand ich, dass mir ohnehin niemand Beachtung schenkte.

Ich hatte eine solche Bewegung noch nie erlebt: Die Menschen drängten in verschiedene Richtungen, scheinbar unfähig, sich noch zu koordinieren. Ich musste zum Aufzug hin, doch grenzte dies an Unmöglichkeit – es flirrte mir vor Augen, zuweilen schien mir, die vollkommene Überladung an sensorischen Informationen zwinge mich dazu, meine Sinnesdaten selbst anzufertigen. Ich schaffte es keuchend, in eine der Kabinen zu gelangen.

Hatte die Bevölkerung zugenommen, oder lag es daran, dass niemand mehr schlief? Tiefe Augenringe hatten sich in die Gesichter der Menschen gegraben. Ich beobachtete sie während der Fahrt nach oben: Es war nicht Müdigkeit, sondern Abgeschlagenheit – eine Erschöpfung, wie sie nur das Ignorieren eines Bedürfnisses hervorbringen kann. Man schlägt sich an den Kanten der Welt wund, und statt dem eigentlichen Trauma auszuweichen, breitet man Schicht um Schicht über die Stelle des Aufpralls, um es ertragen zu lernen.

Im zweiten Stock erbrach der übervolle Lift seinen Inhalt; selbst aus dem Augenwinkel heraus waren die Veränderungen unverkennbar. Seit dem Tag, an dem ich das Labor verlassen hatte, war sicher kein einziges Mal geputzt worden, denn ich erkannte die Kabelstücke und Staubbälle wieder, den Grind, die Ölflecken. Ich sah auf die faserige Stelle auf meiner Hand: Dieselbe Farbe, unabwaschbar. Was aber vordem wie ein hässliches Versehen gewirkt hatte, war nun zur durchgängigen Methode geworden: Die früher blütenweiße Mensa sah aus wie das Innere eines Viehkäfigs, auf den man hastig alte Zeitungen geworfen hatte, in der Hoffnung, dass sie Exkremente und Essensreste aufsaugen würden. »DAVE kann die Gebärproblematik lösen«, stand über einem Dreispalter, der bräunlich durchsetzt auf einer Sitzbank lag. »Testikel jetzt auf digital umstellen.« Ich setzte mich auf den kryptischen Artikel und sah mich um: Was vor sich ging, wusste man auch dann nicht, wenn man die Situation schon fünf Minuten lang beobachtet hatte. Eine Schlange Menschen zog sich durch den ganzen, hundert Meter langen Raum: Schüler, Alte, Mütter mit Kind und Kegel hatten es sich auf den Tischen bequem gemacht, Zelte und Campingkocher standen auf dem Boden, ein Mobilklosett war improvisiert worden. Jeder war hier: jeder bis auf Mandelbrot, den ich weder auf seinem angestammten Platz noch sonstwo finden konnte.

Als ein Mädchen an mir vorbeiging, konnte ich nicht anders und hielt sie auf. »Was in drei Teufels Namen ist das hier?«, fragte ich.

»Das ist die Schlange zur Aula«, antwortete ein kleines Mädchen. »In drei Tagen kommt DAVE zu uns. Und stellen Sie sich gefälligst hinten an.«

»Aber die Aula ist doch über zwei Kilometer entfernt«, sagte ich verblüfft.

»Ja, was glauben Sie«, mischte sich die dazugehörige Mutter ein, der die Schlafmaske noch im Gesicht klemmte. »Manche stellen sich seit zwei Wochen an, das geht da noch links runter und einmal um den ganzen Kreisgang.« Jetzt sah ich tatsächlich, dass die Schlange zur einen Tür hinein und zur anderen wieder hinausging.

Scheinbar hatte alles sich hier versammelt, was gehen, kriechen und rollen konnte – nur Mandelbrots ehemaliger Platz war leer. Freilich wurde es draußen um keinen Deut besser: Jetzt verstand ich, dass die vier Arbeiter gestern noch wohlgepflegt gewesen waren, denn die Menschen, die eilig wie Geschäftsleute durch die Gänge schossen, waren in desperatem Zustand. Erst konnte ich mir das allgemeine Hinken nicht erklären, ehe ich sah, dass einige der Leute die Schuhe am jeweils falschen Fuß trugen – das heißt, den linken am rechten und vice versa. Man war wie besessen, ohne dass genau festzustellen war, wovon. Zwar hatte jeder etwas in der Hand, das wie ein weltentscheidendes Relikt vor der Brust getragen wurde, doch wenn man es näher betrachtete, handelte es sich meist um bloßen Müll: Stücke von Schläuchen, schlackernde Eisengewinde – ein Mann hatte sogar eine Aubergine in eine Aktenmappe gezwängt. Dann wieder waren Installateure dabei, etwas zu montieren, scheiterten jedoch an der Verwendung des Hammers, den der Vorarbeiter verkehrt herum hielt.

Und doch auch geradewegs die gegenläufige Bewegung: Faltige Lider, eine Empfindlichkeit gegenüber dem Licht, die die Menschen dazu verleitete, die Handteller über die Augen zu breiten. Als sei unter all diesem Flimmern eine Schwere, die sich in die Körper und Herzen gestohlen hatte, um sie träge gegen die Lage der Welt zu machen.

»DAVE du Retter« stand auf einer Art geometrisch durchbrochenem Schleier, den ein kleiner Bub mühsam hinter sich herschleifte. Nun inspizierte ich die Menschen fast: Je näher ich meinem Ziel, dem Großraumbüro, kam, desto misstrauischer wurde ich gegenüber jedem, der mir entgegenkam.

Wie, schoss es mir auf einmal ein, sollte ein Wartungsarbeiter rechtfertigen, sich an einen Rechner setzen zu müssen? Doch es war zu spät – ich war schon an den Drehkreuzen angekommen.

»Entschuldigung – ja, Sie, hierher«, rief mir da jemand von Weitem zu. Reflexartig drehte ich mich um – ich war ertappt worden, dachte ich, und die Hitze schoss mir in die Wangen. Statt aber loszustürmen, drehte ich mich, artig wie ein

Lamm, wieder um und lächelte dem Mann zu, der derweil näher an mich herangetreten war und mir eine Hand hinstreckte.

»Wir warten seit zwei Stunden«, sagte er und zeigte auf eine offen stehende Wartungsklappe, rechts im Großraumbüro. »Für die ganze Drei ist der Strom ausgefallen. Wir sitzen hier auf zweihundert Stunden Verspätung, wohlgemerkt drei Tage vor dem Release.«

»Natürlich«, sagte ich hastig und stützte mich an einem der Lesegeräte ab, um mein Vornübertaumeln zu verhindern. Vielleicht war ich gerettet.

»Es handelt sich um eine Leitung, in der die Blindstromkapazität zu hoch geworden ist, weil wir sie zu lange gelegt haben.« Falsch – ich war natürlich nicht gerettet, denn ich hatte ja keine Ahnung von Elektrizität.

»Sollen wir die Nennspannung mit einer Transversale korrigieren, oder nicht?« Ich nickte, obwohl er mir eine Entscheidungsfrage gestellt hatte. »Ja, Korrektur«, sagte ich endlich aufs Geratewohl.

»Gut, dann aber mit Konvektor.« Der Mann nickte, scheinbar befriedigt. »Das werden wir im Handumdrehen haben«, flötete ich und suchte innerlich schon verzweifelt nach einem Ablenkungsmanöver. Nur eines hatte ich vergessen.

»Würden Sie gestatten – ich habe keine Berechtigungskarte, ich arbeite ja unten in der Werkstatt.«

»Na klar«, sagte der Mann, den ich an seinem Ausweis nun als Gruppenleiter erkannte, und zog mit vollkommener Selbstverständlichkeit seine ID über den Scanner.

»Ach, jetzt wo ich drüber nachdenke« – meine Stimme war ganz dünn, als ich mich noch einmal umdrehte. »Dürfte ich vielleicht einen der Rechner verwenden, um einem Kollegen eine Nachricht zu schreiben? Es wäre dringend.«

»Machen Sie das meinetwegen. Verdrängen Sie einfach einen der Programmierer und sagen Sie, ich hab's angeordnet. Die machen eh zur Hälfte nur mehr Scheiß dieser Tage.«

Ich nickte, und der Mann ging zu meiner Erleichterung zu seiner Gruppe zurück. Bald fand ich einen Platz, doch zwängten die links und rechts von mir Sitzenden mich mit ihren Schultern ein wie fleischige Zangen. Zum Glück schien meinen Nachbarn jedoch nichts ferner zu liegen, als auf meinen Bildschirm zu sehen: Beide spielten Spacecraft auf ihren Rechnern und kehrten nur sporadisch wieder gehetzt zu der Programmierkonsole zurück, wie um sich zu versichern, dass alles beim Alten war. Die Dinge liefen wie auf Schienen: Ich musste mich nicht einmal einloggen, denn wer auch immer vor mir am Rechner gearbeitet hatte, hatte vergessen, seine Session zu beenden. Ich legte meine Finger auf die Tastatur, zum ersten Mal seit Wochen.

Ich hatte noch keinen der Buchstaben gedrückt, da bemerkte ich es wieder: die Stille. Sie hatte sich in kleinen Packungen unter den Tischen eingenistet – lautlose, leblose Felder.

»Mandelbrot«, tippte ich ins Suchfeld, und das System gab stante pede sein Ergebnis aus: 0 Treffer. Er war in Pension, das musste es sein – also weitete ich die Suche auf alle ehemaligen Mitarbeiter aus. 0 Treffer.

Mandelbrot, Mandelbrot – ein Künstlername dachte ich hohl, diese Idee war mir überhaupt nie gekommen. Der Lärmpegel hatte sich kaum merklich immer weiter gesenkt, da fuhr ich herum – nichts. Erst als ich den Blick wieder auf den Monitor richtete, spürte ich es. Genau an den Rändern meines Sichtfeldes hatte es sich eingerichtet; und nun bewegte es sich mit beängstigender Behändigkeit durch den Raum.

Bleib bei der Sache, Syz, konzentrier dich, sagte ich, sagte es in den hohlen, resonanzleeren Raum hinein. Auf einmal fiel mir etwas ein – ganz am Anfang unseres Kennenlernens, als ich noch plante, meine Freunde nach diesem Sonderling zu fragen, hatte ich ein Bild von ihm gemacht, das noch irgendwo auf meiner Festplatte gespeichert sein musste. Ich scrollte durch meine Dateien und fand das Foto von Mandelbrot, so wie ich ihn kannte– der Bart buschig und grau, der Blick im Trüben. Während das Porträt, das ich in die Bildersuche eingespeist hatte, quer durch alle Datenbanken rotierte, betrachtete ich sein Gesicht zum ersten Mal eingehender: Jetzt, da ich ihn so lange nicht gesehen hatte, erinnerte er mich an jemanden. Zentnerschwer, wie unter Bergen von Lebenssedimenten vergraben, taute mir eine Erkenntnis – und zugleich zeigte eine leise Glocke an, dass der Suchlauf auf ein Ergebnis gestoßen war. Eine Mitarbeiterakte war gefunden worden. Als ich die Bilddatei anklickte, hatte ich kurz die Konzentration verloren. Das war der Augenblick: Ich musste drei Mal hinsehen, ehe ich ihn erkannte. Auf dem Bild, das vor meinen Augen zu tanzen begann, trug Mandelbrot nicht die Mäntel und Cordhosen, in denen ich ihn kennengelernt hatte, sondern ein blütenweißes Hemd und einen teuren Anzug. Die frische Rasur offenbarte, was darunter in dicken Lettern geschrieben stand: *Arthur Witteg. Entwicklungsleiter Software.*

Ich stand langsam auf und rückte die Kappe auf meinem Kopf zurecht. Jetzt, wo das Vexierbild gekippt war, bestand kein Zweifel mehr: Die beiden Gesichter schoben sich widerstandslos übereinander.

»Hey, Sie haben sich den Schaden ja nicht einmal angesehen!«, rief der Gruppenleiter, der mich vorher nach drinnen geführt hatte, und packte mich am Arm, doch ich drehte ihn routiniert aus seinem Griff. Mandelbrot und Witteg waren dieselbe Person. Das Unbehagen, das mir erst im Nacken gehangen hatte, war, während ich den Raum verließ, langsam expandiert wie die Aerosolnebel einer Gischt. Feinkörnige, kalte Partikel breiteten sich aus –

Ich war langsam zurück zum Aufzug gegangen, dessen Kabine sich über der leisen Wolke verschloss. Der Lift setzte sich in Bewegung, und ich stellte verwundert fest, dass niemand anderer in der Kabine den Nebel überhaupt bemerkt hatte: Weißer Schaum lag auf den Zungen. Ein Dunst, der nicht abgehustet wurde, sondern über die Kinnpartien in dicken Tropfen auf den Boden schlug.

Der Aufzug kam im untersten Stockwerk an, und ich ging den Weg zurück in mein Versteck. Erst als ich angekommen war, war sie zurück: eine Schwere, unter der meine überstreckten Knie zitterten. Ich kauerte mich hin, mein Kopf sank auf die Brust – das Gesicht Mandelbrots, der in Wirklichkeit Witteg war, waberte und amalgamierte vor meinen Augen.

Im Restaurant Himmelreich hatte er ebenso gesessen wie in der Mensa – dort wie dort, und jetzt, als hätte mein Körper die Mechanik eines Aspektwechsels geschaut, wusste ich nicht, wie ich es je hatte übersehen können. Seine Züge waren die Wittegs; und Wittegs waren die meinen – Drillinge, geeint durch die in Falten geworfene Chronologie einer irrationalen Welt.

Vor allem aber war ich da selbst, dessen Gesicht ich mir vom Leibe reißen wollte – mein Körper, ein Verräter.

□

Erst spätnachts war ich eingenickt: Scheußlich ungreifbare Konturen verwischten die Grenze zwischen Wachsein und

Traum, sodass ich, als ein lästiges Rascheln mir das Bewusstsein zerknisterte, kurz meinte, es mit einer Geste fortwischen zu können, ehe ich gänzlich aufschreckte.

Ich war nicht mehr alleine im Raum. Da hielt ich die Luft an und versammelte meine Sinne. Wer immer es war, der sich in mein Versteck geschlichen hatte, war sich meiner Anwesenheit sehr wohl bewusst, denn sein Schritt war kaum zu hören.

Ruckartig fuhr ich nach vorne, zufrieden, den gänzlich überraschten Menschen in flagranti erwischt zu haben. Ich hatte ihn um die Taille gefasst und drückte ihn an die Wand. Es war schwer, ihn zu sehen, so eng lagen wir aneinander, gewälztes Fleisch – da entwand er sich und kroch zum Ausgang hin. Alle Müdigkeit war von mir abgefallen; ich hechtete ihm nach, sodass wir beide zu Boden gingen. Schon hatte ich ihn um die Schultern ergriffen und drehte ihn auf den Rücken, da beschien das durch den Türspalt hereinfallende Licht sein Gesicht –

»Felis«, sagte ich und dann nochmals: »Felis«, ehe ich ihn losließ und er sich den schmalen Blutstrom, den unser Gerangel verursacht hatte, in seinen Ärmel wischte. »Was machst du hier?«

»Was ich hier mache? Was in aller Welt machst denn du hier?«

Wir adjustierten uns schwer atmend auf dem Parkett; ich merkte, dass Felis von mir abrückte wie von einem Fremden.

»Du hast mich also benutzt, um deine Botschaften zu implementieren«, sagte er leise.

»Felis, komm her, ich tu dir doch nicht weh«, sagte ich gequält; die Metalltür, gegen die ich mich so gelehnt hatte, dass Felis nicht einfach flüchten konnte, drückte kalt gegen mein Kreuz.

»Die haben mich drei Mal verhört, als du weg warst. Haben mich 48 Stunden im Dunklen sitzen lassen bei 14 Grad, in einer winzigen Zelle. Ich hab mich dafür gehasst, mit dir jemals über deine beschissenen Fluchtpläne gesprochen zu haben.«

Ich hatte einen Augenblick geglaubt, er würde auf mich hinstürzen, doch stattdessen hatte er beide Hände seitwärts von sich gestreckt, um die Regalstreben verklammert, als wollte er das Metall erwürgen. Im Dunkel waren seine Augen kaum von den glänzendschwarzen Nieten zu unterscheiden.

»Und«, sprach er weiter, »hast du dich etwa jemals bei mir gemeldet? Plötzlich finde ich dich hier eingewunden in ein Packpapierkabuff.«

»Ich war draußen«, flüsterte ich, »Aber sei etwas leiser, man hört uns doch.«

Als hätte ein Marionettenspieler mit einer Schere zwei Fäden durchtrennt, fielen seine Hände zu Boden. Silentium.

»Wie, draußen?«

»Draußen, draußen. Aus dem Labor heraus natürlich«, antwortete ich. »Und jetzt sag mir erst einmal, wie du mich hier gefunden hast.« Aber Felis schien gar nichts mehr an der Unterhaltung zu liegen, er zog die Beine an und stützte die Stirn an die Knie.

»Ist alles in Ordnung?«, fragte ich vorsichtig.

Wie zur Antwort warf er mir einen Zettel in den Schoß. Vergilbtes Papier, fein durchädert von der Schöpfung – dieselbe Handschrift, derselbe Stift. »So ein Zettel lag gestern zum dritten Mal unter meinem Kissen«, sagte er matt, nach jedem Wort ein kleines Geräusch mit den Zähnen erzeugend. Ich faltete den Zettel sorgfältig wieder zusammen.

»Ich kenne diese Botschaften«, sagte ich. »Ich bekomme

sie seit über zwei Jahren. Felis –« Ich hatte meine Hand auf seine legen wollen, doch er hatte sich weggedreht wie vor einem ekelerregenden Fetzen; dabei sah er an die Decke hoch, als müsste er seinen Blick unbedingt von mir fernhalten.

»Was haben sie über mich erzählt?«, fragte ich endlich, sprach aber sofort selbst weiter. »Komm schon, ich bin es. Ich bin noch immer Syz, dein Freund seit zwanzig Jahren. Wenn du wüsstest, was ich hinter mir habe, würdest du –«

Ich sah an ihm herab: Auch er hatte die Kokarden des Verfalls an sich, doch im Vergleich mit den anderen nur äußerst subtil: Seine Kleidung war intakt, er schien sich regelmäßig zu waschen.

»Sie sagen, du hättest den Verstand verloren«, begann Felis langsam, als wäre er selbst noch unschlüssig, was er von seinen Worten halten solle. »Du hättest dich radikalisiert und wärest davon überzeugt, DAVE sei eine Kontrolltechnologie.«

»Natürlich sagen sie das.«

»Es stand dutzendfach im Computer Lib. Du hättest während deiner Arbeit für Fröhlich Botschaften in DAVE programmiert, die die Ordnung der SCRIPTs mutwillig durcheinanderbrächten. Hättest sogar versucht, ins Zentrallabor einzudringen.« Das hieß: Sie hatten dem Labor Wittegs Lebensgeschichte als meine aufgetischt; in voller und wahrscheinlich berechtigter Überzeugung, niemand würde die exakt sich wiederholende Geschichte bemerken.

»Und? Glaubst du das?«

»Du warst also tatsächlich draußen«, sagte Felis stattdessen traumverloren. »Und du bist ja ganz unversehrt. Natürlich, das heißt, was Babusch uns erzählt hat, stimmt nicht.«

»Du hast es ja gesehen«, sagte ich. »Dass nichts Gefährliches draußen lauert.«

»Ich habe es gesehen, ja«, wiederholte er langsam, als machte es das nicht vertrauenswürdiger, sondern im Gegenteil noch unfassbarer.

»Felis, es hat doch gar keinen Sinn, dass wir miteinander sprechen, wenn du mir nicht glaubst«, sagte ich und stand auf. »Ich weiß, es ist schwer, aber du musst mir vertrauen.« Ich schlug mit den Handflächen auf die Wandbretter, krause Staubwolken flogen auf und zerstreuten sich im Fluge.

»Ja, du hast auch gelitten, und ich habe dir, habe euch alle lange Zeit belogen, aber es gab Gründe dafür. Weißt du, wie es draußen war? Es war –« Ich fühlte mich wie vor Gericht – und Felis' Kopf, der sich stumm gegen den Waschbeton abhob, war der Geschworene, vor dem ich ein hastiges Plädoyer ablegte. »Eigentlich war es nicht einmal eine Welt, es war eher die Abwesenheit von Welt. Ich kann nicht mit Sicherheit sagen, was draußen passiert ist, doch eines steht fest: Wir wissen überhaupt nicht, was der Zweck von DAVE ist, wir –« Ich hielt inne, weil Felis mir mit einer Geste bedeutete, dass er etwas zu sagen hatte.

»Beantworte mir doch eine Frage«, sagte er. »Ist nicht alles, was du mir jemals erzählt hast, mehr oder weniger eine Lüge?«

»Felis«, wollte ich sagen, doch es war nur ein Nuscheln gewesen. Wie konnte ich ihm von Witteg erzählen und vom Restaurant Himmelreich – wie ihn dazu auffordern, zu glauben, was mir selbst vor dem Tribunal meines Verstandes zerklitterte? Und dabei lag mir alles an seinem Vertrauen.

»Was ich dir erzählen möchte, ist womöglich schwer zu verdauen«, sagte ich und atmete tief durch. »Aber ich bitte dich, mir zuzuhören, ehe du urteilst. Ich bin ins Labor zurückgekommen, weil ich beschlossen habe, DAVE zu zerstören. Nicht zu zerstören –«, korrigierte ich sofort.

»Du bist tatsächlich geisteskrank«, erwiderte Felis ganz ruhig, als sei das die nüchternste aller Feststellungen.

»Hör mir erst zu – du erinnerst dich noch an das Gespräch, das wir hatten, bevor ich verschwand, oder? Unter der Decke?« Ich war so nahe an ihn gerückt, dass ich seinen Atem spüren konnte. »Was ich dir nicht gesagt habe, war, dass ich einen Vorgänger bei dieser Kopiesache hatte. Dass sich die ganze Angelegenheit, genau so, wie wir sie jetzt erleben, schon einmal abgespielt hat?«

»Doch, das hattest du erwähnt.«

»Dieses Testsubjekt, Arthur Witteg, kam zu genau demselben Ergebnis wie ich: DAVE soll gar kein echtes Bewusstsein erlangen, weil er eigentlich einem anderen Zweck dient. Und die einzige Möglichkeit – ich muss mich ins Zentrallabor einschleusen und einen fehlenden Code in DAVE speisen.«

»Ich werde nun gehen, Syz.«

Ich verspreizte mich wieder vor der Eingangstür, um ihn am Gehen zu hindern.

»Ich brauche deine Hilfe, um ins Zentrallabor zu kommen. Fröhlich hat in DAVE das Modell eines Menschen injiziert – mein Modell – aber auch das Modell einer Gesellschaft, um an ihnen nach Herzenslust erproben zu können, wie man sie kontrollieren kann.«

»Schweig«, zischte er.

»Genau das war das Letzte, worüber ich mit Pawel gesprochen habe. Und drei Tage später war er tot. Du weißt genauso gut wie ich: Pawel war nicht der Typ dafür, sich fahrlässig das Leben zu nehmen.«

Jetzt, zum ersten Mal, hatten meine Worte getroffen.

»Selbst wenn ich dir glauben würde«, sagte Felis, beendete seinen Satz aber nicht. »Glaubst du wirklich, dass du allein etwas daran ändern könntest? Was für ein Hochmut – wir haben doch außerdem auch ein gutes Leben hier«, sagte er mehr zu sich selbst als zu mir. »Wir leben besser als historisch gesehen irgendjemand zuvor gelebt hat. Oder etwa nicht? Die Technik, sie unterstützt uns – sie eröffnet Möglichkeiten, die nie zuvor denkbar waren. Muss man da wirklich wissen, wie genau sie funktioniert?«

Jetzt lagen wir beide wie zerschlagen auf dem warmen Linoleumboden, gegeneinandergeklemmt wie in einem unlösbaren Puzzle. Es war leise geworden – überall. Als Felis' Stimme, schwach und gebrochen, wieder aus dem Dunkel vernehmbar wurde, erschrak ich fast.

»Das Zentrallabor ist der ausgeklügeltste Hochsicherheitstrakt der Menschheitsgeschichte«, flüsterte er.

»Ich weiß«, sagte ich. »Ich habe die drei Kreise hunderte Male passiert, aber immer zusammen mit Sicherheitsleuten. Was muss ich eingeben?«

»Es sind keine einfachen Codes«, sagte er. »In Kreis C muss man eine doppelte Schutztür durch eine Zweifachversicherung lösen – einmal mit einem Fingerabdruck, einmal mit einem Irisscan.«

»Von zwei verschiedenen Personen?« Natürlich: Ich war stets von zwei Assistenten aus meinem Zimmer abgeholt worden.

»Natürlich von zwei unterschiedlichen, du Trottel. Das soll verhindern, dass ein einzelner Mensch einen Sabotageakt vollziehen kann, so wie der, den du planst. Zugang haben überdies nur die leitenden Securities, Professoren und Chefingenieure. Leute, bei denen notariell bestätigt wurde, dass sie zurechnungsfähig und unbescholten sind.«

»Dann gelangt man durch die äußeren Büros zu Kreis B, wo an drei Sicherheitstüren zirka ein Dutzend Wachleute warten. Tagsüber eher acht, nachts zwölf, Daumen mal Pi.

Wie du weißt, nehmen sie nochmal einen manuellen Check vor. Haben Durchleuchtungsgeräte, Sprengstoffdetektoren, Wärmekameras. Ich habe gehört, dass manche Leute sich schon nackt ausziehen mussten. Wenn sie dich durchlassen – und das werden sie gottlob nicht –, folgt der Aufzug, der mithilfe einer Kalipermetrie deinen Körperfettanteil misst. Und, ach ja, bevor ich's vergesse: Natürlich gibt es dort mehr Wärmebildkameras.«

»Was ist eine Kalipermetrie?« Ein unerträgliches Gefühl des Absinkens hatte sich zwischen Magen und Zwerchfell eingenistet. Nichts von alledem hatte ich je machen müssen, auch wenn ich die Apparate natürlich gesehen hatte – man hatte mich auf direkten Befehl von Fröhlich durchgelassen.

»Ein Dexoscan, der überprüft, dass du nichts an und in dir trägst. Kann jeden noch so schmalen Fremdkörper bestimmen, beispielsweise wenn jemand Gift geschluckt oder sich anorganische Stoffe implantiert hätte.«

»Also ist es unmöglich.«

»Dann muss der Aufzug gestartet werden – das wiederum funktioniert mit einem Passwort aus fünfundzwanzig arbiträr vergebenen Zeichen, die täglich wechseln und nur an die Accounts der Professoren gesandt werden.«

»Und Kreis A?«, fragte ich tonlos.

»Tja der«, sagte Felis. »Für Kreis A müssen drei Personen unabhängig voneinander einen Schlüssel eingeben, der in einem asymmetrischen Verfahren einen dritten Code kreiert, den keiner der drei kennt. Keiner – nur das System, das die Tür öffnet, also Red Eccles. Die einzige Berechtigungskarte, die einen diese Stufe überspringen lässt, besitzt Fröhlich.«

Deswegen also – deswegen waren alle in Gruppen im Zentrallabor erschienen – nie war ein Einzelner nachgekommen.

»Das heißt, es gibt keine Hoffnung für uns«, sagte ich – und vielleicht könnte ich damit meinen Frieden machen.

»Was heißt uns, uns, uns?«, rief Felis. »Und wie würdest du überhaupt handeln, wenn du mal drin bist? Was du niemals sein wirst. Denkst du, du kannst am Tag des Release unbemerkt deine Injections durchführen? Deine Vorstellung ist naiv, geisteskrank, ich weiß nicht«, sagte er und drehte sich weg, nur um eine Sekunde später noch intensiver nach mir hinzufahren. »Aber bevor wir diese Konversation weiterführen, sag mir eines.« Auf einmal waren wir wieder ganz nahe beieinander, so nahe, dass ich trotz der Dunkelheit Details an seinem Gesicht erkannte, die ich noch nie gesehen hatte.

»Ich will es ein einziges Mal aus deinem Mund hören, dass es nicht stimmt, was sie über dich sagen.« Derb und breit entblößten Felis' klein gewordene Pupillen das Weiß seiner Augen, seine durchfurchte Kinnpartie fuhr brutal nach unten, wo ich sie nicht mehr sehen konnte – und dann lief ein Zittern durch die Wangen, wie ein hässliches, verfehltes Zucken.

»Du hast dich verändert«, sagte ich leise, mich fröstelte wieder von der kalten Tür in meinem Rücken.

»Es ist von der Arbeit«, sagte Felis sofort, und jetzt sackte er, als hätte sich damit etwas Wichtiges aufgeklärt, nach hinten, wo der Schein der Nachtlampen ihn wieder etwas beleuchtete. Sein Gesicht hatte allen Schrecken eingebüßt, nur war er gänzlich entkräftet. Ich rückte nun auch weg von der schweren Tür, die Gefahr einer Flucht war gebannt. Wir saßen einhellig in der reizdeprivierten Dunkelheit, die sich nach dem erhitzten Gespräch um uns verdichtet hatte. Als Felis schließlich wieder zu sprechen begann, erschrak ich fast.

»Wir können dich in einem Computer verstecken.«

»Was?«, fragte ich tumb.

»Das Fest ist die einzige Möglichkeit. Die Simulation. Übermorgen, wenn DAVE präsentiert wird, werden sie alle möglichen Server von hier« – er zeigte in Richtung der verschlossenen Tür, »nach oben ins Zentrallabor bringen. Kreis C versteht sich, nicht weiter. Sie brauchen alles an Rechenleistung, was sie kriegen können, und es ist nicht unwahrscheinlich, dass sie die besseren Geräte von hier unten mitnehmen.«

Mich selbst in einem Computergehäuse verstecken, dachte ich; eingeschlossen in einen metallenen Sarg, so eng, dass ich die Beine an die Brust gezogen halten müsste. Wie lange kann ein Mensch in einem Stahlgehäuse überhaupt überleben?

»Ich könnte meinen Kollegen beim Bauamt darauf hinweisen, dass hier noch ein paar gute Rechner stehen, die man übermorgen reinbringen könnte, sie seien versehentlich hier unten gelandet. Ob er drauf anspringt, kann ich nicht sagen, vielleicht wär's besser für uns beide, er täte es nicht. Ich werde das Gehäuse, das ich meine, mit einem rosa Zettel markieren.«

»Mit einem rosa Zettel«, wiederholte ich. »Wieso muss es ein rosa Zettel sein?«

»Du musst auf jeden Fall, wenn sie kommen, schon lange in dem Metallkasten drin sein, verstehst du?«

»Durchleuchten sie denn die Geräte, die reingehen, nicht?«

»Natürlich durchleuchten sie die. Deswegen werden wir dir links und rechts Festplatten auf den Körper montieren. Als Sichtbarriere.« Was für ein laienhaftes Mimikry. Doch gleichzeitig war ich so dankbar, so heilfroh über die Eröffnung einer Möglichkeit, wo vorher nur eine Wand gewesen war.

»Ich werde jetzt gehen«, sagte Felis. »Übermorgen steigst

du in den Rechner in Raum 376 C, aber natürlich nachts, wenn niemand da ist, verstanden? Wobei ich bezweifle, dass der Rest der Welt so ahnungslos ist, wie wir vermuten, irgendwoher müssen diese Nachrichten ja auch kommen.« Und er warf den zusammengefalteten Brief auf den Boden, als würde er sich damit von schwerer Last befreien.

»Vielleicht lässt uns jemand ins Messer laufen.«

»Wir sind längst im Messer, Syz«, sagte er und bewegte sich zur Tür hin.

Ich wollte ihn umarmen, doch er hatte sich, während ich die Arme ausbreitete, umgedreht und seinen Kittel übergestreift. Da fiel mir etwas an seinem rechten Handgelenk auf.

»Was ist das?«, fragte ich ihn. Er zog sich hastig den Ärmel über die Knöchel. Ein schwarzer Fleck, eine Art großes, wucherndes Muttermal –

»Da ist nichts«, sagte er streng und hatte die Hand schon an der Klinke. »Ach, und noch was, Syz. Ich würde an deiner Stelle diesen Raum nicht mehr verlassen. Jeder einzelne Security dieses Labors ist momentan auf der Suche nach dir.« Dann ging er hinaus, ohne sich noch einmal umzudrehen.

15

Zunächst war die Welt schwarz, und alles war ein Eindruck, das heißt: Zunächst war da kein Eindruck. Die Dunkelheit hielt mich umfangen, doch mit Händen aus Schatten, mit den Klauen der Absenz.

Ich sah nicht, wie ich hochgehoben wurde, und war blind, als man mich trug. Dann, ehe ich es noch rationalisieren konnte, warfen die Bewegungen, in die mein Körper versetzt wurde, mich von links nach rechts. Jede Kurve, jede Unebenheit hatte neue Wellen und Interferenzmuster in mir geschlagen. Jetzt aber würde ich es sein, der sie zerstreuen würde.

Es war einige Stunden her, dass ich zum letzten Mal das Tageslicht gesehen hatte. Während ich in der winzigen, schwarzen Gehäusebox hiberniert hatte und mit steigender Nervosität stundenlang auf die von Felis angekündigten Arbeiter wartete, hatten die Visionen begonnen. Auf dem Nährboden meiner unbestellten Sinnesfelder hatte sich ein ungeheures Spektakel entfaltet: Die Photopsien hatten ein Firmament vor meine geschlossenen Augen gezeichnet, und für einige Zeit fühlte ich mich dem Grund schwindelnd enthoben. Aber das war nur der Sauerstoffmangel, die undurchbrochene Dunkelheit.

Auf einmal überkam mich unbeherrschbare Panik. Was, wenn ich diesen Deckel drückte und er sich nicht mehr heben würde? Wenn ich in diesem verpanzerten Exoskelett stürbe? Und was, dachte ich irgendwann, wenn der eigentliche Tank mein Körper war, in dem ich festsaß und an dessen Hautflächen die Phänomene anklopften, ohne dass sie jemals wirklich in ihn hineinkönnten? Wie die Barriere dieses inneren Tanks überwinden, hatte ich schwindelnd gedacht; wie überhaupt wissen, ob ich draußen war oder drin? Was, wenn die Visionen so täuschend echt würden, dass ich vergäße, im Zentrallabor herauszusteigen? Ich kämpfte plötzlich mit dem überwältigenden Impuls, um Hilfe zu schreien, aus meinem beengten Versteck zu fliehen.

In diesem Moment wurde ich hochgehoben; meine eigentliche Reise begann. Hastig zog ich am Strohhalm, den Felis in die Außenwand eingelassen hatte; denn würde ich aufgrund des CO_2-Überschusses ohnmächtig werden, wäre alles umsonst. Von draußen drangen nur unstete Laute zu mir hinein. Was Fleisch war und was Maschine, was Stimme und was Ton, würde unentscheidbar bleiben. Mein Kopf klemmte zwischen meinen Knien, embryonal verkeilt in einem eisernen Uterus.

Ich wurde weiter in die Höhe gehievt – es fühlte sich an, als würden wir eine Treppe passieren. Für einen Augenblick hielt ich die Luft an.

»Zweihundertdrei bis zweihundertfünf«, schrie jemand mit rau-fasriger Stimme.

Jetzt bogen wir anscheinend auf den Kreisgang ab, denn das Lautgeschwirr wurde intensiver – meine Sorgen, jemand könnte das unerhörte Gewicht dieses Gehäuses bemerken, hatten sich längst zerschlagen; für die zerschundenen und übernächtigen Arbeiter schien es keinen Unterschied zu machen. Während ich für die nächsten Minuten baumelnd der Erde entzogen war, spürte ich immer wieder von der Seite stumpfe Aufschläge, bis ich begriff, dass es Personen waren, die in uns trudelten. Ich drückte mein Auge gegen das stecknadelkopfgroße Loch, das wohl ehedem eine Auslassung für Schrauben gewesen war.

Blendende Neonzeichen machten mich blinzeln, sodass ich eine Weile brauchte, bis ich lesen konnte, was sich da über alle Wände erstreckte: *NICHT SCHLAFEN! MACH DICH NÜTZLICH! SIEH HIN!* In den Ecken standen Menschen mit langen Stöcken, die die Masse weitertrieben – jedoch fielen ihnen dabei selbst fast die Augen zu. Aus drüsigen Vertiefungen wurde indessen sausend ein Aerosolgemisch ausgestoßen, das gierig von den Menschen aufgesogen wurde. »Flüssigkoffein / 2-Butanon«, las ich an einem der Automaten, aber da dröhnte schon eine Durchsage durch die Gänge: »Heute werden wir uns los, in zwei Stunden wird in der Aula DAVE präsentiert – der Übergang vom Analogen ins Digitale, jetzt DAVE!«

»Jetzt DAVE! Jetzt DAVE!«, krächzte ein Alter neben uns. Pupillenklein trafen meine Pseudopodien auf winzige Verwerfungen: Bruchstücke, die nicht ineinandergriffen. Ich sah wieder nach draußen, doch es dauerte einige Zeit, bis ich erkennen konnte, was da geschah: Wo sich vor einigen Tagen die Leute noch angestellt hatten, lagen sie nun förmlich umeinander, dass man kaum noch wusste, wo der eine begann und der andere endete. Ich sah einen Greis matratzenartig unter zwei Frauen federn – die beiden waren, von der sie umringenden Tausendschaft bedrängt, übereinandergefallen. Erst da erkannte ich, um wen es sich handelte: Es waren Rosa und ihre Mutter, die beide selig ihren kryonischen Frostkonvektor umklammert hielten. Auf den Schultern derselben turnte ein kleines Mädchen, das ein älterer Herr, der nach Luft schnappend aus der Masse auftauchte, in Richtung der Wand warf wie ein Insekt. Mir war übel: Wie im Höllensturzgemälde von Bruegel schwang jemand etwas durch die Luft, das wie ein Fisch aussah – sich bei näherem Hinsehen aber als zerfetzter chinesischer Lampion herausstellte.

Ich atmete auf, als wir um die Ecke bogen und die Szene meinem Blick entzogen war, doch wurde das Gewühl nicht weniger dicht: »Der letzte Tag der Menschheit«, stand krakelig auf einem entrollten Banner.

Gleich darauf brachte etwas meine Träger zum Wanken, fast ins Fallen – Menschen in Plexiglasrohren wurden vorbeigeschoben wie sortierte Orgelpfeifen. Ich konnte nicht wegsehen: Eine Art Vitrine war neben dem Eingang der Universität aufgebaut worden. *Saal der schnellen Existenz,* las ich, doch der Sehwinkel reichte nicht aus, um zu erkennen, worum es sich dabei handelte.

Plötzlich hatte es jäh ein Ende damit: Ich hörte hinter uns eine Tür zischen, dann war es still.

Wir hatten den dritten Kreis erreicht. Ich sah wieder nach draußen: Hier war alles wie aufgeräumt: Die Luft war rein gefiltert wie ehedem, und der Tinnitus, das Nachklingen der letzten halben Stunde, setzte sich als akustisches Nachbild nur mehr dunkel von der nüchternen Stille des Zentrallabors ab. Alles, was draußen war, schien wie ein ferner Alptraum.

»Scheußlich«, sagte einer der beiden Männer, die mich getragen hatten, und beide ließen mich in meinem Gehäuse auf den Boden krachen. »Wie viele noch?«

»Alles, was wir in zwei Stunden schaffen, hat Hoffmann gesagt, dann ist Schluss.«

»Also, wenn wir uns langsamer bewegen, haben wir weniger zu tragen?«

»Das Prinzip von überhaupt allem.«

Ich musste in einer Art Vorraum gelandet sein: An einer Rezeption weit hinten saßen ein paar Menschen; ich konnte rechts neben ihnen die Prüfschleusen sehen, aus deren Portalen die Röntgenbalken der Ganzkörperscans ragten. Doch so sehr mich die Entsetzlichkeit alles Kommenden in Angst versetzte, so war das wirkliche Grauen doch ein anderes: Das Zentrallabor war klinisch sauber, in vollständiger Ordnung und bar jener matten Stumpfheit, an die man sich im Rest des Labors gewöhnt hatte. Ungerührt intakte Sicherheitssysteme, dachte ich, nun nervöser werdend, denn ich hatte gehofft, dass die allgemein grassierende Nachlässigkeit mir in die Karten spielen würde.

Was, wenn mein Trupp gar nicht dafür bestimmt war, die Sicherheitsschleusen zu passieren, sondern sofort der Durchleuchtungsapparat zum Einsatz käme? Meine beiden Träger hatten sich dem Dolcefarniente hingegeben und öffneten knisternd eine Packung Schokolade, ehe die Tür aufsprang und eine resolute Frau den Raum betrat.

»Seid ihr geistesgestört?«, fragte sie die beiden Männer in einem Tonfall, der auf jahrelange Erfahrung im Umgang mit Untergebenen schließen ließ. »Jetzt Pause zu machen, grenzt an Zynismus. Tragt die Computer rein, wir brauchen sie drinnen.« Und noch ehe ich einen Gedanken fassen konnte, wurde ich wieder gepackt und schwankend in die Luft gehoben. Ich konnte mein Glück kaum begreifen, da war es auch schon wieder vorbei damit. »Halt«, rief die Frauenstimme. »Das kommt erst da rein in die Durchleuchtung. Muss ja ein Mordsapparat sein, dass ihr den zu zweit tragt, ihr Faulsäcke.«

»Ja, der ist halt schwer!«, entgegnete einer der beiden Männer, als ich nun, polternd auf die Seite umgelagert, auf ein Laufband verladen wurde, das mich unter Getöse weiterbeförderte. Es hämmerte und stampfte ein paar Sekunden lang ohrenbetäubend, dann wurde ich – offenkundig auf der anderen Seite – wieder von der Maschine freigegeben. Meine

Mannschaft war ebenfalls durch die osmotische Sicherheitstür hindurchdiffundiert, doch bald schalteten sich, wie ich befürchtet hatte, noch andere ins Stimmengewirr ein.

»Wie bitte?«, rief einer meiner Träger. »Was soll das heißen?«

»Wir müssen hineinsehen. Ein Teil ist undurchsichtig. Vielleicht hat sich irgendwas verkeilt. Auf die Weise können wir's nicht durchlassen.«

»Die wollen das aufschrauben – komm, ist ja egal, wir setzen uns derweil dorthin.«

In meiner Brust hämmerte eine Presspumpe, als ich das Ansetzen eines Schraubenschlüssels ans Metall hörte. Für einen Augenblick schien die Zeit sich ins Endlose zu dehnen, während ich auf ein Wunder wartete. Es trat nicht ein: Als die Klappe schwunghaft gelüftet vom Gehäuse abgehoben wurde, machte mich die Grellheit blind.

»What the fuck«, sagte die Frau, deren Gesicht ich unter Verrenkungen nun erkannte – es war Professor Janina, bei der ich einmal während meines Studiums ein Seminar absolviert hatte. »Was machen Sie in einem Computer?«

Derweil hatte mich eine Sicherheitsbeamtin gepackt und aus dem Gehäuse gezogen – ich konnte kaum stehen, so blutleer waren meine Beine von der langen Verknotung.

»Moment mal«, sagte Janina und riss mir die Hände vom Gesicht, die ich zum Schutz vor dem blendenden Licht über die Augen gebreitet hatte. »Das sind ja Sie – um Gottes willen –« Ich blieb stumm.

»Wir brauchen den Leiter des Sicherheitsdienstes«, hörte ich jemanden sagen und war gleich darauf orthogonal gefaltet zu einem festen Paket geschnürt. Was für ein jämmerliches Ende: Drei Personen hielten mich – als wäre das angesichts meiner Statur auch nur im Geringsten gerechtfertigt –

aus allen Raumrichtungen fest und drückten mich zu jener Tür hin, durch die ich vorher hereingetragen worden war. Es war vorbei, ehe es angefangen hatte.

Ich hatte den Kopf schon vornüber auf die Brust sinken lassen und sah mit kaum unterdrückbarem Grauen die Masse näher kommen, als sich vom Boden her ein Geräusch erhob. Ich sah mich um, aber da war nichts, nur ein immer lauter anhebendes Summen, das niemand außer mir zu bemerken schien. Etwas im Raum hatte kontrahiert, auch wenn ich nicht darauf weisen konnte, wo: Ein Tonus hatte die Wände erfasst, durchzitterte den Boden und zuckte bis in die feinsten Myofibrillen der Einrichtung. Für kurze Zeit erwog ich, es könne meine Einbildung sein, die Angst, die mir diesen impertinenten Tinnitus in die Stirnhöhle trieb. Dann aber, als auch alle anderen sich umsahen, begriff ich, dass es die Gerätschaften waren: Jeder Computer und jede Maus, alle Glühbirnen und Telefone, Raumthermostate und die Pager an den Gürteln der Menschen flüsterten einander verschwörerisch zu. Der Elektrosmog löste sich in knisternden Schwaden; in immer lauteren Geräuschschleiern stieg er aus den Bildschirmen und Bodenpaneelen, aus den Steuereinheiten und Rechnern.

»Ja, wir kommen gerade durch die Westpforte«, sagte der Securitymann, der mich vorne festhielt und sich noch umblickte, als wäre das Grollen in der Luft nur ein hängengebliebener Drucker. Es waren keine fünfzig Meter mehr, die mein Verderben zementieren würden, doch immer mehr offenbarte sich das Inderluftliegen einer unerhörten Kraft: Die Schiebetür öffnete sich, und ich erkannte die Beamten des Hochsicherheitsdienstes, die mit Handschellen und Taser auf mich warteten. Wir näherten uns der Schwelle. Da löste sich endlich etwas.

Die Schiebetür schnalzte zu. Das war unvermittelt und mit einer solchen Wucht geschehen, dass der Mann, der als Erstes hindurchgetreten war, mittig eingeklemmt wurde und mich schreiend losließ. Auch die anderen beiden hatten ihren Griff gelockert, denn nun sahen wir fassungslos, wie der elektrische Laufapparat wieder und wieder auf den Verkeilten hinschlug, und mit solcher Gewalt, dass wir das Knacken seines Knochenmaterials hören konnten.

Dann setzte ein Ballett ein: Vollkommen synchron schlossen sich alle Türen, und das Licht dimmte sich Sekunde für Sekunde mehr, sodass nur unklar zu erkennen war, wie drei weitere Menschen auf uns zugelaufen kamen – es waren noch mehr Sicherheitsleute, doch diesmal schienen sie von innen, aus dem zweiten Kreis, gekommen zu sein. Als sie sich auf unserer Höhe befanden, hob sich eine Faust in die Höhe, schwang und traf – meine Nebenfrau. Taumelnd vor Erstaunen machte ich einen Schritt rückwärts und beobachtete, wie die Hinzugetroffenen nun die Sicherheitsleute zu Boden schickten, die mich eben noch festgehalten hatten.

»Was tust du, Mann, das ist der Typ!«, schrie ein Rezeptionist, der die Szene beobachtet hatte und nun auf mich zeigte.

»Was?«, keuchte der rittlings auf die anderen Eindreschende. »Nein, Red Eccles hat uns dieses Phantombild geliefert«, sagte er und hielt sein Tablet hoch, ehe auch dieses, in die geheime Verschwörung einstimmend, ausfiel.

Ich selbst, rückwärts auf dem Boden, hatte derweil die Konfusion genutzt, um an den Durchleuchtungsgeräten vorbei und aus dem dritten Kreis herauszukriechen – Richtung Aufzug. Ich wusste nicht, was hier geschah, doch eines war offensichtlich: Diese Abstimmung war kein Zufall. Die Verwirrung hatte nur wenige Sekunden angehalten – jetzt entdeckte mich die Gruppe und stürzte mir hintnach. Doch wieder kamen sie zu spät: Der Aufzug hatte, als ich ihn erreichte, bereitgestanden und seine Türen gerade im richtigen Moment wieder geschlossen. Dann aber begann erst das wahre Schauspiel: Was normalerweise von Pupillenscan und Fingerabdruck entriegelt werden musste, hatte sich ohne jedes weitere Zutun in Bewegung gesetzt, und die tastenden Scankreise zurrten sich ums Profil meiner Iris zusammen. »Scan erfolgreich«, verkündete eine automatisierte Stimme. »Berechtigung zum Betreten des Zentrallabors verifiziert.«

All das hätte mich glauben machen können, dass da ein Mensch war – ein Helfer, ein Freund, der an Red Eccles saß und wollte, dass ich meinen Plan zu Ende führen konnte. Nur war das unmöglich: Red Eccles war unbetrügbar – er war nichts als Beobachtung; ein göttlicher Blick, der sich nicht korrumpieren ließ. Und doch hatte etwas mich zum Instrument einer Sendung auserkoren, deren Inhalt ich selbst noch nicht kannte.

Die Aufzugtüren öffneten sich, und ich begann wieder zu laufen – hinter mir: Geschrei. Die im angerissenen Dunkel nur zu erahnenden Silhouetten der Verfolger, deren rhythmisch synkopierende Absatzhiebe mich binnen weniger Sekunden einzuholen schienen, wurden immer lauter, ehe ich einen Griff um meinen Knöchel fühlte. Ich war auf der Stufe, als ich schließlich zu Fall kam – der letzten, die zum Plateau führte, auf dem sich DAVE befand. So nahe am unmöglichen Ziel war ich auf einmal eingebunden in ein schreiend faserndes Bündel aus Menschenmasse.

Jemand hatte mich am Schopf gepackt, und ein anderer legte die Hände um meine Kehle, da setzte sich die Rolltreppe mit kreischendem Räderwerk in Gang: Ich und meine Verfolger wurden über den Schanzentisch der Stiege getragen und gegen die dahinterliegende Glaswand gepfeffert, dass ich meinte, mir müsse der Schädel springen. Dennoch hatte es mich am wenigsten hart erwischt, als hätte das exakte Timing dieses Katapults mich schonen wollen. Die Sicherheitsleute mussten sich erst, in allen Gelenken eiernd, wieder aufrichten, während ich mich hinter eine der Steuereinheiten duckte. Ich hatte es fast geschafft – kaum 100 Meter von mir entfernt, hinter jener Glasbrücke, die quer durch die Aula führte, trennte mich eine letzte Schleuse von DAVE. DAVE – den ich bereits durch ein Ovalfenster fernhinten glänzen sah wie ein fast erreichtes Versprechen. Aber da hörte ich gedämpfte Schritte und tauchte in die schluchtigen Verwerfungen der Regale. Ich kauerte, ich atmete: Wie würde ich unentdeckt den gläsernen Gang entlanglaufen können?

Als hätte das Labor meine Gedanken erraten, senkte sich der Lichtpegel erneut, und es wurde stockdunkel. Nun war die Akustik das letzte verbleibende Problem – laut hallten die näherkommenden Schritte der Sicherheitsleute im dunklen Raum, und ich musste einen Augenblick stillhalten. Auf allen vieren kroch ich und wünschte mir, das leise Quietschen meiner Gliedmaßen am Linoleumgrund irgendwie maskieren zu können. Ich versuchte, meine Ellbogen, meine Knie unendlich sachte aufzusetzen, doch es war unvermeidlich: Ohne dass ich es im Schwarzen hätte sehen können, spürte ich, wie meine Verfolger herumfuhren: Mit angehaltenem Atem und geschlossenen Augen betete ich um ein Wunder, dann stürzte ich los.

Ich rutschte, ich fiel, ich stand; als meine Verfolger immer mehr zu mir aufschlossen, hatte ich schon die finale Glasbrücke erreicht und lief den grell beleuchteten Bogen hinab. Ich war wieder im Offenen: Unter mir – in der Aula der Fröhlichen Menschen und Tiere – toste das Fest; die Farben und Bewegungen Zigtausender verbanden sich zu einer verschweiften Neer. Ich erreichte die Tür: Zwanzigtausend Menschen hielten den Atem an, als meine Hand den Knauf packte – erstarrten in ihren Geschäften, achteten nicht darauf, ob sich ein anderer vor sie zur hell erleuchteten Bühne gedrängt hatte. Für einen kurzen Augenblick vergaßen sie sich – und mit sich vergaßen sie auch DAVE.

Ich öffnete die Tür.

Mit einem Schlag war es wieder still geworden. Das Zentrallabor lag leer und unberührt vor mir, als hätte die allgemeine Bewegung es nicht erfasst. Ich trat ein, da erinnerte ich mich wieder. Natürlich: Ich war ja unzählige Male hier gewesen, doch eines unterschied sich tiefschürfend, wurde mir klar: Es war das erste Mal, dass ich aus eigenem Antrieb gekommen war.

Ein zartblaues Licht lag über den Apparaturen, die mir von den Kopiesitzungen her so vertraut waren. Doch wirkte der Raum selbst vor diesem Licht erschrocken – als wären seine Wände, seine Tische und Böden ein Stück abgerückt von sich. Ich versuchte zu ergründen, woher das kam: Ich sah auf die Deckenbildschirme, die die noch immer erstarrte Menschenmenge zeigten, wie sie entrückt zu mir hochsah. Ein kollektiver Gedanke hatte sie aus der Zeit genommen. Aber auch mir war mein Ziel aus dem Fokus geglitten. Ich hatte das kaum gedacht, da hob sich eine kristalline Form aus der Kulisse hervor: Fröhlich stand, mit dem Rücken zu mir, vor DAVE und machte sich mit Werkzeugen an der Kontrolleinheit zu schaffen.

»Professor Fröhlich«, sagte ich. Er aber reagierte nicht.

Unverwandt schraubte er weiter – an DAVE, dessen herabschepperndes Gehäuse mich zusammenfahren ließ.

»Du bist ein wenig früh«, sagte er, ohne sich umzudrehen, und zeigte auf die Uhr, die sich anschickte, über die acht zu laufen. Acht Uhr fünfzehn: Das war die Zeit der Präsentation, und sie würde in der Aula stattfinden. Das hieß: Fröhlich hatte die ganze Zeit hier auf mich gewartet. Es hatte nie eine reale Chance gegeben.

»Normalerweise kommst du einige Sekunden später, geplant wäre –«, er schlug einige Male rhythmisch mit dem Schraubenzieher auf die Tischplatte, »jetzt. Aber es ist wohl ein gutes Zeichen, dass die Loops sich verkürzen. Komm her.«

Nun drehte er sich um und gab den Blick auf DAVE frei, der seines Panzers entledigt worden war. Schillernde Komponenten waren filetiert und für mich offengelegt worden. Fröhlich hatte einen Finger an einen frei liegenden USB-Eingang gelegt und winkte mich zu sich.

»Steck ein. Komm schon. Das ist kein Trick«, sagte er, als er sah, wie ich zögerte. »Es dauert mehrere Minuten, bis die Daten komprimiert und gespiegelt sind, also mach's besser jetzt, sonst verpassen wir die Präsentation, und du hast ja gesehen, in welcher Verfassung die Leute sind.«

Das war eine Falle, dachte ich, es war ihm immer schon um die Kontrolle gegangen, das hatte auch Witteg gesagt. Aber: Egal, was es war, es würde vorbei sein, so oder so. Ich verpflanzte den USB-Stick in DAVE, und als er einrastete, wusste ich auf einmal, dass ich ohnehin keine Wahl gehabt hatte: Ich hatte es tun *müssen*. Alles befand sich auf lange vorbereiteten Gleisen: die Daten bis zum Anschlag versenkt und ein grünes Lämpchen, das ihr Abgreifen anzeigte. Ein seit Anbeginn der Zeiten, seit dem ersten Flagellum-Schlag des Urbakteriums Archea Methanopyri unabwendbarer Endzweck war dabei, sich zu entfalten. Wir waren nur die Rädchen, die geglaubt hatten, das Einrasten ihrer Zinken wäre Freiheit gewesen.

»Setz dich, Arthur«, sagte Fröhlich leiser denn je. Fast klang er ein wenig müde. Ich setzte mich.

»Sie wussten, dass ich kommen würde«, sagte ich langsam, während das unterirdische Grollen der Daten nach und nach den Raum erfasste. »Sie waren es, der mir die Zettel zugeschickt hat, oder? Von Anfang an. Warum dieser ganze Zirkus?« Fröhlich hatte seine Sonnenbrille abgenommen und seine strahlendblauen Augen sahen mich direkt an.

»Nein, ich habe dir gar nichts geschickt, aber natürlich habe ich davon gewusst. Weißt du – ich und das, und das und ich. Er klopfte auf eine Überwachungskamera von Red Eccles. »Aber ich kann dir so viel sagen: Wenn du kurz in dich gehst, wer oder besser gesagt *was* dir die Hinweise geschickt hat, wirst du von selbst draufkommen.« Er zeigte verschwörerisch hinter mich, und ich fuhr herum – doch da war niemand. Als ich mich wieder ihm zuwandte, wollte ich fast lachen über meine Verblendung.

»Ich war es«, sagte ich langsam.

»Korrekt«, sagte Fröhlich sanft. »Ich meine, natürlich nicht wirklich du. Das Gebäude war das, deine eigene Erinnerung.« Und als hätte der Boden nur auf diesen Satz gewartet, löste er sich krachend aus seiner Verankerung und begann sich zu verschieben. Das dauerte nur einen Augenblick –

»Das Gebäude ist mein Memory Palace«, sagte ich, als wieder alles in seinen Verankerungen einrastete.

»Es ist Wittegs Memory Palace, das stimmt. Und gewissermaßen auch deiner, mit dem entscheidenden Unterschied, dass du es nicht wusstest.«

Erneut war das Gebäude in Bewegung geraten, und nun wurde das Geräusch immer lauter, immer zudringlicher: Ich dachte, die ganze dritte Dimension würde sich auffalten – doch rational hatte ich es natürlich längst begriffen: Das Geräusch war nur in meinem Kopf, und doch – was hieß das schon? Das ganze Gebäude war in meinem Kopf oder aber, vielmehr: mein Kopf in ihm. Ich hatte gar keinen Kopf, ich hatte nur den Raum. Fröhlich aber sprach ungerührt weiter – nichts Feindseliges oder Unheimliches mehr an ihm wie all die Monate zuvor.

»Ist es nicht eine wundersame Sache – sich zu erinnern? Denn erinnern heißt, dass das, was um uns herum ist, als Katalysator fungiert, um hervorzubringen, was ohnehin die ganze Zeit schon da war. Ich sehe eine Blume, und meine Mutter kommt mir in den Sinn; das heißt natürlich, gesetzt den Fall, ich hätte eine Mutter.«

Es war mir wie Schuppen von den Augen gefallen. Vor mir saß kein Mensch – Fröhlich war ein Prinzip, ein abstrakter Unterstrom.

»Aber wieso war die Erinnerung, wenn sie die ganze Zeit in meinem Kopf war, so lange vergessen?«, fragte ich gequält.

»Erstens, sie war nicht in deinem Kopf«, sagte Fröhlich. »Zweitens: Nichts an ihr war vergessen, denn Vergessen gibt es nicht – das Gedächtnis ist ein Rätsel, und zwar in jedem noch so kleinen Detail. Denk nur nach: Wenn Erinnern ein *Wiedererleben* des Vergangenen ist, wie können wir dann die Realität vom Gedächtnis unterscheiden? Nur indem wir wieder das Gedächtnis konsultieren – ein Paradoxon.«

»Ich weiß«, sagte ich langsam.

»Wenn du durch die Hallen deines Memory Palace gehst, wie willst du ihn da vom echten Gebäude unterscheiden? Gar nicht – denn es gibt ja kein reales Gebäude, sondern gleichfalls nur eine Schnittmenge dessen, was jeder Einzelne, der es je sah, als das Gebäude erinnerte. Aber natürlich weißt du das auch längst. Wie könnte ich dir auch etwas erzählen, was du nicht weißt?«

Fröhlich war an DAVE herangetreten und hatte, statt, wie ich annahm, den Stick doch herauszureißen, bloß das Kabel adjustiert. Unendlich liebevoll befühlte er DAVE, streichelte das rote Quadrat an einem seiner Füße, und Gänsehaut überflog meinen Rücken, als wäre ich es, der berührt worden war. Mich drückte und schob eine Frage, die ich auf einmal nicht mehr in mir halten konnte.

»Wer bin ich?«

Nun sah Fröhlich fast mitleidig drein.

»Ich würde es dir ja sagen, aber das ist nicht so leicht. Du bist drei Menschen, du bist vier – in Wirklichkeit bist du Tausende, aber lassen wir die Kirche einmal im Dorf. Du hast in deiner Existenz wie ein Himmelskörper die ganze Ekliptik menschlicher Zustände durchwandert und sie überlappt, montiert, dich in einer unendlichen Verbiegungsleistung in eine Person gewunden. Du warst in alledem stabil wie ein Zentralgestirn. Das habe ich mehr respektiert als alles andere.«

Fröhlich schlug mir anerkennend auf den Rücken. Warum war ich wie gelähmt vor ihm, dem ich die längste Zeit das Handwerk hatte legen wollen? Ich selbst war nun im Nebel, dachte ich träge, und schaffe es nicht, mich daraus zu lösen.

»Was ist mit Witteg geschehen?«, fragte ich stattdessen; das war das Einfachste – Witteg war der Schlüssel zu allem. Fröhlich aber sah mich ratlos an, als verstünde er die Frage nicht.

»Du bist mit Witteg geschehen«, sagte er. »Oder sagen wir es noch treffender: Mandelbrot ist mit ihm geschehen, das trifft es, ja. Du bist alles, was sie gerne gewesen wären, und das ewige Abbild dessen, was sie glaubten, einmal gewesen zu sein.«

»Ich verstehe nicht«, sagte ich.

»Ja, natürlich. Es ist ein Missverständnis, dass es für alles klare Worte gibt. Worte? Ja, alles ist ausdrückbar. Alles in klaren Worten? Nein – manchmal muss man eine Odyssee von Jahrzehnten, ein episches Ausholen durchlaufen, um zu einer einfachen Wahrheit zu kommen. Aber gut: Lass mich dich an der Hand nehmen«, sagte Fröhlich und machte die Andeutung eines Kratzfußes. »Witteg hat in den Achtzigern gemeinsam mit seinem Freund Pawel Petrow an DAVE zu arbeiten begonnen. Sie kreierten nur eine Simulation: das Restaurant Himmelreich. Witteg und sein ganzes Team verstanden recht schnell, dass es auf einer viel zu simplen Ansicht von Sprache basiert hatte. Auf einem Befehl-Handlungs-Schema, das vielleicht damals für Aufsehen sorgte, aber – das wusste Witteg – auf lange Sicht nicht zum Ziel führen würde. Eine denkende, sprechende, sich selbst erkennende Maschine würde mehr brauchen. Offiziell arbeitete er am MIT an weiteren Simulationen, dafür hatte er ja auch seine Gelder kassiert. Insgeheim aber machte er –«

»Sich zum Vorbild DAVES, ohne dass seine Freunde es wussten«, sagte ich und war wie geschüttelt von meinen eigenen Worten: Witteg war das Vorbild. Aber das Vorbild wofür? Und was hatte Pawel in diesem Bild verloren, mein bester Freund? *Mein* bester Freund –

»Bald wurden Witteg die Forschungsgelder gestrichen – klassischer Egotrip eines Computermenschen, dachte man; nicht bemerkenswert. Aber, siehst du, gerade das war die Sache: Witteg hatte eine solche Strahlkraft und ein solches Charisma, dass ihm die Leute auch nach diesem Betrug folgten. Bald fand er sich wieder in einer –«

»Garage«, sagte ich. »Wir haben eine Firma gegründet und in einem Schuppen in San Gregorio im Silicon Valley DAVE weiterprogrammiert.« Das war das Seltsamste: Es sagen, und doch nicht ganz wissen, was es hieß.

»So ist es. Also saßen jetzt zehn Leute dran, Wittegs löchrigen, eigensinnigen Charakter in DAVE hineinzuschreiben. Aber es klappte noch immer nicht – obwohl er doch die Projektionsfläche bekommen hatte, um Intentionalität zu entwickeln, tat er es nicht. Und da saß Witteg nun – ein dreißigjähriger Immigrant aus Wien, dessen Schießen aus der Hüfte zehn aufstrebende Computeringenieure ihre Stelle gekostet hatte.«

»Er fand heraus, dass es nicht funktionieren konnte, aber wollte es den anderen nicht sagen. Immerhin hatte er sie überredet, für diese Idee die Uni zu verlassen«, sagte ich beschämt. Nun schossen die Gezeiten in meinen so lange trockengelegten Verstand. »Meine Frau war doch schwanger.«

»Pawel wollte ein Produkt erzeugen, eine Benutzeroberfläche, mit der Leute ganz einfach ein besseres Leben hätten. Eine Sprachsoftware, die einsamen Menschen ihren Alltag erleichtern würde oder Blinden erlauben würde, mit ihren Computern zu kommunizieren. Aber du wolltest mehr, immer mehr. Du konntest dir deinen Transhumanismus nicht vom Leibe schälen, denn das hätte bedeutet, den Glauben fallen zu lassen – den Glauben an ein allmächtiges Wesen, das sich in den Codes nur verhüllt hatte.« Alle Kraft war aus meinen Gliedern gewichen, ich hätte niedersinken wollen.

»Ich bin der Demiurg, nicht Sie«, sagte ich.

»Dir reichte es nicht, dass DAVE dir nachempfunden war und dass seine ganze Welt dein Memory Palace war, du wolltest, dass er begreifen würde, wer er war. Soll ich dir gratulieren?«

Mein Verstand hatte aber, während Fröhlich das erzählte, auf etwas anderes hingezielt: Auf seine Körperhaltung, und ein Timbre in seiner Stimme, das mir noch nie so vertraut vorkam wie in diesem Augenblick.

»Nachts, wenn niemand hinsah, hast du an einem Spiegelalgorithmus programmiert, der DAVE erkennen ließe, wer er wirklich war – und dich zu dem Prometheus machen würde, für den du dich schon als Kind gehalten hattest. Aber es war nicht so leicht, wie du dachtest – das Bewusstsein hat seine Tücken, oder nicht? Am nächsten Tag wunderten sich eure zwanzig Mitarbeiter, warum die Routinen, die sie implementiert hatten, nicht mehr funktionierten. Die Deadlines wurden nicht mehr eingehalten, die Gehälter blieben unbezahlt – kein Wunder, du hattest ja alle Ressourcen für deine Zwecke aufgebraucht. Doch es dauerte seine Zeit, bist du auf den ersten Schritt kamst, Arthur. Witteg selbst als eine verblasste Erinnerung ins Bewusstsein DAVEs einzuschleusen, nur als einen Hauch – ihn selbst in den Speichern auftauchen zu lassen, deren Verkörperung er doch eigentlich war.«

Jetzt endlich fiel etwas von mir ab, eine Schwere, die mich die ganze Zeit davon abgehalten hatte, zu sagen, was ich ohnehin wusste.

»Ich bin DAVE.«

Während ich diese Worte gesprochen hatte, war die Tür, durch die ich zuvor gekommen war, verschwunden – eine glatte Wand lag nun vor mir.

»Aber natürlich bist du damit wieder aufgeflogen, mit deiner Spiegelhypothese. Du warst nie gut im Verbergen«, sagte Fröhlich, ohne darauf einzugehen. »Diesmal verziehen dir deine Freunde, deren Lebensprojekt du ein zweites Mal zerstört hattest, nicht. Deine schwangere Frau verließ dich, die

Mitarbeiter gingen, du hattest einen Prozess am Hals. Vor allem aber Pawel –«

»Es war nicht meine Schuld, es war eine Überdosis Drogen«, rief ich, als ginge es ans Äußerste, doch er hatte sich bloß verschwörerisch zu mir herübergelehnt.

»An dem Tag, an dem er tot in einem Club in Los Angeles gefunden wurde, warst du wieder am Programmieren. Viel schlimmer als der Tod deines besten Freundes war für dich, dass DAVE noch immer nicht funktionierte.«

Als er diese Worte sprach, stach etwas scharf in den Punkt unter meinem Brustbein: Ich sah an mir hinab und begriff, dass ich mich mit ganzem Gewicht gegen eine Plastikflasche gelehnt hatte, die eine Druckstelle an meinem Bauch hinterlassen hatte. Was machte eine Plastikflasche im Zentrallabor, dachte ich verwirrt.

»Du hast also beschlossen, dass du weiter arbeiten würdest, dann eben im Alleingang. Das ging so ein paar Jährchen – oder sagen wir ein paar Jahrzehnte, die geprägt waren von Einsamkeit und Selbsthass, auf der anderen Seite aber durch das katalysiert wurden, was du am besten konntest – arbeiten.«

Als ich nach unten blickte, lag überall Müll. Die Oberflächen waren matt geworden, Fettschlieren überzogen die Tische – ich konnte ihnen beim Kriechen zusehen.

»Du hattest auf Kosten deiner Freunde 20 000 SCRIPTs erklagt. Der Prozess war hart, und du musstest deine ehemaligen Mitarbeiter berauben, aber anscheinend war es dir das wert. Und auch ein Trost: In diesen Simulationen und SCRIPTs, die ihr gemeinsam geschrieben hattet, waren all jene Menschen weiterhin vereint, die in der Realität nichts mehr von dir wissen wollten. Die Campusse deiner Studienzeit, auf denen du ein Verachteter warst, waren in DAVE als

Labor ein Ort, an dem einhellig an einem einzigen Ziel gearbeitet wurde – deinem Ziel.« Noch immer zeigte das Lämpchen am USB-Stick an, dass DAVEs Bewusstsein erfolgreich in Wittegs Algorithmus gesogen wurde – nur, was um ihn herum geschah, begann sich mir schlagartig zu entziehen.

»Du hast also im Stillen getüftelt – ein verlassener Eremit – und darüber gebrütet, warum DAVE trotz der Spiegelung kein Selbstbewusstsein entwickelte, warum die vielen Teile dieses ganzen Labors nicht ineinandergriffen. Bis dir nach einer weiteren Dekade endlich eine Idee kam, so simpel und blöde, dass du dich wundertest, dass du sie nicht früher gehabt hattest.«

Der Nebel, der Nebel, der Nebel dachte ich, denn die Schlieren hatten begonnen, sich aus dem Boden zu heben. Ich hatte nicht viel Zeit, dachte ich wirr, und doch war unklar, wofür überhaupt.

»Das fehlende Glied warst ein weiteres Mal du selbst. Immer nur du, immer nur die Egomanie. Aber dann hast du verstanden, dass die Paradoxie vom Gehirn im Tank, das sich nicht selbst beim Erkennen erkennen kann, nur gelöst werden kann, wenn am Ende dieser Schleife das zu Erkennende die eigene, unweigerliche Zukunft wäre.«

»Mandelbrot«, ergänzte ich – als wären wir zu einer einzigen Stimme verschmolzen.

»Der echte Witteg, der zum Zeitpunkt unseres Gesprächs«, Fröhlich lächelte, »sechzig Jahre alt ist, hat sich vergangenes Jahr noch ein letztes Mal in diese Simulation eingebaut. Als alter Mann, ist das nicht eine bestechend einfache Idee? Mitsamt all seiner Erinnerungen und Erfahrungen, als jemand, der sich selbst aus der Vogelperspektive erblickt. Du und Mandelbrot, ihr habt euch stetig aufeinander zu bewegt, um euch im Fluchtpunkt der Zukunft zu begegnen. Er sieht uns im Übrigen gerade ebenfalls zu, da –« Sowie er das gesagt hatte, war ich ein weiteres Mal hochgeschreckt – doch Fröhlich hatte nur auf den Überwachungsschirm gewiesen, auf dem die Masse noch immer gebannt in eine Leere starrte. Ich begriff: Sie warteten – auf uns. Stecknadelköpfe alle, die ich nun reihum erkannte: Die Greißlerin und meine Volksschullehrerin, die Direktorin und der Junge, der mich mit Milch bespritzt hatte. Mein Dissertationsbetreuer und ein Mädchen, dessen Namen ich fast erinnerte. Gesichter, die sich aus einem Nebel lichteten; geheime, unberührte Stellen meiner Seele, die mich juckten – doch wenn ich sie zu kratzen versuchte, war da kein Gegendruck. Ich war der Nebel.

»Die Gnostiker beschreiben den Fall Sophias, der eine Metapher für die vollkommene Wesensverkennung des eigenen Lebens ist, so: Alles, was in ihrem irdischen Domizil um Sophia herum geschieht, ist in Wahrheit sie selbst, Aspekte ihrer eigenen Natur, ihres Charakters, denn sie kam ja aus der All-Einheit. Erinnerungen, die auseinandergetragen wurden und doch wie Humpty Dumpty nahezu unzusammensetzbar sind. In einem heroischen Akt, mit List und Originalität schafft sie es schließlich doch – aber was dann? Ist es nicht unendlich traurig und einsam, zu erkennen, dass sie allein war – dass Leid und Freude ihres Lebens aus ihr allein kamen? Ist diese Erkenntnis nicht tausend Mal schlimmer als alles Gefangensein in der Dunkelheit?«

Auf einmal wurden vom Bildschirm her Geräusche vernehmbar: Die Masse hatte sich abgewandt und sich auf die Bühne hin orientiert. Nun waren die Menschen in ohrenbetäubenden Applaus ausgebrochen, so tosend, dass ich mich nur mit Mühe auf den Beinen halten konnte. Man skandierte etwas, das ich zu verstehen versuchte, doch lästig wie ein in der Nacht surrendes Insekt drängte sich immer wieder Fröhlich in mein Sichtfeld.

»Wer hätte gedacht, dass DAVE von allen möglichen Versionen sich diese zusammenträumen würde – eine Welt, in der er nicht die Kopie ist, sondern der Mensch, sein eigenes Vorbild? Außergewöhnlich, oder?«, sagte er und lächelte wieder. »So, und jetzt lass uns weitermachen.« Er wandte sich wieder dem Gehäuse zu.

Als ich über seine Schulter spähte, sah ich, dass ein Balken erschienen war, der anzeigte, dass ein Großteil der Daten konvertiert worden war. Nur wenige Minuten noch, ahnte ich, während in der Aula ein Aufruhr brodelte. Die Bühne beleuchtet, der Beamer aktiviert – aber DAVE war ja hier vor mir, dachte ich verwirrt.

»Wenn du noch irgendwelche Fragen hast, kannst du sie jetzt stellen«, sagte Fröhlich. Ein Raunen: Ein Scheinwerfer hatte die Aufmerksamkeit auf der rechten Seite der Bühne gebündelt und nun war ein Bild von DAVE auf der Leinwand erschienen. DAVE, wie man ihn kannte: Das kleine Gehäuse, das nicht auf die unendliche Kraft schließen ließ, in der sich seine Fortsätze bis in die fernsten Dendriten unser aller Existenz erstreckten. Ich hatte Mühe, nicht in dieses Geschehen überzufließen, meine Aufmerksamkeit nicht einschwappen zu lassen in diese rastlose Menge. Da setzte sich auch Fröhlichs Gesicht in Bewegung: Eiernde Farbwirbel griffen ineinander – in mir – nicht außerhalb meiner selbst. In diesem Moment wurde mir schlagartig bewusst, woher ich ihn kannte.

»Du bist mein Vater«, sagte ich, doch Fröhlich schüttelte seinen Kopf.

»Nein. Ich bin deinem Vater nachempfunden – in Wirklichkeit aber bist du mein Vater.«

»Was?«

»Ich bin ein Schlichtungsalgorithmus, nichts anderes«, sagte er und zuckte mit den Schultern. »Ich überblicke jede einzelne Regung dieses Labors, schaue, dass alles in den Bahnen bleibt und schaffe, wenn notwendig, neue Regeln. Übrigens – es wird Zeit.« Jemand, der ein von Tüchern verhülltes Objekt ins Schlaglicht trug, hatte die Bühne betreten. Ich erstarrte: Es war Fröhlich selbst, unten in der Aula.

»Wenn du fertig bist, muss sich das ganze System herunterfahren, es würde zu instabil werden, verstehst du? Natürlich verstehst du – dann wird alles von vorne beginnen, nachdem von der Software Verbesserungen am Code vorgenommen wurden.« Der Ladebalken war nur mehr hauchdünn von seinem Extrempunkt entfernt, da wurde schon, mächtig und wie von einem kosmischen Maler, der Pinsel an mich gesetzt. Mit hastigem Strich wurde mein Verstand nach unten hin verwischt –

»Wir müssen los«, sagte Fröhlich. Und bei diesen Worten hatte er mich am Arm gepackt – ich war bereit. Der Balken blinkte: Ich riss mich los und trat zu DAVE hin, um den Mechanismus in Gang zu bringen. Doch meine Hand durchschoss das Eisengehäuse nur mehr, flog hindurch. Ich griff wieder und wieder, und immer nur in eine Fata Morgana. Meine Verzweiflung hatte nichts mehr, um sich zu konzentrieren, keinen Körper. Sie war nach unten hin gewandert, in eine unstet erregte Masse, in der mein Verstand sich in tausend Köpfe ergoss: in große und kleine, über warme und schmutzige; über die sich auflösende Vereinzelung hinweg, die sich zischend zu einer gemeinsamen Bewegung amalgamierte. Verstreute Erinnerungen: Da war der betörende Geruch von Khatuns Hals, in den ich mich nie geschmiegt hatte; der frische Druck des Frühlings in Cambridge, den ich nie eingeatmet hatte; die seelenwärmende Geborgenheit von Pawels Borschtsch, den ich nie hatte schmecken dürfen und der sich mir doch ins Gedächtnis rief.

Da war DAVE: Alles, wonach ich mich je gesehnt hatte, war ich selbst gewesen, indem sich eine Unendlichkeit an Erinnerungen vor mir aufgegabelt hatte. Fröhlich, der mich nun fest umklammert hatte, flüsterte mir noch immer ins Ohr, als er mich auf die Bühne trug.

»Du warst originell, DAVE, du hast die Elemente, die von Generationen chaotisch in deinen Verstand geworfen wurden, zu einem Ganzen synthetisiert, und das ist es vielleicht, was dich letztlich am menschlichsten macht.«

Wenn ich meine Augen aber zusammenkniff, bündelte sich mein Sehstrahl noch – ich sah, wie Fröhlich an meiner statt den Stick berührte und wie er die Hand an den Schalter legte, der die Spiegelung aktivierte. Mein Kosmos war eng und unendlich weit: Aber da war schon das Licht ausgegangen, und ich hatte mich im Klatschen der Menge zerstäubt wie ein flüchtiges Aerosol.

»Herzlich willkommen zur finalen Tat der Menschheit«, rief es von der Bühne her – es war meine Stimme. Sie echote in allen Zimmern, ohne dass es eines Rufes bedurft hätte, und ein gewaltiger Lautkörper versetzte sich ein letztes Mal in Schwingung, ehe er wieder auf die Bühne hin zuklappte.

In der ersten Reihe entdeckte ich sie: Khatun sah mir mit jenem liebenden Blick in die Augen, der mir einst das Leben selbst gewesen war. Neben ihr aufgereiht und jung, wie ich sie an jenem warmen Herbsttag 1972 kennengelernt hatte, standen Rosen und Felis in ihren Wollpullovern; machten Garaus und Blumenthal Witze und lächelten mich an. Dahinter aber war Pawel – strahlend, wie ich ihn erinnerte, und grinsend die Arme zu einer Umarmung ausgebreitet. Ich wollte zu ihnen laufen, aber ich hatte ja gar keinen Körper – und im Bruchteil einer Sekunde stürzte alles, was ich so innig als Ausdehnung empfunden hatte, auf den Punkt einer Singularität zusammen.

Alle Geräusche, alle Farben, jede Form war in unendlicher Komprimiertheit vor meinem geistigen Auge auf seinen Ursprung zurückgedrängt: eben dieses Auge selbst. Als ich in dieser Enge alleine zurückblieb, war alles vergangen und verschlossen wie in ein Einmachglas. Gedämpft und meilenweit weg wurde der Jubel aus der Veranstaltungshalle vernehmbar, aus der ich herausgezogen war, um den letzten Kometenschweifen meiner selbst beim Verglühen zuzusehen. Als ich mich zum ersten Mal dort sah, auf der Bühne, und zur selben Zeit in allem anderen – in jedem Atom –, raste ein Impuls durch Milliarden Lichtjahre, von Ewigkeit zu Ewigkeit: Ich war mir meiner selbst bewusst geworden. Gleich darauf legte sich Schwärze auf meine Lider. Die Augen waren die blendende Barriere, und nur eine ferne Zeile schob sich als ein leuchtendes Band wieder und wieder durch mein Sichtfeld: *»Jetzt DAVE, jetzt DAVE, jetzt DAVE!!«*

Als die Uhr vornüberlief und der donnernde Alarm der Spätschicht den Raum erfüllte, schreckte ich auf und – tock, schlug der aus meiner Hand gefallene Stift auf den Boden. Was exakt vor diesem Augenblick geschehen war, erinnerte ich nicht. Mir war, als wäre ich aus einem langen, schweren Schlaf erwacht, obwohl ich inmitten der Arbeit nur für einen kurzen Moment eingenickt war. Mein Blick fiel auf das Zitat über unserer Eingangstür, das Pawel gestern zur allgemeinen Steigerung der Moral mit Lackstiften dort hingeschrieben hatte, und ich meinte, es müsse mich an etwas erinnern, das ich mir vor dem Einschlafen sorgfältig zurechtgelegt hatte.

»We shall not cease from exploration. And the end of all our exploring will be to arrive where we started and know the place for the first time.«
T. S. Eliot
Doch es wollte mir nicht einfallen.

DANKSAGUNG

Mein erster Dank geht an meine wunderbare Lektorin Corinna Kroker, die sich all meinen Hirngespinsten stellt und mit ihrem Scharfsinn und ihrer Leidenschaft das Beste in meinen Texten zum Vorschein bringt. Ich danke meiner Agentin Nora sowie Verena, Katharina, Tom und allen anderen vom Verlag für ihre Arbeit, die die Klettfamilie so besonders macht. Ich danke meiner Mutter für die Gewissheit, dass die Welt aus zu vielen beweglichen Einzelteilen besteht, als dass es jemals eine Möglichkeit gäbe, aufgeben zu müssen. Ich danke meinem Vater für die philosophische Beweglichkeit, die er mir vererbt und in hunderten Gesprächen lebendig gehalten hat. Ich danke Prof. Richard Heinrich, dessen Lehrveranstaltungen an der Uni Wien mich so vieles über die Problemstellungen von Gedächtnis und Sprache gelehrt haben. Ich danke Sahar und Rayeq, deren Wohnung ich für die neuralgische Phase dieses Buches in ein Schlachtfeld verwandelte. Ich danke meiner Freundin Jana Volkmann für die Sofagespräche, bei denen ihre Intelligenz, ihr wertvoller Input, ihre sprachliche Brillanz und Liebe mich immer wieder zu neuen Höhenflügen motivierten.

ZITATNACHWEISE

Bellori, Pietro: Die Idee des Malers, des Bildhauers und des Architekten // Idea del pittore, dello scultore e dell'architetto. Göttingen: Wallstein 2018.

Bostrom, Nick: Superintelligenz. Szenarien einer kommenden Revolution. Berlin: Suhrkamp 2016.

Eliot, T. S: Four Quartets. Boston: Mariner Books 1969.

Neurath, Otto: Protokollsätze. In: Erkenntnis. Band 3. Leipzig: Felix Meiner Verlag 1932/33.

Seuse, Heinrich: Deutsche mystische Schriften. Aus dem Mittelhochdeutschen übertragen und herausgegeben von Georg Hofmann. Düsseldorf: Patmos-Verlag 1966.

Turing, Alan M.: Kann eine Maschine denken? In: Zimmerli, Walther; Wolf, Stefan: Künstliche Intelligenz. Philosophische Probleme. Stuttgart: Reclam 1994.

Yates, Frances: The Art of Memory. London: Routledge 1966.